Horace

贺拉斯

〔法〕乔治·桑 著　　林珍妮 译

百花洲文艺出版社
BAIHUAZHOU LITERATURE AND ART PRESS

图书在版编目（CIP）数据

贺拉斯 /（法）乔治·桑著；林珍妮译. — 南昌：百花洲文艺出版社，2023.7
ISBN 978-7-5500-4769-3

Ⅰ.①贺… Ⅱ.①乔… ②林… Ⅲ.①长篇小说 – 法国 – 近代
Ⅳ.①I565.44

中国版本图书馆CIP数据核字（2022）第157031号

贺拉斯

〔法〕乔治·桑 著 林珍妮 译

出 版 人	陈 波
丛书策划	程 玥
责任编辑	游灵通 程昌敏
书籍设计	方 方
制 作	何 丹
出版发行	百花洲文艺出版社
社 址	南昌市红谷滩区世贸路898号博能中心一期A座20楼
邮 编	330038
经 销	全国新华书店
印 刷	江西千叶彩印有限公司
开 本	720mm×1000mm 1/32 印张 10.875
版 次	2023年7月第1版
印 次	2023年7月第1次印刷
字 数	220千字
书 号	ISBN 978-7-5500-4769-3
定 价	49.80元

赣版权登字：05-2022-154

邮购联系 0791-86895108
网 址 http://www.bhzwy.com
图书若有印装错误，影响阅读，可向承印厂联系调换。

致查理·杜维尔内先生

我们肯定认识他，但他的优缺点表现在十个或十二个人身上，而我并没有拿任何一个人做模特。上帝不让我利用小说中的人物去讽刺或影射某一个人。这一次我力图讽刺表现在今天的人们身上的古怪脾性。如果这一次写得不比以往的好，那么正如我平时所说的，错在作者，不在事实。今天的侯爵不再是可笑的人物了。江河后浪推前浪，对虚荣的要求和追求改变了位置及性质。我试图批评现时的漂亮小伙子，而这里所说的"漂亮小伙子"并非巴黎人称为"狮子"的那一类小伙子。"狮子"是人类中最不伤人的，而贺拉斯更具普遍性，更危险。因为从真正的价值上说，他更高明。"狮子"并非莫里哀剧中的侯爵及接班人，也非奸诈狡猾、不择手段的人物。他不好不坏，像孩子似的喜欢扮英雄充好汉，做作这种恶习只是整个场面中的小插曲。贺拉斯的这种恶习不仅仅是小插曲，且是从另一个出发点出发，寻找另一个目标。说这个年轻野心家是可笑人物，那是不够的。幸好在自尊心的强烈推动下，历经多次错误和教训，他取得了进步，变得高尚了。朋友，我们常谈论那些走极端的现时的人，他们有心做好事却做了许多坏事。我们有时会嘲笑他们，常常责备他们，更多的时候则是同情他们，但我们始终是爱他们的！

乔治·桑

1

我们最爱的人往往不是我们最敬重的人。爱不需要钦佩、热情，它建立在感情平等的基础上。所以我们在寻找朋友的时候，总要找一个与自己相似的人：有着共同的爱憎喜恶，弱点相同。而敬重需要的是另一种感情，它有别于友谊——时时刻刻亲密无间的感情被称为友谊。有些人不爱他敬重的人，我对这种人没有好感；有些人则只能爱他敬重的人，对这种人我更没有好感。这也只是就友谊而言，男女间的情爱又当别论，它只靠热情维持生命，伤害了它的敏感微妙之处，爱情之花便会枯萎凋谢。但是人类所有感情中最美好的，在患难与共中、在错误挫折中、在伟大事业中、在英雄行为中结交的感情，伴随我们一生各年龄阶段的感情，与人的第一感情一起在我们内心激生的感情，与我们的生命同在的、使我们的生命价值倍增、能使我们的生命不朽的感情，能够死灰复燃、破镜重圆且与往日一样紧密牢固的感情，这样的感情，唉，并非爱情，你们知道，这是友谊啊。

如果我在这里大谈我对友谊的感受和认识，我会忘记给你们讲一个故事，我会写一大本不知有多少卷的论著，但恐怕找不到几个肯读它的读者。在我们这个时代，友谊已不时兴。人们已不再追求友谊，只需要爱情。因此，我只限于讲以上的话，作为这故事的开场白。我有一个朋友，是令我最感惋惜的一个人。他与我一辈子都有交往，他不是完美的人、最善良的人，恰恰相反，是个缺点不

少、有怪癖的年轻人。有些时候我甚至蔑视他、恨他。可是我却对他有极其强烈的、不可抑制的感情。

他的名字叫作贺拉斯·杜蒙特，是外省一个月薪一千五百法郎的小职员的儿子。小职员娶了一个有钱的乡下姑娘，继承遗产达1万埃居。就如人家说的从天上掉下三千法郎年金。小职员的前程，也就是他的晋升，是以他的工作、健康、品行为抵押品的，需要他能盲目地赞同某政府、某团体的所有法规条文。

我这位朋友的父母杜蒙特先生与夫人，眼见自家的社会地位不牢靠，经济不宽裕，决定送他们的儿子接受所谓的教育，也就是送他到外省一间中学就读，直至他毕业，再送他到巴黎继续上高等专科的课程，几年之后让他做律师或医生。他们有这样的打算并不奇怪，因为处于同样地位的家庭无不做这类野心勃勃的梦：让他们的儿子过独立生活。"独立"所表示的意思便是可怜的小职员的理想。他们饱受节衣缩食之窘，唉，还经常忍受屈辱，当然希望子孙后代能摆脱这样的命运。他还以为四周有的是向他抛下来的各种彩票，锦绣前程俯拾即是呢。人往高处走，幸亏人类有此本能，因此，脆弱的、不平等的社会大厦得以支撑，没有坍塌下来。

要摆脱贫困卑微，在能够选择的范围内，今天的家长不会为孩子挑选虽可靠但低微的职业。首先要满足的是贪心与虚荣心。周围不是有困龙得水，拨云见日的例子吗？他们不是亲眼见到底层的天才、庸才爬上社会顶层吗？杜蒙特对妻子说："我们的贺拉斯难道就不能像某某等许多才干与胆识都不如他的人那样获得成功吗？"

　　杜蒙特夫人听见丈夫要她为儿子的飞黄腾达做出牺牲有点吃惊。但世上有哪一个母亲不以为自己生了一个最聪明、得到上天恩宠最多的孩子呢？杜蒙特夫人是个头脑简单的善良女人，在乡下长大，她的见识被她所受的教育局限，除了她熟识的生活圈子之外，还有个陌生的世界，她只能以丈夫的眼光去观察。她丈夫对她说，自从大革命以来，在法律面前人人平等，再没有阶级偏见了，凡有才华者均可在黑压压的人群中闯出一条路抵达目的地，只不过需要使一点劲儿推开靠近目标的人。她认同这些道理，她不甘被人看轻，被视为落后的顽固分子。这方面与她农家出身一致。

　　杜蒙特希望她做出的牺牲，就是交出不少于一半的收入。他说："有一千五百法郎，我们和身边的女儿尽可以凑合着过日子，余下的钱加上我的薪金，便够供贺拉斯到巴黎宽裕地过上几年了。"

　　拿出一千五百法郎给十九岁的贺拉斯·杜蒙特在巴黎过好日子！杜蒙特夫人不惜做出任何牺牲，可敬的妇人为了有利于儿子的前程，为了取悦丈夫，甘愿啃黑面包、光脚板，但要她一下子倾尽出嫁以后高达一万多法郎的积蓄，她不免有些心疼。那些不了解外省人过小日子的人，不了解一个主妇的持家本领，她节衣缩食，锱铢必较，从每年的三千法郎年金里硬是省出几百埃居来，而又让丈夫、孩子、仆人、猫不致挨饿，简直令人难以置信。可是亲身经历过这样生活的人则见惯不惊。一个没有才能、没有本事、没有财产、没有其他办法维持家计的女人，只能使用节流的方法，在日常的生活开支上削减，克扣一点必

需品。这种生活当然是凄凉暗淡的，缺乏欢乐、不公道的，单调乏味的，连宴请客人也办不到。富人们却认为这种现象算不了什么，社会财富分配很合理！谈到小资产阶级时，他们说："就让他们勒紧裤腰带去培养子女好了。不想勒紧裤腰带，那就让他们的子女做手艺人、泥水匠为我们效劳吧。"从社会的权利角度看，富人的论调倒有点道理，若论人权，唯有上帝才能判断了。

穷人会在他们简陋的住房里发问："为什么，为什么我们的孩子不能与工业巨子等高贵老爷的孩子平起平坐？受教育应是人人平等的。上帝要我们为消灭贫富的差距而奋斗。"

正直的人们，总之，你们的话也有道理，而且永远正确。尽管你们的希望常常化为泡影。可以肯定，我们还要长期沿着合法的野心、天真的虚荣心这条道路，向平等这个目标走去。不过，有朝一日，当权利和机会实现均等，当所有人在社会上都获得应有的地位，所有人的生活不但衣食无忧而且富余，我们完全可以指望，每个人在自由平等的气氛中，更理智更谦虚地估计自己的力量，恰如其分地评价自己。而不是像现在这样心浮气躁地，在激烈竞争的气氛里过高估计自己。我坚定不移地相信，这一天终会来临——青年们不再野心勃勃，头脑发热，非要成为时代的头号人物不可，或不成功则成仁。到了这一天，每个人都享有政治权利，行使这些权利被视为每个公民生活中的重要内容。到那时，人们不会像今人一样，热衷功名，在仕途上死命钻营，狂热地追逐权力。

杜蒙特夫人原打算把她的一万多法郎的积蓄作为女儿

的妆奁，如今同意动用这笔款子供儿子到巴黎读书。日后又得省吃俭用，积一笔钱送贺拉斯的妹妹卡米尔出阁了。

就这样，揣着一千五百法郎的学费，十九岁的中学毕业生贺拉斯出现在巴黎的繁华街头，成了一名法学院的学生。我在靠近卢森堡公园的小咖啡馆认识他的时候，他已在巴黎学习了或算是学习了一年。每天早晨我们在这家咖啡馆喝咖啡、读报纸。他彬彬有礼的言谈举止，开朗的神气，机灵温和的目光，一见面便赢得了我的好感。年轻人相遇很快便能成为朋友，只要一连几天坐在同一张桌子边，讲几句客套话，到了阳光灿烂的早晨，他们便会交谈起来，海阔天空地畅谈，从咖啡馆一直走到卢森堡公园的小径深处。这就是一个春意撩人的早晨我与贺拉斯交往的情况。丁香花正在盛开，阳光欢乐地照耀在咖啡馆美丽的老板娘普瓦松太太那张镶了黄铜的桃木柜台上。我与贺拉斯不知不觉走到公园的水池旁边，彼此挽着手臂，就如一对相识已久的老朋友，而我们还不知道对方的姓名。诚然，促膝谈心，交换对一般事物的看法，使我们的心突然贴近了，但还是摆脱不了矜持的态度，却增加了我们这两个受过教育的人之间的信任。这一天，我仅仅知道贺拉斯学的是法律，他也仅仅知道我是医科大学生。他向我提的问题局限于我对自己攻读的学科的看法，我亦如此。

两人分手时，他对我说："我佩服你，或者应该说，我羡慕你，你在努力学习，不浪费光阴，你热爱科学，你有希望，朝着目标勇往直前！而我呢，我走的路与你的不同，我不愿坚持走下去，我只想摆脱它，我厌恶法律是有道理的，满纸谎言，违反上天的公道，违背永恒的真理。

如果这谎言有逻辑性、系统性倒也罢了，偏偏它又自相矛盾，真是无耻之尤，其目的就是要我们以卑鄙的手段干歹事。如果有哪一个年轻人把这所谓的研究诉讼的歪理当了真，他便是个无耻之人、荒唐的家伙，我就要蔑视他，憎恨他……”

他说这番话时慷慨激昂，我颇为欣赏，但不排除他并非即兴而发，而是早有腹稿的。听他说话，你不会怀疑他的真挚感情，但这番话显然不是第一次吐露出来，因为说得太流畅了，可见曾经认真地思考过。请原谅我这不大客气的看法吧。读者诸君如果没有弄明白我的话意，就很难了解贺拉斯微妙的性格了。我曾认真研究过他的性格，觉得很难下定义，总是捉摸不透。

贺拉斯的性格似做作又非做作，似自然又非自然，这两者微妙地掺杂在一起，令人分不出他是做作还是自然呢，就如人们用几种作料配制的菜肴，或熬煮的浓汁，你无论从它的味道还是气味，都辨别不出是用什么作料配制或熬煮出来的。有些人一接触贺拉斯便很不喜欢他，认为他自命不凡，不可一世。而有些人却和他一见如故，相见恨晚，认为他直爽坦率，洒脱开朗。我则认为这两种看法都错了，或者说他们都只说对了一个方面。贺拉斯是个很自然的做作者，难道你们没有见过这种人吗？他们的性格与言谈举止似乎都是做作的，一生都在演戏，扮演一个角色。他们认认真真地以自己的一生去演戏，自我模仿。他们不安分守己，不甘平凡，想有一番作为。身份卑微但不乏浪漫的激情；表演的才能有限，却天马行空，因而他们常披着自己想象中的人物的外衣。那人物就是他们自己，就是他们的理想，他们的创造，他们体内的动力。真实的人仿效着理想的人行事，就如揽着一面中间裂开的镜子自照，看到镜中有两个自己，这两个形象不可分割，然而又明显不同，这就是我们平常所说的"第二性"一词，它已成了"习惯"的同义词。

贺拉斯就是这样的人。他急需表现他的全部优越性，他把这些优越性穿在身上，装饰自己。无论在外表还是精神上他都在装扮，装扮得高人一等。他的装扮似乎得到天性的帮助——他长得俊秀，举止斯文，态度随和。他的衣着与举止并非高雅得无可挑剔，但画家可以从他身上找到值得描画的特点。他身材颀长，健壮而不笨重，五官线条优美显得高贵。但他的气质并不高雅，高贵与高雅是完全不同的两回事。高贵是大自然的杰作，而高雅是艺术的杰作。高贵与生俱来，而高雅则要自己去争取。高雅表现在某种衣着的品位中，表现在日常的一颦一笑、举手投足中。贺拉斯浓黑的胡子修剪得很讲究，从远处看就知道他是拉丁区的大学生。他一头漆黑而浓密的头发，时髦青年是要不时地按一按它的。他常常急躁地用手按压他那波浪般的黑发，但弄乱了的头发并无损于他美丽的额头。贺拉斯心里明白，即使他每小时都抓乱他的头发，也不碍什么事。因为据他在我面前透露，他颇以自己的一头秀发自豪。他的衣着也相当讲究，给他制衣的裁缝技艺并不出色，也缺乏对时尚的洞察力，但颇有心计，常与他一起别出心裁地把袖饰做得宽大些，把坎肩做得颜色鲜艳些、笔挺些。在根特大街，贺拉斯也许会显得可笑，但在卢森堡公园、奥德翁剧场正厅的后排座位上，他的衣装最好看、

最潇洒，腰部束得最紧，胁部用料最多，正如时装报刊上说的"最耐看"。他的帽子压住耳朵，不大也不小。手杖不粗也不细。他衣服的料子虽然不是英国式的，然而他的步履悠闲轻松，虽然衣领硬挺，但他仍显得闲适自如。住在郊区的阔太太甚至年轻小姐常常从马车里或舞台两侧包厢中探出头来，情不自禁地看他几眼。

贺拉斯知道自己长得俊，而且有意让人感觉到他的俊秀。他从不谈自己的长相，却喜欢对别人的长相评头论足，而且观察细致入微，不时地指出他人的缺陷所在，并轻薄地议论一番，引导你把他与被讥笑的对象做比较。他的鼻子线条优美，眼睛好看，因此对鼻梁塌陷、眼睛无神的人总要挖苦一番。尤其对驼子的所谓"怜悯"更显出他的刻薄来。他指着驼子叫我看，我不由得天真地以解剖学家的眼光打量他的脊梁。他因得意而背部微微抖动，但脸上却没因自己的好身材而流露出喜色，照常微微地笑着。

如果看见别人的睡相不雅，贺拉斯一定会头一个发笑。当他在我家借宿时，我也注意起他的睡相来。他总是把一条胳膊弯于脖颈之下或搭在脑袋上，睡姿有如古代雕像。我的观察虽不免有点孩子气，但也说明了自然的造作是他天生的特性。他即使在身边没人、没照镜子的时刻也忘不了保持优雅的姿势。我们的一位同学不无恶意地讥消，说贺拉斯哪怕在苍蝇面前也要搔首弄姿。

请读者原谅我不厌其详地讲述他的琐事，我觉得这些细节有详述的必要。现在让我回过头来向你们介绍我与贺拉斯最初几次交谈的情况吧。

2

第二天，我问他，既然他对法律学深恶痛绝，为何不去攻读别的学科。

"亲爱的先生，"他宛若一个四十岁左右的饱经沧桑的人，以一种与年龄不相称的口气说道，"现在只有一份职业能带来一切，那就是律师呀！"

"你所说的'一切'，指的是什么？"

"目前，能当上议员便是一切。再过一些时候，肯定还有别的好处。"

"你指望来一场新的革命？要是不再发生革命，你怎么争取当议员呢？你有财产吗？"

"暂时没有，不过我肯定会有的。"

"正因为这样，你最重要的问题是弄到毕业文凭，并不需要真的去做律师。"

我见他蛮有把握，以为他拥有一笔可观的财产。

他对这个问题模棱两可，不置可否，犹豫半晌，说道："要扬名的话，还得从律师起步，不出两年，定能获取议员候选人的资格，因此首先必须显示出才干。"

"两年？未免太快了吧，要当上律师并显出才干，至少要有两倍的时间。再说，你的年龄也没到……"

"你不相信下届议员选举中，当选人的年龄与纳税额都可能会降低吗？"

"我不相信。但说到底是个时间问题。只要你有坚定的信心，就一定会成功。"

"世上无难事，只怕有心人嘛。"他微笑道，"只要胸怀大志，起点再低，亦能攀上高峰！"

"我对此毫不怀疑，"我答道，"关键是了解要跨越多少障碍，而这只有天晓得。"

"不，亲爱的，"他亲热地挽住我的胳膊，大声说，"关键是我有无克服障碍的坚定意志，这个嘛，"他使劲地拍拍他的胸脯，响亮地补充道，"我有！"

我们一边谈一边来到贵族院①的对面。贺拉斯似乎要像神话中的巨人，瞬间变高变大。我看着他，他虽然过早地蓄了胡须，但浑圆的脸蛋仍显孩子气，与他的雄心壮志很不相称。

"你今年多大了？"我问他。

"你猜呢？"

"乍看之下你有二十五岁，但实际年龄大概不到二十岁。"

"不错，我还不到二十岁。你对此有何高见呢？"

"你的志向是在两三年前产生的吧，因此它太稚嫩了。"

"你错了！"他嚷道，"我的志向是与生俱来的，它的年龄与我的一般大。"

"论天分，可以这样说，可我仍认为，你的志向尚未在政治生涯中受过磨炼，你不可能老早便已在这方面做过考虑，对于议员为何物，恐怕知之甚晚吧。"

"请你相信，我刚懂事的时候便知道什么是议员了，

_____

① 贵族院，今为参议院，位于巴黎的卢森堡公园里。

我一下子便对它着迷了。我命中注定要成为议会中的一员。不错,我要发表演说,成为遐迩闻名的人物!"

"真有你的!你掌握了手段,这是上天赐给你的。现在抓紧学习理论吧!"

"你说的理论是指什么?学法律,学诡辩术?"

"啊!难道就只有这些东西?我指的是人文科学、各种宗教,然后做出判断,加以综合,树立信念。"

"你是说见解吧?"他微微笑道,目光透出自信、得意,"谈到见解,我早就有了!如果你要我说给你听,我认为我的见解已经够完善了。因为见解来自感情,而我的感情是伟大高尚的!是的,先生,上帝把我打造成伟大善良的人,我不知道上帝还要如何考验我,但我可以骄傲地说,只有傻瓜才会讪笑这份骄傲,我觉得自己慷慨大方,能力非凡,道德崇高。我疾恶如仇,刚正不阿。我从善如流,向往光明的事业!我不会也不想从中谋求私利。我可以很自信地说,我是天生的英雄人物!"

我不禁莞尔。一直很留意我反应的贺拉斯,看出我的笑并不含恶意。

"你大概觉得很意外吧?"贺拉斯问道,"我们认识不久,我竟肆无忌惮地向你直抒胸臆。一般人是不会交浅言深的。你认为他们才算谦逊吗?"

"不,还是说实话显得真诚些。"

"可不是,我也认为我比那些伪君子好,没有他们那么可笑。他们自命不凡,惺惺作态,以谦谦君子自居,是利己主义者,名副其实的、可憎的野心家。他们压抑胸中块垒,隐藏锋芒——这种锋芒原是好事,有锋芒才有雄心

壮志，勇于进取，才有高尚伟大的襟怀（没有这些，怎能掀起伟大的革命呢？）。他们为避免别人的误解、嫉妒，便故意藏愚守拙，直待腾飞之日，他们才施展纵横捭阖的手段。这些人追求的只是升官发财，在腐败的政府机构谋个一官半职。你细想下，那些推翻暴政，为了高尚目的而踏踏实实干大事，动摇旧世界的伟人，如米拉波、丹东、皮特等，他们会无聊到去扮演谦谦君子的角色吗？”

贺拉斯所言不无道理，他说得振振有词，理直气壮，我亦无言以对。不过，自那次交谈之后，我由于本身所受的教育以及天性之不同，对他的狂妄自大颇为反感。然而，这正是贺拉斯的特色。听到他慷慨激昂的言谈，看到他眉飞色舞的神态，却也会受到迷惑，与他分手后，你不免暗暗纳闷，为何竟没有指出他的乖谬之处？当你再次与他见面，往往又被他异于常人的魅力所吸引。

某一天，我与贺拉斯挥手道别，被他的独特个性深深打动，心里在揣摩着，他到底是个自大狂还是一个伟人？我的答案倾向于后一种。

次日，我见到他，问道：“你既然如此推崇革命，去年七月，你参加了战斗吧？”

“实在可惜，当时我正在度假呢，可是，我在我那小省城里也没隔岸观火，参加了护城志愿队，我没遇险可不是我的错。我们扛着枪巡逻，守卫了好几夜呢。如果旧政权派军队来攻打，我们肯定比政府组织的国民自卫队里的那些小市民英勇。胜负未分之际，他们可全都龟缩在自己的店铺里不敢动弹呢。是我们在城外巡逻，保卫了他们，使他们免遭城外敌人的袭击。半个月之后，危险过去，如果我们高呼'自由万岁'，这些人却会用刺刀捅死我们的！"

这一天，我们聊得时间长了些，我邀请贺拉斯与我待到傍晚，然后到旧剧院街的潘松餐馆吃晚饭。这是拉丁区待客最殷勤、价钱最公道的一家餐馆。

我以极大的热忱款待了贺拉斯。潘松先生的烹调堪称一流，价廉物美。在这里，聚集了不少希望在文学上有所建树的青年，包括正派的大学生。自从潘松的同行和竞争对手达努在骚乱中发了迹，混上国民自卫队的骑兵军官后，他的老主顾们便发誓再也不迈进他的店门，而纷纷光临潘松餐馆，吃更加经济实惠的猪排和牛排。

晚餐后，我们上奥德翁剧院，观看多瓦尔夫人与罗瓦洛瓦主演的大仲马剧作《安东尼》。从这一天起，我和贺拉斯建立了密切的关系。

剧间休息的时候，我问贺拉斯："照你说的，研究医学比研究法律更令人嫌恶了？"

"亲爱的，"他答道，"我承认我对你的志向一点也不了解。你的手、眼、思想终日和烂泥般的人肉打交道，难道不会丧失诗般美好的感情、丰富的想象力吗？"

"还有一宗比解剖死人更难受的事情，那就是给活人做手术。这需要更大的勇气和决心。当你给一个可怜的孩子做手术时，他发出的哀叫声，比任何惨不忍睹的尸体都更使你感到难受。医生的职业就是屠夫的职业，更谈不上传教士的使命。"

"有人说干这种职业的人，会变得冷酷，"贺拉斯说道，"也有人赞扬解剖学家热爱科学而忘记了人类，你难

道不担心自己会像这样的人吗？我一见到解剖学家就赶紧移开目光，就像见到刽子手一样。"

"要想成为良医，我希望自己保持必要的冷静，又不失怜悯之心，人类的同情心。要达到这种境界我仍需不断努力。我不相信医生会变得铁石心肠。"

"你的话不无道理。但说到底，医生的感受会变得麻木，想象力萎缩，对美与丑的辨别力会丧失。对于生命仅仅看到物质的方面，实用观念代替了理想。你可曾见过医生做诗人？"

"我也来问你，你可曾见过议员做诗人吗？就我对当今从政的人的观察，我不认为他们保持了优美丰富的想象和美丽虚幻的诗情。"

"要是社会进行变革，"贺拉斯大声嚷道，"社会职业最有利于大脑的活力、心灵的敏感，今天走的道路当然是枯燥乏味的。当我想到要使自己具备辨识社会真理的能力时，我就必须吃透《法国民法典》和《学说汇纂》，精通鲍狄埃、杜科鲁瓦、洛格龙。我要刻苦攻读。总之，这意味着必须使自己变得昏头昏脑，以便能够和同代人适应，把自己降低到他们的水平。啊！想到这里，我真得认真考虑是否要退出政治圈子了。"

"如果是这样的话，你打算把你满腔的伟大感情，用到什么地方去呢？还有，你那铁一般的意志怎样保持下去呢？几天前，你还责备我怀疑你的意志呢。"

他双手捧着头，两肘支在乐池的栏杆上，陷入了沉思，直至启幕。然后，他聚精会神地听完第三场的乐曲，似乎很受感动。

　　第三场结束后，他颇有感触地朗声道："感情！你认为感情在生活中该占多大的分量？"

　　"你说的是爱情吧？"我答道，"对我们过的这种生活来说，爱情要么就是一切，要么不占一点分量。既想做安东尼那样的情人，又想做你那样的公民是不可能的。二者不可得兼，必须有所取舍。"

　　"这正是我听这戏时的想法。这个安东尼是那样愤世嫉俗，一切妨碍他爱情的事物他都憎恨……你呢，你爱过女人吗？"

　　"也许爱过。爱过与否有什么关系？你还是问问自己什么是爱情吧。"

　　贺拉斯耸耸肩，大声说："我如果考虑过这个问题，就让上帝罚我入地狱！难道我有时间谈恋爱吗？我知道女人是什么东西吗？亲爱的，我是纯洁的，像鹅一般纯洁。"说到这里他天真地笑了，"不怕你笑话，我对女人怕多于爱。然而，我的下巴长了胡子，想象力丰富。不错！正是丰富的想象力使我避免犯错，我亲眼看到我的有些同学迷失方向，误入歧途。我还没有遇到能令我倾倒的理想姑娘。在绍米埃尔及其他肮脏场所的粗俗女人，我对她们只有怜悯。我宁愿下地狱受罪也不愿勾引这些被拔去了羽毛的天使，令她们堕落，使自己终生抱憾。况且这些女人个个粗手大脚，翘鼻子，字也认不了几个，写一封责怪你负心的信也是错字不断，让你笑掉大牙，实在无法内疚。如果我有朝一日堕入情网，我希望爱得死去活来，像被电击般受到震撼。我会为失恋带来的巨创而痛苦伤心，或因两情相悦而陶醉，飘飘欲仙。我决不要不冷不热的爱

情。须是二者之一，或者二者兼而有之。我可不干偷鸡摸狗的勾当，不争风吃醋。我愿为爱情吃苦，为它疯狂，我愿意与情人一起服毒自尽，或自刎倒在她的尸体旁边。我不愿成为可笑的人物，尤其不愿在自制的悲剧中厌倦，以滑稽剧的结局结束我的爱情。我的伙伴们嘲笑我的天真。他们在我面前扮演唐璜的角色，企图引诱我、迷惑我。他们是白费气力了。我祝他们玩得开心，但我需要的不是他们那种玩乐。咦，你在想什么？"我忍俊不禁，又不好让他看到，于是转过头去，引起了他的发问。

"我正在想，"我答道，"明天我邀请了一个很可爱的穷姑娘到家里吃午饭，我想请你去见一见她。"

"天啊！不要让我参加这类会见吧！"他嚷了起来，"我有五六位朋友被他们妖精般的女人缠着，她们讲的献媚话我都能背下来了。呸，你也叫我恶心。一周来我躲开他们来找你，以为你是个正人君子，有正派大学生的高尚情操，原来你也不能免俗，居然有个女人！我的上帝，我该藏到哪儿去才不会见到她们呢？"

"你还是冒点险会会这一位吧。我跟你说，你可一定要来。如果你明天不来我家吃午饭，见见她，我就去找你了。"

"你讨厌她了，是不是？我可有言在先，我无法帮助你摆脱她。"

"我亲爱的贺拉斯，我向你担保并声明，你若企图拆散我和她，你倒不如先把我的喉咙割了！"

"此话当真？"

"千真万确！"

"如果是这样的话，我接受你的邀请，我很乐意就近见识一下真正的爱情……"

"见识一下粗俗女人，是吧？你想不到我也会爱上粗俗女人？"

"唔，是的，我很惊讶。我有生以来只见过一个我可以爱的女人，可惜她没有年轻二十岁。她是外省的寡妇，领主夫人。头发仍然保持着金黄色，从前一定是个绝色佳人。说话、走路、待人接物的风度，与我见过的其他女人相比，简直有天壤之别。这位夫人出身于名门，黄蜂腰，玉手纤足，堪与拉斐尔笔下的美女媲美，古朴的脸庞，红润的尖舌。我发过誓不找一位年轻貌美的情人，除非她的手脚和老夫人的一样，尤其是具有贵族气派，金发上饰有许多白色花边。"

"亲爱的贺拉斯，你离恋爱的年龄还远着哩，可能你永远不会谈恋爱。"

"但愿上帝听到了你的话！"贺拉斯叫道，"一旦我堕入情网，我这一生就完了。我的政治生涯、我的远大前程便通通完蛋啦。我绝不会半途而废的。等着瞧吧，且看看我将来到底是演说家、诗人，还是情人。"

"我们先从做学生开始，如何？"

"唉！你说得倒轻松，你又是大学生又是情人。而我呢，我既没有情人，又无心于我的学业！"

3

　　贺拉斯引起我极大的兴趣。对他坦率地表现的英雄气概、激昂的热情，我是并不信服的。但我相信他是个开朗、单纯、爱幻想却还没有能力实现它的优秀青年。我喜欢他的直爽坦白，以及不懈地追求崇高事物的良好表现，而不需把他看作英雄。他那不着边际的幻想并不令人讨厌，正说明他追求美好的理想。我寻思，他这个人有两种可能性：一种是他天生是一个伟人，目前的所作所为，是受着神秘的本能的支配，预感到自己必成大器；一种是他仅仅是个正直的青年，目前的狂热过后，他会成为温文尔雅的好人，安分守己地过平静日子，有时偶然爆发热情的火花。

　　我更希望他是后一种人。如果他改掉天真的自命不凡，不失去对美对善的爱，我倒更放心一些。假如他成为伟人，等待着他的命运是可怕的。遇到各种障碍会激怒他，他的骄傲自负又是那样顽固、强烈，令他丧失理智，上帝赋予他的善良美好的德行会化成邪恶的力量。但不管他是哪一种人我都迷恋他。我应该帮助他发扬优点，或者克服缺点。我比他年长五六岁，我的性情比较温和文静，我对未来已有稳妥的计划，个人已无多大的烦忧。到了恋爱的年龄，由丁得到温柔的、真心实意的爱，我避免了犯错误和痛苦的折磨。我觉得所有幸福都是上帝的恩赐，我不应独自享受，我应该让另一个人分享我灵魂的安宁，把它作为镇静剂，去抚慰另一个狂暴的或受到毒害的灵魂。

我是未来的医生，我按医生的思维方式考虑问题，但我也是出于好意。我不像贺拉斯那样天真地吹嘘，我也是善人，比他更有爱心，只是不善于表达。

在这位新朋友身上，唯一荒唐的、应予批评的缺点，是他对贵族女人的倾慕。他是个狂热的共和主义者，却不懂鉴赏高雅的举止，他过分地蔑视粗野质朴的外形，他自己也不像自吹的那样富有教养。

我决定尽早介绍他认识欧也妮。我以为看见朴素高尚的欧也妮，他的观点多少会改变，至少给他上了一课，观点不会那么偏狭。他见到了欧也妮，被她娴雅的举止所打动，但不认为她具有被男人真正爱上的天姿国色。

"她只不过看上去顺眼，不难看而已。"在过道上他对我说，"她一定聪慧过人吧。"

"她的判断力胜于智力。她以前的女伴都说她很傻呢。"我答道。

欧也妮亲自做饭，并把饭菜端上来。傲慢无礼的贺拉斯觉得做这类事情太缺乏诗意了，脸上顿时露出不屑的神色。可当她落座，坐在我与贺拉斯中间，落落大方地向他表示欢迎，言辞得体有礼，他的敬意又油然而生，脸色柔和了许多。他一直对她说些风趣的反话，欧也妮神情庄重，毫无笑意，他还以为她在洗耳恭听呢。后来他发觉她目光锐利，颇有判断力，便立即收敛轻狂自大的神气，不敢嬉皮笑脸了。可惜为时已晚，他已给端肃的欧也妮留下了恶劣的印象，只不过她没有形之于色罢了。午餐完毕，她就退到房间的一角做针线活儿了，果真是个俗女子，贺拉斯的敬意又消失了，可谓瞬息万变。

我住的套房位于奥古斯丁码头，有三间房，房租不低于三百法郎，家具自备，对于一个大学生来说，够阔气的了。三个房间分别为饭厅、卧室、书房——我美其名曰"沙龙"。我们就在"沙龙"里喝咖啡，贺拉斯看见桌上有香烟，伸手便取出一支点燃了，正要抽时，我挽起他的胳膊，对他说："对不起，在这儿抽烟，欧也妮会不高兴的，我平常总是去阳台上抽烟的。"贺拉斯向欧也妮道歉，但讪讪的，觉得我竟如此尊重一个给我的领带缲边的女人，未免有点过分。

　　我的阳台突出在楼房最上层的外面。在栽种着橘树的两个木头箱子里，欧也妮还播种了牵牛花和香豌豆，长出的藤蔓荫蔽着阳台，绿意可人。两棵橘树正在开花，还有几盆蝴蝶花和木樨，给摆在窗下的长软椅衬托出几分情趣。长软椅下铺着一块旧垫子，权充东方式地毯，扶手上有皮靠垫。我请贺拉斯坐在软椅上，我的手搭在椅背上，悠闲地抽着烟，宛若一位贵族老爷。欧也妮坐在室内窗前干活，和阳台上的长椅只隔着一个窗户。平日里我可以透过窗户看着她，而吐出的烟雾又熏不着她。这一次她看见坐在长软椅上的不是我，便借口阳光太刺眼，悄悄地放下窗帘，其实是不好意思，贺拉斯自然心领神会。我坐在贺拉斯身后种橘树的木箱子上。窄窄的阳台仅能容纳两个人和几盆花草树木，但在这儿可以眺望塞纳河风光最好的一段河面，蓝天衬托下发出闪闪金光的卢浮宫，所有的桥、码头，乃至主宫医院尽收眼底。在我们的对面，圣礼拜堂竖起深灰色的尖顶，尖尖的门楣耸立在西岱岛的屋群之上；稍远处，美丽的圣雅克塔，把它的四只巨狮擎至天际。秀美结实的巴黎圣母院在右面隔断了我们的视线。所有景色蔚为壮观，一边是古老的巴黎，有着悠久历史的高大建筑和参差错落、典雅别致的房屋；另一边是文艺复兴时期的巴黎，与美第奇、路易十四和拿破仑兴建的帝国时期的巴黎毗连。每一根石柱，每一扇门，都象征着君主制的每一页历史。

在君主制历史的最新篇章中，我们最近拜读了《巴黎圣母院》。这部浪漫主义的作品，使我们首都的古典之美，增添了清新迷人的诗意。我和贺拉斯就和一般青年人一样，赤诚地领略着这诗一般的魅力。已经湮没的历史闪烁着神奇的光辉，绚丽夺目地呈现我们眼前。感谢诗人雨果，我们极目远眺一座座古典建筑的屋脊，细细领略它们风格迥异、各具特色的建筑结构，获得美的艺术享受。这是我们的前辈——帝国时代与王政复辟时期的大学生们享受不到的眼福。贺拉斯崇拜维克多·雨果，酷爱他奇特大胆的创造。我的看法虽与他的不尽相同，但也不与他争论。我的情趣和秉性让我比较喜欢舒缓的艺术造型，柔和协调的色调轮廓。贺拉斯更多地以想象的眼光而不是以科学的眼光观察事物。不过，我何苦和贺拉斯展开舌战呢？十九岁的青年不会害怕刺激感官的艺术，二十五岁的青年，也不至于谴责这种艺术形式。不，朝气蓬勃的青年不是书呆子，不会认为展现活力的艺术形式过于强烈。而一个诗人，若要整整一代人和他一起睁开眼睛，感受他所感受到的激情，就要赋予自己的思想相当广阔、相当感人的形式，这可不是容易办到的事。

有这样的情况：我们之中的某些执拗的人，为了猎

奇，求得新鲜刺激，不读《巴黎圣母院》却去读《保尔与维吉妮》，或者如一位风雅的批评家所说，一目十行地重读彼特拉克十四行诗的精华。他们同样在好奇的眼睛上戴着五颜六色的眼镜，这眼镜让他们看到了许多新奇的事物，这些忘恩负义之徒，满怀激动看够了精彩情景后，又把眼镜斥为古怪的东西。古怪就古怪吧，如果没有大师的天才想象力，光凭他们的肉眼能看到什么东西呢？

贺拉斯对我的批评做了小小的让步，而我对他的激情做了大得多的让步。争论之后，我们的目光随着从我们头顶飞过的燕子和乌鸦，一起落在巴黎圣母院的尖塔上。这座古老的大教堂是我们祖祖辈辈瞻仰凭吊的伟大建筑。它赢得世人的热爱，一如其他被遗弃的名胜古迹，只要有人热情颂扬一番，它就会重现光彩，变得时髦起来，游客蜂拥而至，络绎不绝。

我并非有意把对青年时期一段生活的回忆用来研究我所处的时代，这是我力所不逮之事。但是，重温记忆中的某些日子，我不能不提及某些书籍对贺拉斯、对我乃至对大家的影响。阅读书籍是我们生活的一部分，也是我们自身的一部分。在我的记忆里，青少年时期充满诗意的印象就与阅读《勒内》《阿达拉》分不开。

正当我与贺拉斯高谈阔论的时候，有人按门铃。欧也妮敲了敲玻璃窗，示意我去开门。来人是欧仁·德拉克洛瓦美术学校的学生，名叫保尔·亚塞纳。我每天到画室给学绘画的学生上解剖学课程，画室的同学给他取了一个绰号：小马萨乔①。

"你好，马萨乔先生。"我说着把他介绍给贺拉斯。后者冷淡地瞟了一眼他那件肮脏的工作罩衣和一头乱发，没有吭声。我说："这是公认的前程远大的画师，他是来接我去上课的。"

"还早着呢，"保尔·亚塞纳说道，"离你上课的时间还有一个多小时。我来这儿是想和你谈点私事，你有空吗？"

"有空。要是你认为我这位朋友在这儿不便的话，我可以请他回阳台去抽烟。"

"不用，"年轻人说道，"我要谈的并不是秘密，'两个人的主意胜过一个人的'，先生愿意听，我是不会生气的。"

"请坐吧。"我到房间搬来一张椅子。

"别费事了，"这位画院的艺徒爬到五斗柜上坐下，鸭舌帽放在膝盖上，用手肘压住，掏出方格手帕抹上的汗水，两条腿悬着，上身保持着思想家的姿势。他开口说道："先生，我想放弃学画，改行学医。据说医生的职业更好。我是来征求您的看法的。"

"你给我提了一个很难回答的问题。我认为各行各业都挤满了人，正如你所说的，干哪一行都不牢靠。博学多才、能力出众的人也未必可以确保前程。总之，我看不出来医学在哪个方面比艺术更能给你提供机会。最好还是根

---

① 马萨乔（1401—1428），意大利文艺复兴时期绘画领域的先驱者。

据自己的天赋来选择职业。大家认为你在绘画方面有突出的才能，我不明白你何以对它失去兴趣。"

"我失去兴趣？啊，不是的。"小马萨乔分辩道，"我一点也没失去兴趣。如果依靠绘画能够维持生计，我宁愿绘画，绝不会干别的行当。可是做个画师，所需时日太长了，太长了啊！我的老师说，至少要对着模特画两年才能开始创作。而从开始创作到举办画展，大约还得两年时间。即使顺利办了画展，画师的境况也改善不大。今天上午我去博物馆了，我以为大家会在我老师的作品前驻足鉴赏呢，因为他毕竟是一位大师，著名的画家啊！谁知竟有一半的人连头也没抬便离开了，反而簇拥着去看一位穿着炮兵服的先生的肖像去了。那肖像的胳膊是木头做的，纸板做的脸孔。这些人就别提了，因为他们都是无知的可怜虫。可是跟着来了一群年轻人，都是几所美术学校的学生，大家都发表了意见，有人批评，有人赞扬，但居然没有一个人的话是中听的。没有一个人理解这幅画。于是我心想，为又瞎又聋的公众搞艺术有什么意义呢？从前搞艺术是好的，现在我要另找门路啦，只要能挣钱就行啦。"

"他是个卑鄙的傻瓜！"贺拉斯附在我的耳旁低声说道，"他的灵魂和他的罩衣一样肮脏。"

我不赞成贺拉斯持这种蔑视态度。我对小马萨乔不甚了解，但我知道他机敏好学，德拉克洛瓦先生器重他，同学们也尊重他，和他的关系不错。刚才他说那番话想必是有什么隐衷。他虽说没什么秘密，但从其神色中可知他有难言之痛，放弃绘画并非出于庸俗的动机。

他的身上集中体现了平民的特征。不是那种五大三粗老老实实的庄稼汉，而是消瘦文弱、精明干练、机敏灵活的平民手艺人。他长得不好看，然而他的同学说他是"长着能做大事的脑袋"的人。他相貌平庸，脑子里却装着智慧。我还从没见过像他这样精力充沛、聪明绝顶的人。他的眼睛小且有些混浊，但炯炯有神，目光如电，仿佛会把眼眶撕裂。鼻梁略短，鼻孔和眼角之间的距离太小，乍一看面相平庸猥琐。但这只是一瞬间的印象。皮囊低贱却包着铮铮傲骨，目光透露出独立不羁的意志。双唇肥厚，唇边长满毛茸茸的黑胡楂。宽脸膛，下巴又直又窄，中间略显凹陷。颧骨突出，线条分明，显示出坚毅不凡、刚直不阿的性格。鼻翼下透露出高尚儒雅的气质，他的天庭饱满，无论从雕塑艺术还是从骨相学的角度来看都是令人赞赏的。我极喜欢这个小伙子，认为他的模样很耐看，不会使人生厌。在他们班上课的时候，我总是不由自主地请他回答问题，认为这小伙子是智慧、勇敢和善良的化身。

因此，刚才听到他那些庸俗的话，老实说我挺难受的。

"亚塞纳，你怎么啦？"我对他说，"你真的要放弃绘画，去找一份更有利可图的工作吗？"

"是的，先生。我说过了，我会这样做的。"他坦然地回答，毫无愧怍之色，"如果能保证全年可挣一千法郎，当鞋匠我也愿意。"

"当鞋匠与绘画一样，也是一门艺术呢。"贺拉斯露出蔑视的微笑，揶揄道。

"修鞋绝不是艺术，"小马萨乔冷冷地回敬了一句，"我的父亲就是干这一行的，我干这个不会比别人差。不

过干这个不能给我带来钱财。"

"这么说，可怜的小伙子，你需要很多钱吗？"我问他。

"我已经对你说过了，我需要全年挣一千法郎，可现在，我不但挣不到钱，还要付出一半的费用。"

"既然如此，你怎么会想到学医呢？你要有三万多法郎才能支付学费和准备开业的开销呢，再说……"

"再说，你没有上过学吧？"贺拉斯插嘴说，他对我的耐心已感到厌烦了。

"这倒是真的，"亚塞纳坦然道，"我可以补习的，至少我可以通过自学获得与在正规学校学到的相等的知识。我只要有块面包，一罐水就够了。我准备用一个星期的时间学到小学生需用一个月学到的东西。因为一般小学生都很懒。我们小时候也贪玩，浪费光阴。到了二十岁，懂事了，就会用功。根据你说的情况我是学不起这门专业了。那么，当律师行吗？"

贺拉斯放声大笑。

"小心别把肚皮笑破了。"亚塞纳并没动气，对贺拉斯的做作感到愕然。

"我亲爱的孩子，"我说道，"放弃这些计划吧。在你这个年龄，这些计划是无法实现的。目前你只有搞艺术或做工人这两条路。如果你既无财又无势，无论干什么都很困难的。你需要时间、耐心和稳定。"

亚塞纳叹了一口气。我打算以后再询问他改行的原因。

"你有成为画家的天分，这是可以肯定的。驾轻就熟，成功的机会更大。"我继续劝他。

"不，先生。"他说，"明天我只好去一家时装店打工了，我需要挣一些钱。"

"你还可以做人家的跟班嘛。"贺拉斯说，他越来越恼火。

"我讨厌做跟班，"亚塞纳说，"不过，如果别无选择的话，我也许……"

"亚塞纳！亚塞纳！那对你来说是很不幸的，对艺术来说是个损失。你难道不明白，一个人具有才华，就被上帝赋予了崇高的职责吗？"

"咳，你这话倒说得冠冕堂皇。"亚塞纳的眼睛迸射出火光，"一个人除了履行自己的职责外，就没有别的了吗？算我倒霉吧！行了，我这就去学校告知他们你三点钟来，对吗？"

说完，他从五斗柜上跳下来，默默地和我握握手，又向贺拉斯微微点了点头，就像一只猫般蹿下楼，但在每层楼的楼梯上，他都会停下来，提一提他的破皮鞋的后跟。

4

保尔·亚塞纳又来看我。我猜想他有难言的苦衷，剩下我们两人的时候，我费了点劲才获悉他的隐衷。以下就是他对我倾诉的话。

"我对你们说过，先生，我父亲是外省的鞋匠，父亲生了我们五个孩子，我是老三。我的大哥长大成人后，父亲挣了点家业便不再做鞋匠了。他娶了继室，这女人年

纪不轻，姿色平平，没有资产，心肠歹毒，但却把父亲挟制住了，败坏了他的声誉，挥霍了他的钱财。我的父亲上了当，自叹晦气。他是个重感情的人，后妻却水性杨花，招蜂惹蝶，使他又妒忌又伤心。我们这个阶层的人，遇到不顺心的事总是借酒浇愁，可怜的父亲亦常陷入醉乡不能自拔，我们并不责怪他。他原先是很和善，很明理的。后来，他终于不能控制自己，性格完全变了，稍有触犯，就扑过来揍我们。我们已经不是孩子，加上我们是在和气慈祥的爱抚中长大的，忍受不了挨打受气。再后来，父亲竟对我大哥产生了忌恨之心。因为后妈对年轻俊秀、性情和善的大哥起了歪念头，频频勾引他。大哥威胁说，要向父亲揭发她，这女人恼羞成怒，倒打一耙，向父亲诬陷他说他企图乱伦。就像悲剧《菲德拉》中的女人一样——后来我每次看这出戏便禁不住流泪。大哥一气之下，便离家出走，卖身顶替别人服了兵役。二哥自知难逃同样的厄运，也往巴黎寻活路去了，他临行前答应我，待他生活有了着落便接我去。我和两个妹妹留在家中，日子倒还平静，因为我拿定主意，不管那个悍妇如何吵闹，我都不予理睬。我有自得其乐的法子，过去在学校里学到的东西我还牢牢记着，我不用到店里帮父亲干活的时候，便阅读，或者找一些废纸画画。我从小便喜欢绘画，但我觉得这玩意儿没多大用处，不想在这方面多花时间。有一天，一位到我们那个地区旅行采风的画家，来我们鞋店定做一双特大号皮鞋，我去给他量尺寸。他住在一家客店的小房间里，我瞥见桌上摆着画册，便请求他给我瞧瞧。我的好奇引起画家的注意，他递给我一张纸、一支笔，叫我在纸上随便画个人像，我以为他存心嘲弄我，可是看见那支铅笔黑黑的、那张纸滑滑的，手便痒了起来，压倒了自尊心，我凭想象画了一个人的头像。他端详了一会儿，并没有讪笑我，还把它贴在他的画册里，在上面写下我的姓名、职业和地址。

"'你不该做工人。'他对我说，'你有绘画的天赋，换作我的话，我会抛弃一切，跑去大城市学习。'他甚至劝我跟他走，他是个好人，善良而慷慨。他把巴黎的地址留给我，说日后可以去找他。我感谢他的惜才，但不敢跟他去，也不敢相信我有他所说的那样的前程。依然回到店里继续干原来的行当，与父亲相安无事地过了一年。

"后母恨我，但我凡事忍让，不与她争吵。但是有一天，她突然发现我十五岁的妹妹路易丝长得水灵灵的，当地的人也注意到了，于是她把妹妹视为眼中钉，骂她是小骚货，还说了许多不堪入耳的丑话。可怜的路易丝纯洁得像个十岁的孩子，自尊心像我们死去的母亲一样强，再也没法忍受后母的无理辱骂，把我平时跟她说的要忍让的话抛诸脑后，顿时气得七窍生烟，与后母对骂起来，并声称要离开这个家。父亲想为女儿说公道话，却被悍妻的凶恶镇住了。路易丝惨遭他们的凌辱和殴打。唉，先生！我的小妹妹苏珊娜看不过，帮着姐姐也和后母吵嚷起来，惊动了四邻，闹得鸡犬不宁。我们终于无法待下去了，有一天，我一手牵一个妹妹，兄妹三人没带钱，没带一件衣服，顶着烈日，哭着步行去找四十公里外的姨妈亨利埃特。挣扎着到了姨妈家，我对她说：'姨妈，快给我们吃的和喝的吧，我们快饿死了，口干得要命，连话也说不出来了。'

"姨妈忙让我们吃了饭，我又对她说：'我把你两个外甥女送来这儿了，如果你不肯收留，她们只好沿街讨饭了，或者回家去挨打受骂。我父亲有五个孩子，现在全离开他了。男孩子可以干活糊口，如果你不怜悯这两个女孩子，她们便只有走我刚才所说的两条路了。'

"'唉！我老了，虽然家徒四壁，但我宁可去讨饭，也不肯抛弃两个外甥女不管。她们又乖又勇敢，咱们娘儿仨一起干活过日子吧。'

"这事就这样商妥了。可怜的姨妈硬塞给我二十法郎，我徒步走到巴黎，马上去找二哥让。二哥在他干活的修鞋铺替我找到一份活儿。然后我去看望那位年轻的画家，他热情地接待我，并愿意借钱给我，但我拒绝了，有活干便有饭吃。可是该死的美术钻进我的脑子后就再也赶不走了，我更想摆弄画笔而不想拿鞋锥子，一想到便忍不住长吁短叹。我略有空暇便要画几张人像或临摹母亲留下来的书里的图画，因而我的画技有了进步。年轻画家常常鼓励我，并免费给我上课，我没法拒绝他的好意。但是，我必须挣钱维持生计，不能光顾着学画呀。画家认识一位文人，文人叫我帮他誊写文稿。人家都赞我有一双灵巧的手，但我不懂文法，文人要考考我，口述了四五行，我写下来并没有出错。我读过不少书，懂得一点语言，但不通文法，我没敢说出来，怕丢了这份工。我非常认真地誊写，居然一直没出纰漏，可是我花的时间就多了。我明白必须自学语法，练习作文，果然工作效率明显提高了不少。由于劳累过度，我病倒了。二哥拉我回到他栖身的阁楼去住，一个人干活供兄弟俩生活。我挣来的誊写费都用来买了药。我不愿把我的窘境告诉画家，他也常陷于捉襟见肘的地步，既无名望又无财产。他是个好心肠的君子，我再三婉谢，他硬是要接济我，已不止一次了。我宁可病死，也不能再拖累他了。画家以为我是忘恩负义之徒，后来他到意大利旅行去了，这是他向往已久的。他没和我道别，带着对我的误解走了，令我深感愧疚。

"病愈后，我看见哥哥形销骨立，精疲力竭。我们的一点积蓄早已被折腾光了，修鞋铺把我们解雇了，因为二哥为了照顾我，旷了几天工。这是去年七月份的事情。当时天气炎热，我和哥哥正为生计发愁，他和伙计去做点小买卖，我躺在床上，身子虚弱，我哥哥说些什么我都听不大明白。突然，外边传来炮声，我们都不在意，这时，门砰的一声开了，修鞋铺的两名工友，他们蓬头垢面却很兴奋地来找我们，用他们的话说，是约我们前去送死或是夺取胜利。我问他们究竟是怎么一回事。

"'去推翻君主制，建立共和制！'他们说。

"我噌地跳下床，快速地穿上破旧的长裤和罩衫。二哥说，反正中枪弹而死比饿死强。我们便这样出发了。

"军械库门前，几个与我们一样的年轻人在分派枪支，谁要就给谁。我们每人领了一支枪，守在街垒后面，刚交火，我可怜的让就中弹身亡，直挺挺地倒在我身旁。我顿时变得像疯了一般。啊！我从没料到我会这样不怕流血牺牲，我几乎是泡在血泊里，英勇奋战了三天，浑身都被血染红了，有别人溅的，也有自己的几处伤口流出来的，但我没有了感觉。8月2日我不知道自己是怎样被送到医院里的。出院的时候，我比任何时候都悲惨，心境非常

凄惘，我的二哥永远不能再和我患难相依了，而君主制又复辟了。

"我的身子非常虚弱，无法找活干。七月革命的那些日子给我留下太深的印象，我无法平静下来。愤激和失望似乎可以使我变成艺术家。我想象出许多可怕的画面，把它们画在墙壁上，这些画真可与米开朗琪罗①的画相比，我还阅读了巴尔比埃的《讽刺诗集》，根据诗的内容，想象出生动的画面。我成天像做梦似的，无所事事，饿得要死，昏昏沉沉的。这种状态照理不能持久，然而我的精神力量竟持续了好多天。我对周围的一切毫无感觉。整个人似乎被包容在脑子里，四肢、胃、记忆力以及亲友，似乎都在渺茫的空虚里。我一个劲儿地在街头向前走，却不知道要往何处去。转来转去，转到墓地里。我不知道自己可怜的哥哥是否埋在这儿，觉得他和别的烈士反正一样，我跪下去以示哀悼，我处于极度亢奋之中，不停地高声自语，胡说了一大通，却不知道话语内容是什么，似乎运用了诗歌语言，情状估计十分可笑，也很糟糕，路人一定会认为我是个疯子。但我没看到任何人，只偶然听见自己的声音。我竭力控制让自己不要讲话，却停不下来。我脸上汗水和泪水共流，在绝望中混合着某些柔情。我往往彻夜在四处游荡，或是坐在一块界石上，在月光下，我被断断续续的梦苦苦缠绕着，其实我并没有睡着，因为我不断地行走，看见自己投在墙上或界石上的影子也在仿效我的动作。令人感到奇怪的是，警察竟从来不干涉我。

---

① 米开朗琪罗（1475—1564），意大利画家、雕塑家、诗人。

"后来，我遇见一个大学生，我们曾在那位年轻画家的画室里碰过面。虽然我像个叫花子，他却并未轻视我，还主动走过来与我打招呼。我当时也没在意，没留心自己衣着如何，我脑子里净装着别的事情。我与他并肩走在河堤上，我谈论绘画，这是我始终丢不开的。他似乎颇有兴趣地倾听我的讲述，大概他觉得和经历过那些光荣战斗的人并肩而行，路人也会认为他也曾参加过战斗吧。那个时候，出身于资产阶级的年轻人，往往喜欢向不良分子买一把刀具藏在身上，甚至把不小心蹭出的一点小伤向人炫耀。这名大学生也有类似的心态。他自称曾经与我在某某街垒旁照过面而且说过话，我却一点印象也没有。后来，他邀我一道吃午饭我毫不犹豫地答应了，因为我已不知多少天水米未进了。饭后，他打算去克吕尼博物馆参观杜索梅拉尔先生的古董展览室，邀我同去，我机械地跟随他去了。

"展览室里美不胜收的艺术精品令我心醉神迷，以至忘却了个人的忧伤。我看见有几个学美术的青年在临摹杜索梅拉尔先生收藏的镂花瓷器，我看看他们临摹的画，觉得水平很一般，我也画得出来，有些人还没我画得准确哩。这时杜索梅拉尔先生进来了，带我来的那个大学生认识他，忙向他打招呼，两人走到一旁谈了一会儿，看他们的目光估计是在谈论我。我肚子饱了，神志清醒了一些，不免惭愧，觉得自己衣衫寒碜，那个大学生不做解释的话，主人很可能怀疑我是小偷。杜索梅拉尔先生是位忠厚的长者，虽然憎恨小偷，但对热情敬业的穷人却肯施以援手。他走到我面前，问了我几句话，知道我处境维艰，又

愿意为他做事，当即给我一些钱，说是让我买铅笔，其实是把我从目前的穷困中解救出来。他指定几件展品叫我临摹，第二天我便衣着整洁地坐在那里工作了。我竭尽全力，临摹得又快又好，杜索梅拉尔先生很满意，决定继续雇用我。我十分感激他，若非他的救助，我很难幸存到今天。他不仅自己雇我，还介绍我到另外几家珠宝店，干绘珐琅首饰上的花鸟、画浮雕玉器上的头像之类的活儿。

"由于干这类活儿，我获得从事自己热爱的职业的机会，并且有幸跻身德拉克洛瓦先生的艺徒的行列。我初次拜识德拉克洛瓦先生便十分敬佩他的为人。当时我提出想听他的课，并把自己的几张速写给他请他指正，他说：'你画得不错。'据说，德拉克洛瓦不爱多说话，他的赞语令我喜不自禁。我第二次拜访他，他问我是否交得起学费，我不假思索便回答：'交得起。'但立即闹了个大红脸，他大概猜到我有难处，或者从旁人那里获悉我的窘境，他说：'你就到公积金管理处那里交费得了。'

"我很快便领会了他的好意。他要我到那儿交费，其实是免收我的学费，我仅需缴纳部分课室和模特儿的租金而已。他对我的大恩大德实在令我没齿难忘，我以后必将报答他，你等着瞧好了。

"我师从德拉克洛瓦先生习画快半年，如果能够沿着这条理想的轨道走下去，确是我最大的幸运。然而，我的客观环境不容许我走这条路，我必须改行，而且急需找一份工作，不管干什么都行。"

说到这里，小马萨乔显得有些茫然失措，顿住了。他词穷语塞不知找什么理由可以更充分地说明自己为何前后矛盾。他取他妹妹路易丝的来信给我看。信里述及姨妈亨利埃特的近况，原来好心的老人残废了，完全依靠两个外甥女外出干活维持家计。医生已宣告老人最多只能活三四个月了。

保尔·亚塞纳说："姨妈一旦去世，我两个妹妹如何是好？让她们留在那座小城里，举目无亲地待下去吗？两个年轻貌美的姑娘流落异乡没有亲人庇护，情况的危急可想而知！我父亲不会置之不理，亦不忍心这样做的。她俩若随父亲回去，从此可就惨了。她们不仅被继母虐待，还会受到不良影响，因为继母生活作风不正而且心肠歹毒。因此，我责无旁贷必须做出新的抉择。要么去那座小城打工，照顾两个妹妹，生活在一起；要么接她们到巴黎来，把她们供养到能够独立生活为止。"

"你这些想法不无道理，而且很周全。"我说，"不过，据你所说，她们身体健康而且勤劳，相信不会让你负担很久的。你为什么一定要找高薪酬的固定工作呢？你只需筹集一笔供她们来巴黎的路费以及刚到的安家费，度过这段日子再说嘛。这并不太难，你有一些朋友会解囊相助的，还有我……"

"谢谢，先生，"亚塞纳打断我的话，"恕难接受你这番好意。因为我不知何时方能偿还债务。我欠人家的恩惠已经不少了。何况这年头人家也不宽裕，我心里清楚。我自己可以苦熬，克服困难，何必增添别人的麻烦？我虽然酷爱绘画，但也得放弃了，这大概是上天安排的命运！你为了支持我继续绘画，不惜做出牺牲，但将来如果遇到比我命运更不好的人，你更加无能为力了。其实，每

个人只要能安分守己地生活，那么，不论当艺术家还是做一个体力劳动者，都没什么关系，不要过分珍惜自己。听说，牢骚满腹的伟大艺术家还不少呢。看来，有一些豁达的穷工匠还是十分必要的呀。"

我舌敝唇焦地再三规劝，还是难以扭转他的意向。他坚持每年必须挣一千法郎，而且要尽快找到工作，当仆役也可以。他渴求的便是待遇优厚的职业，挣更多的钱。

"然而，"我说，"如果我设法寻找一些其他工作，如誊写稿件，或者揽些画来给你画，你是否仍然坚持放弃绘画呢？"

"那敢情好！"他有些犹豫，随即又说："那太麻烦你了，而且也没有保障。"

"不管怎样，让我试试吧。"我说。

亚塞纳和我握了握手，怀着坚毅和怅惘的心情，告辞而去。

5

贺拉斯来我家串门更加频繁了，对我亦日见亲善，使我甚为感动，欧也妮却不以为然。贺拉斯在我家里几次见到小马萨乔，我虽向他谈及这个小青年的长处，但他依然坚持成见，嗤之以鼻。不过，当他看到小马萨乔为欧也妮绘的肖像之后，不得不刮目相看。那幅肖像画得形神兼备，笔力浑厚，令孤芳自赏、目无下尘的贺拉斯对作者产生了几分敬意。但想到此人鼠目寸光，与抱负不凡的自己相差很大，便不禁愤愤然，并为此大放厥词。亚塞纳总是无言恭听，唇角含笑，不屑与之争辩，只是转过头来对我说："先生，你的朋友可真是健谈。"

保尔·亚塞纳对贺拉斯的爱恶深藏不露。他是那种认定方向便勇往直前，决不半途而废的人，从不说废话，不轻易发表议论，自云对事情不了解。他所谓的"不了解"带有两面性，或真的不了解，或是遁词，以避免争论。平日他不显山露水，卖弄学问，但当他言出有据地说服别人时便可看出他是个有主见的人。关于改行这个问题，他尚未拿定主意，他便研究模特儿，琢磨解剖学，全神贯注地描绘瓷器画，似乎未动过改行的念头。前路未卜，他却能坦然面对现实，这一点令我折服。从他的身上我看到了男子汉难能可贵的恢宏气概。时下的年轻人，大多醉生梦死，沉湎于眼前的欢乐，做一天和尚撞一天钟，今日有酒今朝醉，没有远虑，或守株待兔，等待好运找上门来。

贺拉斯似乎与时下青年同流合污，生活作风与亚塞纳大相径庭。我与他虽是初交，但已看出此人无心向学，尽管他声称只要少睡几个钟头，便能补足一周虚度的时光。他不求上进，迄今为止未上过三次法律课，也难得见他翻翻书本。他房间里的书架上，只有一些小说和诗集。他说，他的法律书籍全都变卖了。

他还直言不讳地说了其他一些事情。我想，他这么需要钱，恐怕与他的生活习性有关。他却说是因为家里穷，至于父母资助他多少却没有说，只是语气肯定地对我说，他慈祥的母亲以为给他的钱已够应付巴黎的生活开支了，真是无稽之谈。

我不便细问其详，但从他装满漂亮衣服的橱柜看出

他是不缺钱花的。各式背心、外套和礼服比我的还多。而我是拥有一笔遗产，每年有三千法郎收入的人。我估计，他用不了多久就会被裁缝上门逼债的，后来果真如此。不久，贺拉斯显得神色黯淡，不再多话，而且也不那么充满自信了。几天后，他终于向我倾吐出他所受的凌辱。那该死的裁缝居然气势汹汹地把账本摊出来！真该打这家伙几棍子！贺拉斯觉得有伤面子，可见犹存羞恶之心，因为他还没有堕落到债台高筑而自以为潇洒，或者把三四千法郎的欠单寄给父母，还心安理得毫不在乎。况且他对母亲是有深厚感情的，尽管认为她的思想狭隘；对父亲也是尊重的，尽管认为他仰赖政府而对他减少几分敬意。

贺拉斯一副垂头丧气的样子令我颇为不忍，我主动出面找裁缝调解。我说了话，裁缝终于放心了。贺拉斯再三道谢，但过后又若无其事了。

他依然游手好闲。他的这种生活方式，在一般大学生中本属平常，但他的思想与行为的大相径庭却令我疑惑不解。一方面，他十分崇尚荣誉，向往议会活动，希望一举成名飞黄腾达；另一方面却懒于进取，耽于享乐。他似乎无事可做，觉得来日方长，毫不在乎地把每时、每日、每周的时光任意抛掷。这么一个体格健壮、头发乌黑、目光如炬的年轻人，竟长日偃卧在我家阳台的躺椅上，抽着大烟斗，甚至把烟斗嘴磕断，几乎每天得换一个。手执一卷巴尔扎克的小说或拉马丁的诗集，却从未正经读完一个章节。我每次见到都不禁摇头叹息，只好听之任之自去上班。待我从诊所或医院下班回来，他却照躺不误，甚至连挪动一下位置都没有。欧也妮无可奈何地守着这个怪人。

对她来说，倒没有多大妨碍，因为贺拉斯不屑搭理她，视若无睹。但她看不惯贺拉斯贵族老爷般的懒散，觉得很气愤。而我呢，每当他睡眼惺忪向我扯起荣誉、政治和权力的话题时，我就微微一笑。

我虽对他参详不透，却无责难或藐视之心。每天晚饭后，我和他同往卢森堡公园，或者上咖啡馆、奥德翁剧场，同去的还有我的一些朋友。贺拉斯总是口若悬河，高谈阔论，随意发挥。在这群人中他最年轻，但他对一切事物似乎洞若观火，也最大胆且富有激情。就像过去和现在的人所称的"激进分子"。有些人虽然对他不怀好感，但也不禁为他头头是道的谈话所吸引。反对他的人往往流露出一副不以为然乃至悻悻然的神色，极少表示公正和善意。因为贺拉斯总是旁若无人地垄断了每一次争论。不过，大家又不得不暗自嘉许他的机敏、出众的辩才，虽然他算不上无懈可击的逻辑学家，不了解他的人认为他浅薄，以一充十，拾人牙慧，他的雄辩无非是接触面广，处处留意收集的结果。他们认为这样评价贺拉斯，就足以否定这个人了。我却认为恰恰相反，对贺拉斯的思维相当佩服。凡是他接触过的事情，他大多能够透彻领会而且推论迅捷。贺拉斯具有卓越的能力其实是无须怀疑的。他之所以浪费时光，正是因为他只要略费功夫，就能扩充知识，事半功倍。

贺拉斯频频上我家来，欧也妮可就受罪了。她像所有勤劳的人一样，看一个人长期懒懒散散地混日子，难免觉得不顺眼，心里很别扭。我也不是勤快人，只是被生计驱使、理性支配才不得不事事不敢怠惰。因而对贺拉斯的懒

散不至于像欧也妮那么反感。而且我觉得他目前不过是暂时松泛下，不久便会振作起来的，他本人就曾这样说过。

可是，两个月过去了，贺拉斯依然没有振作起来的迹象。我觉得自己再不能袖手旁观了，非把这头睡狮唤醒不可。一天晚饭后，我们在普瓦松咖啡喝咖啡，我正要与他谈一谈这个敏感的问题。那天下暴雨，一道道闪电划破天空，卢森堡公园里墨绿的栗树显得更加蓝幽幽的。坐在柜台里的女店主依然那么美丽，忧郁的面容与暗淡沉寂的黄昏交融，具有一种别样的美。

贺拉斯扭过头去瞟了几眼女店主，然后对我说："我觉得很奇怪，你能够真心爱着那样一个女人，为什么对我们面前这一位却视若无睹？"

"这一位的确貌若天仙，"我说，"但我只爱自己所爱的人，而且深感幸福。我才觉得奇怪呢，你还不曾有意中人，为什么对面前这一位有希腊式脸蛋和窈窕身段的佳人不留意一下呢？"

"艺术博物馆里的诗歌女神绝色非凡，远远胜过这个女店主呢！第一，诗歌女神不会说话，可这个女人一开口，便魅力全无；第二，艺术馆的女神不叫普瓦松夫人，不是女店主。咳，多么难听的名字！你又会责怪我的贵族腔调了。如果欧也妮也叫马尔戈或者雅伏德①的话，你的感觉又如何？"

"我倒是更喜欢马尔戈、雅伏德这种名字，而不那么喜欢列奥卡迪、芙多拉那种名字。贺拉斯，你且让我

---

① 这些名字在法语里分别是鱼、喜鹊、铁砧墩的谐声。

把话说完嘛，你似乎有什么事瞒着我，你是不是在谈恋爱了？"

贺拉斯笑了起来，伸出胳膊对我说："医生，请你替我把把脉吧，如果我在恋爱，那一定是非常平静的，否则，我怎么一点感觉也没有？不过，你怎么突然有这种猜测呢？"

"因为你不再提及政治了。"

"你怎么会有这种看法？我可是比以往考虑得更多。难道要达到自己的目的，除此别无路子可走吗？"

"唔，那么你现在是走什么路子呢？我知道，对于我这种人来说，闲逸是一种福气，但对于崇尚荣誉的人来说……"

"具有高尚的荣誉感并以此自豪的人，荣誉会自动找上门来的。我思考再三，发现我的天性不适宜学习法律。一个有自尊心的人，干不了律师这一行，因此，我已经放弃学法律了。"

"果真如此！"我失声叫道。贺拉斯毫不在乎地推翻自己原来的重大决定，使我大感意外，我问他："那你打算干什么呢？"

"不知道，"贺拉斯平静地回答，"可能搞文学吧。搞文学比搞法律更有灵活性。文学是一个开阔的天地，条条道路都能进去。像我这种爱走捷径而又懒惰的人，还是从事文学最合适。一日之间便进入第一流作家的行列。有朝一日爆发伟大的革命，各个党派便会发现，人才荟萃之处是文学界而不是法律界。"

正说着话，我忽然瞥见一张脸孔在一面镜子里闪

过，很像是保尔·亚塞纳，我要看个清楚时，那脸孔已消失了。

"那么，在文学领域里，你选择哪一项呢？"我问道。

"韵文、散文、小说、戏剧、文学评论，文艺争鸣、讽刺、幽默，所有形式我均可选择，没有哪种形式难得住我。"

"形式尚在其次，但内容呢？"

"内容有的是，都快溢出来了。"贺拉斯在大声说，"这些形式都不够我施展才思，我还得注意控制才行呢。你不必为我发愁，我目前的闲散状态不久便会结出果子来的。平静的河面底下有一股巨大的潜流啊！"

我向四周打量了一下，又一次见到亚塞纳，他的装束透着古怪，穿一件质地相当细密的雪白衬衫，外罩白大褂，尤其令人惊诧的是他手里还端着满是杯子的托盘。

"你瞧！"贺拉斯也看见了，叫道，"那位侍从多像小马萨乔。"

亚塞纳剪去长发，剃掉胡须，但我仍一眼认出了他。我心里十分难受，忍不住叫了一声："伙计！"

"来了，先生。"亚塞纳应声而至，给我们斟咖啡态度极为自然。

"业塞纳，"我责问道，"难道你真的铁了心改行干这个了？"

"一时找不到别的工作就暂且对付着。再说，我觉得干这个也没什么不好。"

"但是，你干这个就抽不出时间绘画了吧？"我问道，我知道唯有这一点能够打动他。

"唉！这个嘛，的确不幸！这不幸归我一人承受便是。先生，请你谅解我。我那老姨妈快不行了，我一定要把两个妹妹接到巴黎来。我既然来到这个繁华的都市，就不舍得离开它到外地谋生了。在巴黎，不管怎样，我总有机会聆听大学生们谈论绘画等艺术，可以抽空欣赏德拉克洛瓦先生举办的画展。保尔·亚塞纳不再从事艺术了，难道艺术就会停顿不成？只有我手里的杯子才会打碎哩！"亚塞纳自我调侃了一句，因为托盘差一点从他不熟练的双手中滑落。

"哈哈！保尔·亚塞纳！"贺拉斯笑着嚷道，"你选择这份工作，你要不是个小犹太人，就一定是看上了普瓦松夫人！"

贺拉斯肆无忌惮的玩笑，传入离我们不远的柜台后面的普瓦松夫人耳中，她顿时满脸通红，亚塞纳脸色煞白，托盘掉到地上。普瓦松闻声赶来，看看摔碎的东西，然后跑到柜台记入账本，所有损失归亚塞纳赔偿。老板看见妻子神色大变对他嚷道："瞧你这副德行，一点响声就让你惊成这样，简直就像侯爵夫人似的娇弱！"

普瓦松夫人忙把头扭过去，闭上双眼，满脸厌恶的模样。这个布尔乔亚式的小小插曲只持续了三分钟，贺拉斯毫无觉察，而我却看出了一些端倪。

我真诚地怜悯着小马萨乔，因此经常光顾那家咖啡馆，逗留的时间也延长了。我故意多要一些饮料，以免引起老板的疑心。这是个既善妒又粗鲁的汉子。我预测这对夫妻必然面临某种悲剧，但过了一个多月，他们似乎相安

无事。亚塞纳十分勤勉，干起活来干净利索，态度恭顺，礼貌周到，博得所有顾客的好感，甚至连粗暴的老板也很满意。

有一次，我和亚塞纳多说了几句话，老板见了便走过来问我是否认识他。亚塞纳叮嘱过我，切勿透露他过去是搞艺术的，以免引起老板的疑虑。于是，我回答说，我曾经在一家餐馆见过他，那家餐馆对于他的离去，至今仍觉得遗憾呢。

"他的确是个难得的好伙计，既诚实又不多嘴，不酗酒，不偷懒，待人和气，随叫随到。自从雇用了他，我店里生意也红火了。可是，先生，真想不到，普瓦松夫人对任何人都宽厚和善，却偏偏容不下可怜的亚塞纳！"

普瓦松先生站在离我两步远的地方和我说话。他的手臂靠在桃花心木的柜台外沿，他的妻子坐在柜台里，就像真正的皇后那样茫然若失。普瓦松身穿两襟绣花的平纹衬衫，米黄色的长裤，圆鼓鼓的赤脸膛，硕大的肥臀几乎撑破了裤子，外形臃肿可笑，贺拉斯送他一个绰号：弥诺陶洛斯①。当他不无遗憾地谈到妻子对亚塞纳不友善时，我瞥见她的嘴边掠过一丝笑意，并不反驳丈夫的抱怨。

事后我与这位夫人提起这件事，她平静而轻缓地说道："你要我怎么办呢，先生？这些伙计都不是容易对付的，他们都是粗鲁的没有感情的人。眼睛里只有店，没有人。我的猫都比他们强呢，不光对这店有感情，对我也蛮有感情哩！"

---

① 弥诺陶洛斯，古希腊神话中克里特岛上牛头人身的怪物。

老板娘这么说着，伸出雪白的手摸摸虎纹安哥拉猫的背。

普瓦松夫人并不是没有头脑的人，我常常看到她阅读有很高水平的小说。我作为老主顾，和她慢慢地熟了起来，有时不免和她攀谈几句。我在她面前庄重得体，说话有分寸，所以她的丈夫完全放心。我常夸她挑选小说有眼力，不屑阅读引人误入歧途的坏书。

有一天，她读完《曼侬·列斯科》这本小说，泪水潸潸而下。我走过去对她说这是部感人至深的作品。她唏嘘不已，说道："啊！的确是的，先生！这是我读过的最动人的小说啊！曼侬何其狠毒！格里欧多么高尚！"她边说边把目光落在走过来把钱放入木匣里的亚塞纳的身上。这到底是偶然的还是别有缘故？姑妄存疑。

亚塞纳照样若无其事地奔走于桌子和柜台之间，连眼皮也没抬，即使是明敏善断的人，对此也会茫然，感到费解。

6

随着时日的推移，贺拉斯渐渐地喜欢上了洛尔的美色和娴婉的仪态了。洛尔是普瓦松先生给妻子起的小名。

"这个女人真是凝重大方，如果生在帝王家，举世都要为之倾倒。"贺拉斯望着洛尔说道。

"何须出自帝王家，她的美貌就是倾国倾城的！"我接着他的话茬说。

"我认为，"贺拉斯又说，"她和一般的咖啡馆的老

板娘有着本质上的区别，就是艳如桃李、冷若冰霜的独特气质迥异于其他卖弄风情的骚娘儿们，她们为了一杯甜饮料而不惜向人抛媚眼，令顾客大倒胃口。而这一位呢，在众人粗俗的捧场声中，莹洁如一颗珍珠，不为污泥所染。实在可敬！我要是能肯定她确是秀外慧中的话，我简直会爱上她啦。"

有好几个小伙子神魂颠倒地天天围着漂亮的老板娘转，这情形挫伤了贺拉斯的自尊心。一个自命不凡的青年，如果也和那些幼稚的小青年为伍，追求老板娘，岂不是有辱身份！他声称要在公开场合把那班人进攻老板娘的阵地夺过来。他谋划着对策。一天晚饭后，他把热情洋溢的情书搁在柜台上，之后直至次日下午都没有露面。他准备在下一次出现时，根据情况做出相应的姿态：钟情、灰心，或者傲慢。他想，这样一来，比起对手一味死缠烂打的方式更富刺激性，可望获取胜利。

我赞同他参与这一荒谬的行动。因为我相信这将给贺拉斯一个教训，给他那浮嚣情绪降降温，并给他那华而不实的情书泼一泼冷水。第二天我因为比较忙，约好晚饭后才去普瓦松咖啡馆。老板娘不在，亚塞纳身兼两职，不停地在店内来回奔走，忙得团团转。对我们的询问只是匆匆回答一句："我不知道。"普瓦松先生也没露面。我和贺拉斯正打算离开，这时，一群小伙子簇拥着他们的"漆皮帽青年联盟"主席拉拉维尼埃嘻嘻哈哈地闹着进来了。

记得我曾在一本书里，读到过"大学生"这一词语，作者很善于概括，显示出某种天才。但我对他所下的定义不敢苟同，认为他低估了甚至贬损了大学生。把他们歪曲为低级、粗俗的角色是不公平的。不可否认，他们有不少缺点和荒唐幼稚之处，但比较单纯，即使有恶习也不难纠正。他们受到的社会教育既肤浅又带有书卷气，只增长了他们的自高自大和虚荣心。但若加以约束或让他们回到父母身边，他们便会逐渐变得安静、规矩的。在我们这个社会，青年人没有任何规范和约束，常常受到怀疑主义派生的形形色色的思想侵蚀，成年后便卷入自私自利、激烈艰辛的拼搏之中。幸而我们的大学生不像那位作者所描绘的那样堕落，否则，法国的未来可就不妙了。

不过，我们不要责怪那位作者，的确，大学生这个阶层实在太庞杂，要用一个定义准确地概括其特征是极为困难的。你想通过一个简单的形象来剖解他们吗？从少年过渡到成人的这一代人，其实是林林总总千差万别的。巴黎的大学生人数不断增长，就像各类不同的食物，源源不断地输入拉丁区这个胃里。资产阶级中各个不同的阶层同样反映到大学生群体中。资产阶级掌握了国家各个方面的力量，将它作为交易的手段，实现自己的利益。但是，其中的年轻一代却非如此，在他们的身上滋长着慷慨无私的素质，每到国家的关键时刻，他们都义无反顾地挺身而出，旗帜鲜明地拥护共和。1830年，他们又一次率领群众，向丧失权力的复辟派大臣们发起进攻，最终取得胜利，把复辟派推上了审判台。这是青年们最近的光辉时刻。

然而，青年人却由此受到打击和迫害，被搞得意志消沉，不敢再公开露面。可是热爱正义、平等，对革命的向往和对祖国光明前途的信念，广泛存在于民众，尤其是资产阶级的青年一代心中。我不否认，这种激励着青年的热

情是不持久的，并且使他们很快精疲力尽。在几年之间，巴黎街垒的战火似乎给青年们灌进了高尚的激情，但曾几何时，外省的松垮无聊、家庭的专制主义以及社会上的各种诱惑，让他们那份高尚的激情烟消云散了。

于是，青年人退回自己的地盘，各人自扫门前雪。把自己当年热爱过、捍卫过的勇敢无畏的理论视为年轻无知的谬论，甚至为自己曾经是傅立叶主义者、圣西门主义者或曾拥护某种主张而脸红，羞于谈起从前的政治主张和革命行动。当年居然不顾后果妄想平等，与民众缺乏沟通却盲目热爱民众，还投票赞成以博爱为宗旨的法律而疏忽了提修正案。曾几何时，他们成家立业之后，一个个蜕变为中庸主义者、正统主义者或共和制拥护者，坚决与《辩论报》《法兰西报》和《民族报》划清界限，在自己的门上、毕业文凭和职业证书里赫然写明自己一贯拥护神圣不可侵犯的现行所有制。

但是，让我重申一次，我们应该控诉的是资产阶级压迫人民的罪恶，而不能归咎于青年，这一代人遭受打击，无奈退回自己的小天地里，纯属不得已。青年人在任何时期都是热情的、浪漫的、胸怀坦荡的。因此，资产阶级的中坚分子依然是大学生，事实证明了这一点。

我不打算多费唇舌驳斥那位作者对大学生所做的描绘，我不过提出疑问，绝无嘲讽之意。对于当前青年们的道德风尚，那位作者可能比我更清楚。但我敢断言，如果不是他误解了大学生，便是大学生发生了很大的变化，因为据我的所闻所见，与他所描绘的有很大的出入。

换句话说，在我年轻的时候，我们并没有分成两类人：一类是人数众多的"及时行乐派"，在绍米埃公园、酒吧间和万神庙舞厅里，常可见到他们的身影，他们在烟雾弥漫的氛围里大喊大叫，嬉笑怒骂；另一类为人数甚少的"埋头苦干派"，他们深居简出，过着清苦的生活，一心埋首于工作，久而久之成为书呆子。不，饱食终日无所事事的懒汉是有的，甚至也有痞子和白痴，但是，也有不少的努力聪颖之士，能无视贫困和平凡，保持着品格端正的优点，生活得有诗意，爱情亦有浪漫气息。诚然，这些青年自尊心很强，不懂得珍惜光阴，不喜欢学习，花钱大手大脚，有悖于孝道。他们凭着一股热情而非出于理智去研究政治，凭直觉而不是凭科学精神去研究哲学。不过，他们虽然有着种种缺点和荒唐之处，但绝非作恶之徒，更非醉生梦死之辈。总而言之，我看见过许多贺拉斯一类的大学生，而我冒昧地予以批评的那位作者笔下的那种大学生，我却难得看见几个。

这里，我要给诸位介绍一位二十五岁的青年，名叫让·拉拉维尼埃。他高高的个儿，身手敏捷有如羚羊，健壮有如牤牛。由于父母疏忽，没有给他种牛痘，他不幸染上天花因而落下满脸的麻子，不时被人们讪笑。他虽丑却不令人讨厌，表里均颇有独特之处，为人开朗而勇敢，他好勇斗狠，而且率领他那帮大胆顽强的弟兄，参加一切殴斗，这些人唯他马首是瞻，被他的沉着和乐观的英雄行为所激励。1830年7月，他被人揍得头破血流，但时隔不久，他又在别的地方与人交手了。没辙！

这是一个喜欢吵嚷的人，归入"及时行乐派"亦无不可。但他性格爽朗，富有正义感，有崇高的献身精神。是

一个古怪的角色，狂热起来，不顾后果，异常轻率。或许你会嘲笑他，但很快你就会喜欢他。他善良而淳朴，对朋友仗义，甚至把自身安全置之度外。别人以为他是医科大学生，其实根本沾不上边。他甘心当一名闹事学生，当一名"漆皮帽青年"（当时社会上给予的诨名）。"漆皮帽青年"是社会产物，具有时代特征，人们不加注意的话，这名称就会被遗忘，所以我特此阐明一下它的含义。

当时有一类大学生，被我们（我并不讳言是有点贵族派头的大学生）称为"咖啡馆大学生"，不过我们并无轻蔑之意。他们大部分是一年级学生，都是刚从外省来到巴黎，带点乡土味的小伙子，个个被五光十色的大都市弄得晕头转向。他们学会了抽烟，而且抽得很凶，歪戴着鸭舌帽（一年级学生极少有礼帽），终日在大街上转悠，以为这样才像个成年人。上了二年级，一般便渐趋于成熟，举手投足比较自然了；上了三年级便完全告别了这种生活。于是，他们便常常光顾意大利人的剧院，穿着也开始和一般人无甚差别了。但也有相当一部分青年，依然不改闲逛的习气，常常进出台球室，或是坐在咖啡馆里，一支接一支地抽烟，或是三五成群涌进卢森堡公园一边嬉笑一边打闹。人家是把娱乐作为调节生活的一个部分，而他们却以此为生活的全部内容和固定不变的习惯。他们的一举一动、外表和思想仍很稚嫩，处于不明所以、落拓不羁的年龄阶段。他们的表现偶有迷人之处，带点朦胧的诗意，但人们切不可掉以轻心，此风切不宜助长。这些人不会错过任何滋事机会，年纪小的凑凑热闹，年纪大的大打出手。在当时，每次发生骚乱，青年人几乎都要去助阵，交手几个回合，便迅速离开。其实，这种闪电式的行动根本无济于事，相反，这令市民们越来越胆小怕事，警察越来越凶悍粗暴。凡是当时热血奔涌地参与过这类闪电式行动的人，今天回想都无须脸红，因为当青年们只有通过造反才能显示内心的伟大、行动的大无畏时，该羞愧的应该是这个社会！

人们把这些青年称为"漆皮帽青年"，这是因为他们以海员的漆皮帽为联络标记。后来他们改用猩红色的帽子，形状与士兵戴的贝雷帽相仿，四周饰有一圈黑色的绒布。由于警察当局的监视和暗探的袭击，他们又改用灰色帽子。尽管如此，他们依然免不了受到追捕和迫害。人们激烈地抨击这些青年的造反行为，而对警察当局的高压手段却没有表示义愤，更没有对被迫害的青年稍示怜悯。我不知道，警察当局对此残暴行为做何解释。其实，警察才是毒打无数大学生的暴徒。

这些青年仍然被人保留着"漆皮帽青年"的称谓。但是，自从政府主办的《费加罗报》因易手而逐渐改变颜色之后，这个称谓便成为带有侮辱性的贬义词了。含有恶毒的、不公正的讯讽，人们心里有数。然而，真正的"漆皮帽青年"依然我行我素，我们的朋友拉拉维尼埃就热情不减地保留着"漆皮帽青年联盟"主席这个头衔，直至他去世为止。他这种坚韧不拔，敢于面对打击蔑视的精神，是不应该被讽刺和否定的。

拉拉维尼埃是那样受到他的伙伴们的拥戴和敬爱，所到之处总有一帮人不离左右，他屹立在这帮又喝又嚷的青年当中，宛若灌木丛中一棵挺拔的松树。或者说，宛如作

家费纳隆笔下亭亭玉立于小仙女群中的卡莉普索，以及犹太牧羊人之中的萨尤尔①（他本人更喜欢第三个比喻）。一看到他那顶灰色宽边尖顶帽，一绺山羊胡子和长头发，结着宽大的领带以及马拉②式的白色翻领背心，人们老远就能认出他来。他日常穿着带长垂尾和金色纽扣的蓝色上衣、一条灰黑格子相间的长裤，手里拿着一把沉重的花楸木棍子。他管它叫"让哥儿"，这是根据拉伯雷笔下的人物让哥儿的十字架木棒起的。小说中的让哥儿曾用这根木棒打死了皮克罗科尔的大批士兵，威名大振。此外，拉拉维尼埃嘴里老是叼着一支几乎和劈柴斧子一样粗大的雪茄，伴随着一撮被烧掉一半的棕红色胡子。他声音嘶哑，那是1830年8月初高唱《马赛曲》时喊哑的。他放浪形骸却待人宽厚，他拥抱过拉斐德③不下百次。但到了1831年，他却仅仅称呼拉斐德"可怜的朋友"了。从这些叙述里，诸位大概可以了解这位"漆皮帽青年联盟"主席让·拉拉维尼埃的全貌了。

7

"你打听普瓦松夫人的情况吗？"拉拉维尼埃问贺拉斯。贺拉斯素来对他不大理睬，嫌他不拘礼节，过于随

---

① 萨尤尔，希伯来人的第一个国王。

② 马拉，18世纪法国资产阶级大革命时期的著名活动家，后被反革命杀害。

③ 拉斐德，法国资产阶级革命活动家，曾参加1830年的七月革命。

便。"嗨！你们今后再也见不着普瓦松夫人喽！她离开咖啡馆，辞了工了。她做得对，普瓦松先生再也揍不到她了！"

"她若找我做她的保护人，"小保利埃大声说，夸张点说，他的个子小得比苍蝇大不了多少，"她一辈子也揍不到两次揍的。不过，她既然看中的是我们的主席……"

"住嘴吧！根本没这回事！"鼓吹民主的青年主席的嗓音沙哑，他抬高话音说道，让众人都能听见，"亚塞纳，给我来杯朗姆酒，我喉咙像着了火，需要润一润。"

亚塞纳过来给他斟了酒，然后站在一旁，表情怪怪地注视着他。

"哎，我可怜的亚塞纳，"拉拉维尼埃没有抬头，自顾自呷着酒，说，"你再也看不到你的老板娘啦，你大概很高兴吧？你的老板娘好像不怎么喜欢你？"

"我什么也不知道。"亚塞纳声音洪亮，语气坚定，"可是真见鬼，她究竟上哪儿去了呢？"

"告诉你吧，她出走了。出走了，你听明白没有？换句话说，她上她喜欢的地方去了，随她所欲呗。就是不在这儿。"

"你这么大声嚷嚷，不怕她的丈夫难堪吗？"我说，望了望里边的门，往日普瓦松先生每小时要从那里出来一二十次。

"公民普瓦松现在不在家里。"拉拉维尼埃回答，"我们刚才还在警察局门口见到他。估计去打听消息，他在寻找他的妻子哩。让他找去吧，够他受的。拿酒来！"

"这个可恶的畜生！"另一个伙伴插话说，"这一回

他可得到教训了，不能用醋抓苍蝇——动硬的不行。亚塞纳，给我拿咖啡来！"

"普瓦松夫人干得妙！"第三个说，"我倒料不到她会出其不意地来这么一下子，这可怜的女人，她似乎被忧伤压蔫了呢！亚塞纳，给我拿啤酒来！"

亚塞纳手脚麻利，给每个人斟上饮料，然后又回到拉拉维尼埃身后站定，似乎有所期待。

"喂！你干吗老瞧着我？"拉拉维尼埃在镜子里看着他。

"我等着给你斟酒呢。"亚塞纳坦然道。

"殷勤的小伙子，那就来一杯吧！"拉拉维尼埃伸过酒杯去，"我们的心思相通。去年在蒙托戈耶街的街垒上，你如果能像赫柏似的这样侍候着就好了！当时我口干得要命！但那时你只想着向宪兵们扫射，像一头狮子般勇猛！你的衬衫不像现在这么雪白吧，对不？全被鲜血染红了，被硝烟熏黑了！嗯，自那以后，你是怎么过日子的？"

保利埃说："你还是告诉我们普瓦松夫人昨夜在哪儿歇宿吧，既然你知道。"

贺拉斯涨红了脸，大声问："你真的知道？"

"哈！你也关心这事？"拉拉维尼埃问道，"看来你很在乎这件事喽？可是我不会告诉你的，请原谅，因为我做了承诺，不声张出去。你能理解吧？"

"我理解。"贺拉斯略含醋意，说道，"你是想叫我们相信，普瓦松夫人躲在你家里吧。"

"躲在我家里！我才求之不得哩，那就意味着我们有一个家了！不过，请你说话放尊重点，普瓦松夫人是个正经女人，她绝不会随便去你家，也绝不会来我家的！"

一个叫卢维的见拉拉维尼埃半吞半吐的，惹得大家纷纷猜测，露出急切的神态，便说道："你就干脆告诉他们，你是怎样帮助她出走的吧。"

"好吧！请各位仔细听着。"拉拉维尼埃终于开口说，"我所说的绝对不会不利于普瓦松夫人。喂！你也想听！"他发现亚塞纳仍站在身后，转头问道，"你莫非听了我的话要做奸细，向你的老板告密？"

"你们说些什么，我一点也听不懂。"亚塞纳说着，坐在旁边的空桌子旁，打开报纸看起来，"我待在这里是为了招呼客人，如果你们觉得我碍事，我就走开。"

"不，不！不要走，七月的孩子。"拉拉维尼埃说道，"我要说的话，无损于任何人。"

这时正是吃晚饭的时候，店里顾客不多，只有我和贺拉斯，还有拉拉维尼埃和他的一帮朋友。他开始向我们叙述以下情况。

"昨天夜里，也可以说是今天凌晨（大概一点钟了），我独自回住所去。嗨，我扯得太远了，我没有必要告诉你们我从何处回住所去，或者是在何处与普瓦松夫人相遇。对这一点我必须保密。我看见前面有一个身材苗条，容貌俏丽的女人。我踌躇再三，最后肯定那不过是只'尺蠖蛾'，我就跟了上去。不知道出于什么神秘莫测的原因，我没有非礼的举动。你们的主席——我，对法国人的风流勾当可是个门外汉。我对那女人说：'我可以把胳膊伸给你吗，妙人儿？'她不睬我，头也没回。我有点纳

闷，以为她是个聋子。我决意要挽她的胳膊，快步上前，对她说："你不要害怕。'她轻轻叫了一声："啊！'便靠在栏杆上了。"

"栏杆？那一定是在河边。"卢维说。

"我所说的栏杆并不说明任何问题，就如说路碑、窗户或墙壁一样。当时，我看见那个女人浑身战栗，摇摇晃晃的站不住，我也惊呆了，停下了脚步。你们大概认为我可笑吧？我对她说："小姐，你不要害怕。'她突然叫了起来："啊，上帝！原来是你，拉拉维尼埃先生！''啊，上帝！'我也惊呼道，'啊，原来是你，普瓦松夫人！'（这简直是戏剧性场面哪！）普瓦松夫人似乎松了一口气，直截了当地说："碰到你我就放心了。我把自己的命运交给你了。我相信你，你是个正派人，请你为我保密。就麻烦你给我带路吧。'我说："夫人，看在友谊的分上，我万死不辞。'她抓住我的手臂，说："我本来想请你别尾随我，估计你也会答应。但我宁愿把命运托付给你，我的名誉就有了保障，你肯定不会泄密的。'我伸出胳膊，她立刻挽住，我真有点飘飘然，忘乎所以哩。我像侯爵似的挽住她的胳膊，没盘问她一句话，陪着她往前走。"

"那是什么地方？"贺拉斯急切地问。

"这你就别管啦。"拉拉维尼埃回答，"路上她对我说："我永远离开普瓦松先生了。我并不是去另寻新欢，我向上帝发誓，我并没有情人。上帝庇佑我，在我孤立无援、陷于绝望的时刻把你派到我身边。我是为了躲避虐待，这就是我出走的目的。我有藏身的去处，是一位朋友家里，一位正派而善良的女人家里。今后我将自食其力。请你切勿来看望我。出走之后我会处处小心谨慎。请你记住我的友谊，相信我永远不会忘记……'我们再次握手，双方道声珍重，祝过晚安，就分头走了。我知道她在某个地方，但不知落在谁家，与什么人一起生活。我不想去打听，也绝不会提供任何线索，让别人去找到她。就是这么回事，我一夜没有合眼，我堕入情网难以自拔啦！这是何苦呢！"

贺拉斯激动了："你说她真的没有情人，她真的在一个女人家里，她……"

"哎，我什么也不知道，这与我有什么相干？她遇到了我而且征服了我，我唯有遵守诺言。这些奇怪的女人！亚塞纳，来杯朗姆酒，我说得口干舌燥！"

我望了望亚塞纳，他脸上的表情毫无异样，我原以为他爱上了普瓦松夫人，这猜想也就打消了。看到贺拉斯神情激动，我开始觉得他对普瓦松夫人的恋慕已非比寻常。我们俩在心歇街分手。

我筋疲力尽往家里走，昨天夜里我守护一位生病的朋友，今天整日没有回家。

家里窗户里亮着灯，但我按了三次门铃，没有人来开门，我还以为家里没人。欧也妮姗姗来迟，而且在开门之前，还透过门上小窗仔细观察、盘问一番。

我一面进门，一面说："看来你很惊慌呢。"

"是的。我害怕是有缘故的。不过现在你回来了，我也就放心了。"

她的话说得蹊跷，我忙问："出了什么事吗？"

“发生了一件令人兴奋的事情。”欧也妮微微一笑，“我希望你不要责怪我，你不在家时，我擅用了你的卧室。”

“怎么！用了我的卧室！天晓得，我昨晚在外边彻夜未眠呢！家里的气氛怎么这样怪怪的？”

“嘘！别嚷嚷，”欧也妮用手捂住我的嘴巴，“有人睡在你的卧室里，她比你更需要休息。”

“这样平白无故地占用我的卧室！在你看来是做好事，可是……”

“可是亲爱的，你得马上离开家，找你的朋友贺拉斯或其他人，你朋友不少嘛，在他们那儿将就睡一夜。”

“我究竟是为谁做出这种牺牲，你总得告诉我吧？”

“为我的一位女朋友，她是在绝望的情况下求我收留的。”

“啊，上帝，”我叫道，“在我的卧室生孩子！是哪个家伙留下的种子？天杀的！”

“不，不，根本没这回事。”欧也妮脸红了，忙说，“你声音小一点好不好？严格地讲，这件事与爱情无关，绝对是纯洁的、柏拉图式的故事。你快走吧。”

“你如此小心翼翼，奉若神灵地接待这位朋友，她莫不是遭人暗算的公主？”

“不，她是一个与我一样的女人，你应当尊重她。”

“她的姓名也要对我保密吗？”

“何必这么急于知道呢？明天我们再考虑一下是否可以告诉你。”

“这是一个女人吗？”我期期艾艾地问。

"你不相信吗？"欧也妮咯咯咯地笑起来。

她把我直往门外推，我不由自主地移步出来。她把灯递给我，亲切而愉快地送我到楼梯口，然后回房去了。我听见她插上插销又加上横杠。那横杠是我特意为她做的，我外出时，她独自在家就安全些。

走到楼梯最后几级，我的脑子一阵昏乱。我的本性绝非多疑善妒，而且欧也妮这位温柔忠贞的伴侣从没做过对不起我的事情，我对她的敬重更胜于爱恋。她的每一句话都无可置疑。但不知怎的，我有点昏眊了，我下不了决心走下最后一层楼。我一次又一次走回去，回到自己的房门口，又一次次下了楼。我的阁楼，乃至整幢房子此时陷于沉寂中。我越是竭力使自己冷静，脑子越混乱，额上沁出一层冷汗，我几次想把门撞开，凭我此时的力气，即使上了横杠插销的房门也能撞开。可是我又不忍心让欧也妮因自己的粗暴和多疑而受惊、伤心。我克制了自己的冲动，当时贺拉斯如果看见我这副狼狈相，定会怜悯我、嘲笑我。他的恋爱经里就蕴含着嫉妒与大男子主义，我还与他争辩过，他一定会认为我是可笑至极的人了。

我下不了离开住宅楼的决心。我原想到河边走走，挨过这一夜。但住宅楼朝心歇街那边有一道后门，可能不待我绕过这座楼，那个女人就会从前门或后门出去。而且我如果离开了住宅楼，过了半夜就回不来了。因为门房可能事先得到通知或者睡觉去了，没人给我开门。门房对大学生都是不讲情面的，我这座楼的门房尤甚。让那个女人见鬼去吧，让她名誉扫地吧，我不能守在自己的宝贝身边，都是她连累的。我困得睁不开眼，于是在房门口的草垫上

一躺，便立即睡着了。

幸而我们住的是顶层，朝着楼梯口仅有一套没人居住的房间，所以喜欢传播谣言的邻居不会发现我的狼狈处境。

我睡得很不安稳，时间不长，清晨的凉意使我早早地醒过来。我浑身酸痛，点燃一支烟吸着。将近六点钟，我听见住宅楼的大门开了，我按我家的门铃，我又等了很久，欧也妮又在小窗旁窥探一番，才让我进门。

"啊，上帝！"欧也妮揉着惺忪睡眼叫了起来，"你的模样都变了，可怜的泰奥菲尔！你在贺拉斯家里睡得不好吗？"

"睡得糟透了。"我答道，"床板硬邦邦的。你那位客人先生终于走了吗？"

"我的客人先生？"欧也妮一愣，她不解且惊愕的神情令我羞愧莫名。

但人是很难及时悔悟的，我当时的反应是悻悻然地把手杖往桌上一掷，把帽子扔到椅上，帽子滚到地上，我狠狠地踩了一脚，我气得直想砸东西。

欧也妮从未见过我发这么大的脾气，一时呆住了。她不声不响地捡起帽子，定定地望着我。看见我神色大变，终于明白我内心的痛苦。她轻轻叹息一声，忍住泪水，蹑手蹑脚地走进我的卧室，又悄悄地关上门。那个神秘人物就在我的卧室里，我不能够也不愿再存疑心，但我仍难拂去满腹疑云。在人们的头脑里，如果错误的想法占了上风，不管如何运用理智和良知的武器，那先入为主的想法都还是根深蒂固的。我痛苦万分，在房里激动地走来走去，每走完一圈，便狂躁地在该死的卧室门口停住脚步。每一分钟都像一个世纪一样漫长。

门终于开了，一个头发蓬乱、身裹一条披肩的女人向我走过来。她浑身战栗，脸色苍白。我不禁大吃一惊，向后退了几步，站在我面前的竟是普瓦松夫人！

8

那女人向我鞠躬行礼，膝盖几乎跪到了地上。看到她愁苦苍白的面容，无心梳理、纷乱的头发，露在猩红色披肩外面的白皙胳膊，凶残的老虎也会心软。她这一出来，证明欧也妮清白无辜，我自然心中大慰。这时别说是这位漂亮的洛尔来了，就是可恶的门房来了，我也会殷勤待客的。我扶起洛尔，请她坐下，嘴里说着我回来太早惊扰了她们的话，却说不出其他致歉的话，也不好意思看一眼受了委屈的欧也妮。

"我真该死，非常抱歉，我差一点造成你们之间的误会。这全是我的错。我本该事先说明白，或谢却欧也妮慷慨的收留。唉，先生，你责备我一个人好了。欧也妮是天使，她非常爱你，你也配得到她的爱。我真希望得到爱，这一辈子得到一天的爱也够了！欧也妮会把详情相告，包括我的遭遇和错误。我的过失严重，超出你的想象，我追悔莫及，唯有终生抱恨。"

洛尔哽咽难言。我受了感动握住她的手，不知该说些什么话来安慰她。她似有所悟，拉着我走到欧也妮跟前，以她女性的柔媚，消解了欧也妮对我的恼意，加深了我的

愧悔。我不由得跪了下来，感谢欧也妮的宽宥。欧也妮一把拉住洛尔，往我的怀里一推，说："你就当她的兄长吧，答应让我们来保护她。我们俩把她看成自己的妹妹。你看，洛尔多美，比我漂亮，比我有教养，足以令你神魂颠倒呢！"

早餐与平日一样简单，但餐桌上的气氛亲切融洽，早餐后，欧也妮收拾朝楼梯口的那间套房，让洛尔住进去，门房一直没管过这间套房，几天前，欧也妮背着我订了下来。洛尔以莫里亚（这是欧也妮的姓氏，借此可对外人说洛尔是她的姐妹）小姐的名义，成为我们的新邻居。趁着洛尔愁眉苦脸慢腾腾地布置新居，欧也妮向我详述她的身世，我需要了解了才能帮助她。

欧也妮开口说的第一句话就是："你不是很关心亚塞纳的吗？你与他不是很友善的吗？洛尔与亚塞纳关系匪浅，你会因此更加关心洛尔吧？"

"怎么！欧也妮，"我失声叫道，"你知道亚塞纳的秘密？我一点都猜不透的秘密，他竟告诉你了吗？"

欧也妮赧然一笑。原来她早就知道亚塞纳的全部秘密。就在亚塞纳替她画像的时候，小伙子便对她怀着极大的敬意和信任，这个深藏不露、言行谨慎、对我存着戒心和傲气的人，被欧也妮的庄重、善良、热情征服了。他是平民出身，而欧也妮也是平民出身，因而心意相通，这是理所当然的，他像兄弟一样向她和盘托出自己的秘密。

欧也妮答应过为亚塞纳保密，而且也一直信守诺言。她小心试探我对这件事的态度和看法，直到确信我刨根问底是出于善意的关怀，确信我对她所保护的人同样怀有一片忠诚之心，才放心把许多事情诉我。情况大致如下。首先，普瓦松夫人并不是普瓦松的妻子，她与亚塞纳出生于外省同一个小镇同一条街道。她是那儿的年轻女工。亚塞纳几乎从孩提时期便对她怀着浪漫而不幸的爱情。不幸的是，秀色夺人的玛特尚未成年就被普瓦松拐骗走了。那时普瓦松是旅行推销员，他把玛特带到了巴黎，在卢森堡公园的围栅外搭起帐篷，开了一间咖啡馆，利用玛特的容貌做活牌招徕顾客，但他醋意极浓，玛特只要和顾客稍稍交谈几句，他便向她大发脾气，甚至施以拳脚，玛特的遭遇是很不幸的。

还有另外一件事，欧也妮告诉我，大约三个月前的一个下午，亚塞纳忽然不惜花费，一反他节俭的习惯，光顾这家咖啡馆，喝一杯啤酒。店里的老板娘长得标致，身穿白色衣服，一头乌黑的头发，大有中世纪领主夫人的仪态，亚塞纳一眼就认出她就是幼年密友玛特。他回想起他的初恋，也是唯一的恋情，顿时五内沸然，难以自控。玛特赶紧向他丢眼色制止，因为粗暴的普瓦松正在旁边盯着她。机灵的玛特在找给亚塞纳五法郎零钱时，塞了一张纸条给他，上面写着："我可怜的亚塞纳，如果你不鄙视我这个同乡的话，请明天来此一叙。因为普瓦松明天外出办事。我渴望与故人谈谈我的家乡和美好的往事。"

"当然，"欧也妮接着说，"他第二天准时应约前往，与她见面出来后，他的爱情更加炽热了。玛特苍白的脸色，楚楚可怜的神情使她增添了高贵、典雅的丰韵。而且，由于她在柜台边读过不少小说，以及富于哲理的书籍，因而谈吐优雅，且有一定的思想深度，这是她从前所

没有的，她对亚塞纳尽情倾吐自己的痛苦、悔恨、渴望摆脱这个拐骗者给她带来的卑贱、屈辱的命运。亚塞纳认为，无论从基督教救人于苦难的教义还是昔日兄妹般的情谊来说，他都有义不容辞的职责。此后，他经常到咖啡馆，小心翼翼地不使好妒的普瓦松先生疑心。趁普瓦松外出，他俩便谈心。玛特已打定主意离开普瓦松这个暴君。她说，她不希望再承受仰仗别人生活的屈辱，所以请求亚塞纳帮助她寻找工作，她要凭自己的劳动做一个堂堂正正的人。譬如给富人做佣工，在服饰店站柜台等等。亚塞纳考虑了各类工作，认为不适合自己心爱的人。他想找一份轻松、自由、体面的工作，可往哪儿找啊！于是他决定放弃艺术，干体力活，当仆人也行。他以姑母垂危，要接两个妹妹到巴黎做女工为由，让玛特与两个妹妹同住。如果她们三人的生活尚无着落，他就挑起这副生活的重担。而且在摆脱贫困生活之前，他决不重执画笔。就这样，亚塞纳为了忠诚，为了爱情，牺牲了自己的艺术爱好和远大前途。

"咖啡馆的侍者收入不错，他便干了这个行当，并有意选择普瓦松咖啡馆，打算选择恰当的时机救出玛特，他打算继续干一段日子，以避免人家的怀疑。亚塞纳的姑母已经去世，他的两个妹妹已动身来巴黎。我答应给她们找地方安置，我们旁边那个套房有两个小房间，房租一百法郎，条件尚可，目前她们无力购置卧具和日用品，我们可以借给她们。她们不会久借的，因为亚塞纳赚了两个月的工资，已买下一套不算太差的家具，瞒着你寄存在我们的阁楼里。前天晚上，你出诊时，洛尔，也就是玛特，她趁普瓦松外出之机，午夜十二时，鼓足勇气跟亚塞纳从家里跑出来。他本来要亲自把她送到这里来，然后赶在老板回家之前返回咖啡馆的，谁知他们刚走出店门不远，发现老板的房间里似乎有灯光。他们担心普瓦松已经提前回来了。玛特横下一条心，叫亚塞纳赶快回去，自己沿着杜尔依街往前飞跑。她只有一个念头，凭着上帝的保佑，自己跑得快，独自可以逃脱黑夜里可能遇到的危险。当她跑到河岸时，发现一个男人尾随着她。幸运的是那个男人是你的同学拉拉维尼埃，他把她领到这里，而且答应不泄露她的行踪。今天早晨亚塞纳跑来看过我们。这可怜的小伙子假装去巴黎的另一头买东西，跑得气喘吁吁，满头大汗，非常激动。上楼梯时我们以为他要晕倒了。他匆匆谈了五分钟，说昨晚是一场虚惊，其实老板直到天亮才回来，发现玛特出走了，又惊又气，并没有怀疑亚塞纳是同谋。"

我对欧也妮说道："他们不必害怕普瓦松啊，从法律的角度说，他无权控诉，因为他没有和玛特结婚。"

"法律方面他是无可奈何的，但此人一怒之下可能会采取暴力行为。他是个鄙俗之人，买笑寻欢无所不为，不知爱情为何物，另有新欢之时他的气也就消了。玛特深知他的为人，说她的住处最多只要保密一个月。"

"如果我没有猜错的话，"我说，"你需要我做两件事，一是把我们家的一切，全权交由你处理，以便援助我们这位不幸的邻居；二是在门背后放一根粗棍子，以防普瓦松的袭击。好吧，我考虑好了，一是把昨天领取的月薪，照往常一样交给你，听凭你支配；二是这根粗棍子，现在就搁在门背后。"

放好棍子，我上床睡觉，来不及脱完衣服，我已酣然入梦了。

大约两个钟头后，我被贺拉斯推醒了。"活见鬼！你们家出了什么事情？"他问道，"开门时还得通过小窗向我盘问，门背后还窃窃私语！莫不是有什么人藏在厨房的柴堆里、衣柜里或别的什么地方？我进来时欧也妮还直冲我笑呢。这到底是怎么一回事？捉弄你呢还是捉弄我？"

听贺拉斯一说，我也笑了起来。我洗完脸走进厨房，玛特和欧也妮正在商议。我赞成向贺拉斯及经常上门的几个朋友公开这件事，但要求他们保密，行动小心。这样做比东藏西躲瞒住他们要安全。很难瞒得住他们，玛特不出房门，不来我们屋里，或者我吩咐门房不许人上来，也难瞒得住。吩咐门房不让人来不合情理，而我们的门稍稍一开，上来的人就会看见并认出美丽的洛尔。于是，我郑重其事，首先把这事告诉贺拉斯，但只字不提亚塞纳对洛尔的关切以及帮助她出逃的事，也不提他们是旧相识，对其他人也一样不提。从此以后，洛尔恢复原名玛特，大家只知道她是欧也妮的童年好友。欧也妮也很小心，不敢透露她是两天前才认识玛特的，而且巧妙地令人相信是她一个人把玛特藏起来并加以庇护。我所有的朋友都尊重她，故对此深信不疑。至于我，绝口不提那次喝干醋的可笑情景。

然而，欧也妮并没有如我所料的那样原谅我。尽管她竭力忘却，但仍心存芥蒂，想起我的吃醋便有点不快，因为她有好几次断言男人的爱情与女人的爱情不能等量齐观。"男人嘛，"她说，"即使是最忠诚最痴情的好男

人，也极容易对把身心都献给他的女人起疑心，贬低她的
爱情，即使没表现在行动上，也隐藏在内心深处。我们这
个社会，男人拥有支配女人的权力。他们认为女人的忠贞
和爱情体现在肉体方面。事实上，女人的忠贞和爱情更多
的是暗藏在心里。我们即使产生了妒忌，也会冷静地分析
目睹的情况。当你们对我们信誓旦旦时，我们总是毫不怀
疑的。可是，难道我们的誓言就不如你们的神圣吗？你们
为什么把双方的尊严区别对待呢？如果对方说你们不诚
实，你们会暴跳如雷，可是，你们对我们存着戒心，动辄
生疑，这是对女人的信任吗？男女双方长年厮守，女人对
他忠贞不渝，坦诚相见，男的应该放心了吧？可是，只要
稍有一点风吹草动，或是一句话、一个动作，甚至家里房
门是关了还是开着，都会使这个男人一下子推翻了原先所
有对自己的女人的信任！"

欧也妮滔滔不绝的谈话是针对贺拉斯的一番议论而
发，因为后者常常摆出一副奥赛罗的架子，且俨然以此人
自况。这些话一句句像锋利的刀子般扎在我的身上，令我
脸上热烘烘的。

"真见鬼！"贺拉斯对我说，"欧也妮这套说教是从
哪儿学来的！亲爱的，你怎能任由她去泰布剧院听宣讲？
她去得太勤啦！"

9

保尔·亚塞纳与玛特的关系实在微妙。可能由于亚
塞纳始终没有勇气向玛特表露自己的心意，或者因为玛特

没有这个愿望。他们一直保持着兄妹般的友好关系。玛特并不知道他为自己所做的牺牲，为了关心她甚至放弃了前途。亚塞纳对她说过学绘画的事，但没提自己在这方面具有出色的天赋。他声称自己放弃绘画是为了接两个妹妹来巴黎，需要供养她们。玛特身无分文，出走时又不屑取普瓦松家的一针一线，决计自食其力。她以为欧也妮给她提供了全部资助，亚塞纳不过起了求托的作用，让她和他的两个妹妹有个栖身之所。玛特打算承担自己那部分费用，以免欠亚塞纳的情。如果她知道亚塞纳为她受了不少的苦，她是绝不会跟着他逃出来的。亚塞纳悄悄地做出义无反顾的牺牲，还不让玛特知道，为的是以后不会向玛特道出"这一切都是我提供给你的"这句话，因为表面上他提供的帮助仅如一般友人提供的。

小伙子十分忙碌，老板不许他告假，他不能到车站接两个妹妹。玛特不敢出门，恐被人撞见，去通知普瓦松来跟踪她。于是我和欧也妮去接我们未来的邻居路易丝和苏珊娜。路易丝是姐姐，这村姑颇有几分姿色，但略显霸气，说话大嗓门，颐指气使，性情暴躁。她这个脾气是在垂暮之年的姑母家里养成的。老人把五六个学裁缝的女工交给她管理，凡事悉听她的安排。苏珊娜的权威仅居其次，但她对姐姐唯命是从。路易丝宛若皇后，有很强的控制欲。

苏珊娜不算美，长得还端正，颇讨人喜欢，她能理解姐姐无法理解的东西，不过她在姐姐严格的管教之下，几乎与外界隔绝，无法接受外界的影响。

两个姑娘在车站见到我们，一个显得害羞和感到意外，另一个却面有愠色。她们对巴黎的生活一无所知，怎么也想象不出兄长竟会忙得无法抽身迎接妹妹们。她们勉强笑着向欧也妮道谢，路易丝不断咕哝道："保尔没有来，真叫人扫兴！"

苏珊娜不快地附和道："真想不到，保尔没有来！"

这也难怪，她们长这么大，头一回乘驿车出远门，途中要接受关卡人员的检查，每到一站更换马匹，旅客们上上下下，同车的有职员、邮差、商贩……熙熙攘攘的，人声嘈杂，闹得晕头转向，这是她们从未见过的，心里又惊慌又恼火，抵站不见亲人来接，未免心情懊丧，亦为人之常情。

她们看到我们张罗着替她们照看行李，去车站办公室交款，心里便舒坦了一些。我把她们的东西——大大小小的篮子和纸盒（这是乡下人的习惯，携带大量杂物，其实运费超过了物件本身的价值）装上出租马车时，路易丝在草提包里掏着什么，叫道："等一等，先生，我给你钱！你刚才在车站代我们付的款，我还你。"

两个姑娘其实不必在这个时候匆匆地还钱给我。我慷慨付款，并不在意，却使她们由此对我怀着敬意。

我们搭乘了一辆双轮轻便马车，以便大家一齐到达我们共同的家门口。

"啊！天啊！好高的房子！"她们打量着住宅楼，叫道，"这么高，连屋顶都看不见。"

要爬九十二级楼梯，她们更体会到房子的高不可攀，上到三层时，她们惊叹不已，上到四层时，她们哈哈大笑，但爬到五层时她们便不耐烦了，及至爬到六层时，就

宣称绝不可以在这样的长灯笼里长住下去。路易丝泄了气，一下子跌坐在梯级上，说："这地方真够呛！"

苏珊娜没有说气话，只是俏皮地说："这倒也挺方便的，每天上上下下十五次，准会累折腰。"

欧也妮领她们进了居室，她们觉得房间又窄又矮。其中一间门朝着我家的阳台，路易丝走到门口往下瞧了瞧，赶快退回来，跌坐在椅子上。

"啊，老天！我的头都晕了，就像爬到我们的钟楼顶上似的。"

我们想请两位姑娘吃晚饭，欧也妮在我的套房里准备了便饭，打算在饭桌上介绍姐妹俩，让她们和玛特认识。

"先生，夫人，你们的盛情我们心领了。"路易丝向苏珊娜递了个眼色，"但是我们不饿。"

路易丝没精打采，苏珊娜则迫不及待地打开行李，整理衣物。

"啊，你看！摆了三张床呢！"路易丝突然问道，"莫不是保尔也在这儿住？太好了！"

"不，保尔目前还不能和你们一块儿住。"我答道，"但有位同乡，一位老朋友要在这儿住，保尔会亲自给你们介绍……"

"噢，是谁？据我所知，我们在这里并没有什么同乡、朋友，保尔在信里从没提起过！"

"关于这个，一言难尽，他自己会向你们详述的。在他来之前，我受他的嘱托，把这位朋友介绍给你们。这位朋友已经住在这里了，现在正为你们准备晚饭，我这就叫她过来，好吗？"

"我们自己去看她。"路易丝说，她的好奇心被大大地激发了，"这位老乡在哪儿？"

路易丝急切地跟着我。

"哦，是玛尔冬。"她一见玛特就认出来了，尖声叫道，"你好吗，玛尔冬？你守寡了，要和我们住在一起？你和那个把你从你父亲身边拐走的先生私奔，这件事可丢人啊。不过，听说你后来与他结了婚，这样才平息下来！"

玛特的脸色一阵红一阵白，又羞又窘。她万万没想到受到这样的接待。亚塞纳记不清妹妹的模样，她也早忘记这两个小同乡。思乡之情人皆有之，记忆里的故乡，一草一木都是美好的，充满诗情画意。随着岁月的流逝，记忆中的故乡好处越来越多，缺点却逐渐消失，了无痕迹了。

再说，玛特五年前就离开了故乡，当时路易丝和苏珊娜还是两个不懂事的孩子，现在已长大成为道学先生，尤其是那个大的，因为自己的容貌和才干在家乡远近传扬而变得趾高气扬，不可一世。这两棵在故乡的土地上熠熠生辉的野草，移植到了这里，其魅力骤减自不待言（亚塞纳却想不到会这样），在村子里她俩被公认为楷模，以勤劳和聪明赢得同村姑娘的拥戴。来到巴黎，她们的长处将被湮没，说教已不中听，榜样变得平淡无奇。但另一方面，在新环境里必须具备的品质，例如善良、睿智、宽容等等，她们却没有，也不可能有。

闲话休提。却说当时玛特一见到亚塞纳的妹妹，头一个冲动就是扑进对方的怀里，接着是等对方说完刚才那番话，后来却由于矜持和自尊心而愣住了。她脸色惨白，泪

如泉涌，痛苦不堪。

我走过去亲切地握住她的手，让她在餐桌边坐下来，然后把路易丝推到她身边坐下。

"你没有权力责问她，也没有权力批评她。"我严肃地对路易丝说，我的语气镇住了她，"玛特得到你哥哥的尊重，也值得你尊重。她很不幸，善良的人对不幸者都有同情心。只要你深入了解玛特，也会爱她的。你永远不要对她提过去的事情。"

路易丝低下了头，但心里并不服气，只不过被我的话慑服罢了。苏珊娜跟在后边，一见到玛特便十分激动，想去吻她，但被路易丝的眼色制止了，只和玛特握了握手。欧也妮怕玛特坐在两个同乡之间会不自在，特意坐在她身边而且显得分外亲切和尊重。这顿饭吃得很不愉快，而且尴尬。路易丝不知是憋气还是菜不合口味，什么也不吃。最后，亚塞纳来了，极敏感的他觉察到气氛不对头。他亲过两个妹妹之后，立即带她们到另一个房间，与她们细谈了一个多小时。

三个人谈完出来，神情都很兴奋。外省都有尊重兄长的习俗。亚塞纳以自己的威信制服了倔强的路易丝。苏珊娜是个细腻的姑娘，看到哥哥取代了姐姐的权威地位，她毫无意见。她真诚地对玛特表示友好，路易丝则对玛特装出以礼相待的样子，但过分做作，显得是故意奚落玛特。

亚塞纳催促她俩立即回房歇息。

"我们等普瓦松夫人一块儿歇息。"路易丝说。这称呼无异于在玛特心头扎上一刀。

"玛特并没旅途劳顿，"亚塞纳冷淡地说，"你们不同，应该去休息了。"

　　两位姑娘顺从地去睡觉了。等她们走开，亚塞纳对玛特说道："请你务必原谅我两个妹妹，她们抱着乡下人的偏见。我向你保证，她们很快会纠正这种偏见的。"

　　"请不要把这些称为偏见。"玛特说，"她们瞧不起我是理所当然的，是我自己干了丢人现眼的丑事，分不清好歹，委身于一个不值得爱的男人。你两个妹妹正是因我的错误选择而觉得气愤。要是当初我跟了一个像你这样的男人私奔，亚塞纳，别人一定会宽恕我，说不定还会得到尊重。你很清楚所有接近欧也妮的人都很尊重她。大家视她为你的朋友之妻，尽管她并没有这个要求。而我呢，虽有妻子之称，但别人并不认可我是有丈夫的。我误嫁暴君，人们觉得我已堕入深渊，被爱情遗忘了。"说着，玛特不禁声泪俱下。她心里的痛苦积蓄已久，现在才一股脑宣泄出来了。

　　亚塞纳拼命忍住泪水，才没有哭作一团。

　　"没有谁说过或认为你不好。"他激动地说，"我会叫两个妹妹和我一样尊重你。"

　　"尊重？你怎么可能尊重我！难道你不认为我把自己出卖了吗？"

　　"不！不！"保尔嚷道，"你当时是爱那个人的，这有什么过错呢？你只是受了蒙骗，以为他真心爱你而已。这类情况并不鲜见！"他转向我说："啊！先生，你也不认为玛特出卖了自己，对吗？"

　　我一时语塞。几天来，我和贺拉斯曾多次谈论过，我怎么也不明白，这么一个漂亮、聪明的女子会爱上如此

伧俗的怪物，终至陷入窘境。我们也揣测过，当年这个粗鄙之人也许具有某些魅力，不会像目前这样丑陋。我们又想，那时这个乡下姑娘幼稚无知，可能被首饰和花言巧语诱惑，因对城市舒适生活的向往而误入歧途。这位妙龄少女也许像所有被诱骗的姑娘一样，是由于好逸恶劳、贪慕虚荣才上当受骗的。

我赶忙安慰玛特，但她似乎看出了我的心思，便陈诉了如下这些话：

"请你们听我说吧，我是有罪的，但并非像你们设想的那样糟糕。我父亲是个穷困潦倒的工人。他常常借酒浇愁。你不知道什么叫作平民啊，先生！在这些人里面，既可以发现最高尚的美德，也可以接触到最污秽的罪恶。这个阶层里有像他一样的人（玛特拍拍亚塞纳的手臂），但是也有不少大半辈子都身陷罪恶泥沼的人。他们生计维艰，忧愤交加，且与日俱增。我父亲就是后一种人。他终日谩骂、诅咒，抱怨世道不公、命不如人，他并非生来懒惰，但生活饱受挫折，渐渐地颓废、消沉，变得懒了。我家徒四壁，室如悬磬。我童年饱经苦难，我怜悯倒霉的父母，但又被粗野咆哮的父亲吓得不知所措。我们那张破烂的床几乎是我们唯一的财产，但那些又贪又狠的债主还天天上门叫骂着要把它搬走。我母亲不堪丈夫的虐待，年纪轻轻就亡故了，那时我还是个孩子，母亲的死令我悲痛万分，虽然她在遭受父亲的凌虐之后，常常把我当作出气筒，但我依然尊重她、怀念她。也没因为她的去世少了管束而放纵自己。母亲之所以如此，皆因贫困，贫困是父母的敌人。它是我们共同的敌人，十分可怕、可憎，我从小就认识到这一点。

"我母亲有不少缺点，但很勤劳，也要求我像她那样勤劳。自从她去世后，我孤苦伶仃，没人管我，我没能抗拒不良的影响，逐渐养成了懒惰的习惯。我极少见到父亲，他每天早晨在我还没睡醒时便出了门，夜里我睡了之后才回家。他干活又快又好，但钱一到手就去喝酒，把钱喝光了。他半夜归来，总是酩酊大醉，拖着东倒西歪的步子，把地板踩得山响，唱着淫秽的小调，声如狼嚎，往往把我惊醒，吓得我汗毛直竖，浑身直冒冷汗。我蜷缩在床角，大气也不敢出，挨过一个又一个钟头。父亲在房里骂骂咧咧，转来转去。有时，他突然操起一张椅子或一根棍子，往墙上甚至我的床上乱砸乱打，好像在和敌人厮打。我从来不敢和父亲说话，因为母亲在世时，他曾经想要杀我，说是免得我受穷受苦。从那以后我一见到他走近就赶紧躲起来。夜里，为了避免被他在黑暗里乱挥乱舞的棍子误中，我总是钻入床底直到天亮，又怕又冷，半裸的身子瑟瑟发抖。

"那时，我经常和镇子里与我年龄相仿的孩子们一起，到野外的草地上玩耍。亚塞纳，你也是其中的一个，你应该很清楚，我就是那没有厚底靴穿，脚上趿着用绳子绑的破鞋，戴着一顶连头发也压不住的破帽子，怯弱的、忧郁的女孩儿。你也很清楚，我和你两个妹妹一样天真纯洁，一样有能力啊！如果说我有罪过的话，我这么一个处境如此悲惨的人，并不是贪图富贵，而只是希望能过上不虞冻馁的安定生活。我曾进过一个有产者的家庭，亲身感受到这个家庭的平静温馨，孩子们穿着整洁，女主人素净

讲究。我的理想就是能够生活在一个安宁的家庭里，坐在干净的椅子上阅读或织毛衣。如果可以穿上黑色塔夫绸罩衫，那就更是至高无上的奢望了。我和其他出身于手工业者家庭的姑娘一样，学会了针线活，但我做得慢，手不灵巧，灾难把我的能力磨损了。我靠幻想支撑度日，不挨打受骂便是幸福。反之，便战战兢兢、魂不附体，像傻了一样。

"造成我的错误最主要的，也是最令我悔恨的原因，真是一言难尽啊！我是否要和盘托出？不过，我宁受指责也不愿归咎于父亲，这样，我心里会好过一些。"

"应该全部说出来，"亚塞纳说道，"还是我替你说吧，因为你是清白无辜的，不应给自己脸上抹黑。我知道全部的真相。刚才我也和两个妹妹说了，因为她们并不清楚这件事的经过。"说到这里，亚塞纳转向我和欧也妮说："玛特的父亲（请你宽恕他，朋友们，贫困乃酗酒之源，而酗酒乃万恶之源）是个不幸者，当然，无可讳言，也是个卑劣、堕落、丧失人性的人——他对自己的女儿竟滋生了乱伦的情欲。在一次舞会上，玛特被一个旅行推销员看上了，招来她父亲的妒忌，更燃起了这个丧失理智的家伙的欲火。在舞会上，那个推销员走到玛特身边大献殷勤，其实这是他故技重演。他向玛特表白爱情，说要把她带走，玛特不予理睬。推销员当晚准备离开小镇。他天黑出发时，突然看见后边一个披头散发的女人飞奔前来，跳到他的车上，这女人就是玛特。她因禽兽父亲企图对她施暴而逃出来。你们也许会说，玛特可以采取别的办法，躲到其他地方，或者要求法律保护。但她不愿令父亲声名狼藉，而且涉及诉讼的丑闻一旦传扬出去，则受害者往往会和罪犯一样蒙受羞辱，为人所不齿。玛特以为自己找到了庇护所，甚至一个丈夫，因为推销员说过要娶她。玛特认为，自己会因感恩而对他产生爱情的，即使后来发觉上了当，还觉得当初他对她是有恩的。"

"再说，"玛特接过亚塞纳的话茬，说道，"我初懂人事，便碰上如此可怕的情况，闻所未闻的折磨，我哪有选择的余地？虽然我不过是从一个暴君手里转到另一个暴君手里，但凡事都是相对而言的，第二个暴君尽管妒忌心重，喜怒无常，可毕竟受过一些教育，没有前者野蛮凶恶。目前这个你们认为粗鄙透顶的人，我也是在后来见的人多了，有了比较才发现他的卑劣不堪。但在开始的一段日子里，他给我的印象是善良的、诚恳的。长期困苦压抑的生活，造成我逆来顺受的性格，我的柔顺助长了新暴君的气焰，他的暴戾专横便肆无忌惮地暴露出来了。我默默地忍受着，只有生来便遭厄运的人才能这样顺从，我对谩骂和凌辱已经麻木了，我向往独立的生活，但不敢抱任何希望，我心力交瘁，这辈子算是完了。要不是亚塞纳的友谊、鼓励和帮助，我是没有力量挣扎的。我现在已是谈爱色变，什么求爱、献殷勤，只会引起我内心的恐惧。我需要的是朋友，现在我找到了。回想从前种种，我居然在绝望中忍受了漫长的日子，还真觉得不可思议呢！"

"你幸福的日子从此开始，"我对玛特说，"因为你从周围的人身上可以找到温暖、真诚和尊重。"

"啊，你和欧也妮的友谊，我笃信不疑。"她搂住欧也妮的脖子，"至于他的友谊，"她转过身捧住亚塞纳的

头，"将是我经受一切考验的力量源泉。"

亚塞纳神情激动，脸色通红。

"我的两个妹妹会尊重你的，否则……"他说。

"不要强迫她们。"玛特说，"唉，千万别因我而强迫她们，我会使她们态度好转的，请放心吧。如果办不到，我也不会介意她们对我如何。这有什么要紧？孩子们闹着玩罢了。你别担心。亲爱的亚塞纳，你决心要搭救我，而且终于实现了，救我于火坑之恩，无以为报，这辈子我将天天为你祝福。"

亚塞纳心里充满了爱情和快乐，满怀喜悦地回普瓦松咖啡馆去了。玛特放轻脚步回到两姐妹旁边的小床上睡了下来，两姐妹的鼾声淹没了她的脚步声。

10

亚塞纳的两个妹妹态度果然有了好转。经过几天的劳顿、惊奇、怀疑，她们的情绪逐渐平稳下来，可以与哥哥做主安排给她们的伙伴相安无事了。玛特对待她们也十分周到，遇事迁就。玛特温柔大方，热情而不外露，娴雅得体，可亲可敬，在我接触过的女性中没有胜似她的。我和欧也妮与她只相处了三天，便和她建立了深厚的友谊。她事事忍让，使泼辣的路易丝不好发作。每当路易丝无端生事时，玛特总是和风细雨，好意化解，那位好寻衅的村姑的坏脾气也就收敛了些，被强压下去。

我和欧也妮想方设法帮助姐妹俩适应巴黎的新环境。过去她们在乡村生活，巴黎在她们的想象中就是人间乐园，乡下人以为巴黎的穷人也是富有的。从某种角度来看，姐妹俩的憧憬终于成为事实。她们乘坐了出租马车（我让她们享受了两三回这种奢侈的乐趣），两个人觉得十分新奇，你瞧瞧我，我瞧瞧你，感叹不已，说道："这里的生活多舒适啊！都坐上出租马车了！"小店铺的陈设也令她们目眩神迷，称羡不已，卢森堡公园更成为她们眼中的仙境。可是过了几天，游览完赏心悦目的新鲜事物，她们只得蛰伏在六楼的小房间里，对新环境的陌生感又充满心头。这也难怪，乡村生活和这里的生活大相径庭。乡村空气新鲜，活动的空间更辽阔，更自由。站在家门口可以随便与邻居聊家常，与街坊来往密切。干完活可以与伙伴们在绿树成荫的围墙下溜达；星期天还有野外舞会活动，多开心哪！姐妹俩自从找到工作后，更感到在巴黎干活太紧张，忙得没空儿，工资虽然比乡下多两倍，但花销也多两倍，而且劳动强度相当于乡下的三倍！她们不禁又失望又气恼。她们始料未及的事情还有：凡是守身如玉的姑娘容易遭到骚扰，晚间单身不敢踏出家门一步，也不敢指望去参加公共舞会。"啊，老天！这儿的人怎么这样坏？"苏珊娜悻悻地说。

姐妹俩虽有不满情绪，行动上却不敢怎样。亚塞纳时时加以劝导，她们收敛了许多，不敢像刚来时那样，放肆地发泄不满了。和这两位性情浮躁又毫无教养的姑娘共处，真是件大伤脑筋的事。按说，力所能及的工作如良药，可以逐步医治不良的积习，但工作也不能安抚她们躁动的心情。欧也妮向来细心，早有成竹在胸，由于顾主的尊重和信任，现在已经有人送活儿上门来做，她考虑成立

一个家庭缝纫作坊。

玛特虽不大勤勉，却积极赞同，点子也多。路易丝的针线活又快又好，苏珊娜也还凑合。欧也妮打算自己出外揽活，了解服装行情，对内则负责安排活计，公平合理地把任务和报酬分到各人名下。这样，小集体的盈亏成败就与各个成员挂上了钩，大家就不会像工厂的女工那样磨洋工，缺乏积极性，可以充分调动各自的主观能动性。这个计划倒合了姐妹俩的心意。但问题在于路易丝能否与大家和平共事不出岔子。她在家乡指挥惯了，对玛特这个"懒虫"（她与妹妹暗地里嘀咕，给玛特取了这个绰号）居然超过自己，会设计袖饰或完成难度较大的缝工，心里就很不服气。她时不时自作主张，按照老一套裁剪，但却遭到欧也妮的否定，使她乱了方寸。这个小泼妇恨不得操起一张椅子向欧也妮头上砸去。玛特在这个时候，就走到她身边，和颜悦色地安慰她，苏珊娜也对她报以会心的微笑，她这才强抑怒火，嘀咕几声作罢，就如风暴后的大海。

这几个女人在我家阁楼上尝试开拓新的生活，贺拉斯也在他居住的阁楼里，开拓他文学方面的生涯。我和他已有好几天没见面。一天我抽空去看他，发现他的小房间变了样，经过一番布置：桌子上铺了台布像办公桌，门缝里堵上垫子，阻隔了室外的噪声。他身上裹着布帘充当便袍，很像一件戏服。他静坐桌前，头发蓬乱，两肘支在桌上，双手捧着脑袋。我推门进去时，随之而入的风把桌上十多页稿纸吹得纷纷飞了起来，散落在地上，像惊飞的鸟。

我急忙俯身一张张地捡起稿纸，顺便瞥了一眼，原来每张稿纸上都只写着不同的标题。

"啊，原来在写小说啊，"我叫道，"《厄运》第一章。这章的题目是'新勒内'，第一章……啊，又是一篇，《失望》第一卷。唔，这篇是'最后一个信徒'，第一集……嗨！这是一首诗：世界末日。哇，叙事诗《摩尔国王的美貌公主》第一节。啊，这是荒诞剧《创世纪》第一幕。这是滑稽歌剧《流氓哲学家》第一幕。我的天，还有政治杂文，第一页。哎哟，亲爱的贺拉斯，你简直是包罗万象啊，你这些著作要是同时问世，整个文坛都将被你占领啦！"

贺拉斯很不高兴，怨我大惊小怪，一把夺过那只有标题没有下文，或是仅有半页文字的稿纸，揉成一团，扔进壁炉里。

"你这是怎么啦？我只不过开个玩笑，你就把你的宏图大略统统付之一炬啦？"

"亲爱的朋友，"他答道，"你开开玩笑倒不碍事，我愿奉陪。但如果你在我的马车尚未启动之时就来嘲弄我，我的马可就没了劲头，不听我的驱使往前奔啦！"

"那么，我立即告辞。"我拿起帽子，"我可不想在你酝酿创作灵感时打扰你。"

"别、别，你别走。"贺拉斯拽住我，"灵感今天来不了啦，你来得正是时候。我正想搁一搁，我太蛮干了。我连续熬了三个通宵，五天足不出户，感到精疲力尽了。"

"你的拼搏精神实在可嘉，祝你成功。你大概写成了什么作品吧，给我念念，行吗？"

"我什么也没写成。看来创作构思之难出乎我的意料，我有点灰心了。我心里酝酿着许多人物形象，涌现了各种各样的主题，闭上眼睛都触摸得到。可是，一睁开眼睛，它们就跑得无影无踪了。我喝了好多咖啡，抽了许多烟卷，人就像在烟雾中浮沉，沉寂的火山似乎就要爆发。可是正当我要伏案疾书时，火山里的岩浆便瞬间凝结了，灵感也不见了。羽毛笔变得令人讨厌，墨水的气味令人欲呕。再说，用苍蝇样的文字，表达热辣辣的、激动的、瞬息万变的思想，实在不胜负荷！咳，天晓得这也算一门职业！我要摆脱这折磨人的职业，我该怎么办？"

"你还没有酝酿成熟，把思想理出个头绪，"我说，"就急于把它用某种方式表达出来？这样的事情我可闻所未闻。"

"是吗？"贺拉斯说，"我是想有感而发，即兴成篇，不用太费气力，就像一泓泉水，夜莺歌唱似的。"

"泉水的形成非一日之功，夜莺的歌唱也是艺术啊！你难道不知道鸟雏学啼，发音稚嫩，初习飞翔是很艰难的吗？想把思想情感，还有感觉……准确地表达出来，靠的是修养。你刚学写作，想一蹴而就，达到语汇丰富、文情并茂的标准吗？这可要经过积累和实践才有此功力的呀。"

贺拉斯自称他不缺丰富的语汇和文情，但用在描写人物性格方面损耗了他的才气。这显然是遁词。我叫他即兴口述，我笔录，他拒绝了，原因不言而喻。他可以轻而易举地写出一封文字隽永、用词工整的信，但要用一种比较深刻、完美的形式表达一种思想，他却缺乏耐心和韧劲。

贺拉斯的思想并不贫乏，他甚至自认过于活跃了，抱怨自己头脑里的形象过于繁杂，也许是实情。事实上，他缺乏构思的能力，而这是确定采取某种形式的先决条件。

贺拉斯不懂得如何工作，而且不懂得如何忍受痛苦。他写作的主要障碍还不是上述种种。我认为，要从事写作，必须对主题有明确的、深入的见解。对主题以外的某些思想，亦要了然于心，借以加强自己的论点。贺拉斯对事物的看法游移不定，他往往是在闲聊中忽然心血来潮而随意发挥。因此，他的信念常常更改，亚塞纳每次听他发表意见，暗地里都说他朝三暮四。

贺拉斯的这种方式，用于闲聊倒也罢了，听众可能对你所讲述的惊险情节感到极大兴趣而入迷。但若立论立言则首先要对自己试图阐述的东西有深刻的了解。抓住某些观点进行争论，对贺拉斯来说并非难事。但他的所有观点连他本人也仅仅在讲出来时才相信，不可能激发他内心的热情，不可能启发他的想象，不可能让他从灵魂深处爆发强烈的冲动，也就不可能碰撞出灵感来。就如《独眼巨人》这部杰作是埃特纳火山的烈火冶炼的一样。

在缺乏一般信念的情况下，种种特殊的感情往往会使我们心灵震颤而口若悬河地抒发议论。这是一般年轻人的本领，而贺拉斯连这一点也不具备。他还没感受过震撼心灵的冲动，没有看到这种冲动的社会效果。他的知识仅仅来源于书本，他不可能感受到高级思维形式的启示，从而去寻求某种叙述或描写的形式。他的头脑里充斥着各种形象，在一定条件下便跳出来，使他误认为自己已经具备创作的条件了。可是，他没能抓住头脑里浮光掠影的意象，

这些意象没有触及他的心灵。

其实他根本不可能把这些意象表达出来，因为他不具备大脑思维的综合能力。因而他不管用什么形式把这些意象表达出来都徒费纸笔。他倒也有一些自知之明，虽自尊心太强，但一点也不笨。他把写出的东西涂掉，撕得粉碎，再从头写起，然后又撕掉，再用另一种形式，结果没有一次是满意的。

贺拉斯没有找出力不从心的原因，而错误地认为他采取的形式不对头。只要他具备了耐心和毅力，任何形式都可代替内容，一切文学作品离开了内容，尽管用词华丽、技巧精妙，也是空洞无物的。

我再三向他提示，但他并不信服，依然我行我素，进行了一个多月的尝试，至今毫不醒悟。他认为，他需要克服的障碍主要是过度的兴奋和冲动，给过热的创作欲降降温。不过，后来他不得不承认，他尝试创作的不论是诗歌还是小说，刚刚写出三行或十行，就发现酷似他曾阅读过的文学作品，自己不过是在模仿罢了。于是心里不禁十分惶愧。他给我看过他未成篇的作品，那完全可以署上拉马丁、维克多·雨果、巴尔扎克，甚至贝朗瑞等作家的名字。这些最难模仿的作家的句子他摹写出来能达到酷似的程度，说明他的文笔不差。但他那些不成篇的东西其实只是支离破碎的片段，缺乏实质性内容。在他奉为圭臬的那些作品里，他撷取的是富于个性、思想的辞藻，而贺拉斯缺少的恰恰是个性。他企图表达自己的思想，却跳不出模仿的窠臼，因此给人的印象是剽窃。因为他所表达的思想不是他自己的，而是别人的。要具有他本人的特色，必须长期潜心苦练，将它进行特殊的改造。各人的才思不尽相同，根据同样的素材，写出来的东西也是各具风貌的。所以，同一事件，同一主题，同类感情，大师们写来，绝无雷同之弊。如果没有对实际生活的体验和感受，而想自己的作品具有个性和特色，那简直是异想天开。贺拉斯正是由于这一点，好多天过去，他的尝试依旧停滞不前。我敢断言，他为摆脱颓废情绪而欲求振作的那一点意志已付诸东流了。当他弄得极不耐烦，精疲力尽，濒于病倒之时，便收手不干，结束了足不出户的生活，又跑到外面来寻找消遣了。而且宣称要尝试一下爱情，看看爱情能否唤醒他那处于休眠状态的缪斯。

贺拉斯这个设想令我颇为担心，他没有任何自我防护的本领，却莽撞地闯进大海航行，风险之大难以预料。他在闭户写作的日子里已尝试过冒险，但还不至于走入邪门歪道，他只不过遭受一点时间和纸笔的损失而已。而现在他盲人瞎马地在外边闯荡，将会落个什么结果呢？

贺拉斯目前还没有遭遇险情，并不是人人都会陷入情网。贺拉斯天生不是多情的人，他的人格在身上扎了根，与邪念格格不入。除非遇到高雅动人的女性，才能拨动他的心弦，对于那些庸俗的女性，他是不屑一顾的。我们不必担心他会涉足花丛，与三流妓女鬼混，有损自己的身体。有些妓女高价出卖肉体，有些则要男人灌迷魂汤才能重燃爱火。贺拉斯当然不肯曲意俯就这类妓女，而且常以极为尖酸刻薄的言辞进行批判。他不理解《玛丽

蓉·德·洛尔墨》[①]包含的宗教意义。他喜欢这个作品，却没体会到它道德观念的内涵。他常常以迪迪埃自命，其实他仅仅是其中一场戏里的迪迪埃，即在意外地发现玛丽蓉与别人勾搭后，立即对这位不幸的女人肆意挖苦和谩骂的迪迪埃。该剧的结局是迪迪埃宽恕了玛丽蓉。贺拉斯却不无遗憾地说，倘若迪迪埃知道自己一分钟之后要被砍头，是绝不肯宽恕的。令人不快的是，贺拉斯每次与比较高雅的妇女交谈时，总爱摆出一副睥睨一切的神情，令对方发窘、感到不快。过后他自己不免有点怅然。幸而这类女性不易碰到。头脑冷静加上先入为主的偏见是找不到爱情的，就如找不到诗的灵感一样。要想获得爱情，首先必须理解女人，明确自己应肩负的保护义务，而且尊重她。如果你珍重彼此许下的诺言，承认男女在上帝面前是平等的，并正视现时的社会存在不公平的现象，那么，你就会获得非常伟大和崇高的爱情。反之，如果你脑子里充满世俗之见，认为女人比男人低一等，女人比男人要更忠于爱情，只追求情欲的刺激而不是寻求挚爱的伴侣，那么，你就别指望获得爱情，正因为这样，上帝赋予人类的这一切情感，真正拥有者只占极少数。

贺拉斯从来没思考过这个重大问题。对于不懂的东西，他往往抱着嘲讽的态度。在评价当时社会上广为传播的圣西门主义时，他只改其一点，称之为"江湖骗术"，不屑进行任何研究。就算他的评价不无可取之处，究其

----

① 《玛丽蓉·德·洛尔墨》，雨果的诗剧。玛丽蓉为高级妓女，主教迪迪埃的情妇。

实，他对圣西门主义也可以说是一窍不通的。他眼见到的，仅仅是这一新理论的创始者都身穿蓝色劳工服，脑门光秃秃的，由此便可证明圣西门主义的观点都是荒诞可笑的谰言了。

他遇事只凭臆测，听从简单粗暴的本能，以及被社会认可、视为神圣的男性优越感左右他的思想，还自鸣得意地宣称他不愿沾染任何保守派和革新派的学究气。

爱情是我们的精神生活中主要的一环，也是最重要的个人行为。贺拉斯没有任何宗教、社会方面的信条，凭着一些空洞的概念居然想去涉足爱情！他缺乏高尚的热情，使爱情在他不羁的心灵里占一席之地，也缺少狂放的韧性，恪守传统，至少保持一种循规蹈矩、正人君子的外表。

他头一个爱上的是当时的名歌星马莉勃兰。

每逢这位非凡的女歌星上台演出，他都借钱到剧院去听。毫无疑问，这位女歌星的魅力点燃了他的情焰，但愿他让自己的想象力长久地停驻在这种苦苦的倾慕上，得以加深对马莉勃兰的了解，获得更全面的印象。可惜贺拉斯没有这份耐心，他急于把幻想变成现实。贸然地向马莉勃兰采取了几次孟浪的行动。第一次，他在剧院门口等着她上车，随后扑倒在她的车轮底下，但没有受伤；第二次，他向舞台上掷去鲜花；最后，他给这位夫人写了一封狂热的情书，就和几个星期前他给普瓦松夫人写的那封情书一样。它们的结果相同：回音杳然。不知是没有收到呢，还是人家不屑搭理。

我担心他受不住这个打击，他的确有点沮丧，但很

快便烟消云散了。他嘲笑自己头脑发昏，"一位天才居然可以纡尊俯求热烈而纯洁的垂爱"，过了几天，我看见他又去写第二封信，开头写的是："谢谢，骄傲的女人，谢谢！你使我懂得了珍惜荣誉。"信的结尾是："永别了，夫人！你名扬天下吧！为你自己出了名而飘飘然吧，但愿你在众星捧月中找到知音，找到和你具有同等才智的人。"

我劝他把这封信扔进火里。我说，这类信，马莉勃兰夫人每周可以收到几封，她根本不会瞧它们一眼的。贺拉斯默忖了一会。

"我原以为，"他说，"她会把我的第一封信公之于众，然后大家哄笑一场的，要是那样的话，我今晚就去剧场吹口哨羞辱她，她唱歌有时也会走调的。"

"观众的掌声会淹没你的口哨声，"我说，"就算传到她的耳中，她也一定会笑嘻嘻地说：'你们瞧，那个给我写情书的人在向我吹口哨，这是要向我讨回他前天晚上扔的那束鲜花呢。'你的口哨声只不过在满场的喝彩声中增添一点笑料罢了。"

贺拉斯攥紧拳头往桌上一击，叫道："我真是笨蛋，居然给她写了那封信！幸好我没用真名字，不然的话，一旦我成名，她便会向人吹嘘：'这个人给我的信还保存在我的废纸篓里呢。'"

11

贺拉斯暂时放下了对文学和爱情的尝试。之后，他又来到了我家的阳台上，躺在长软椅里养神。他俨然是一个国王，时不时地溜一眼屋子里的四个女人，并依然百无聊赖地把我的香烟一支支捏碎。

我每天必须外出学习和工作，他就一个人躺在那里。我不便叫他起来，免得他以为我讨厌他躺在我家里，事实并非如此。我知道，他不会向欧也妮求爱，也不会在亚塞纳的妹妹们面前放肆。如果他稍有轻浮的表现，姐妹俩肯定会用熨斗砸碎他的脑袋。我是喜欢他的，每天从外面回来看见他躺在那里，心里就颇为愉悦，还请他与我们共进简单的晚餐。至于玛特，过去贺拉斯曾在咖啡馆向她眉目传情，她毫不动心，现在对他也没什么好感。贺拉斯由于她蔑视自己写给她的情书，一直耿耿于怀，所以对她也没什么好感。其实玛特并没有收到他的情书。可是，玛特优雅温柔的举止、有见识的谈吐，又把贺拉斯吸引住了。她的姿色更加动人，虽带一点忧郁，却已没有受奴役时的那种颓丧。普瓦松已有新欢，玛特用不着担惊受怕，每到星期天她和我们一道到郊外呼吸新鲜空气。为了增强她的体质，我给她设计了一套有益的清淡的食谱，她亦乐意遵从。现在她曾遭损害的身体已日见健壮。自从她出现之后，上我家来的朋友明显多了几个。凡是上门来向她大献殷勤、别有用心的人，欧也妮总是设法把他们打发走。至于一些来得稍勤的老朋友我们就只好主随客便了。这些在

街上调皮任性的大学生，到了我们家里，一个个就变得斯斯文文、正正经经的，说话也有分寸，讨好两个老实的姑娘和两个可爱的少妇。这类聚会颇能怡情悦性。只要不是生性孤僻、落落寡合的人，都会从这亲切、诚挚的小型聚会，获得某种高尚情谊而感到身心愉快。因此大家都觉得满意。在这里，贺拉斯也变得不那么咄咄逼人了，小伙子们在这里也获得其他地方所没有的情趣。在这里，玛特忘记了过去的恐怖岁月，苏珊娜发出由衷的笑声，变得比在乡下时更通情达理，就连路易丝也有了小小进步，稍稍克制了她那生硬的炮筒子脾气。小伙子并没有嫌弃她的粗野、固执，对她颇为尊重。也许她认为这些小伙子太高雅，太潇洒了。

与玛特相处日久，贺拉斯更觉得她妩媚动人。他不知她是否收到过他的情书，所以他很谨慎，不愿意第二次碰壁。他对玛特表现出真诚的好感，这种好感发展下去便会转化为爱情，如果贺拉斯始终如一地坚持下去，这对他的过去无疑是值得赞许的彻底改变。

这里是滋养爱情的好环境，它缩短了时空的差距。我这位年轻朋友，不论从天性方面看，还是从他所受的教育方面看，都不善于体会爱情这种细腻的情感，但他却不知不觉地从相互尊重中受到了启迪。有一天，他对玛特谈了一些表露感情的话，相当热烈动人。玛特是头一回听到男人向自己剖白感情，不知何故竟没有惊慌失措，甚至觉得贺拉斯的话里有一种她从未感受过的魅力。她没有斥责贺拉斯，只是说她没有思想准备，要求给她时间，仔细考虑一下，这样就让贺拉斯看到了希望。

我是贺拉斯的知心朋友，欧也妮与亚塞纳的关系也不错，我对他俩都很关心。我对亚塞纳更尊重一些，而与贺拉斯则交情更深厚。出于对玛特的关心，要我在他们之间取舍我是很难表态的，因为我不愿意损害他们之中任何一个。欧也妮在这个问题上的分析启发了我。

"亚塞纳对玛特的爱是忠贞不贰的，"欧也妮对我说，"而贺拉斯对玛特的爱只不过是出于一时的冲动。前者不论在什么情况下，都始终是玛特的朋友、兄长、保护者。而后者则不会把玛特的安宁放在心上，甚至对她的名誉也漠不关心。他感情再度出现波澜时就会抛弃她的。希望你对他不要过于轻信，更多为玛特的利害着想。不幸的是，玛特似乎并不讨厌贺拉斯这个没常性的男子所说的话，这未免令人担心。她似乎听见我说贺拉斯不好便觉得逆耳，而且更加觉得他好。还得你去开导她，她对你比对我更信任。你提醒她，贺拉斯不会真心爱她，永远也不会。"

很难证明贺拉斯是爱玛特的，说他一定不爱她，也未免过于主观，我们不能凭空下这个结论。贺拉斯很年轻，甚至还不懂爱情。但是，爱情的力量也许可以使他成熟起来，改变性格。我也认为，不应让高尚的玛特轻易冒这个风险。我同意欧也妮的建议，把贺拉斯带进上流社会，让他忘却爱情，或者让他体验爱情的磨炼。

"把他带进上流社会？"读者也许会提出疑问，"你自己还是个学生，一个医科大学生呢！"话虽如此，但我与好几个贵族家庭有相当密切的联系，经常有来往。只要我略表愿望，他们就会邀请我和圣日耳曼区最显赫、最体

面的人物见面。我有一套黑色礼服，几副茶色手套，还有几件很讲究的衬衫，欧也妮都替我仔细地保存着并不时地擦拭维护，以便出席这类重大场合。凭着这些穿戴，我差不多每个月出门一次，去看望我家里的故交。我总是受到热诚的接待，尽管他们知道我不是同道中人，不愿充当其中一个正统派的人。请亲爱的读者恕我没有早做自我介绍。我之所以有这类社会关系，是因为我出身于贵族，有着显赫的门第。

我是蒙氏伯爵唯一的嫡嗣。在我出生之前，家道已因为革命而中落。我是由德高望重的父亲抚养成人的，他是我所见到的最正直、最贤明的人。我中学阶段的知识都是他亲自传授的。我十七岁时，父亲带我来巴黎参加中学生毕业会考，我获得文科合格证书。之后，我们返回家乡。在我们简朴的家里，父亲对我说："你也见到了，我已经衰老了，说不定什么时候就会离开人世。我的记忆力、精力和分析能力必然日趋下降。趁我目前头脑还清楚，跟你严肃地计议一下你的未来，确定今后的努力方向。

"在我们这个阶级里，有一些人还念念不忘往日笃信宗教的文明制度，并为失去感到痛苦。不管怎么说，我们这个时代是不断进步的，我们的国家正沿着民主的轨道迈进。我的生命已日薄西山——赤条条地来到这个世界，又将赤条条地离去——我越来越觉得民主顺乎天意人心。我以人人平等的宗教感情教育你，并把这种感情作为基督教的仁爱教义的补充。你将来应在工作中体现这种平等，换一句话说，就是通过自己的才智维持你在社会上的地位。我不求你拥有高官厚禄，只望你取得独立、体面的地位。我留下的遗产微薄，仅够供你上专业学校。以后你就要自食其力，成家立业了。这个时候，我们周围的贵族一定会指责我，为何让儿子受专业教育而不想办法进入政府部门，谋个一官半职。但是，估计过不了多久，他们就会因让儿子仅仅依赖王室的荫庇生活而懊悔了。我在革命时期，贵族流亡的生活中，深切地感受到贵族教育的可悲，所以我没有让你学习骑射，却灌输了别的东西，我有你这么一个可爱、听话的儿子，感到无限欣慰。有朝一日，你会因为我的良苦用心而更加感激我的。"

我与父亲又生活了两年。我潜心刻苦地充实基础知识，秉承和发展父亲培植的思想。父亲让我学了好几门科学的入门知识，从而选择我最适合攻读的一门科学。我眼看父亲饱受疾病的折磨，而自己却束手无策，心里十分痛苦，这痛苦决定了我立下学医的志向。

父亲认为我具备了条件，想叫我动身前往巴黎，但他的身体更加衰弱了，我要求无论如何都要留下来照顾他。唉！他与我永诀的日子一天天迫近了。他的病愈来愈严重，毫无好转的希望，只是延续日子而已。病危时他还催促我来巴黎。我再三恳求劝慰，他才让了步，允许我留下送终。临断气时，他要我重申誓言，即立刻出外求学。

我没有违背父亲的遗愿，含悲忍痛地摒挡行李。父亲早已为我准备妥当，并把地产出租九年，以便有一笔固定收入，保证我的学习费用。就这样，我靠三千法郎年金维持了四年求学生活。如今我的结业考试在即，为了不负我这世界上最高尚的父亲的遗愿，我一直在学业上孜孜以求，不敢懈怠，我也没有中断与父亲故旧的交往，因父亲

对他们是怀着敬意和厚谊的。

夏伊伯爵夫人是父亲的故旧之一。听说，她年轻时对父亲怀有爱意，尽管她的家境胜于我家。后来，他们依然保持着深厚的友谊。父亲临终时谆谆嘱咐我："你切记不可疏远这个人，她是我一生中遇见的最好的女人。"

夏伊伯爵夫人正如父亲所言，心地善良而又富有才智，她虽广有资财却不奢靡，出身于名门望族却无贵族成见。她拥有好几座城堡，其中一座与我家的小庄园毗连，每年夏天她常去那里避暑。此外，她在华列纳街有个小公馆，她经常邀请一些品位高雅的人到那里闲谈。小公馆里气氛轻松、自然，不讲排场也不拘礼节。来宾都是上流社会的人，同属于旧贵族阶层，或者是持正统派观点的人。也有持各式各样观点的文学家和其他艺术家。在那里大家可以发表种种最新潮的观点。不过，夏伊伯爵夫人对推崇中庸之道和暴发的资产阶级毫无好感，但对共和派的观点和自命不凡或谨小慎微的无聊话，却能够容忍，就如卡洛斯派的人。这一年，夏伊夫人因要处理重要事务，夏季过了不少日子还抽不出时间到乡下避暑，仍然留在巴黎。她那个阶层的来客大大减少，艺术家们一般是在秋季才去乡下。因此，在巴黎光临夏伊夫人沙龙的艺术家多于贵族。我向夏伊夫人提出带一位朋友去见她，她和蔼地答应了。于是我便在一天晚上领贺拉斯登门拜访。

贺拉斯老老实实地向我请教，初次到贵族之家，举止仪表要注意什么，怎样才显得得体。其实他不是头一次见到贵族阶级的人，但巴黎毕竟与乡下不同，必须小心在意。他非常重视这次拜访，力求避免给人一个乡巴佬的形象。他视这次进入夏伊夫人的沙龙为一个重大事件。他希望在那里体验、观察和搜集素材，以备将来写一部小说。但是一想到自己可能会在打蜡的地板上滑倒，或误踩一只小狗的脚，或撞在某件家具上，出尽洋相，就如古典喜剧中的可笑人物，心里不免惴惴不安。

贺拉斯换上漂亮的礼服和背心，戴上浅黄色的手套和刷得一尘不染的帽子。欧也妮对他首次进入上流社会热心支持，希望玛特因此解脱。她替贺拉斯系正领带，整理好衣袖，嘱咐他不要把帽子戴歪了。她替贺拉斯左看右看的，打扮得很像个样子。贺拉斯对此十分感激，他没想到一个出身于平民的女人竟有这般情趣，动作如此灵巧。经过这次接触，他才深有体会。他发现玛特对他这样煞有介事的打扮一新，似乎视而不见，神情淡漠，如果是出自内心，那就未免令人不解了。其实，玛特虽然不承认自己爱上了贺拉斯，但这次他突然要去上流社会，心里是惶恐不安的。当贺拉斯为了演习进入沙龙的礼仪，嘻嘻笑着，走到她的面前，把她当作夏伊夫人向她深深鞠躬时，她惊骇万分，退了几步，颤声问我："向贵夫人行礼是这个样子的吗？"

"他演习得不错，"我说，"不过，举止略嫌轻浮，夏伊夫人可是位老太太。贺拉斯，再来一次。另外，你记住，告别时，夏伊夫人一定会表示希望你再次光临，说几句客气话，甚至会向你伸出手，因为她对我的朋友总是非常慈祥的。这时你就用指尖拿起那只手，轻吻一下。"

"是这个动作吗？"贺拉斯拿起玛特的手吻了一下，问道。

玛特慌忙缩回手，脸上掠过一片乌云。

　　"那么，是这样吗？"贺拉斯抓起路易丝粗大、发红的手，却用自己的大拇指代替了嘴唇。

　　"你这套轻浮举止令人恶心！"路易丝生气地嚷道，"人家说上流社会的人假正经，看来果真如此。那个老伯爵夫人一把年纪还让小伙子吻她的手！去你的，我可不是伯爵夫人，你再碰我，看我不扇你两记耳光！"

　　"可别这么凶啊，我的小鸽子。"贺拉斯踮起脚旋转了一圈，"谁也不想挨耳光！得啦，泰奥菲尔，我们走吧。我一点也不紧张，我会像个侯爵似的出现，你等着瞧好了。"

　　贺拉斯进入沙龙时的仪态，出乎我的意料，颇有风度。他穿过十多个人去向女主人行礼，不卑不亢，满面春风，令众人注目。更使人惊叹的是，就连老夫人的儿媳夏伊子爵夫人，也对他刮目相看，没有露出对初访者的骄矜之色。

　　众人饮过咖啡，步入花园。客人们分成了两部分：一部分陪伴老夫人悠闲地散步，另一部分围坐在子爵夫人身旁，随意谈笑。

　　这是一个小巧玲珑的旧式花园，有经过修剪的树木、几尊精巧的雕像和小小的喷水池。子爵夫人吩咐仆人一声，池子中央便喷出一条小水柱。她说，她喜欢在夜幕低垂之际，静听枝叶丛中传出喷泉轻柔的声音。这时，看不见那小小的水池和发黑的绿水，宛若坐在山涧旁的草地上，淙淙流水便在耳畔淌过。

　　子爵夫人说着，往一张椭圆形双人沙发里躺了下来。

沙发是仆人奉命从客厅里搬来的。一棵类似棕榈的热带小树，在她的头顶轻轻摇曳。奉承者们环坐在她的身旁，他们全都是当时社会上最年轻、最风流的贵族子弟。大家快活地说些风趣而无聊的闲话。如果不是为了防范贺拉斯初次露面就捅娄子，我绝不会凑这份热闹，去恭听子爵夫人鹦鹉学舌的言论，比起她婆婆的脱俗见解可就低级多了。我担心贺拉斯听得厌烦形之于色，但很奇怪，他却颇有兴趣地听着，在这个场合要扮演好他的角色是不容易的。

这一次，贺拉斯的胆识经受了不少的考验。子爵夫人明摆着想揣测一下这个新客人的底蕴，看看是否外秀内拙。她没有冷落他给他出难题，使他如坐针毡，而是狡黠地给他提供机会，从而检验出他是智还是愚。子爵夫人故意把谈话引到贺拉斯不能不发表见解的问题上，从文学方面进行试探。她装作向众人（实际上是针对初访者）提出这样一个问题："诸位读过拉马丁先生上次出版的诗集吗？"

"你是叫我回答这个问题吗？"一位紧傍她脚下而坐的年轻人问。他是拥护君主政体的宗教诗人。

"随便你。"子爵夫人一边说，一边轻摇纨扇，她那略显卷曲的栗色长发随之微微飘动。

这位年轻诗人侃侃而谈，批评拉马丁上次出版的《沉思集》写得很差。事实上，他曾模仿过拉马丁的诗，结果是东施效颦，沮丧之余，就贬损这位大诗人了。

子爵夫人语含嘲讽地说，她知道这位年轻诗人贬低《沉思集》的原因。接着，她佯装不经意把目光落在贺拉斯身上。后者受到鼓励，壮着胆子发表了几句评论。有

三四个人始终注意着贺拉斯，其中至少有三个是子爵夫人的追随者，对新加入的这个小伙子怀有敌意。他与众不同的浓密头发、充满自信的声音、自命不凡的模样，使在座者都为之侧目，巴不得他发个火或是说蠢话。

他们不怀好意的愿望只落空了一半。贺拉斯果然沉不住气，语气激昂，而且相当固执和粗暴，显得有欠教养和风度。但是他说的话一点也不蠢。

他的奇谈怪论令子爵夫人以及所有不怀好意者为之动容，大为赞赏。因为在一个浅薄、无聊的社会阶层里，奇谈怪论比单调乏味的话更易被人接受，只要出言有新鲜感，赞赏者就不止一个人了。

我想把自己在这方面的看法谈一谈。为了追求真理我不应该隐瞒观点。即使有人斥责我背叛了本阶级的人或意愿，我也要一吐为快。在1831年的正统阶层里，除了极个别者外，思想之平庸令人难以置信。人们自诩法国人有喜欢漫谈的传统，但今天，仅仅局限于沙龙罢了，而且其庸俗的程度有过之而无不及。如果想听听从前类似的闲话，那就到剧场的后台或画室去找吧。你可以听到比过去有教养的阶层更粗俗，但却同样生动、活泼、隽永的闲话。唯有这种闲谈，才能使外国人窥见我们长期独具的善于嘲讽的民族特性。就以大学生和艺术家们在小阁楼里的谈天说地为例，那些被雪茄熏得头脑发热的年轻人，他们一小时的闲聊内容，就够圣日耳曼区所有的沙龙谈论一个月了，没有亲历其境的人是不会相信的。我经常涉足两个阶层，我对二者进行过公正的比较。我发现某些风趣的话，在上流社会的各个沙龙之间被当作奇珍异宝争相传诵，而在我们这里却被视同废品，不值一提。我不准备全面评论资产阶级，但可以说，资产阶级比起贵族阶级更有见识，这阶级的第二代尤具真知灼见。新兴资产阶级埋头办工业，锲而不舍地追求利润，以致被野心弄得麻木不仁。但是，他们在公立学校培养出来的子女以及小资产阶级的子女（后者也想往上爬，但没有资本，所以力图靠自己的聪明才智晋升），他们有学问、有朝气，精明能干，这是靠祖荫的贵族子弟所望尘莫及的，贵族阶级那些可怜的年轻人，囿于家庭教师的宗教和政治说教，思想不开窍，大都愚不可及，头脑聪明者寥寥可数，有知识的更是绝无仅有。他们丧失了地位和职业，加上新贵族成功的挑战，他们最终被淘汰了。他们本应逐渐觉醒而有所改变，然而在我讲述这个故事时，他们的处境正是法国有史以来最凄凉的。

我上面完全没有提到民众，特别是大都市的民众，被认为具有无穷的智慧。我不敢苟同。人只有通过某种情趣的熏陶才形成一种见解，但民众不可能有什么情趣。因为情趣本身形成于文明的某些恶习，民众根本没有这些恶习。应该说民众没有见解，却具有比这更珍贵的东西：诗情和天才。他们从不挖空心思去追求形式，认为外在的形式是次要的，遇到什么适合就采取什么，他们的内在思想非常伟大，充满力量，因为他们的主导思想是以永恒的正义为前提的，这些虽然不被任何社会所看重，但在民众心里是永存的，有朝一日昭示于世，必以雷霆万钧之力摧枯拉朽。

12

　　贺拉斯口若悬河，争论愈见激烈，情绪愈见激动，为他提到的每一个小说家慷慨陈词，受到大家的围攻，他则进行辩论，一一加以反驳。夏伊子爵夫人站在他这一边，热烈支持他。她一向以在文学方面兴趣广泛而沾沾自喜。说实话，这些对手才识浅陋，不堪一击，贺拉斯竟白费唇舌，浪费时间与他们周旋，真是何苦。

　　老伯爵夫人和她的朋友们，在附近的一条小径上来回散步。她唤我过去，问道："你那位朋友嚷嚷什么？他干吗那么激动？是不是我的儿媳冒犯他了？我儿媳很刻薄，专门以自己知道的去刁难别人。你叫他提防些。"

　　"你放心，亲爱的妈妈（我自幼就习惯这样称呼她），我这位朋友见多识广，雄辩过人，甚至还能博得对方赞赏。"我答道。

　　"哦，你领来的可是一位危险人物？他的相貌倒是不错，我觉得他颇浪漫，幸好列奥妮不浪漫。把你的朋友叫过来，让我也欣赏一下他的见识。"

　　我把贺拉斯从被他驳倒的人群里拉出来（他不愿意离开这群人）。我则待在树丛后面，听听那群人怎样议论他。

　　"这位年轻人很古怪。"子爵夫人摇着扇子说。

　　"是个狂妄者。"正统派诗人说。

　　"岂止如此，"老侯爵维尔纳说，"他简直目中无人。不过，他倒是有些才气，如果多见见世面，可望成为一个很风趣的人。"

"他已经够风趣了。"子爵夫人说。

"当然！他风趣得过了头，但缺乏分寸和节制。"

"他使我觉得开心。"子爵夫人说，"妈妈为什么把他从这里抢过去了？梅耶莱先生，你怎么不吭声？"子爵夫人转向那位花花公子问道，暗示他附和自己的话。

"啊！大人，"花花公子冷冷地讥诮道，"你自己说了那么多，我只好垂首念阿门啰！"

子爵夫人列奥妮·德·夏伊长得并不美，但她刻意装饰，获得美女之称。至少，举止神态颇有风韵。她那双绿色的美目滴溜溜地转，虽然说不上有什么魅力，但颇有令人慑服的力量。她瘦削，长着龅牙，但有一头梳理得极其讲究的秀发，双手长而瘦但白皙有如汉白玉，手指上戴满了世界各国出产的宝石戒指。她有某种高雅的仪表，令人起敬，但可以说，她的美貌是假的。

夏伊子爵夫人根本没有什么见识，偏要装出有见识的样子，而且蒙住了一些人，让他们以为她见多识广。她以极高雅的神态谈论极平庸的事物，以异乎寻常的冷静谈论极荒谬的话题。此外，她有一套博得别人敬佩的高招。她要利用人的时候，可以不顾羞耻地巴结奉承，想踢开对方就极尽挖苦之能事。她尖酸刻薄，但表面却装出亲切热情的样子，令一些爱慕虚荣的风流公子趋之若鹜。她自命博学多才，卓然不俗，她对什么都浅尝辄止，对政治和哲学也略窥一二。她经常上午在一本书里撷取一点句子，或是头天晚上从一位学者嘴里拾到两句话，下午便用来向那些不学无术的追求者卖弄，旁人听了无不瞠目结舌。可以说，她的见识也是假的。

夏伊子爵夫人出身于一个金融家的家庭，他们家庭的爵位不过是在摄政时期（1715—1723年法国奥尔良公爵摄政时期）购买的，但她总要使尽法子让人家相信她出身于名门望族，连扇子的柄上也镂刻着王冠和盾形纹饰。她傲视年轻女人，倨傲之态令人难以忍受。对高攀富豪的男朋友决不假以辞色。她喜欢附庸风雅，乐意与艺术家交往，在他们面前摆出贵族夫人的派头。似乎她看重的只有才学。总而言之，她的出身、她的牙齿、她的乳房以及其他种种全是假的。

这类女人在上流社会里很有代表性，知其一便可知其全部。贺拉斯初出茅庐，入世伊始，见到一点新鲜事物便乐昏了头，子爵夫人的一句话，便令他佩服得五体投地，甚至神魂飘荡了。

"亲爱的，这确实是一位令人心醉的女人！"夜里回来，在圣日耳曼寂静无人的长街上，贺拉斯对我说，"又高雅，又有见识，她身上散发出一种难以形容的芳香，沁透了我的心灵。她的打扮如此高贵典雅，有着长期教养出来的待人礼仪，这样的女人真是一件艺术精品！你说她是卖弄风情吗？就算是卖弄风情吧，但她的确非常美，非常可爱呀。与她接触，真是获益匪浅，可说是一种学问。诽谤卖弄风情的女人是不公平的。在我看来，一个女人除了取悦别人之外，还能关心别的东西，这就很了不起了。子爵夫人确是我遇到的第一个真正的女人。"

"然而，有些男人讨厌子爵夫人，就以我来说……"

"那是因为她讨厌那些男人，不屑理睬他们，她很有眼力。"

"你如此真诚，可谓难得。"我说。他念叨着子爵夫人，并没听见我说什么。次日，他眉飞色舞地对玛特极口夸赞子爵夫人，而对严谨、纯朴的女人们大加贬斥。玛特听了十分反感，拿起针线到另一个房间去了。

"效果很好嘛。"欧也妮悄声说，"比我们预期的还要好。他像一根稻草一点就着了。但愿玛特死了这条心。"

正在这时，亚塞纳来了。玛特见到他分外亲切、喜悦，尽管心里感到苦涩。亚塞纳告诉我们，他不想再待在普瓦松咖啡馆了，打算另找工作。

"哦，你打算重新开始绘画吗？"贺拉斯问。

"过些日子我可能会重新开始，"亚塞纳答道，"不过，目前还不行。我两个妹妹十指所入还不够维持生活。你们能帮我找到工作吗？例如到剧院或公共马车公司当职员、会计之类的。你们认识的人多。"

"亲爱的，"贺拉斯说，"你写字又差又慢，再说你懂会计吗？"

"我可以学习。"亚塞纳答道。

"你倒蛮有把握哩，"贺拉斯说，"依我之见，你还不如继续干下去，你干得不错嘛，只是累一点而已。或者找一家富户当仆人，不要留在咖啡馆里当跑堂的。到有钱人家当仆人，活儿轻松，工钱不少。如果泰奥菲尔愿意，他可以推荐你去个贵族家里，或者干脆去圣日耳曼街一位善良的贵夫人家里。泰奥菲尔，由你出面推荐，伯爵夫人一定会接受他当仆人吧？你说呢？"

"请你别谈当仆人的问题了。"亚塞纳说，他完全

清楚贺拉斯故意在玛特面前贬低他，"如果找不到更好的工作，我就去当仆人。不过，既然那是被人瞧不起的行当……"

"是哪个胆敢瞧不起你？"路易丝生气地嚷道，并顺着亚塞纳的目光望过去，"玛特，难道你瞧不起我哥哥吗？"

"住口！"亚塞纳厉声喝住路易丝，迫使她收回怒视玛特的目光。

"可是，"路易丝又说，"我感到有点奇怪，有人竟敢瞧不起你，这种人配有这个权利吗？我看不出玛特小姐在哪方面……"

玛特黯然地看一眼亚塞纳，并把一只手伸给他，让他平息即将向妹妹爆发的怒火。

"她疯了。"亚塞纳耸耸肩膀，背朝着妹妹在玛特身边坐下来，路易丝两眼含泪。

"真气人！"亚塞纳一走，路易丝就嚷道，"泰奥菲尔先生，请你评评理，我可受不了这委屈。明明是玛特小姐和贺拉斯先生串通一气，故意贬低我哥哥。"

"你疯了？"欧也妮反驳她，"你哥哥知道你的脾气，他刚才不是当着你的面说清楚了吗？玛特每次提到你的哥哥，总是夸赞不已。"

"我没有疯。"路易丝哽咽道，"我想请你们两位评评理，当着我哥哥的面我是不会说的，现在他走了，两个缺德的家伙都在这里（她指指玛特又指指贺拉斯。前者苦恼而怜悯地听着；后者则仰卧在五斗柜上，双足搁在椅背上，一副鄙夷的神态），前天我亲耳听到这两个人说的悄悄话，这是经常的事。我们姐妹俩与她各处一室，这样干起活来方便些。可是她待不住，她在散步呢！就像这位先生说的，情人们的时间无妨浪费……"

"妙极了！妙极了！"贺拉斯抬起身子，冷冷地盯住路易丝，"说呀，说下去，埃罗迪亚斯的女儿！等你说完了，我奉上我的头颅给你当晚餐。呸！我干吗说这些？说下去吧，既然你躲在门后偷听了别人的谈话！"

"是的，我偷听了你们的谈话，但我只是听到提及我哥哥才偷听的。你说，很遗憾，亚塞纳当了仆人，他这辈子算完了。玛特小姐听了并没正言驳斥，而只是有点诧异地问：'怎么算完了？'你说：'他现在改行干别的也不中用，当过仆人的名声再也洗不掉，就像苦役犯脸上的烙印一样。'"

"可惜你没听下去，"玛特天使般以柔和的声音说，"我回答他的话是：如果真是这样，亚塞纳会将最卑贱的工作变得高尚。"

"即使你这么说了，话也说得难听，等于默认我哥哥地位卑贱。我倒要问问你，你祖上是干什么的？我们难道不都是从小就靠体力劳动维持家计的吗？"

我断然制止了这场争吵，不然会吵个通宵，因为胡搅蛮缠的人是不可理喻的。我叫姐妹俩去歇息，并正言劝告，指出她们的不是。而且头一回警告她们，如果再无事生非，与自己的伙伴过不去，我就向亚塞纳告状。

"好吧，好吧，你尽管告去！"路易丝鸣咽着尖声叫道，"你真公道！你们的目的不难达到，因为亚塞纳被玛特迷住了，只要她对亚塞纳说一句我们的坏话，他就会把

我们赶走。先生们，夫人们，去吧，去告吧！还有你，玛特，你也去告吧，挑拨人家的兄妹关系可不光彩啊！你们将来会有报应的！我祈求上帝审判你们！”

路易丝很伤心，一边诅咒我们，一边拉着苏珊娜使劲推开门，走了出去。

“你们找了两个可恶的泼妇来做伴。”贺拉斯慢悠悠地点燃手里熄灭的雪茄，说道，“保尔·亚塞纳帮了你们一个大忙啊！可怜的朋友们，他把你们搅得鸡犬不宁啦！”

“我们倒不会介意，”欧也妮说，“这只是偶然发生的小事。但是，玛特，这可太难为你了。如果你接受我的建议我倒有个主意，可以使你的烦恼一了百了。”

“我知道你要说什么，好心的欧也妮，”玛特叹了一口气，“但是，那是不可能的。再说，亚塞纳的两个妹妹会更加憎恨我，如果……”

贺拉斯见她欲言又止，急忙问：“如果什么？”

“如果她嫁给亚塞纳。”欧也妮代玛特回答，“这是她要说的话，可不是我要说的。”

“如果你嫁给他？”贺拉斯对玛特叫了起来。顿时，子爵夫人的影子消失得无影无踪，对玛特的恋慕之情又复苏了：“你嫁给亚塞纳！真是天大的笑话，是谁出的主意？”

“这是一个非常合情合理的主意，”欧也妮语气坚决，想进一步瓦解这两人初萌的恋情，“他们俩是同乡，门户相当，年龄相仿，从小便已相爱，至今依然相爱。玛特只不过考虑问题太慎重，顾虑重重，才没有答允嫁给他，但我看得很清楚，我要向亚塞纳挑明她的心事，因为现在是谈婚论嫁的时候了。何况亚塞纳期望已久，这是他唯一的心愿。"

欧也妮这番话收到超乎预料的效果。玛特既然已经是亚塞纳的未婚妻了，贺拉斯心里便没了玛特的位置。他感到羞愧，也受到了侮辱和伤害，认为玛特玩弄了他，于是拿起帽子就往外走。

"既然你们要商议大事，"他说，"那我就是多余的人。我去看奥德利，他今天晚上要登台演出《熊和总督》。"

玛特神情呆滞，默默无言。欧也妮继续对她谈亚塞纳，她没有搭腔，站起来想走，走到房中央，突然晕倒在地。

"可怜的朋友！"我和欧也妮协力把她扶起来，我叹道，"命运是任何力量都改变不了的！你想让她摆脱命运的安排，可惜为时已晚。她爱上贺拉斯了！"

13

玛特清醒后大哭了一场。她略为平静之后便提起刚才的谈话，向我们表达了一个愿望：她想到别处租一间阁楼独自居住，这是她与我们相处两个月以来第一次提出这个愿望。她说，她离开这里，就不会因为与路易丝的矛盾、冲突而令大家不欢。

"你们继续把活儿交给我，"她说，"我每天把做完的活儿送过来。这样，你们就不会因为我在这里，而终日不得安宁。我以为我极有耐心，能够容忍这种粗野的争

吵和污蔑。看来再这样下去，我也会活活气死的。"

我们也很了解，这种窝囊气她的确难以忍受下去。但让她独自生活，我们又于心不忍，那样，她会遭受无穷的苦恼而且也不安全。我们决定向亚塞纳说明情况，让他给两个妹妹另找一个安身之所。活儿仍由她们几个人合伙干，玛特照旧住在我们隔壁，和我们一起吃饭，我们关心玛特犹如关心自己的妹妹。

但是，玛特对这个安排并不满意。她的隐衷我们很清楚：她在这里会常常见到贺拉斯，她忍受不了，她无论如何也要对他避而不见。这对于割断他们之间的感情联系未始不是一个直截了当的办法。但是，怎样让亚塞纳明白其中因由呢？他要是知道了，他的希望就会破灭。但欧也妮却仍不死心，以为只要假以时日，对于亚塞纳和玛特仍有撮合的希望。贺拉斯钟情于夏伊子爵夫人之后，会越来越看不起玛特，更有助于打消玛特对贺拉斯的幻想。当务之急是让路易丝和苏珊娜搬走。她们再住下去，连我两人也吃不消。她们每发一顿脾气，无理取闹一阵子，就让我们一段日子以来的弥补工作付诸东流。

令人意料不到的是，路易丝的态度突然来了一个急转直下的变化，结束了我们进退维谷的处境。

第二天，曙色甫现，路易丝跑到她妹妹床边，叽叽咕咕地说了一会儿。玛特通宵难以合眼，听到她们叽咕，以为是在商量如何整她，但又听不清她们的悄悄话。忽然，路易丝走到她床前，双膝跪下，双手合十，说道："玛特，我们冒犯了你，请你包涵。都怨我的脾气太坏了。其实我们心里是同情你的，我以后一定改正。苏珊娜，过来，和我一起向玛特道歉，请求她的宽恕。"

苏珊娜勉强答应，玛特还以为她不愿与自己和解。玛特心地善良，宽宏大量，路易丝如此谦恭，倒使她过意不去，她一把搂住路易丝的脖子，真诚地原谅了她。而且放弃了头天晚上的打算，不忍心离开她们姐妹俩，也顾不得躲开贺拉斯了。

我们都被路易丝这一意外举动深深感动了。这一天，大家在一起倾诉衷肠，玛特的愁眉也舒展了一些。晚饭后，正是贺拉斯照例上这儿来的时候，为了回避他，欧也妮邀大家去散步。玛特立刻附和，众人走到楼梯口，路易丝突然说身体不舒服，请我们让她留在家里。

"我想早点睡，"她说，"明晨醒来就没事的，我知道，我的偏头痛又犯了。"

于是，路易丝留在家里，她并没有睡觉，却走到阳台上去了，她是别有用心。贺拉斯来时，门房告诉他，我们都出去了。他抬头一看，却见阳台上站着一个女人。有一点近视，以为那个女人是玛特，他心里升起一个念头，要上去狠狠地挖苦她一顿，以泄被"玩弄"之恨。他以为，玛特一方面和亚塞纳相好，一方面又半推半就地接受他的求爱，企图和两者都保持暧昧关系。

贺拉斯飞奔上楼，气喘吁吁地按了按门铃，心里既兴奋又气恼。但开门的不是玛特而是"埃罗迪亚斯的女儿"。他不禁后退了三步，张口便骂了起来。

路易丝并没有生气，平静地按着谋划行事。她装出一副温和礼貌的样子，再三检讨昨晚的不是，请求他的原谅。

贺拉斯对路易丝的转变颇感意外，气也消了，答应不计前嫌，他的脑子一转，不如将计就计，扮演个唐璜式的角色给玛特看看。

　　这样想着，他笑嘻嘻地在路易丝红扑扑的胖脸上很响地亲了一口。路易丝竟一反常态，并没怎么生气，而是委婉地说道："贺拉斯先生，我昨晚发那么大的脾气，原来是误会了。我知道我哥哥很爱玛特，我以为玛特明里假装接受我哥哥的求爱，暗里却和你相爱，你和她串通一气，欺骗我哥哥的感情。"

　　"谢谢你的猜想，"贺拉斯说，"为了表示感谢，我再吻一下你这边的脸颊吧，它在吃那边脸颊的醋呢。"

　　"这可下不为例，"路易丝满脸通红，让他又吻了一次，"我们这就算和解了。当时我心里想，玛特同时周旋于两个男人之间，太下作了。我是个老实人，不知道哥哥根本没有对玛特表白过爱情。"

　　"哦！"贺拉斯不动声色地说，"这就怪了！"

　　他不由得留意倾听路易丝的话。

　　"是的，你大概知道得很清楚。"路易丝接着说，"看起来，八九不离十，玛特不愿意人家谈论她的婚事。你注意到了没有（我和你私下里说说无妨），玛特很骄傲，真是的，穷得叮当响的姑娘未免有点不自量，她脑子里充满贵族小姐的想法，这都是从书本里学来的，她的理想情人是受过教育的、体面的小伙子。她不会看上我的哥哥，在她眼里，我可怜的哥哥太粗俗了。何况，她已经迷恋上另一个人，这你是最清楚的。"

　　"我要是清楚，让我不得好死！"贺拉斯惊愕地望着路易丝两只狡黠的大眼睛。

"得了吧！"路易丝重重地推了贺拉斯一下，"你这么个伶俐人，难道看不出她爱你都爱得发疯了？"

"你胡说，路易丝。"

"哎哟哟，那么，这些日子里她为什么那么爱打扮？为什么整夜整夜睡不着，还不断唉声叹气？那是在思念谁呀？昨天晚上，你怒气冲冲地走了之后，她为什么突然晕倒在地呀？"

"什么？她晕倒在地？你没骗人吧，路易丝？"

"直挺挺地晕倒在地，苏醒过来还大哭不止呢！现在她打算离开这儿，不想再见到你，因为她觉得你不会再理睬她了。"

"你怎么知道的，路易丝？"

"嗨！我有耳朵和眼睛啊先生！你多听听、多看看就会明白了。"

"你哥哥和玛特不是从小相爱，早就打算结婚吗？"

"根本没这回事，这完全是欧也妮的主意。她最想撮合成他们的婚事，天晓得她为什么这样做。玛特绝不会同意，只要你一句话，她就会向我哥哥表明态度的。"

"她为什么不早对你哥哥表明态度呢？是想欺骗他吗？"

"不，先生。玛特心肠好，怕我哥哥接受不了。而且，我刚才讲了，我哥哥从来不敢向她求爱。都是欧也妮瞎张罗就像疯了似的。让亚塞纳娶一个另有所爱的女人，她这是安的什么心！"

当我们回来时——由于即将考试，我每天消遣的时间

不超过一小时——贺拉斯竟满面春风跑出来迎接我们，分外热情地跟玛特握手，和昨天晚上的态度大不相同。他认为胜券在握，追求的信心大大增加，苍白的脸上流露出陶醉和激动的神情，给他增添了几分帅气，他两眼如利箭般射在玛特的身上。玛特以为今晚见不着他，这一天就算平安过去了，想不到还会遇着，她感到眩晕，心跳加速。微微发抖的手任凭贺拉斯握着，欧也妮掌灯才松开。

贺拉斯在玛特对面坐下，久久凝视着她。我在隔壁房间温习功课，让门半掩着。贺拉斯谈笑风生，就像在子爵夫人的客厅一样。我没有工夫听他说些什么，只听见他的声音特别嘹亮动听。夜里，欧也妮告诉我，贺拉斯在这次约两小时的谈话里，表现得格外出色，谈吐、思想均风雅异常，使尽浑身解数，给人一种真诚纯朴的印象。

在两个小时里，玛特没有勇气说话，连大气也不敢出。欧也妮也不怎么讲话，因为不愿为贺拉斯捧场。路易丝却格外热心，喧宾夺主，与贺拉斯东拉西扯，搜索枯肠，提出种种问题请教贺拉斯。可想而知，提出的问题都是幼稚肤浅，甚至是愚蠢的。而贺拉斯则极耐心地笑着一一解答。而且巧妙地以富有诗意的语言掩饰了路易丝的愚拙，好像对待自己宠爱的孩子，竭力装出内心充满童真的样子俯就她的兴趣似的。

欧也妮多方阻挠，岔开贺拉斯的话，甚至叫他回去，但都无济于事。玛特整个儿被他征服了，无法抗拒他的诱惑，她低头做活，感到呼吸不畅，两眼迷茫，有时偷觑贺拉斯一眼，目光总是和贺拉斯的相遇，她的心狂跳，慌慌张张地移开目光。

上文说过，玛特是第一次被有才智的男人追求。她本人虽然聪明过人，但一向喜欢独处、散漫，内心暗流涌动。平淡的、知己知彼的爱情，对她来说，已经失去吸引力了。而且，也没有人向她表示过这种爱情。亚塞纳从来不敢向她表达爱情，始终以礼相待。他的外貌平常，谈吐缺乏诗意，一点也不浪漫。也有人曾对玛特表达过爱情，但不是调戏便是猥亵，令她憎恶，至今犹有余悸。自从贺拉斯向她倾吐爱慕之情的那一天起，这些表白就如仙乐般令她心醉神迷，她牢牢地记在心里，朝思暮想，回味无穷。她别无他求，只盼能从贺拉斯嘴里听到那天晚上的绵绵情语。每想到这种机会是绝无仅有的了，她便感到深深的遗憾，似乎幸福已永远离去了。要是这个晚上能够和贺拉斯单独相处，再次领略那天夜晚的陶醉之情，哪怕是一刻钟便死也瞑目了。她的沉默，贺拉斯深知意味着什么。

"玛特陷入情网难以自拔了。"没人时欧也妮对我说，"她不会再向亚塞纳了解什么了，她只听得见贺拉斯的甜言蜜语。亚塞纳的爱太纯净，难以撩起她的情意。你明天带贺拉斯去子爵夫人家里，看他怎么样。"

"你看得很清楚，"我说，"他一天不见子爵夫人，立刻就把她抛诸脑后了。从今天他的表现来看，他是真心爱上玛特了，我们何苦把他俩拆散呢？而且，他一旦有了真爱，就会好起来的。"

"小声点，"欧也妮说，"别让她们听见。"

"隔壁是路易丝的床，她正在打呼噜呢。"

"我觉得这姑娘并不像看上去那么简单，尽管她见识少，但有些事情是瞒不过她的。"欧也妮又说。

欧也妮虽然寸步不离地看着，但还是挡不住这两人的眉来眼去、交头接耳，甚至递纸条。我邀贺拉斯去子爵夫人家，他一口拒绝了。我劝欧也妮别白费气力去阻止他们，贺拉斯看来是认真的。越是拦阻，爱火越旺。自那天晚上起，路易丝变得十分和蔼可亲，对玛特分外亲热和气。她处处成全玛特和贺拉斯相爱，每每为他们遮掩，更加使玛特大喜过望，友谊更进一层了。其实，所谓遮掩完全是多余的，他们的一举一动都逃不过欧也妮敏锐的眼睛。

有一天，路易丝叫玛特出去帮她买东西，欧也妮不放心还批评了路易丝。

"那是为什么？她为什么不能像别人一样出去呢？"路易丝佯作不解地问。

"因为她长得漂亮，走在街上容易惹人注目，被人盯梢。"

"哎！难道天底下就只有她长得漂亮吗？"路易丝忍不住嘲讽道，"我也常常被人注目哩，不过并没有人盯我的梢……"她克制住自己，又说："人家不会注意她的，因为明摆着她不是卖弄风骚的女人。"

原来，头一天晚上她趁贺拉斯在旁，对玛特说："你明天中午去巴克街小圣托马斯绸布店，把欧也妮叫我们配的雅加纳薄纱买回来。"

路易丝有意支使玛特到外边和贺拉斯会面，玛特觉得她未免冒失，这样安排是轻率欠妥的。玛特心里忐忑不安，她估计贺拉斯一定会在那里等她，但又希望他没有留意路易丝的话。第二天，她依言前往那家商店，果然看见贺拉斯在人行道上踯躅等候。她从贺拉斯身边走过去，贺拉斯并没有惊动她，只是痴痴地凝神望着她，忘却打招呼致礼正表明他内心的深情。玛特怯怯地、含情脉脉地对他嫣然一笑，有意放慢了脚步。贺拉斯也报以微笑，两人就这样心照不宣地相视而笑，直至玛特跨进店门。短短的一瞬间，两人心里充满了绵绵无尽的幸福感。

他们虽没有打招呼，但玛特知道贺拉斯必定在橱窗外的人行道上等她，赶忙买了东西便走出店门，果然不出她所料，贺拉斯正在伫候她，他想陪她回去，互通情愫。正当他要亲热地挽起她的胳膊时，忽见一辆敞篷马车驶到对面的住宅前停了下来。坐在车子后面的一名佩饰带的仆人跳下车，拿着一封信从便门进去了。车上的一位夫人把信交给仆人，然后侧过身子，眨巴着眼睛上下打量贺拉斯，似乎觉得面善。贺拉斯连忙向她施礼，原来不是别人，正是夏伊子爵夫人。后者满脸狐疑地向他点一点头，随即举起单片眼镜，对他端详起来，似乎想看清有没有认错人。贺拉斯不敢久留，赶忙走开，免得尴尬，他回转身打算追上玛特，但那该死的单片眼镜始终对着他。而且子爵夫人掉转了马车，头伸到车门外，以便目光追踪至街道拐弯的地方。贺拉斯看在眼里，这使他狼狈不堪。玛特衣着朴素，但仪表高雅，算得一个"过得去"的女人。可是她手里偏偏拎着一个包袱！她的身份如何，一目了然。贺拉斯爱面子，不愿被子爵夫人看破，于是他把激情按捺下去，定了定神，转过身来往回走。终于，车子驶离了。他急忙回头跑步追赶玛特。后者以为贺拉斯一直跟在她后面，为了避人耳目，她没走行人如潮的巴克街，拐进了大学街。

她心想贺拉斯也会跟着她走这条路的，但回头一看，后面却没有人。贺拉斯顺着巴克街往前飞奔，一直追到塞纳河畔，也没见玛特的影子。

这一回，贺拉斯错过了向玛特单独倾吐情愫的良机。不要紧，路易丝会给他提供机会的。

欧也妮身体不适，但尚未康复，便又去圣日耳曼照料病得不轻的妹妹，陪侍了好几天。家里的事全部交给玛特料理，贺拉斯趁机整日留在这里不走。路易丝姐妹俩则有意避开，不去打扰他们。此时的玛特完全听凭命运的安排，她谛听着贺拉斯的娓娓情语，觉得句句动听，字字入心。我问贺拉斯是否真爱玛特，他指天誓日地表示自己确实爱她，甚至可以牺牲一切以明心迹。我婉言劝说玛特运用她的爱心，动员贺拉斯工作，我看他的手头越来越紧，如果我不接济他，他大约连吃饭都成问题。我并不计较这点帮助，但为了这个，我倒不便责备他懒惰。偶然提醒他一句，他就反唇相讥："不错，我现在由你供养，你有权力轻视我。"有时我单刀直入地从他本身的利益和前途着想，要求他振作起来，他便搬出下面的一套理由，让我说不出话：

"我只看重现在，请你别对我谈论未来。我尝到恋爱的幸福和甜蜜，生活很充实，很有意义。当我正陶醉在爱河之中时，你怎么可以要求我放眼未来呢？"

贺拉斯说话荒唐吗？我思忖，他直到现在都是徒有雄心而太自私。他从利己的角度看待未来。但愿爱情会治好他的毛病，使他胸怀宽广，变得真诚、慷慨，富有献身精神。有了这些，他就会认识工作的必要性，精神振作起来。

14

欧也妮回来后，看见自己所做的努力已经落空，便考虑把真相向亚塞纳和盘托出了，起码要给他提个醒。她与我商量怎样做才妥当，我和她计议了一番，于是她拿定了主意。

她觉得在家里与贺拉斯谈话不方便，恐被人听见。她决定去找贺拉斯，在他没有心理准备之时，与他严肃地谈一谈。众人皆知，她为人正派、庄重，去找贺拉斯，人家不会说闲话。

"我有话对你说，"她开门见山地对贺拉斯说，"你只知道怎样博得玛特的欢心，但却不知道要对她负多少义务。她爱上你便失去了亚塞纳的保护。这种保护是坚决而持久的，玛特时时刻刻都在他的保护之下，却尚未知晓自己沾的这份情，而且如果她不放弃亚塞纳的帮助，亚塞纳还会坚持不懈地帮她，我把实情告诉你，因为你必须了解这一切。亚塞纳为了使玛特免于受苦，决心用自己的劳动来供养她，这才毅然放弃他所热爱的绘画，为了给玛特找伴，并掩盖自己对玛特所做的牺牲，他特意把两个妹妹从乡下接来巴黎。还是为了玛特，他最近在一家工业公司找到了一份小职员的差使，他一专多能，明敏善思，什么活儿都能干好，为了玛特他也乐意去干，我真担心他会累垮。我知道他拼命干活是为了挣更多的钱，用来维持玛特的生活，而表面上却以两个妹妹为幌子，因为做针线活的收入是难以保证生活过得舒适，衣着穿得整齐的。这一

切，玛特全不知道。她从来没有独立当过家，在这方面像个孩子似的没有经验。亚塞纳什么都瞒着她，我们也替他保密，不让她知悉亚塞纳是如何节俭，如何超负荷地工作。我们也瞒着他两个妹妹，以免吵出来让玛特知道。我一直管着收支账目，我对她们三人说每月都有盈余，而实际上每月都入不敷出，确实是这样。可是这种情况今后不可能继续下去了。自从玛特跳出苦海，心灵的创伤愈合之后，她便待亚塞纳很好，亚塞纳以为她真的爱他，我也这么认为。我也和他抱有同样的愿望。我不否认，我尽了最大的努力防止玛特爱上别人，结果却徒劳无功。现在我把亚塞纳的隐衷全对你说了，请你告诉我，要是你在我的处境里，会怎么办？我对他们两人该进什么忠言？"

欧也妮这番开诚布公的谈话，犹如迎头一棒，令贺拉斯不禁惊慌失措。

"我一无所有，自顾不暇，怎能充当一个女人的保护人呢？我自己的生活还没有着落啊！"

他激动地在房间里走来走去，眉头越皱越紧。

"我没预料到情况如此严重。"他又焦躁又烦恼，"为什么在两个相爱的人中，非得有一方是保护者，一方是被保护者呢？你，欧也妮，你不是向来主张男女平等的吗？"

"哦，先生！"欧也妮回答道，"我主张男女平等，而且正在为之努力，尽管当前的社会很难实现男女平等。我对生活要求很低，因为自知收入不多。我们两人怎样过日子，你是清楚的。我一年到头从没坐享清闲，力求自食其力。但是你知道我为什么把泰奥菲尔看作合法的、唯一的保护人吗？如果我生了病，我无须去求医；如果我长时间找不到工作，为烦恼所困，在他身上我可以找到精神支柱和安慰；如果我遭到歹徒侵犯，他会为我撑腰，惩罚对方。另外，要是我当了母亲……"说到这里，欧也妮垂下眼睑，有点不好意思但立即又抬起眼睛望着贺拉斯，她对他着意强调爱情与义务的关系，他爱上玛特就必须承担一切后果，她接着又说："我要求我的儿女们生活有保障，享有受教育的权利。先生，这就是我为什么要找一个与自己一样有始有终、坚贞不渝的男人。"

"欧也妮，欧也妮，"贺拉斯重重地跌坐在椅子里，"你使我心里乱极了，我是玛特的爱人，但我没考虑到自己的爱情会带来严重的后果。欧也妮，我不想向你隐瞒，也不想欺骗你。我爱玛特，而且极想得到她。但是我能向她保证，我会像泰奥菲尔那样对待自己的爱人吗？我能够保证将来一定使她免于遭受困厄吗？泰奥菲尔与我不同，他有固定的收入，比我富有，可以安心地发奋学习或工作。而我呢，只有一身债务，必须同时为自己的现在、未来和过去工作才行啊！"

"可是，亚塞纳也一无所有啊，他还要负担两个妹妹呢。"

"哼！"贺拉斯觉得这话伤了自尊心，羞恼地说，"难道要我去咖啡店打工不成？世界上还找不出一个女人可以令我甘愿为了她去干下贱的工作。如果玛特以为……"

"啊！先生，请你说话放尊重些！"欧也妮说，"至于玛特，她什么也没以为，因为她什么也不知道。要是她

知道她带来了麻烦，我敢肯定，她绝不愿成为我们中间任何人的负担而断然离开。看起来你并不爱她，因为你对她的为人不清楚，不够尊重。唉！可怜的玛特，我早就知道她看错人了。"

欧也妮站起来便走，贺拉斯再三挽留。

"你这就去劝她不要爱我吗？到现在为止，我并没有打算对你隐瞒我所做的事。就因为我穷，不能供养一个女人；因为我不肯干有损尊严的贱役，你就对玛特把我说成一个卑鄙的、自私自利的坏家伙？哼！如果以男人挣钱多少来衡量他的品质，那么，亚塞纳便是英雄，而我是狗熊！"

"你说的这些话，"欧也妮立即反驳他，"带有侮辱我和玛特的意思，实在不值一驳。我要走了，先生。应该让玛特懂得现实是无情的。她为了你而舍弃自己的朋友，应该让她为了自己而舍弃你。幸而她有我和泰奥菲尔两个朋友，泰奥菲尔可以代替亚塞纳，更加无私地照拂她。而我呢，将一如既往，为她操劳出力，与她一块干活儿。我们绝不会认为这是供养一个女人。"

"欧也妮，"贺拉斯激动地抓住欧也妮的手，"请你不要匆匆就给我下结论。如果你一定要在玛特或我本人面前贬低我的人格，终有一日你会后悔的。我并不会如你想象的那么卑鄙。我刚才说的话过了头，惹你生气了。可是，你总是拿亚塞纳与我比较，故意刺伤我，也难怪我会生气。我天生不善于装假，而且对那些伪君子深恶痛绝。我既不装模作样，也不赌咒发誓，但到关键时刻，我也许会表现得忠心耿耿，甚至不惜牺牲。你能了解我多少？我对自己还不完全了解呢，我还没有经受考验。但我扪心自问，在我的灵魂里并没有背信弃义、卑污的阴影。你为什么要凭空谴责我呢？你对我有先入为主的偏见，我的一举一动，你无不视为卑鄙、自私的。玛特掉泪叹气也归咎于我。时时有亚塞纳的名字像符咒似的干扰着我和玛特之间奔放的热情，挫伤了我的信心，我的未来失去了诗意。狠心的欧也妮，你为什么对我讲这些话？"

"你的勇气就是这些吗？"欧也妮质问他，"你不敢对我说，亚塞纳作为榜样不会让你知难而退，你也能像他那样为心爱的人做出牺牲？你害怕许下如此诺言就降低了你的人格？"

"你到底要我干什么，要我许诺什么？我必须娶玛特吗？这可有悖常理呀，我尚未成年，我父母绝不会同意……"

"在某些观点上，我拥护圣西门主义，我认为婚姻是一种两相情愿的结合，而且建立在爱情和良心之上，而不是由区长、证婚人和主持婚礼的神父决定的。玛特的观点与我的相仿，不会要求你举行宗教婚礼，而是让相爱的双方立下一种比它更有实际意义的誓约。如果你不能做到……"

"好的，高尚的欧也妮，"贺拉斯叫道，"我同意这样做，只是你对我也太不信任了，如果你令玛特也不信任我，上帝啊，那我和她之间最纯洁、最真诚的爱情岂不是掺杂了矫揉造作的成分？我们炽热的爱情也会受到损害。"

与欧也妮认真严肃地向贺拉斯进言的同时，亚塞纳的

心灵亦遭受了严重的挫伤。他来看望两个妹妹，更确切地说来看望玛特。适逢路易丝不在，对姐姐的专横心怀不忿的苏珊娜便趁机向哥哥狠告一状。她悄悄地对亚塞纳说：

"哥哥，我有话对你说，但你一定要答应我，不要告诉别人。"

亚塞纳答应保密，苏珊娜便把路易丝心怀叵测地对玛特施行的诡计统统告诉了他。

"你以为她真心实意地和玛特言归于好，不再使她痛苦了吗？恰恰相反，她要使她遭受更大的痛苦，她比任何时候都更痛恨玛特。她知道无法使你不爱玛特，于是决心从贬低玛特的人格入手，让你瞧不起她。她要置玛特于死地，她已达到目的了。"

"贬低、陷害玛特！"亚塞纳激动地叫起来，"这种话竟出自我妹妹之口！我没听错吗？"

"你听我说，保尔！"苏珊娜说，"事情的经过是这样的。路易丝隔墙窃听了泰奥菲尔和欧也妮的谈话，获悉欧也妮意欲撮合成你和玛特的婚姻，而玛特却已爱上了贺拉斯。她跟我说：'这下子好了，我们得救啦。哥哥不久就会发现被人玩弄。我得赶快把证据摆在他面前。当他发觉他找来与我们做伴的原来是个作风不好的女人，他就会把玛特赶走，以后就会一门心思地照顾我们了。'我说：'你拿得出什么证据？玛特可不是那号女人。''她现在不是但很快就会是的。我敢担保。'路易丝还嘱咐我配合行事，一切听她的，玛特必定落入她的圈套。于是，路易丝请求玛特原谅，讨好她。又假装面授机宜，怂恿贺拉斯追求玛特。然后，她不断给玛特吹风，夸赞贺拉斯如何漂亮、正派，她要是玛特，绝不会疏远他，令他苦恼。她想方设法给他俩单独谈心或到外面幽会提供机会。欧也妮不在家的那阵子，她故意让他们整天待在一个房间里，而把我叫到另一个房间。有两三回，玛特跌跌撞撞地向我们这边跑来，想躲避一下，路易丝赶快砰的一声把门关上，也不管玛特在外面拼命敲门。由此产生了什么后果，只有天知道了。路易丝作为一个姑娘家，竟干出这种事来！平时我要是没用头巾把脖子遮严，她便厉声呵斥我，她也不准男人碰她一个指头，可是，她却不惜设陷阱把另一个姑娘往男人身上推，明知小伙子不怀好意，竟劝诱他勾引这个姑娘！她的行为令我感到羞愧，也为玛特难过。我试图提醒玛特，警惕人家对她改变态度是没安好心，而贺拉斯只不过是个骗子。可是，玛特误解了我的好意，以为我憎恨她，路易丝恐吓我，若再多嘴，她就要揍我了。而欧也妮则把我的忧闷寡言视为脾气古怪。路易丝策划的这一切后果就要落到你的头上了。哥哥，你得有个思想准备，你不要责怪可怜的玛特，她也是受害者，罪魁祸首不是她。"

苏珊娜的告密无异于晴天霹雳，令亚塞纳受到极大震动，但他不动声色，心里仍有些疑惑，一时判断不出究竟是路易丝阴险下作、心术不正，还是苏珊娜制造谰言毁谤姐姐。无论孰是孰非，他都为家里出了这样不肖的妹妹而感到绝望。他等路易丝回来后，用平静、信任的语气，询问玛特和贺拉斯的关系如何。他说："据说他们俩相爱了，这没有什么不好，我没有权力生气。不过，你们作为我的妹妹，早就应该告诉我的，因为你们一直知道我很在乎这件事的。"

路易丝看见哥哥装出一副冷静的样子，但神色大变，嘴唇发白，声音沙哑。她以为保尔的痛苦仅仅是缘于妒火中烧，不禁为自己的奸计得逞而暗暗高兴。她回答说："啊！你知道，保尔，我们要掌握了确凿证据才敢告诉你呀！我们本想提醒你的，但你总是凶巴巴的！现在你如果非要知道不可，并且保证不对玛特说出来，我可以把全部真相告诉你。"

　　路易丝说着，从口袋里拿出一封贺拉斯托她转交玛特的信。亚塞纳当然不会拆阅别人的信，即使它和他有极大的利害关系。再说，他死认一个理，认为这封信就足以说明事情已成定局。他把信塞进口袋，对路易丝说："够了，谢谢你。我来这之前已经拿定主意。我决不让玛特知道你曾对我说的这些话。"

　　亚塞纳随后来到我的房间。我刚回来不久，欧也妮稍迟一点回来。亚塞纳掏出那封信递给欧也妮，说："这是玛特的信，我刚才在妹妹房间里的地板上拾到的。我认出是贺拉斯的笔迹。"

　　"保尔，我应该把情况告诉你了。"欧也妮说。"不，小姐，没有必要。"保尔说，"我什么也不想知道。我没有得到爱，除此之外的事情都与我无关。我绝不会纠缠下去。我常向你倾诉自己的事，甚至把两个妹妹接来你们这里居住，未免有点轻率。她们的表现又是那样令人不快，路易丝更难相处。现在我打算把她们迁到别处，从明天起，我就不让路易丝再住在你们这里了，连苏珊娜也一起带走。我特意来向你们说这件事。不过，我仍然感谢你们对她俩的关怀和照顾，并希望我们之间的友谊永存，只要泰奥菲尔不讨厌，我还会经常来寻求你们的友谊的。"

"你的两个妹妹一点也没有给我们带来麻烦。"欧也妮说，"苏珊娜性情随和，路易丝近来也进步很大。我估计，你大约有了新的计划，因而想改变我们这段时间建立起来的友好关系吧？可是，你为什么要那样迫不及待呢？"

"我必须让她们尽快离开这里，她们并不像你所说的那么善良。我完全有能力另行安置她们的。"亚塞纳说。随后，他把欧也妮叫到一边，说道："你听我说，欧也妮，我希望你把玛特继续留在身边，除非她自己提出要走，我还希望你一如既往地提供她的日常开支，直至有另一个人来负担为止。这是我刚拿到的薪金的一部分，你照以前那样花在她身上，而且照样为我保密。"

"不，保尔，不能再这样了。"欧也妮说，"你获悉真相之后，还让玛特继续接受你的救济，从某种意义上讲，这是贬低她的人格。应该告诉她一直享受的幸福是谁提供的，让她感激你，然后自动放弃你的援助。"

"欧也妮！"保尔生气地说，"你要是这样做，今后我就再也不进你家的门了，我也再不见玛特！因为她会觉得无地自容，甚至恨我。让我保留她的信任和友谊吧。我也只配得到她的友谊了。你没有权力代她拒绝我的帮助，也没有权力向她泄露我的秘密，因为你发过誓为我保密的。"

我赞成亚塞纳的决定，我们一致同意什么也不告诉玛特。没过多久，玛特和贺拉斯进来了，我估计玛特在楼

梯上等到了贺拉斯，然后一起上来的。亚塞纳平静地向玛特问好，寒暄了几句。他悄悄地观察着他们两人，但贺拉丝一点也没有发觉，情人们一心不二用的专注真是不可思议。一刻钟之后，亚塞纳使劲地和玛特握过手，又和贺拉斯轻轻握了握手，便告辞了。

　　欧也妮向我递个眼色，我赶忙走出去送亚塞纳下楼。我担心他的那种沉静中可能隐藏着不祥的征兆，尤其他走得飞快，竭力要摆脱我。最后，他实在走不动了，靠在路旁的栏杆上。我看见他快要昏厥过去，便强迫他走进一家药店，给他服了几滴乙醚。我再三地劝慰他，说了许多话，但他并没听进去。我送他回到住所，待他躺下后才离开。走到那条街的尽头，我忽然想起不少人因为失恋而在午夜自杀的可怕事，我急急回头跑到亚塞纳家里，只见他坐在床上，两肩抽搐地吞声饮泣。我的关切令他感动，他似乎轻松了一点，略为镇定，看见我忧心忡忡，便说：

　　"放心吧，先生。我向你保证，我不会枉为堂堂男子汉的。你走了之后，我也许会大哭一场，这样心里会舒坦一些。你回家去吧，请相信我，我不会有事的，明天我去看望你。"

　　我回到家里，看见玛特笑靥绽开，更觉妩媚动人。贺拉斯偕玛特进来时，乍见情敌在场，有点发窘，神态很不自然。而玛特则全心全意地关注着他，只想讨他的欢心，根本不知道此刻亚塞纳正万箭穿心，痛苦不堪。她也没注意我的脸色不大对头。我暗自叹息道："唉，自私的爱情！"

15

第三天，亚塞纳来接两个妹妹，把她们带到了他匆匆安排好的住处，两个姑娘甚至没来得及向我们告辞。

"现在你们可以坦率地告诉我，你们愿意留在这里，还是回老家去？"他对两个妹妹说。

"回老家去？"路易丝慌了，忙问，"你要把我们送回去，保尔？你不爱我们了？"

"我并不打算这样做，你们毕竟是我的妹妹，我知道自己的义务。不过，我以为你们讨厌这里，急着要回老家呢。"

路易丝说，她已习惯了巴黎的生活，回老家去不好找活儿干，再说离乡这么久，已经失去原来的主顾了，她愿意留在这里。

路易丝由于隔墙窃听，深悉我家的生活情况，加上哥哥无私的奉献，使她得到许多好处，她对巴黎产生了好感。她迄今为止，对哥哥毫不理解。她原指望哥哥接济她俩一些，并没料到他为了崇高的爱情，彻底放弃了自己的理想，委屈自己，全力以赴地卖命干活以增加收入，路易丝也不解其故。不过，她发现可以从哥哥身上榨取许多好处，于是便把他看成已到手的猎物，进而用尽机关占为己有。凡是天性刻薄，后天又缺乏教养的女人，主宰她们的唯一情感便是虚荣和贪婪了。虚荣使她们放纵，贪婪则使最狭隘、最冷酷的利己主义滋长。路易丝从小失去母爱，是在继母的虐待下长大的，沾染了各种坏习气，所以这两

种坏思想，她兼而有之，出于逆反心理，她没有效仿继母的丑恶表现，对不良现象也深恶痛绝，但却不自觉地接受了贫穷生活带来的种种恶习。她变得贪婪，就只考虑如何满足自己的欲望。为了达到目的，她变得狡黠机警，工于心计，大大超过了她本来不高的智商。她施诡计，让玛特上当，实现攫取在哥哥心中唯一的位置的阴谋。

"都是因为她的缘故，"她常常对苏珊娜唠叨，"保尔就不那么关心我们了，只要让他发现这个女人不值得他关心，他就会一心一意照顾我们了。"

苏珊娜的心肠不像姐姐那么歹毒，只是被她制服惯了，不敢违命，过后又懊悔，有时也稍示反抗，却不敢坚持到底。亚塞纳万万料不到路易丝如此狡诈、阴险。他以为，路易丝对玛特恨之入骨，原因主要是世俗的偏见和女人们的偏狭，其次是她以往称王称霸惯了，一旦受到压抑，便以发泄为快。他倒是发现，路易丝对贺拉斯十分亲热，与她一向遵循的"男女授受不亲"的观念背道而驰。但他误认为那是由于路易丝幼稚无知，盲目崇拜。他心里十分难过，但他天性宽厚，克己待人，决计暂时不去计较妹妹的过错，先放在心里，以后再慢慢调教这个嚣张跋扈、冷酷无情的妹妹，使她的感情逐渐变得诚挚、高尚，能够正视自身的缺点，然后再给她一一指出犯下的过错。他们兄妹之间发生的矛盾，欧也妮全看在眼里，谨慎地不予过问。亚塞纳对她解释道："我也是出于无奈呀，我如果当场责骂她，就会招来你们对她的憎恨和蔑视，把她斥为没有心肝的家伙！一个人失去了正直的人们的尊重是极不光彩的事情。我那时对她只有怜悯，而不是气愤。"

就这样，亚塞纳对待路易丝显得温厚而又无奈，路易丝还以为哥哥果然加倍关心她了。

"如果你们不想回乡去，"亚塞纳对两个妹妹说，"认为留在这里对你们更有利，我没有意见。我去给你们找活儿干，在这之前我仍负担你们的生活。我们的运气不大好，没有条件分开住，我必须和你们一起住，一直住到条件发生变化的时候为止。"

"你说的条件发生变化是啥意思？"

"就是说你们可以独立生活的时候。"亚塞纳说道，"我说不定什么时候会死，就像一座房子说不定会遭遇火灾一样。你们也要考虑将来如何自力更生才好，或者找个忠厚诚实的丈夫，或者靠你们的聪明和勤劳，增加干活儿的门路，争取大批主顾把活儿送上门来。"

"你别担心，"路易丝心里发虚，表面强装高傲，说道，"我们不会吃白饭，完全依赖你的。而且争取早日卸下你身上的包袱。"

"我不是这个意思。"亚塞纳赶忙解释说，"只要我活在世上，我有什么，你们也就有什么。我刚才说了，我说不定哪天会死，所以你们必须考虑……"

路易丝回头对苏珊娜说："啊！他今天是怎么啦？难道想寻死？唉，哥哥，你难过是吗？你为了那个……而痛不欲生吗？"

"我不许你们在我面前再提玛特的名字！"亚塞纳厉声说，吓得两个妹妹脸都白了，"我不准你们在我面前谈论她，间接提及也不行。不管说她的好话还是坏话，都不允许！你们可记住了，我事先警告你们，如果再犯，我就

撵你们出去，永远不准回来。"

"好的，"路易丝吓了一跳，"我们遵命便是。我刚才并不是要提她，而是劝你不要难过。"

"我难过与否跟任何人无关。"亚塞纳生硬地说，"我不准你们过问。我刚才谈到死，但绝不是去寻短见，我不是懦夫。可现在是战争时期，我指的不仅仅是爆发一场革命。我虽然绝不会像去年那样投身革命，但不管怎样，你们必须做好自力更生的思想准备，就像正直的女工应该做到的那样。现在我去上班了，你们趁空赶紧把自己的衣服补一补，过几天你们就会有活儿干了。我不许你们找欧也妮要活儿干，她主动给的也不许接受。"

"你瞧，"亚塞纳走了之后，路易丝对妹妹说，"一切都按我的意愿实现了。他连欧也妮都恼恨了，他还以为是欧也妮教唆玛特的呢！"

苏珊娜心虚地低下头，然后岔开话题说："哥哥很痛苦，一心想到死。"

"得了吧，开头几天不好受罢了，他很快就会忘记的。亚塞纳自尊心很强，绝不会为了一个有二心的女人而死。你会看到头一个提及玛特的是他自己，我们说玛特的坏话他还更高兴呢。"

"随他高兴不高兴，反正我不会谈论玛特。"

"哼！你这个没长脑子的蠢货，甘受玛特的气都不敢吭声！你太老实了，苏珊娜。你要是讲点原则，就不会过分好心地对待这个坏女人。我敢肯定，哥哥以后也会责备你麻木不仁的。"

"我再说一遍，"苏珊娜说，"哥哥责备也罢，不责备也罢，反正我绝不会说玛特的坏话。即使他要我说，我也不说。哥哥听见人家说玛特的坏话也会受不了的。你试试看，如果你自作聪明的话。"

这一整天，姐妹俩像往常一样叽叽咕咕吵个没完。不过，等到亚塞纳下班回来，发现自己的卧室被收拾得井井有条，破衣服也补好了，叠得整整齐齐，晚餐的饭菜也像模像样地摆在桌上。路易丝扬扬得意地为自己和苏珊娜表功，又对哥哥嘘寒问暖，亚塞纳板着脸孔一言不发地吃了几口饭就出去了，根本不屑理睬她的询问，连续三天都是如此。亚塞纳为人热心，人缘好，很快便为妹妹揽到活儿来做。他只留下自己赚到的钱的三分之一，其余全交给妹妹，作为三个人的生活开支。路易丝掀开亚塞纳的床垫甚至地板，想看看亚塞纳攒下多少钱，但一无所获。她转弯抹角地要套出他的话，也得不到回答。她试图叫亚塞纳把钱拿出来买家具、衣服和日用品，强调急需添置，亚塞纳不理睬。凡是必需的东西他尽量不使两个妹妹缺乏，自己则不乱花一分钱，路易丝因为没有掌握到哥哥的全部收入很不甘心，千方百计想把钱攥到自己手里。她认为亚塞纳留下部分归己，又不说明用途，这样做很不公平，甚至可说是偷窃行为。她气恼得睡不着觉，但又不敢发作。亚塞纳从来不发脾气，也不苟言笑，异常冷静，她没有料到哥哥这样严厉，她只得心存畏惧，不敢妄图窥测他心里的秘密，或是在他毫无表情的脸上看出什么心思来。

以上所述有关亚塞纳兄妹之间的情况，是他们自己逐渐向我披露的，所以全部属实。我虽然没有亲历其境，却得以耳聆其经过，因而能够如实地叙述出来。

亚塞纳两个妹妹迁出之后，的确使我们如释重负，大大松了口气。但是，亚塞纳突然不声不响地闪电似的让两个妹妹搬出去，我们在很长一段时间里都摸不着头脑。开头我们以为他是为了避免和玛特碰头，断然取消见面。但是他依然像往常一样来看望我们。玛特问起他两个妹妹的住址，他便敷衍应对，含糊地说她们寄住在凡尔赛某女裁缝家里。我知道他在撒谎，我曾在亚塞纳工作的那家公司附近看见她们。每次她们都假装没看见我，我猜到这是亚塞纳的意思，我也就不跟她们打招呼了。欧也妮什么都不知道，还想默默猜测亚塞纳心里的想法以及对玛特有何愿望。但亚塞纳啥也不肯说，他反常的平静使欧也妮十分骇异，担心他会想入非非，几次试图打消他的幻想。亚塞纳总是断然拒绝这类话题。欧也妮刚一开口他便说："我知道！我知道！不必谈它了！"

　　亚塞纳把什么都放在心里，没有一句话、一个眼色可以让玛特觉察他内心仍然挚爱着她，他深藏不露的那份能耐，竟使玛特深信他不过视她为老朋友罢了。我们也就以为他已经战胜爱情，摆脱了失恋之痛了。

　　欧也妮考虑到，如果玛特知道亚塞纳暗中资助她，一定会感到羞惭不安，因此，她硬是把亚塞纳最近送来的钱退回给他，她决心今后由我们负担玛特的生活费用。何况这种负担并不重。玛特非常俭省，衣着朴素，而且不遗余力地帮家里干活儿，亚塞纳留下的恩惠，就只剩下他为玛特购置的一套简单家具了。这套家具中有一张铁床、两张椅子、一张桌子、一个核桃木五斗柜和一个梳妆台。这个梳妆台可是小伙子怀着美好的爱意挑选的呀！我们没有叫他把这套家具搬走，以免太伤这位善良的小伙子的心。玛特一直以为这套家具是我们暂时借给她使用的，对这份情谊深表感谢。她单纯得那么可爱，我们即使为她做出更大的牺牲亦无怨无悔。可是事态的发展我们都无法逆转。唯有徒唤奈何，一个黑色的精灵在玛特头上盘旋，它就是贺拉斯。

欧也妮那次找贺拉斯严肃地谈话之后，贺拉斯便患上了心病。他估计他与亚塞纳将有一场角逐，想到自己竟和这种人成为情敌，真是有失面子。另一方面，他知道亚塞纳占有优势，为人既精明又大胆，得到众人的敬重，尤其是玛特，对他十分敬重。因此他对这番角逐怀有怯意。若放在从前，凭自己的高雅、有教养的身份，绝对不屑与"马萨丘"这类粗俗的乡巴佬争一时之短长的。可是此时此刻，他爱玛特已达到白热化的程度，即使对方是普瓦松，他也不惜一搏。

大大出乎众人的预料，保尔·亚塞纳竟毫无反应，显得十分平静。贺拉斯觉得，欧也妮过分渲染了亚塞纳对玛特的爱情。亚塞纳每次来探望我们，贺拉斯总是摆出一副胜利者的得意模样出场，故意羞辱亚塞纳。但是，当他获悉亚塞纳并非不知他与玛特的关系，又从我嘴里得知，小伙子那天失意回家是多么难过和痛苦时，心里便掀起波澜，醋意大发了。对玛特满腹狐疑起来，甚而形于辞色。起初，玛特不知其故，她太天真，浑然不觉贺拉斯迂回曲折的心思，也没有和他计较。但贺拉斯整天绷紧脸孔，怒容满面，她无法猜透个中原因，深感不安。欧也妮时刻提醒自己，不去过问他们之间的感情纠葛，但又希望玛特最

后因忍受不了贺拉斯的嚣张气焰而幡然觉悟，毅然决然地分手。

贺拉斯在怒火中烧的情况下，叫我再领他去夏伊子爵夫人家里。他前后去了两三趟，故意夸赞子爵夫人越来越可爱了，玛特听了非常伤心。但是，新生的爱苗就像蛇一样有着奇异的生命力，被斩成几段之后，依靠自身的力量又能重新联结在一起，恢复成整体。伤心、烦恼、失眠和争吵过去之后，两人又如胶似漆地和好了。曾经发誓永不见面的这对情侣，现在又发誓永不分离了。这是一种暴风雨式的爱情，带着泪水和狂热的激情，风波过后，却变得更加强烈了。

有一次，贺拉斯趁亚塞纳不在的时候，肆意地贬损他。玛特很生气，为亚塞纳讲了公道话。贺拉斯像往常生气的时候一样，虎起脸拿了帽子，谁也不睬就走了。玛特明明知道他第二天会回来求她宽恕的，但她太痴心，头脑里好像少了一根弦。她反弹似的跳起身，拿起披肩往肩上一披，便向门口奔去。

"你干什么？"欧也妮问。

"你不是看见了吗？我去追他。"玛特失魂落魄似的回答。

"唉，朋友，你也不想一想，他太过分了。你还姑息他，你会后悔的。"

"我知道，"玛特说，"可他气疯了，我不忍心。我必须让他消消气。"

"他会回来的。你至少该让他发挥这点长处啊。"

"可是他要明天才会来。"

"对呀，他明天一定会来。"

"明天？欧也妮，你可知道盼到明天是什么滋味吗？今晚我会心绪如麻，痛苦不堪，整夜睡不着觉。一分一秒地数时间，'他不爱我了'的念头咬噬着我！还有更可怕的是，这时他的缺点、他的狭隘会在我心里逐渐分明，他不值得爱。唉！欧也妮，这种煎熬你可曾体会过？"

"老天！你原来知道他不值得爱。可是，你刚有一些理智，很快又让感情主宰，去盲目行事。"

"我宁愿丧失理智，因为理智会给我带来更大、更难以忍受的痛苦。"玛特说完，挣脱欧也妮的怀抱，飞快地冲向楼梯，倏忽之间不见了。

欧也妮没敢追她，恐惊动楼里的人。她希望这一对失去理智的情人会在楼下相遇，一会儿便会双双回来。谁知贺拉斯怀着满腔怒火，走得非常快。玛特追出住宅楼，看见他沿着塞纳河走去，离她有十来步远，她不敢叫他，想跑又跑不动，每迈一步就觉得一阵眩晕。贺拉斯气哼哼地一边走，一边用手杖猛敲河边的栏杆。可想而知他是多么痛苦，玛特这时什么也顾不得了，拼命地往前追去。贺拉斯快步流星地走着，路上撞倒了两个行人，把十来个行人撞得踉踉跄跄的几乎摔倒，挨了一顿臭骂。他拐进竖琴街，回到他寄宿的那尔波涅公寓。他一直没有发觉玛特就在离他十多步远的地方追他。他从门房手里接过钥匙和蜡烛时，看见门房怒容满面地盯着楼梯那边。

"你上哪儿，小姐？"门房没好气地问那个默默地准备上楼梯的人。贺拉斯回头一看，这才发现玛特。她没戴帽子也没戴手套，脸色煞白如死人。贺拉斯忙赶上去把

她搂在怀里，把她的披巾撩起来盖在她头上，似乎不想被人看见。他拉着玛特上了楼梯，蹑手蹑脚地进入自己的房间。他把门掩好，扑通一声跪在玛特面前。此时无声胜有声，刚才的争吵立刻烟消云散了。"啊！我多么高兴！"贺拉斯痴痴地说，"你来了和我在一起，我们俩单独在一起！这是我有生以来第一遭啊，玛特！你想象得出我心里的欢悦吗？"

"让我走吧！"玛特突然害怕起来，"欧也妮可能跟在我后面，也许还有亚塞纳。天哪，我不是在做梦吧！我在追你的路上，仿佛看见了亚塞纳。啊！不，也许不是……现在我放心了，你爱我，你仍然爱我，送我回去吧，走啊！"

"啊！急什么，别着急！再待一会儿。要是欧也妮来了，我不理她；要是亚塞纳来了，我就杀死他！我们俩再待一会儿。"

欧也妮一个人在家里，急得团团转，不断地到楼梯平台的窗口张望，一直不见玛特的踪影。好不容易听见有人上楼梯，玛特终于回来了，不对，那是男人的脚步声。

欧也妮心想这回一定是我回来了，可以叫我去找玛特了，忙跑到门口来接我，但映入眼帘的不是我，而是亚塞纳。

"玛特上哪儿去了？"亚塞纳有气无力地问道。

"她出去一会儿，马上就回来。"欧也妮慌乱地回答。

"天这么黑，她一个人出去了？你居然放心让她出去？"

"她会和泰奥菲尔一块儿回来的。"欧也妮不知所措地答道。

"不！不！她不会和泰奥菲尔一块回来。"亚塞纳说着，整个人跌坐在椅子里，"你不用骗我，欧也妮，她甚至不会和贺拉斯一块儿回来。她只会一个人回来，带着绝望的心情回来。"

"那么，你看见她了？"欧也妮忙问。

"是的，我看见她沿着河岸往竖琴街那个方向飞跑。"

"贺拉斯没和她在一块儿？"

"我只注意到她。"

"你没有跟着她？"

"没有。不过，现在我等着她。"

"可是，你为什么不跟上她，却跑到这儿来了？"

"唉！我也不知道为什么跑到这儿来了。"亚塞纳不安地说，"当时我想过的……对、对，是的，我想来问你，欧也妮，玛特是不是头一次在夜里单独出去，或者和贺拉斯一块儿出去……告诉我，今天夜里是头一次吗？"

"是的，这是头一次。"欧也妮说，"玛特没有胡来过，这个我可以担保。天啊，我当时为什么没去追她？"

"哼！真该宰了这个混蛋！"亚塞纳勃然大怒。说完，就像一只野猫似的冲出去了。

欧也妮大惊。亚塞纳这样跑出去，结果将不堪设想。她立刻追出去，幸好我正上楼梯，把他们拦住了。

"你们要干什么？这么慌慌张张的，究竟出了什么事？"

"赶快，叫住亚塞纳，跟着他！"这时亚塞纳从我侧面飞奔下楼，欧也妮慌忙叫道，"玛特和贺拉斯一块走了，保尔这个样子赶去会出事的，你快去追他回来！"

我拔腿就去追亚塞纳，片刻后便追上了。我抓住他的胳膊，但没法让他停步，虽然我比他高大、健壮得多，但愤怒使他的力气倍增，我被他拖着往前走，就像一个小孩子似的。

从亚塞纳不连贯的叫嚷中，我知道了事情的大概。欧也妮这回缺了个心眼儿。现在想要补救，防止发生意外，只有向亚塞纳撒一个谎了。

"你居然会相信他们是头一回一块儿出去？这至少是第十回了。"

像一桶冷水泼在烈火上，亚塞纳立即停下脚步狐疑地盯住我。

"你没骗我？"他痛苦地问道。

"当然没有，玛特做他的情妇已经有一个多月了。"

"难道欧也妮说谎？"

"没有，只是她被他们俩瞒住了。"

"情妇！看来他并不打算要玛特，这个无耻的家伙！"

"你可不能这么肯定，贺拉斯看重名誉，他会尊重玛特的意志的。"我一心想让亚塞纳平静下来，和我一起返回去，便这样劝导他。

我闪烁其词地一再向他担保，解答他提出的种种质询，于是他逐渐冷静下来，并向我表示感谢，保证他立即回家去，然后走了。

　　我目送他朝他家的方向走去，我才向那尔波涅公寓跑去。我向门房打听贺拉斯是否在家，她大声嚷嚷道："他和一个女人待在楼上房间里！那个女人不知是小姐还是夫人，你爱说她是什么玩意儿就是什么玩意儿吧。我正要去叫她下来，我不想在我的公寓里发生龌龊事。"

　　我忙制止她大声嚷嚷，并掏出一些钱塞给她，她这才语气和缓了，告诉我，那个女人很漂亮，有一头乌黑发亮的头发，披着一条猩红色的披肩。我一再请门房包涵，最后她答应绝不声张，那个女人不管夜里什么时候下楼来，她都予以放行，不盘问也不对人说。

　　我放心了，赶忙回家劝慰欧也妮。她惶惶不可终日的模样真令我觉得可笑。亚塞纳已经冷静下来，不再关心这件事了。玛特和贺拉斯的爱情发展成这样虽然突兀却亦在所难免。实在用不着大惊小怪，更不必过分担心的。但洁身自守的欧也妮不同意我的看法，嫌我太不严肃。

　　"唉！自从玛特迷上了贺拉斯，我就觉得她有如被判了死刑，心里很难过，现在即使看见她被押上断头台，我也不心痛了。"

　　我们又等了一段时间，玛特还是没有回来，我们终于熬不住，只得睡了。

　　天蒙蒙亮，那尔波涅公寓的大门开了，一个头蒙猩红色披肩的女人悄悄溜了出来，门又轻轻地关上。那女人孤零零地疾步离开了公寓。但她极度疲劳、虚弱，没走多远，便身子晃荡欲倒，她赶忙靠在一处屋角的墙上。这个女人就是玛特。

　　这时，一双男人的大手扶住了她，这个男人是亚

塞纳。

"怎么！就你一个人！一个人！"亚塞纳气愤地说，"他居然没送你回去！"

"我不要他送，"玛特声音微弱地说，"我怕路上被人看见。再说，我不想让他在大白天看见我这个样子，我也永远不愿看见他了！可是，保尔，这么早你在这儿干什么？"

"我整夜没睡，来这儿等你，准备陪你回去，我早就料到你会一个人从他家里出来的。"

16

玛特非常羞惭，绝望，不肯回去。

"让我到你妹妹那里吧。"她要求亚塞纳，"她们不知道我在哪儿过夜。"

"你没有比欧也妮更可靠、更忠实的朋友。"亚塞纳说，"快走吧，再迟点回去就更不好说了。我送你到她的家里，我担保她不会责备你。"

亚塞纳一直送她到她房门口。玛特决心关上门，独自哭一场，之后才来见我们。刚才在路上，她像对待兄长那样向亚塞纳倾吐心事。当亚塞纳离开时，她蓦然想起，他也热烈地爱着她。他对她的爱几乎到了如痴如狂、忠贞不贰的程度。她却熟视无睹，这段时间以来竟把他忘记了。

"唉，亚塞纳，"玛特幽幽地说，"你没有娶我，现在后悔了吗？"

"我将后悔一辈子。"亚塞纳正容回答。

"别说这些，亚塞纳，你使我的心都碎了。你希望得到我的爱，你也值得我爱，可是我却不能爱你了。让上帝憎恨我惩罚我吧！"

房里剩下玛特一个人时，她和衣扑倒在床，伤心地痛哭起来。欧也妮听见哭声，忙跑来敲门，敲了许久不见反应。欧也妮慌了，担心她旧病复发。她找来好几把钥匙，一一试开，终于打开了门。她连忙跑到玛特身旁。只见玛特把脸埋在枕头里，手指痉挛地揪自己乌黑、美丽的长发辫，那上面沾了泪水。

"玛特，"欧也妮把她搂在怀里唤道，"你为什么这样伤心？是为过去悔恨，又担忧未来吗？你有按照自己的意志行事的自由，谁也无权轻视你。你为什么躲在房里不来找我？我等你等得很焦急，你回来就好了。"

"亲爱的欧也妮，我不只是悔恨，而且十分羞惭、内疚。"玛特拥抱着欧也妮说，"我的理智和意志都很薄弱，不能冷静地自控，而是听任感情的冲动支配自己的行动。想起最近受到的屈辱，不禁担心、害怕今后重遭欺凌。欧也妮！欧也妮！贺拉斯其实并不爱我，我是多么不幸啊！他有欲念而没有爱情，看似热情却不尊重别人。他絮絮不休地倾诉爱情却又不相信我，妒忌心极重，疑心又大，认为我不值得被严肃地爱，不配享受真正的爱情。"

"其实是他本人不值得被严肃地爱，不配享受真正的爱情！"欧也妮愤愤地说。

"不，不能怪他，只怨我命不好，他还从来不曾有过爱，他的心和他的嘴唇从来没有献给过别人，他应该得到与他相似的纯洁女人。"

"是啊！他太纯洁了！"欧也妮耸耸肩说，"爱上了同时有三个情人的夏伊子爵夫人！"

"那个女人聪慧过人，受过良好教育，举止优雅，有迷人的姿色，又非常有钱。而我呢，出身卑微，狭隘无知，字也识不了几个，只会阅读，不会书写自己的感情，没有独立见解。我明显感觉到我永远不能驾驭像他那样的男人的心，操纵他的思想，昨天夜里在我们激烈的争吵中他吐露了他的看法。我不配责备他，该责备的是我和我的过去。"

"你太自卑了！居然把自己贬得一文不值！"欧也妮沮丧地说，"你竟把他奉为神圣的主人和统治者！我倒认为他太强调自我，对你缺少欣赏。当你把自己的心和爱情毫无保留地交给他的时候，他不仅没有匍匐在你脚下感激莫名，相反却居高临下，以宽容的恩赐者的脸孔出现。在这方面，你的确应该感到羞惭，因为你自轻自贱，甘心被人侮辱。"

"别说这些话，欧也妮。你没看到他那激动、痛苦、涕泪交流的样子，他的神色不显冷厉，但说的话却深深地伤害了我，他却对此毫无觉察，甚至连想也没有想到。他自己也很痛苦啊！他唯一的想法就是要从我嘴里得到让他放心的回答，消除折磨他的疑忌。他高尚、骄傲、纯洁、年轻，才智不凡，他以高标准要求我并不过分而且合理，我很害怕，我太渺小了，离他的要求太远，我为此觉得很难过，而他却误以为我是为过去的失足而悔恨或者由于怀念昔日的情人而难过。'你这是怎么啦！'他质问我，'你在我的怀抱里一点也高兴不起来，反而忧心忡忡的，你在想另一个男人吗？'于是他没完没了地追问我与亚塞纳的关系，命令我把他赶走，永远不要和他见面。如果他婉言相求，我最终会同意的，因为我生性懦弱。可是，他见我没有立即答应，便大发雷霆，拼命地挖苦我，我也生气了，有抵触情绪，反而给了我反抗的力量，我也狠狠地反唇相讥。彼此都说了一些很难听的话，这些话像山一样压住了我的心！"

"他并不爱你这一点你说对了，"欧也妮说，"但是你把他不爱你归咎于自己配不上他，是因为你的过去，这就错了。真正的原因在于他太自负、太自私。而你的忍让、自卑更纵容了他的缺点。如果他心里充满了爱情，绝不会衡量自己的爱人究竟值不值得去爱，绝不会斤斤计较她的过去，而只会陶醉在眼前的温馨里，向往着未来的幸福。如果他真正谅解她过去的某些失误，他自会释然，而绝不会在口头上屡屡表示自己的宽大为怀。对于一个心里充满情意的男人而言，不记恨情人从前的过错，原是很简单、很自然的事情。亚塞纳就是这样的男人，他可曾责备过你？每当你自我检讨，或别人对你非议之时，他不是总为你辩护吗？"

"唉，我还曲解了亚塞纳的用意，"玛特叹了一口气，"我认为，男人在求爱失败时，会表现出一副可怜相，低声下气，事事忍让。反之，就变得挑剔、无情。贺拉斯对我便是如此。昨天晚上在我们共度的几个小时里，我们忽而柔情蜜意、卿卿我我，忽而又激烈地争吵起来，当我气极反击时，他便跳到我面前，求恳抚慰，而我一软下来，他就凶巴巴地责骂我了。唉，爱情也会使人心变得

如此丑恶。"

"是的，对于不知好歹的人来说确是如此！"欧也妮无奈地摇摇头，她对情况的分析并不比玛特公正、客观，只不过各人看问题的角度不同而有所偏颇罢了。贺拉斯并不像玛特所想的那样好，也不像欧也妮所想的那么坏。情场角逐的胜利，使他忘乎所以，目空一切。在这方面他和许多人一样，如果我们苛责他，那就意味着藐视、攻讦大部分男人。贺拉斯算不上冷酷也没有堕落。他心里充满了爱情是无可置疑的，只不过他和一般男人一样，缺乏关于爱情的道德教育，又不具有献身精神和高尚情操，他爱，仅仅是为了自己的幸福需要，更确切地说，完全是为了自己。

这一天贺拉斯来了，他的神情泰然自若，甚至得意扬扬，我见此状十分反感。他准备硬着头皮听我的奚落，我却对他提出了批评。

我把他叫到我的工作间，我说："你要和玛特约会，不应闹得四邻皆知，令她名誉受损。昨天晚上，你们事先也没打个招呼，无缘无故就在外边歇宿，影响多不好。"

"你对玛特如此关心，值得敬佩。"贺拉斯说，"可是你自己却公开与欧也妮同居！"

"那是两码事。欧也妮受到我周围所有人的尊重。她称得上我的妹妹、伴侣、妻子。不管从哪个方面看，这种结合都是牢固的、永久的。我以自己的实际行动使所有爱我的人都认可了这个事实，并给予欧也妮忠实的情感，没有发生任何不堪入耳的毁谤。但是，在条件未成熟，实践尚未证明我俩的感情是忠贞不渝的之前，我没有轻率地撩开掩盖着我们的爱情的面纱。在初尝禁果之后，我没有急不可待地让她在朋友们面前亮相，请大家看在我的面子上尊重她。我珍藏着这段日子里的幸福，直到我能够充满信心公开向友人们介绍：'这是我的妻子，是个值得尊重的女人。'"

"哼！我比你更进一步哩！"贺拉斯骄矜地说，"我要对所有人宣布，这是我的爱人，请大家尊重她。如果我高兴，我还要强迫那些顽固分子拜倒在她的裙下！"

"你即使具备古代英雄豪杰的神威，也难以办到这一点。在目前的社会，谁还怕谁？你要求别人尊重你的爱人，你自己首先要尊重她。"

"你今天说话怎么这样古古怪怪的，泰奥菲尔！我在什么地方不尊重我的爱人啦？是她自己跑来扑入我的怀抱，我留下了她，只不过超过你们的行为规范几个小时。原来女人的贞操和名誉，竟像古代的执法官执行公务似的，是以日出和日落为界限，我到现在才知晓呢。"

"请你严肃些，你可不能以玩世不恭的态度看待你庄重的初恋。如果玛特也和你一样轻率，我也就无所谓了。但是，照我看，她恰恰与你态度相反，今天早上，她回来后便不停地哭。难道你就不能严肃认真地去问个究竟吗？"

"你听我说，泰奥菲尔。"贺拉斯紧张起来，"既然你要我说个明白，我就实话实说吧。我们是老朋友了，你这样疾言厉色地责问我，我有必要向你做出解释。你知道，我已经不是孩子了。你们总是拿我当孩子看待，我一直隐忍着，但这并不意味着我赋予了你们永久不能剥夺的

权利。今天我向你郑重声明，在我和玛特恋爱这件事情上，你和欧也妮以保尔·亚塞纳先生的名义对我进行的攻击，我已忍受到极限了，非常厌烦了！我并不像你们想象的那样轻率，且撇开那些矫揉造作的条条框框是否值得提倡。你们和你们的朋友必须弄清楚，玛特是我的情妇，而不是其他什么人的情妇。为了我的尊严和荣誉，我和玛特以及认识我的其他朋友们，必须承认，我不是多余的第三者，而是属于这个女人的唯一的情夫，也就是说她已名花有主了。在这段日子里，由于你们让我扮演了一个莫名其妙的角色，由于亚塞纳先生的介入，加上欧也妮对他的公然袒护（你也是的，泰奥菲尔），以及玛特和他的暧昧关系，最后由于我的疑心（它令我非常痛苦），我自己都闹不清楚我在这件事情上处于什么地位，在你们这里处于什么地位。因此，我决心表明我的态度，明确我的地位。所以今天我挺胸昂首地来到这里，而且郑重地向大家宣布，昨天夜里玛特是在我的搂抱中度过的。如果有人认为这样不好，我想请问他有什么权力持这种看法，如果他的权力缺乏依据，那么，我请他免开尊口。"

"贺拉斯，"我定定地直视着他说，"你刚才所言，如果是你今天早上的想法，那好极了，我无话可说。但是，如果是你昨天夜里把玛特留下歇宿时的想法，那就是存心损害她的名誉。这种算计未免太冷酷了，这简直是玩弄手腕，而不是出于爱情。"

"爱情允许玩弄某些手腕。"贺拉斯微笑道，"你知道，泰奥菲尔，我是以搞政治而开始人生道路的，我现在虽然进入情场，也没丢掉喜欢思考的习惯呢。不管怎样，你放心好了，也不必这么悻悻的。说真的，昨天晚上我并没有玩弄什么手腕。我没想别的事，整个身心都沉浸在欢乐里了。但是今天早晨，我冷静下来想了一下，觉得自己不必做无谓的后悔，而应该像一个幸福的情人那样欢愉和坚定。"

"但愿你心口如一。可是你的神色举止却不太符合你所说的那种感情，而是不自觉地显现出自命不凡。"

整整一天，贺拉斯莫名其妙地显得十分自负和傲慢，令我异常反感。我诚恳地劝他收敛一下，以免伤害玛特的自尊心，但可怜的玛特已顾不上计较这些了。她觉得委屈、沮丧。贺拉斯来到她面前时，她几乎昏厥过去。贺拉斯对她温言相慰，但彼此显得很不自然。玛特不好意思与他单独相对。贺拉斯只好忍耐着，希望玛特一会儿后能壮起胆子和他私语。他找出种种借口逗引玛特，后者却佯作不闻。欧也妮也没自动走开，觉得这样反而显得不自然。正在这时，亚塞纳来了。

亚塞纳已估计到在这里会遇见贺拉斯，先强抑着情绪。但一见到贺拉斯，不由得憎恶之心又起。他那张因终夜奔波而显得苍白的脸，一下子涨得通红。贺拉斯则一副扬扬得意的样子，自豪倨傲地昂起头，把手伸给亚塞纳，就像国王接受群臣的觐见。生性善良的亚塞纳没有留意他的动作，还以为是友好的表示，一把抓住情敌的手，使劲地握着，目光痛苦而坦诚，似乎在说："你是在向我保证会善待玛特吧，谢谢你。"

于是亚塞纳稍觉放心，他问候过玛特，紧紧地握了握她的手，又和我们寒暄几句，便匆匆告辞而去。

17

　　其实，贺拉斯虽然妒忌亚塞纳，但未严重到对玛特的感情不放心的程度，他倒是怀疑过去他俩之间的关系并不像玛特所说的那么单纯。在他看来，一个男人对抛弃了自己的女人还那么死心塌地，只能是因为仍抱着某种希冀或者对旧情人有铭心刻骨的感情。这两种猜测都使他气恼。自从欧也妮对他陈述了亚塞纳对玛特的忠诚之后，他便有了心事。他自己也坦白承认，他常与亚塞纳相遇，无形中便有了对比，使得欧也妮瞧不起他，同时贬低了他在玛特眼里的形象。另一方面，我们家的常客，对他们三个人的事情不甚了了。对贺拉斯不怀好感的人，不相信他能战胜亚塞纳，还故意在他跟前表示相信亚塞纳是胜利者。喜欢贺拉斯的人，便怪玛特没有公开表态，没有把贺拉斯的情敌撵走，意向十分明显。还有一些交情很浅的小伙子，刚入我的家门，就对我们的事情妄加评论，放肆地对玛特评头论足，说一些不堪入耳之言。这些话又被其他人不经思考地传播，弄得外面议论纷纷。小伙子们对情场的胜利者心有不甘，无处发泄，于是把玛特说得一文不值，以此贬低贺拉斯所获得的幸福，其中有几个小伙子，曾经追求过普瓦松咖啡馆的美人儿，碰了钉子，现在存心报复，扬言要把玛特追到手很容易，也并不光彩，试看她连贺拉斯这么个牛皮大王都接受了。还有些人散布谰言，说玛特曾经是普瓦松咖啡馆第一个侍者的情妇，更有一些卑鄙小人，竟说玛特同时是亚塞纳、贺拉斯和我的情妇。

这些诽谤当时我并未听闻。但有些人不小心把听到的议论告诉了贺拉斯。此人的弱点是沉不住气，没过几日，就一心想向真真假假的情敌炫示自己无可置疑的胜利，借此封住众人的嘴巴。他把玛特麻烦个够，扰乱了玛特在我们身边宁静无忧的生活，使她精神备受折磨。他要玛特单独和他出去看戏、散步。欧也妮把他这种故意冒天下之大不韪的鲁莽行为，视为徒劳无益之举，便再三劝说玛特不应其所求。欧也妮的干预最后使贺拉斯再也忍耐不住，发起火来。

他对玛特说："你要在这个讨厌的、虚伪的女人的庇护下待到什么时候？她对别人的事总是看不顺眼，滥加干涉。对这个动辄教训人的假道学，你还能忍受下去？她是势利小人，认为能给情妇最多好处的便是顶尖的情夫。你要是真心爱我，就赶快叫她闭嘴。正是由于她老在你耳边数落我的不是，你才那么痛苦。有这么一个不识趣的第三者总是阻挠我们的恋爱，我高兴得起来吗？你唯一的女友成天背着我教唆你疏远我，我能够安心吗？"

贺拉斯还迫使玛特不再与亚塞纳接触。他这样做，自有他的一番用意，他担心自己的妒忌心失控导致失态。他一想到小马萨乔会因为给他造成威胁而暗暗高兴，就十分恼火。他希望玛特显得是经过考虑的，而不是受制于人的。他这种不公正的、卑劣的要求，受到玛特的多次抵制。但是，贺拉斯总是蛮不讲理地纠缠不休，玛特拗不过，渐渐地顺从了他的意志。从此她失去了和自己的乡邻好友笑一笑、握一握手的权利。他们俩之间的一举一动都犯忌，一个眼色、一句话都会惹他发怒。亚塞纳偶尔用小

时候惯叫的"你"称呼玛特，这也成了他们曾经有过暧昧关系的证据。有时我们一块儿外出散步，要是玛特挽起亚塞纳伸给她的胳臂，贺拉斯就会怫然离开我们，并放低声音责备玛特，他不屑于充当保尔的情敌，接替普瓦松的位置就够委屈了。与普瓦松的侍者分享一个情妇就更晦气了。玛特忍无可忍，驳斥了他的无理挑衅，贺拉斯便赌气几个星期不见她。可怜的玛特一天不见他就魂不守舍，主动跑去找他，忍气向他赔不是，并表示准备与亚塞纳做一次绝交之前的谈话。贺拉斯听了，顿时大怒，嚷道："好啊！你把我当成了疯子、暴君、傻瓜，让保尔·亚塞纳先生抓住话柄，到处去破坏我的声誉！你如果敢这么干我就非得和他在大庭广众之中吵一架，打他几个耳光不可！"

玛特被这种没完没了的无理取闹搞得十分厌倦。有一天，她握住亚塞纳的手，送到嘴唇边吻了吻，说："你是我最好的朋友，请你最后帮我一次忙吧。这对于你，尤其是对于我来讲，可以说是最痛苦的一次。让我们说一声永别吧，不要问我原因，我不能也不愿告诉你。"

"不用你告诉我，我早就猜到了。"亚塞纳说，"由于你没有吭声，我以为你还希望得到我的保护，我有这份义务。现在，既然我给你带来不便，此后我就不再来了。不过，千万别说永别，请你答应我，遇到不称心之事需要我帮忙时，就打个招呼，我必一呼即至，听候你的吩咐。这样吧，玛特，如果你不反对，我以后每天从你窗下走过，万一发生意外你就在窗口挂上手绢之类，我见了会马上跑上楼来。这点你一定要答应我。"玛特不禁流下泪来，点头答应。亚塞纳从此不再来，但是，骄横的贺拉斯还不罢休。一天，他又带玛特到自己的公寓去了，我们一直到吃晚饭的时候也不见她回来。晚上，有人送来她的一张便条，上面写道：

我敬爱的朋友们，不要等我了。我再也不会回到你们那里了。我已经发现，这么久以来原来全赖你们的慷慨相助，以及亚塞纳的恩赐，我才过上舒适的生活。而且亚塞纳还在继续帮助我。那套你们自称借给我的家具，原来也是他赐予的。你们知道，当我恍然大悟之后，绝对不会再使用它们了。再说，人家会借此诽谤我，即使是最纯洁、最高尚的情感也会遭到曲解，外面的飞短流长令人生畏，我只好忍痛离开你们，以平息冷言冷语。我在此谨向你们表示谢意。你们给予我的无私、周至的关怀，我没齿难忘，我永远热爱你们。

你们的朋友　玛特

"贺拉斯又一次自食其言！"欧也妮气愤地说，"他向我保证不泄露这些事的，现在居然讲出来了。"

"人在生气时往往会控制不住吵起来的，"我说，"不用说，他们一定又吵架了。"

"玛特这下子完了，"欧也妮又说，"彻底完蛋了，她居然把自己的幸福交给一个没有心肝的男人了。"

"并不是交给没有心肝的男人，"我说，"而是交给了一个虚荣心极重而又意志薄弱的人，玛特要吃点苦头了。"

我也很生气，不大理睬贺拉斯。我们预料玛特必将受苦，竭力防范，最终徒劳无功。贺拉斯估计我们不会就此放任不管，马上搬家了。他在另一个区租了一间房子与玛特同居而且严守秘密，我们经过一个月的寻觅才得知他的住址。我们找到他们时，一切已成定局，他们的决心和习惯已固若金汤了。我们的好意规劝反招来怨恨，玛特已把自己完全托付给他，对我们不再信任了，也不再向我们诉说贺拉斯如何折磨她了，相反，还说她日子过得很好，责怪我们凭空怀疑她在受苦。其实，从她的脸上已看出痛苦的痕迹。我们估计她没找到活儿干，手头拮据，实际情况确是这样，但是，她坚决拒绝接受我们的任何帮助，而且一反常态，摆出一副倨傲的神态峻拒我们的好心。

　　"你们的恩赐中可能包含了亚塞纳的一份。"玛特说，"我并没忘记你们过去对我的仗义相助，但我必须告诉你们，正是你们一系列的慷慨行为，使贺拉斯对我产生了理所当然的怀疑。在这一点上我很难原谅你们。"

　　欧也妮仍不死心，依然力图从苦厄中拉她一把，而且表现得那么勇敢和侠义，但最后却徒费努力。贺拉斯对她非常憎恶，教唆玛特疏远她。我们一次又一次主动上门找玛特，却遭到冷遇甚至拒绝。后来我们也心灰意懒，也就不去自讨没趣了。整个冬天，我们仅仅碰过三次面。到了春天，我在路上与贺拉斯相遇，他佯装没有看见我，就像仇人似的，连招呼也不打，使我悒悒不乐。欧也妮比我更难过，每次提起玛特便止不住潸然泪下。

18

贺拉斯从小说中吸取了有关一般女性的极其抽象、光怪陆离的概念。他把玛特当作一个从未见过的玩具，就像一个孩子或一只猫对待玩具那样觉得新鲜有趣而又有点害怕。浪漫主义文学把女性描绘得多愁善感，情意绵绵，在年轻人的头脑里树立了这种形象。18世纪，蓬帕杜夫人式的女性——当时已是约定俗成的称呼——使我们的幻想更富刺激性、更危险的女性，得到了艺术再现而使大家耳熟能详。大概到了当代，朱尔·雅南则从情调、艺术和时尚的角度，对"美"下了一个绝美的定义，且以高雅的方式广为运用。雨果派对"丑"的概念加以美化，使之与古典美的学究式的陈词滥调针锋相对。雅南派给"矫揉造作"涂抹儒雅的色彩，增添其魅力，而这种魅力，由于共和派的历史遭到轻视而随之被否定和轻贱了。在人们不知不觉之中，文学创造了诸般奇迹，它把一种今天不再存在争议的情趣所拥有的，但没埋没的财富奉献给我们。艺术尽管以"为艺术而艺术"的面貌呈现于世，但它不自觉地展示了逐渐发展的哲理。它一方面与往昔的谬误和糟粕和平共处，另一方面又像一座博物馆兼收并蓄，汇集着人类的不朽成果。

我们这个时代的人思想尤为敏锐，贺拉斯是我们这个时代具有最敏感的想象力的青年之一。他脱离现实生活，遨游于想象的虚幻里。他根据书本中的各类女性形象，来衡量自己的情妇。殊不知小说和诗歌中的女性虽然美妙

可人，若把她们置于现实生活中，非但不真实而且如同木偶。她们只是从前的巧笑倩兮的美人或是形状怪异的丑女的幽魂，正如莎士比亚所云，"像波浪一样变幻莫测"，诗人缪塞引用了这句话，作为他的美人速写的题词。缪塞一贯把历代美人看作天生尤物，他笔下的女性具有两面性，既有纯洁开朗的一面，也有忧郁和飘忽不定的一面。他对女性模棱两可的认识，给贺拉斯很大的影响。贺拉斯读完缪塞的两首长诗《波尔蒂亚》和《卡玛尔戈》，就希望可怜的玛特是两书中的主人公之一。他阅读了雅南的一篇连载小说，于是玛特又要在他眼里成为高雅风流的贵族夫人。而当他读过大仲马的传奇小说，玛特又不得不成为被当作男子对待的悍妇。及至他读了巴尔扎克的《驴皮记》，玛特则成了一位不可思议的美人儿，一笑一颦都暗藏着深不可测的奥秘。

贺拉斯生活在别人虚构的人物之中，唯独忘了审视自己的心灵，忘了透过自己的心灵，看看身边的女人的真实形象。在他们同居的日子里，他冷峻地把玛特忽而当成莎士比亚作品里的女人看待，忽而当成拜伦作品里的女人看待。

最后，贺拉斯终于不再想入非非了。朝夕相处的生活，让他看清这女人乃是地地道道的本土女流之辈。她非常单纯质朴，也有动人之处。只不过她生于此时此地，与文学大师笔下的主人公大相径庭。玛特做梦也没有想到，要把今天的穷大学生的家，变成中世纪戏剧里那种乱纷纷的舞台。渐渐地，贺拉斯陶醉在玛特温馨的、忠贞不贰的爱情里了。他不再在虚构的幻象中自寻烦恼，而是尽情享受二人世界的浓情蜜意。过去，他认为玛特会给他带来痛苦，而现在，玛特却成为他的幸福之泉，一日不可缺少。然而，这种幸福并没有使他豁达开朗，相信别人。他仍然不登我的家门，对亚塞纳也是如此。他一如既往，并没有公正地、恰当地对待玛特。他从不承认自己错误地理解了玛特，反而认为，玛特之所以做到一心一意地随顺自己，是因为他刷去她对小马萨乔的怀念。玛特希望在他心里唤起高尚的信任感，有时她为被误解的朋友辩白，但话刚出口，贺拉斯便暴跳如雷，切齿痛骂，令她心寒。但为了息事宁人，她只好逆来顺受，以免他又疑心顿起。她也恨自己太软弱，好在她除了追求爱情别无奢求。况且总的来说，贺拉斯对她的奉献甚为满意，对她的忠心耿耿感到自豪，因此，玛特也觉得自己是幸福的，决心就这么厮守下去。

畸形的状态决定了他们无法享受到完全的幸福，其实是一段孽缘。这一对情人无论是从精神上还是从思想上，谁都没有触及爱情的真谛，没有尝到纯洁的爱情带来的那种幸福。我认为，爱情必须蕴含高尚情感和伟大思想才称得上崇高，而引发自私、恐惧等愚昧本能的爱情则是庸俗的。任何爱情都可能是无可指摘的或者是一种罪过，究竟属于哪一类，取决于产生的结果。现时的社会——它实在不甚如人所愿——往往在庸俗的爱情上面加上神圣的光环，而崇高的爱情却被扼杀。

在大部分情况下，我们终生都不懂得这些真理，饱受真理被摧残之苦，却又不知苦从何而来，也不知如何避免。往往采取适得其反的办法，以为可以消除痛苦，结果

痛苦更厉害，而且牢不可破。

　　玛特和贺拉斯正是这样生活的。贺拉斯为了独占玛特，对她的戒备、嫉妒日甚一日，自以为防范严密可保无虞。玛特一再忍让，委曲求全，使自己所受的无理苛求一天天增多，以为这样就可以抚平贺拉斯的不安。事实上，在专制统治下，施压者与受压者同样受到痛苦的折磨。

　　因此，这对情人的幸福有如建立在沙砾上的城堡，偶有一点风吹草动就会岌岌可危。贺拉斯的妒忌平息了，接踵而来的是厌腻情绪，随着经济危机日趋严重，他的厌腻情绪有增无减。贫穷的魔影困扰着他。贺拉斯的父母曾额外寄来一小笔钱，他把这笔钱交给了玛特，维持了三个月的日常开支。这笔钱是贺拉斯向父母索取来偿还"意外"欠款的。他的父母超负荷地勉力满足了儿子过分的索要。他并没有拿这笔钱去清还欠款，而是用于新家庭的开销。在他的债主中，受损失最小的是他的裁缝。我曾经为他向裁缝作保，现在有点后悔了。贺拉斯花钱很不在乎，每次裁缝上门要账，他总是一方面答应不久就还账，一方面又定做新衣服，而且一次比一次多，以致债台高筑，在这方面他欲罢不能，裁缝财迷心窍，每天都上门强迫他定做新衣服。我发现情况不妙，立即通知裁缝，取消我的担保，他的欠款今后我概不负责了。我担保的金额，已经相当于我一年的微薄收入，我今后十年内将因此而拮据。此人既不顾自己的名誉，也不顾我的名誉。我不能为了他，让我的至爱受苦。贺拉斯知道我采取的保留措施后，大为恼火，说我不够朋友，并以轻慢的语气给我写了信，宣告以后再也不接受我的帮助。又说事前他并不知道我做他的保人。他全然忘了我对他的好，要求我今后别介入他的事情。已欠裁缝的钱，八天之后他将还清。裁缝的欠款倒是还清了，不过是我代付的，因为他事后立刻把自己说过的话丢到脑后，不以我的帮助为耻了。他那封说了不少过头话的信，我尽量不去计较。

其他债主也纷纷上门向他逼债。这些欠款数字较小，在挥金如土的贵族眼里，也许微不足道。但对于贺拉斯来说，偿还这些债务可就大费周章了。玛特一直被蒙在鼓里，贺拉斯不许她找活儿干，帮补家用，又隐瞒自己的困窘处境，以免她产生内疚，他十分轻视只有下等女人才做的事情，不准玛特沾手，至多只让玛特为他钉钉纽扣。衣服有破洞，他决不让她补缀。只许玛特把全部精力放在看书和打扮上，否则就觉得她缺乏诗意了。似乎一个女人从事家庭劳动就失去了身份和光彩。在三个月之中，她不得不在这个荒谬的浮士德身边，扮演着玛格丽特的角色。她每天浇浇窗台上的花，对着贺拉斯不惜竭资买来的哥特式的镜子把乌黑的长发辫编来编去。此外就是阅读和背诵诗歌，或者从早到晚百无聊赖地与贺拉斯扯闲篇，玛特完全听凭贺拉斯的摆布，她在贺拉斯的心目中，便成了来往于教堂和水井边的玛格丽特，而不是插图和画册里的玛格丽特。

然而，终于到了这一天，浮士德供不起玛格丽特的晚餐。在相当长的一段时间里，贺拉斯总是打肿脸充胖子，不让玛特发现自己捉襟见肘的窘境，靠着朋友的微薄接济，勉强免于挨饿。那点子钱花光了之后，他便诡称肠胃不适，把少得可怜的食物省给玛特吃。最后，他终于绝

望了，突然像演戏似的煞有介事地用庄严的口气向玛特宣布自己已陷入山穷水尽的困境。其实，有许多大学生，每星期总有两天吃不上饭，照样坦然地蒙头大睡。也有许多身体强壮又能吃苦的情妇，甘愿陪着挨饿。玛特出自贫困之家，饔飧不继乃是常事。她乍见贺拉斯像遭遇灭顶之灾似的那副忧戚模样，不禁大吃一惊。她安慰贺拉斯说：

"家里还有两个小黑面包，晚餐不成问题。明天上午你把我的披肩送去当铺，估计可当二十法郎。如果你允许由我来节省开支，这样二十法郎足够维持一个多星期。"

贺拉斯霍地跳了起来，说道："你竟这样若无其事地提出这个办法来，真叫人羞死！我的处境虽然很困难，但要你为我分忧，那就太不堪了。你离开我吧！玛特，离开我吧！我很不中用，让你落到如此田地。你这么一个好女人，再留在我身边一个昼夜也不应该。我真该死呀！"

"你这话说得太不严肃了，"玛特说，"难道因为你穷我就离开你？我跟你的时候，你也并不富有啊！我早就料到，总有一天你会同意我去找活儿干的。我没拒绝由你来养活我，是因为我等着有一天可以报答你。明天我就去找活儿干，要不了几天，我赚的钱就够我们吃饭的了。"

"真可怜！"贺拉斯听了这话，觉得大伤面子，愤然大叫，"吃饭问题解决了，其他开支怎么办？难道把我们家的东西，一件一件送去当铺当掉不成？"

"如果需要的话，为什么不可以呢？"

"还有债主的欠款如何应付呢？"

"我们可以把你自不量力买给我的那些首饰卖掉嘛。"

"你疯了！那一点点钱无济于事！你知道的生活常识太贫乏了，可怜的玛特！你生活在幻想之中，以为像小说里一样，发生一点奇迹，我们便得救了！"

"我也许是这样，贺拉斯。不过，这正是你的意愿啊。现在你就让我回到现实中来吧。你可以看到我没丧失勤劳的本性。你以为我生于富家，过惯不劳而获的优裕生活吗？"

"我觉得有失面子，令人气恼的正是这一点。我不计较你出身低微，因为你的仪态堪与皇后媲美。我万分小心，唯恐有损你的天生丽质，就像呵护一件宝贝似的，要尽心打扮你。难道我舍得让你与粪土打交道，为了几个小钱与一般小市民斤斤计较？我又怎么甘心看你整日忙于烧饭、扫地，把娇嫩的双手弄得又粗又脏？难道我会甘心看到你容颜早衰、衣衫褴褛？总之，让你恢复我们初结合时那副模样，我决不甘心！不！不！想到这些我就浑身不舒服！如果你重复过去的生活，那么，你身上的诗意和高雅气质就会全部消失！我也就同时失去幻想和思考，再也不能写作了。我宁可失去生命，也不甘心过那种生活！"

"三个月来，我们过着王公贵族的生活，你也并没有写作呀。"玛特温柔地说，"过艰苦生活也许能够磨炼出写作的灵感呢。你不妨试一试，说不定你会从此功成名就的。"

"你居然敢教训、讥笑我！"贺拉斯勃然大怒，一脚踢掉炉膛里的木柴，这是他们家仅有的一块柴。

"上帝做证！我是为了安慰你才这样说的，我并不是清心寡欲的女人，你如果有钱，我不会拒绝享受的。但

是，我们要解决目前的生活问题，你就允许我去干活吧，我恳求你让我按照自己的意志生活吧。"

贺拉斯一口拒绝了玛特的要求，说道："我决不同意你去做下等女人，就像普通的大学生的情妇那样。我宁可你离开我，也决不允许。"

"这样绝情的话你说过三次了。你不打算再爱我了，没了钱，你便没有勇气和我一起过了。"

"啊，老天，我难道是为自己着想而害怕贫穷吗？我不是没有穷过，我可丝毫没为自己担心，那几次的绝境是怎样熬过来的，我到现在都说不清楚。"

"那么，你是为我忧虑了。你完全可以放心。你让我饱食终日，无所事事，我反而受不了，对身体也不利。工作可以使人忘记贫困，而且可以让生活充实，带来甜蜜和快乐。"

"你总是三句不离干活儿，而那种活儿本身意味着卑贱！不行，我不同意你去干活儿，我不能忍受！我会想办法的。我去把保利耶身上仅剩的那些钱借来做赌本，说不定可以赢回来一百万呢！"

"千万别去冒那个险，贺拉斯。看在上帝的分上，千万别去做可怕的尝试！"

"那么，你打算跑当铺啰？就混迹在那些卑贱的妇女以及最堕落的女孩子的行列里！你以前没去过吧，告诉我，玛特，肯定地回答我，你从来没有去过。"

"我如果去过，就不会觉得难为情了。这么多的人去典当东西，这应该归咎于社会。去那儿典当东西的大多数是家庭主妇，并不是堕落的女孩子。许多可怜的女人，即使把家里的东西典当一空，也不肯出卖肉体。"

"啊，你去过那里，玛特！你若无其事地谈论这类事情，说明你去过那里，而且不止一次……奇怪，你怎么会到那种地方？你跟普瓦松生活，是不愁衣食的呀，你离开他之后，亚塞纳也绝不会让你去的！"

贺拉斯丝毫不考虑玛特为他默默做出的牺牲，反而满腹狐疑，以为玛特做了什么歹事以致光顾当铺，他全不理解玛特典当披肩以救燃眉之急的一番苦心。

玛特听到贺拉斯把普瓦松和亚塞纳连在一起来谈，脸上顿时蒙上一片乌云，说道："我向你发誓，明天我是第一次去当铺。"

"那么，是谁教你这么做的？"

"今天上午我读了一篇小说，作者讲述了她的一段亲身经历，相当凄惨。她去当铺典当了一件首饰，出来时看见一个妇女在当铺门前哭泣，因为当铺不肯接受她的典当物。作者就把自己当来的十法郎分了一半给她。这种行为难道不值得赞赏吗？"

"你胡扯些啥？"贺拉斯凶巴巴地吼道，"你居然给我讲起故事来了，我没心思听，也根本不想听！"

麻烦和不顺往往在一个人倒霉的时候纷至沓来。两个小时前，一个债主上门向他索债，贺拉斯和他大吵一场，而后他正在思谋如何应对这个债主再次上门催逼，房东又向他催讨拖欠了两个月的租金了。贺拉斯租住了两个带家具的房间，每半个月交纳二十法郎。他余怒未息，没有理睬房东。房东索取欠租，出言不逊，贺拉斯焦躁起来，气势汹汹地威胁房东说要把对方从窗户扔出去。房东有些害

怕，悻悻地走了，临出门时，扬言明天要用武力逼迁，把房子收回去。

"你看，为了避免出丑，明天非得去典当不可了。"玛特等房东一走，便对贺拉斯温言相劝，"要是房东赶你出门，其他债主便会闻讯赶来逼债，那就更陷入被动了。"

"好吧，"贺拉斯只得让步，"你别走，我自己去把我的手表当掉。"

"什么手表？你哪来的手表？"

"我妈送给我的那块嘛！唉，该死，那块手表早就入了当铺啦，也许永远赎不回来了。我可怜的妈妈！要是她知道她戴过多年的漂亮的大手表，竟和一堆破铜烂铁混杂在一起，而我却无力赎回，她该多么伤心啊！"

"拿你送给我的那条项链去把它赎回来，好吗？"玛特怯怯地问。

"你竟这么轻忽我送给你的爱情信物。"贺拉斯说着，把挂在墙上的项链取下来，悻悻地放在手里搓来搓去，"倒不如扔到窗外去，让乞丐捡去救救急呢。即使把它交给当铺的吸血鬼，又能顶什么事？亏你想得出！行啦，我还有一些高档衣服，那件大衣值不少钱，我可以不穿的。"

"你的大衣？冬天那么冷，你没它御寒怎么成？"

"冷怕什么？你不是要当掉披肩吗？"

"我从未患过感冒，而你已经感冒了。再说，一个大男人拿着自己的大衣去典当多不好意思啊，典当一块手表，还勉强说得过去，人家不会注意。衣服是必不可少的东西，要是碰上熟人多难为情啊。"

"唔！要是碰上亚塞纳，他一定会说：'瞧这个家伙，还大言不惭地宣称要养活玛特呢！这下子玛特肯定在受苦了。'亚塞纳可能已经这样说了。"

"这种不切实际的话，他怎么会说呢？"

"我不知道。总之，如果他知道我们目前的窘境，一定会暗暗称愿的。"

"我们不要对外人说便是。"

"以后你天天出去找活儿干，要不了多久，你准会被人撞见的。他一直在这一带转悠，这你知道得很清楚，玛特，不必装糊涂了。你们相遇时，他一定会询问你的近况，你就会把一切委屈告诉他，这段时间你会受些委屈，你不可以一直保持冷静的。"

"唉！我意识到我们会经历一段痛苦的日子。不过，贫困不是痛苦的主要原因，只有你的妒忌心才是我痛苦的直接原因。"

玛特说完不禁流下泪来，贺拉斯挨近她，用嘴唇抹去她的泪水，两个人都情绪激动。这天夜里，贺拉斯表现得格外兴奋。

19

玛特起床后好久，贺拉斯才醒来，天已经不早了。昨夜贺拉斯睡得十分安稳，醒来后心绪安宁，精力充沛。天气晴和，阳光满眼，屋顶上的雪开始融化，几只麻雀在那里跳跃欢叫，令贺拉斯精神为之一振，对着屋顶说："哈

哈！你们在上面是不是又冷又饿呀？可是，我们家的情况也很不好哩。我可怜的玛特，你没有面包了吧，你那几个常客吃不上面包屑会有意见的。"

"别担心，"玛特答道，"我昨天吃晚饭时省下一点黑面包。这些先生不嫌弃，今早吃得可欢哪。"

"它们比我们幸运多了。"

"我们今天晚餐会吃得更好。"

"你在想晚餐的事了！对为午饭发愁的人来说，心可以放宽点。哎，你去过当铺了？"

"还没有去，你昨天不准我去，我在等你同意呢。"

"我以为你去过回来了。"贺拉斯懒懒地打了个呵欠。

玛特见贺拉斯态度温和，十分高兴，以为他想通了。其实他是忍受不住饥饿的煎熬，玛特披上旧的红披肩，用一张漂亮的纸包起新披肩，她生怕贺拉斯忽然改变主意，便加快脚步出了门。但是，她很快又踅回来，神情沮丧，脸色发白。原来，房东赛涅亚声称房租没有付清之前，不准她携带东西离开公寓。贺拉斯一听，顿时勃然大怒，冲到楼梯上，赛涅亚还在那里喋喋不休。他们便吵了起来。房东预先请门房和一位顾问与他一道来，因而态度比昨天强硬多了。那顾问摆出一副执达吏的架势。这两个人，一个充当保镖，一个充当调解人，随时准备把双方的话笔录下来。贺拉斯明知自己理亏，还是强词夺理地把房东臭骂了一顿，骂他是个吝啬鬼。不过，他终究理短，无论怎样唇枪舌剑，咆哮如雷，亦无济于事。徒然招来一些看热闹的人窃窃私语，丢了自己的面子。赛涅亚怒火冲天，又叫又嚷。那顾问见双方只是高声对骂，并没动手打架，所以一声不吭，站在一旁，只等贺拉斯恶言伤人，即以人身攻击罪，追究其法律责任。门房本来对房东心怀不满，听见贺拉斯对他的挖苦嘲讽，不禁露出快意的冷笑。几个大学生半开房门，悄悄地谛听他们颇有趣味的争吵。最后，一扇房门大开，从房里探出一个身子，大脸庞上长满乱蓬蓬的棕红色胡须，身上裹着一条压脚被，下面露出两条毛茸茸的瘦腿。此人不是别个，原来是"漆皮帽青年联盟"主席，大名鼎鼎的让·拉拉维尼埃。他昨天晚上在二楼租了一个月租十五法郎的房间。那间斗室十分狭窄，穿衣服时要打开门窗，才能伸展手脚，但他却很满意。

"你们把人都给吵死了。房东先生，这么大吵下去你会中风。你中风倒没什么，最糟糕的是，有些房客早上6点钟才回来，你8点钟就把人家吵醒了。"

"谁要你来多管闲事！"房东喝道。

"你很有礼貌啊，赛涅亚先生。你在我面前如此对待祖国的儿女们，我可不愿意再租你的房间，你休想赚我的钱。"

"祖国不允许她的儿女们赖账！"赛涅亚嚷道，"我是国民卫队的中尉……"

"我知道，"拉拉维尼埃冷冷地说，"正因为你是国民卫队中尉，你更不该发火骂人。"

"我懂得自己的公民义务。"

"在这一点上，我们没有分歧，我了解贺拉斯·杜蒙特先生的为人。你如果要求他找人担保的话，我可以担保。"

我不知道他的担保是否能取信于房东，但却给房东找了个台阶，他也借此结束了这场令人嘲笑的争吵，一走了之，于是人们各自回房。过了一会儿，让·拉拉维尼埃换上时髦体面的衣服，然后去敲贺拉斯的房门。贺拉斯自从和玛特同居之后，尽量避免与熟人碰面，只跟两三个他认为不如自己且对他尊敬的人交往。一个头脑不笨、自视甚高的小伙子，总会受到少数头脑简单、有自卑感的朋友的崇拜，可以说当今大部分有才能的青年的自命不凡，往往缘于他们周围的人过于天真地对他们表示敬佩。不过，这里所述的却是例外，拉拉维尼埃并不仰慕贺拉斯，他只敬佩在政治方面有卓越才能的人，他和贺拉斯的关系素来不密切，近两三个月来更是没有往来。这次他和贺拉斯一起嘲笑了房东，随后上门找贺拉斯，大概不是为了叙旧，而是别有缘故的。

贺拉斯一向对拉拉维尼埃这类他称为僵化的共和主义者的人不怀好意，认为他们轻视文学等艺术，受到巴贝夫主义的蛊惑，几乎主张以茅舍取代所有的宫殿。这种粗暴的主张，与贺拉斯崇尚的高雅和个人的伟大，可谓水火不相容。拉拉维尼埃是过激的破坏工具，慎重的革命者乐于让他摇旗呐喊，打打头阵，但不会把前途大计托付给他。

贺拉斯尽管持这种看法，但他还是热情欢迎拉拉维尼埃。他刚才正欢声大笑向情侣描述他怎样嘲笑了可恶的房东，拉拉维尼埃的光临正好为他的胜利做见证。他此时生活正遭塞滞，熟人上门相见，似乎给他增添了一点勇气和安全感，使人倍觉亲切。

拉拉维尼埃看到玛特，吃了一惊，忙缩回脚步，轻轻说声对不起，便想退出去。贺拉斯却一把拖住他，并把他介绍给自己的伴侣。玛特感念那天夜里他对自己的保护和尊重，热情地向他伸手，笑着请他讲一讲刚才与房东争吵的经过。

三个人畅谈一番之后，拉拉维尼埃把贺拉斯叫到走廊里，对他说："从刚才的情况看，你遇到了我们大家常常遇到的经济危机。我没有力量为你偿付欠租，只能用搪塞的办法叫他闭嘴，可拖则拖。你目前大约手头很紧，当我们急需用钱的时候，往往难以弄到手，如果你目前短缺，我这里倒有五六埃居，可以分一半给你应付一下。"

贺拉斯有些犹豫。一则自己常在玛特和我面前说他的坏话；二则拉拉维尼埃把那晚帮助过玛特的事挂在嘴上，为自己表功，令他耿耿于怀；三则他不乐意接受并未深交的人的帮助。但是，考虑到可怜的玛特还饿着肚子，他只好怀着谢意接过递到他手里的钱。

"这算不了什么，你不必致谢。当我有困难时，你也会这样做的，互相帮助嘛。"

"这正是我的心愿。"贺拉斯答道。解了燃眉之急，他就显得言不由衷。

多亏拉拉维尼埃的援助，贺拉斯和玛特这天没有去当铺那个令人尴尬的场所。但玛特还是坚持要出去找活儿干。贺拉斯要她保证不去找欧也妮后，这才由着她了，玛特并没有马上找到活儿干，不久找到了，活儿并不太多。过了几个星期，她告诉贺拉斯，她挣到的钱已够支付两人的伙食费了。拉拉维尼埃的几次援助，解决了他们的其他开支。贺拉斯也开始考虑认真工作，以便偿还积欠。

他俩虽然一个勤劳干活儿，一个下了决心工作，但他们的境况还是越来越糟糕。玛特怀着忧喜参半的心情，一肩挑起全部负担，虽然劳瘁却因自己成为家庭经济支柱而自豪。事实上，没有玛特的辛勤劳动，贺拉斯就得挨饿了。有时玛特对贺拉斯还有一定的影响力，使他缓和了与上门债主的紧张关系。一般债主向有产者的子弟讨债的态度比向浪荡公子温和一些。因为他们深知，有产者的子弟一旦返回老家，就必定会还债的，只不过假以时日而已。大学生中这个阶层的不存在真正的破产。所以，供应商们仍愿意和他打交道。贺拉斯照样能够保持衣着的体面。而且越是欠账越是挥霍无度。凡是性情怪诞的人，大都有破罐子破摔的习气。困难和拮据反而激起他们享受的欲望。贺拉斯自从把自己的真实处境向玛特和盘托出，并且让她看了母亲充满爱意又不乏责备和规劝的来信后，他营造的假象已是不攻自破，他再也无法阻止玛特外出干活儿，无法阻止她勤俭持家的计划了。他如果阻止玛特，后者就会责备他，他这个人只喜欢别人的赞赏，也就不去自讨没趣，听任玛特恢复俭朴的习惯，跟着过清心寡欲的日子。但他觉得很压抑，这个曾带给他极大快乐的家庭渐渐地丧失了吸引力，厌倦取代了妒忌。贺拉斯喜欢享受，他的爱情被枯燥乏味的现实生活磨蚀殆尽。清贫的平淡日子大大违背了他充满情趣的想象，委实太凄凉了。玛特不但没有成为他的榜样，反而使他视工作为苦事，比以往任何时候更觉得难以忍受。没有生火的小房间让人倍觉寒冷，玛特终日劳作的手指没有冻僵，血气方刚的小伙子的大脑却冻结了。玛特为了增强他的食欲，尽量把饭食做得可口些，但对于一个消化力很强的健康小伙子来说，那点饭食的质量和分量都是远远不够的。贺拉斯悻悻地责备耐心的主妇，但话刚出口，他自己也脸红，流泪了。但第二天依然如故，埋怨玛特太俭省。玛特含泪回答，两人每日的伙食费连二十苏都不到，他就厉声问道，上星期他交给她的几百法郎是怎么花的。贺拉斯的确把几百法郎交给了玛特，但却忘了自己又陆陆续续地从玛特手里拿了回去，买小玩意、看戏、吃冰淇淋、吃中饭和借给朋友了。贺拉斯很慷慨，自己欠债不还却爱解囊助人。竟有这样的情况：他向一个穷光蛋借了十法郎，日久不还，却充阔佬，借四十法郎给一个浪荡公子去讨好情妇。他经常光顾香水浴室，动不动就赏侍者一百苏小费，看到杂耍艺人的有趣节目，他会扔去一枚金币，以博一声"谢谢老爷"。玛特连一条印花棉裙都穿不上，他却给她买一条穿不出去的绸裙，他常常不惜花费租一匹马到森林中驰骋。他可怜的母亲在老家从牙缝里节省出来的钱，只够他三日挥霍。之后，他和玛特便只好餐餐吃土豆，躲在家里，闷闷不乐地打哈欠混日子。

这些情况，被一个公正而真挚的旁观者尽收眼底。此人便是让·拉拉维尼埃。他在贺拉斯家里出现，并非如他所说的纯属偶然，他乃受人之托而来。那人知道自己的心上人正在受苦而憔悴，但苦于无法接近她居住的地方。他要暗中保护她、关心她，那个人就是保尔·亚塞纳。保尔曾有一段时间非常消沉，后来产生了政治上的献身精神。但他终于觉得自己缺乏大无畏的精神，不愿为共和政体做出牺牲，他去找在运动中认识的唯一熟人——拉拉维尼埃，后者热情地接待了他。

20

那个时期最重要、组织最严密的政治协会是"人民之友"协会。这个协会的几位领袖已经在烧炭党①里起过作用。自1830年以来，这几位领袖以及其他年纪更轻的领袖，起过更辉煌的作用。十年间涌现成长、青史留名的人物当中，来自"人民之友"的有特列拉、吉那尔、拉斯帕尔等等。但对于拉拉维尼埃这类青年学生，以及保尔·亚塞纳这类年轻的人民共和者来说，最有威信的人是戈德弗华·卡维耶。在当代杰出人物当中，只有少数像他这样不沾染幼稚自满的习气，而大部分人，这种自大成了第二天性。戈德弗华高大魁伟，相貌堂堂，举止言谈颇有骑士风度。他说话风趣，坦率真诚。他的活动能力、勇气、献身精神，足以令好斗尚武的拉拉维尼埃头脑发热，令宽厚的亚塞纳心潮澎湃。然而戈德弗华没有提出最完整最合理的社会思想。我甚至认为他没有提出最具有哲理性的思想，而这思想已在民众中形成。这位"人民之友"的主席是唯一在团体里公开发表可以称为学说的东西的人。这些学说在许多方面还不能满足亚塞纳的要求，符合他对未来的无限憧憬。但比起复辟时代的自由主义，他的学说已取得了不可否认的进步。亚塞纳认为，严厉而不轻信的民众认为，其他共和主义者急于推翻政权，而对巩固共和政体的基础没做丝毫努力。为共和政体打基础，也仅从规章、秩序等方面设想，没有考虑道德规范，建立新社会。戈德弗

---

① 烧炭党，法国王政复辟时期的秘密革命组织。

华·卡维那反对这些人的观点，并大大地发展了自己的主张。第二年，他甚至与议会苍白的、欺世盗名的反对派针锋相对。他研究各种思想，提出一些原则。他考虑到解放民众、大众的义务教育、全体公民参加选举的权利、逐步改革所有制等问题。他不像今天的共和主义者，把那些明确、意义深远的原则局限在"组织劳动与改革选举"这虚伪的口号里。这些词句是颇具弹性的，只要稍加注意，就会发现具有很大的解读空间。在一次审判中，陪审团宣告卡维那无罪，因为他令人佩服地大胆宣称："我们不否认所有制，而是强调社会有权根据公众的最大利益来处理所有制的问题。"这是当时涉及面最广、影响最大的诉讼案。卡维那在他的辩护词中说道："我们否认的是它（即你们的官方社会）对政治权利的垄断。不要以为我们仅仅为了发挥每个人的才能，才要求收回政治权利。我们认为凡是有益于社会的人都有才能，对社会提供任何服务的人都应该获得权利。"

亚塞纳出席旁听了这次审判，他抑制住激动的心情倾听着。卡维那这位演说家的魅力、口才、风度，一贯令听众折服。大家都被征服了，掌声雷动。亚塞纳虽不动声色，却是全体听众中理解最为透彻的一个。这一天，他没有注意其他人的发言，只有卡维那的辩护词，唤醒了他头脑里的种种思想。他久久地沉浸在这些思想里。他带着这些思想跑来找我，把听到的内容一一向我复述。

"我们所理解的宗教，就是人类的神圣权利。不应该把罪行看作除了死亡之外最恐怖的东西，不应该把死亡看成对不幸者的安慰。我们应该在世界上建立道德和幸福，

即实现平等。'人'这个称号应该得到尊重，人的权利应像宗教一样得到尊重，人的需要应得到深切的同情。我们的宗教，应把可怕的监狱变成忏悔的场所，根据人身不可侵犯的原则，取消死刑……我们不能再接受这种信仰：把一切寄托于上天，把在上帝面前人人平等寄托于来世，就如基督教和异教宣扬的那样……"亚塞纳握着我的手，大声说，"泰奥菲尔，至少在我看来，这些话非比寻常，意义重大。它们表现了一种新的思想，这些话令我深思，令我想起我的过去，过去我所信奉的一切，如今都颠倒过来了。"

我答道："你刚才听到的这种思想，并非完全是卡维那独创的。它是这个世纪的思想，已经通过各种形式传播了。我们甚至可以说，这是百年来的革命的主导思想，是人类存在以来的主导思想，人类本能地意识到自己的权利。这思想比禁欲主义和克己的宗教理论更有力量。革命者从宗教观点看待人权，这倒是一件崭新而庄严的事情。"说完，我又笑着加了一句："相当长时间以来，你们共和派忘记了赋予自己的理论该有的天赋的色彩，而我是正统主义者……"

"请你别这样说吧。"保尔·亚塞纳急忙说，"你不是人们所说的这种正统主义者，你认为正统存在于人民的权利之中。"

"亚塞纳，我深深体会到这一点，这是真理。由于所处的地位及他的意识，我的父亲就属于旧时代的人。但他越是行将就木，就越有所觉悟，越尊重未来的社会制度。你以为他是那一代人中仅有的聪明人吗？夏多布里昂上百次说过，上帝高于国王。而卡维那对你们宣称，社会权利高于富人的权利，那意思不是一样的吗？"

"你说得太好了。"亚塞纳说，"这么说，今生今世我们有权利追求幸福了。追求幸福并非罪过，上帝正是把为我们谋幸福视作他的职责，对吧？我还不曾体会到这个思想，我既有革命的感情，又留恋童年时代笃信的宗教。革命感情使我几乎成为无神论者，宗教信仰令我仁慈到软弱的地步。啊！你要知道那三天，当我沉浸于狂热的革命激情时，我是多么冷酷残忍！我杀过好几个人，我对他们说：'去死吧，你这个杀人的刽子手！我要杀死你这个凶手！'我认为这种伸张正义的手段是野蛮的，但我冲动得无法抑制自己。我被迫这样做了。后来我冷静了，我跪在七月革命的烈士的墓前，想到了上帝，想到教导我忍辱负重的上帝，我迷惘了，我问自己，我的兄弟起来反抗专制统治是否有罪？我为兄弟、为人民复仇是否也有罪呢？我决心不再信仰宗教。我不能理解，为了被钉在十字架上的耶稣，我们就把政府官员钉在十字架上。这就是我们这些无知的孩子的思想状态：要么是无神论者，要么迷信，常常是二者兼有。可是，我们的导师——共和派的领袖们，为什么不把我们的本质告诉我们，不谈我们行为的动机？他们把我们看作未开化的人，他们仅仅是满足我们的物质需要？难道他们以为我们没有更高尚的需要？以为我们不渴求信仰，就像他们根本没有信仰一样？难道他们比我们更粗俗、更不信神？行了，卡维那就是我的神父和先知，我要向他请教如何看待这一切。"

"亲爱的亚塞纳，他只会对你说最动听的话。"我

说，"我再一次提醒你，你别以为这个观点就是新思想唯一的源泉。把你的思想提到比我们生活的这个时代更广阔的高度上去吧，不要把某一个人当作真理的化身，因为人是会变化的。有时，我们以为自己在进步，其实我们在倒退，自以为改恶从善，其实是陷入迷途。有些人甚至在青春时代就丧失了善良的本性，自甘堕落！眷恋你正在寻求答案的这些思想吧，通过不同的渠道去学习吧！观察、阅读、比较、思考吧！你会把表面上矛盾的概念合乎逻辑地联系起来。你会看到，正直的人说的话虽不同，但对事物本质的看法并没有多大区别。自尊心与嫉妒心是唯一的障碍，使他们的信仰不能一致。他们与当权者之间隔着很宽的鸿沟，那就是饥饿和享乐、无私与自私、权利和权力的对应。"

"是的，我应该学习。"亚塞纳说，"唉，要是我有空闲时间就好了！我整天忙于记账，没有闲暇读书。我困得眼睛睁不开，而且经常发烧。我读书时会心不在焉、走神，翻账簿时也会胡思乱想。我早就了解傅立叶主义，今天，卡维那提到了傅立叶主义、《百科全书杂志》、圣西门主义者。他说，圣西门主义者犯了错误，但忠实地坚持一些有益的思想，发展了结社的原则。欧也妮，以后我要去听他们的宣讲。"

这类话题正是欧也妮所热衷的。她是恢复妇女权利和地位的热心鼓吹者。她开始向这位朋友灌输自己的观点，过去她从未做过这类事。她为人谨慎精细，时机尚未成熟时不会贸然行事，扩大自己的影响。她懂得等待，也懂得选择宣传的对象。她对我只谈过几次圣西门主义者的信仰，但每次都给我留下了深刻的印象。对这种哲学的优缺点，我也许了解得更清楚，因为我阅读了有关书籍，并做过研究。但我一直赞赏她毫无杂念，恰如其分地摒弃第二流门徒宣扬的学说中一切有违她高尚纯真本性的内容，善于从大师们玄妙的理论中吸收与她天生的自豪、正直、热爱、正义相符的东西。有时我会这样想，圣西门主义的门徒若要找一个能干聪明的妇女去提出妇女的权利和职责，欧也妮是最佳人选。但欧也妮过于谨慎、谦虚，不能登上表演社会喜剧而非人类悲剧的舞台。圣西门主义者不可避免地持有不同的原则，有些人会嫌她过于生硬死板，有些人会嫌她过于独立，如今还不是时候。圣西门主义完成了第一阶段，在第二阶段尚未发展时，必然出现空白。欧也妮意识到了这一点。她预料，需要停顿十年至二十年，圣西门主义才可能继续发展。

保尔·亚塞纳在与欧也妮的第一次交谈中，就被她的言论所打动，以后他常去听圣西门主义者宣讲，与一些年轻信徒取得联系。他没有时间进行研究，只能了解讨论的情况，从而确立自己的观点、倾向和希望。这位平民之子的精神生活发生了急剧深刻的革命。从此他抛弃了过去的偏见，获得了克服偏见的力量。他对玛特的爱情尚未消除（他尽了全力去消除它），在对新思想的探讨中，这爱情得到了洗礼，变得更深沉、更高尚，可以说变得如同信仰一般让人虔诚了。

亚塞纳对玛特的爱依然执着，难以泯灭。他不断诅咒自己的这份爱情。爱情在本应根除它的事件中获得了新的生命力。怀着这爱情的高尚的人也觉得自己的爱神秘莫

测、不可思议。它仍对他产生神奇的效果，使他变得前所未有地宽厚。为此，他那颗刚硬的自尊心与这爱情展开了多么痛苦的斗争！过去他所受的、有点狭隘的平民教育，使他为这种眷恋、为自己成为爱情的奴隶而羞愧。他这样一个品行端正的人，竟钟情于一个曾是普瓦松的情妇，现在又是另一个人的姘头的女人！他没有利用玛特易于冲动、软弱的缺点，把她对自己的感激、深情厚谊转化为专一持久的爱情。如今，与她结合的希望甚微，他惊讶地发现，他依然希望玛特结束与贺拉斯的爱情，梦想着与玛特结为合法夫妻。为此他受到种种折磨：同伴们的责备，妹妹路易丝的愤慨，小妹苏珊娜的担忧。他担心自己成为可笑之人。他感到羞耻，难为情。对于自尊心很强的人来说，羞耻感是格外强烈的。他要顾忌舆论，要尊重自己、尊重他人。因此，亚塞纳极力排除这份爱情，有如排除一支毒箭。他天性宽厚，他又无法排除这爱情。他只能求助于憎恨与蔑视，以求摆脱，偏偏他又是个正直的人，憎恨与蔑视进入不了他那颗无比宽厚的心。

远离玛特的这年冬天，他全神贯注，从新的角度尽力研究宗教、自然、社会、傅立叶主义、共和主义、圣西门主义和基督教（因为他也阅读《未来报》，热情崇拜拉摩涅）。他虽不能创立新哲学，却净化了灵魂，提升了思想，变得更崇高了。每一天，我都为他的进步而感动。我赞叹他飞速的提高。后来我发现他深居简出。有时我晚上去探望他（他的大妹妹对我爱理不理的），我总看见他陷入沉思。他的两个妹妹一边干活儿，一边谈论琐事，而他坐在桌旁，双手捧着脑袋，双肘间摊开一本书，双目半闭，就着微弱的灯光苦思。看见他脸色蜡黄、目光倦怠、萎靡不振的样子，你会以为他是一个被劳累与贫困压垮了的人。但他张口发表议论的时候，便目光炯炯，神采飞扬，语言铿锵，掷地有声。我拉他到河边散步，两人一边抽雪茄，一边闲谈。从天南地北扯到私人感情。谈到玛特的时候，他说："未来是属于我的。贺拉斯对她的占有不会长久。他身在福中不知福。玛特终有一天会明白什么是真正的爱情，她会明白他对她的爱并不高尚也不真诚。我的朋友，现在我明白了，女人的失足应归咎于社会，不应归咎于她们的恶习。这是我的重大收获。谢天谢地，沾染恶习的女人不多，只是极个别的。玛特是个好女人。她选择了贺拉斯没有选择我，那是因为当时我配不上她。她认为贺拉斯更配得上她。我虽然一心一意爱她，为她尽了力，但我缺乏自信，胆怯，不会说取悦她的话。我怜悯她的不幸遭遇，她意识到了这一点，而她需要的是尊重而不是怜悯。贺拉斯懂得求爱，玛特上了当，但她没有过错，现在我知道如何抚慰她的心灵，使她对我产生过去没有的信任了。她害怕我的古板严肃，怕我责备她。在她的眼里，我只是个明智仁慈的人，她对我只有尊重没有爱情。她需要的是靠山、救星，能给她创造有激情的新生活的人。贺拉斯有一双漂亮的眼睛，又善于辞令，她认为他能令她产生爱情，于是她跟了他，这是我的过错！"

我认为本性仁厚的亚塞纳对自己的指责过苛了。玛特的盲目行动是女人的软弱和虚荣心造成的，由于缺少教育，因此看错了人。尤其是玛特，她完全缺乏教育，缺乏判断力。因而各个阶级的女性极需要受教育，提高判断

力，但她们往往忽视了这一点。

玛特的全部知识都来源于小说，这当然比毫无知识要强，甚至可以说强得多。因为这类带刺激性的阅读物多少能激发读者对浪漫的憧憬，给她们的过错蒙上高雅的色调，但光读小说是不够的。小说叙述了动人的爱情故事、现代生活中的悲剧，但没有指出不幸的原因，只描述了结果，对于依靠其他文化哺育的人来说，小说只有感染力，没有多大的教育作用。好的小说固然有益，但只能作为消遣，而不能作为唯一的精神食粮。

我对亚塞纳发表了我的看法，他得出结论说，正因为玛特在某些方面知识有限，她才更显得无辜。他发誓以后要让玛特了解妇女的使命。对他发表的这方面的见解，我很赏识。我认为他与欧也妮一样，善于扬弃圣西门主义中不适用于现时的东西，而得出符合圣贤教义的、真正神圣的感情，即通过恢复妇女的权利和地位，使人类恢复尊严并获得解放。

我也赞赏这位小伙子的良好素质，他具有艺术家的天赋，又勤奋好学，善于思考、分析、融会贯通。我瞟瞟走在自己身旁的他，只见他衣衫褴褛，穿一双大鞋，貌不惊人，举止土气，我这个名副其实的解剖学家不禁问自己，为什么我们周围那些衣着讲究、举止高雅而失去上帝宠爱的人，额头上带着智力、体力、精神明显退化的标记？

21

拉拉维尼埃为人诚实却缺乏伟大哲学家的气质。他的小脑袋总是抬得高高的，天生一副富于热情而不善于分析的模样。他的头脑里只容得下独一无二的革命思想。他有超人的胆量和忠诚，他把未来寄托在众多的偶像身上，他兼收并蓄地把卡维那、卡雷尔、阿拉果以及著名律师杜蓬等人，供奉在"共和主义的圣殿"上，让他们指导自己的行动，而没有动脑筋想一想，这些人虽然超乎常人，但他们的思想不切实际，也未臻完善，能否协调一致地治理新社会尚属疑问。富有革命激情的拉拉维尼埃，一心只想推翻资产阶级政权，加速现政权的垮台。凡是现政权的反对派，他都拥护和崇敬。他最爱说的一句话就是："请给我分配任务吧！"

拉拉维尼埃在与亚塞纳的交往中怀着深厚的友谊，他很欣赏亚塞纳的勇敢和忠诚，视他为同类，而并非出于理解亚塞纳的崇高思想。亚塞纳不求回报，无私地供奉爱情，他认为不可思议，简直是异想天开，但抱着友好的同情，接受了他的嘱托，住进玛特居住的那家公寓，并设法接近贺拉斯，取得了信任且建立了友好的关系。像他这么一个狂放不羁的人，要扮演这种角色可真不容易，但他扮得还挺不错，不负亚塞纳之托。贺拉斯还以为他被自己的思想和魅力吸引住了。其实拉拉维尼埃并不像某些人那样，为了博得他情妇的友谊而与他虚与委蛇。当然，他们并没有存什么歪心思。拉拉维尼埃则不仅自己毫无所求，

而且对亚塞纳的要求也有一些保留，他不愿意在玛特面前说她情夫的不是，也不说其他人的坏话。亚塞纳完全同意他这样做，只是要求他每天把玛特的情况告诉自己，如果玛特和贺拉斯的关系破裂了，要及时通知他。亚塞纳预料结局必然如此，他热切地静观其变。

拉拉维尼埃每天去看望玛特，有时只有她一个人在家，有时两人都在。每到晚上，他就找亚塞纳，用一刻钟向他报告玛特的情况，过后再就共和问题与他讨论半小时。

拉拉维尼埃不久就发现，贺拉斯对待可怜的玛特十分刻薄冷淡，他为之愤愤不平。他对女人的特点和命运素无研究，就像他没有考虑过其他社会问题一样。但他生性善良，见不得不平之事。他像所有正直的男人一样，对女人敦厚而尊重，认为男人对女人施虐、霸道、妒忌其实是色厉内荏的表现。拉拉维尼埃其貌不扬，凡是他觉得值得他爱的女人，都不肯接近他。他言谈举止粗野，但却十分腼腆，从不敢正眼望玛特一下。对爱情他缺乏自信，却装出一副满不在乎的样子，谈起这方面的问题时，总是带着夸张、嘲讽的口气，说完便哈哈大笑，给女人们留下粗野的印象。要改变她们的定评，可怜的让还得花极大的力气和雄辩的口才。他很清楚这一点，觉得爱情实在深不可测，于是把它强压在心里，不敢示爱，担心惹人讪笑。但是，他有本能需要，不得已唯有取其次，去和轻佻的女人们调情。那些女人引不起他真正的爱情，但他对待她们既温柔又尊重，令她们感到惊奇又欣喜。

一种奇特的自尊心使这类男人隐藏起自己的本来面

目，装出一副天真无邪的样子，而周围的人也似乎在迫使他们一直装扮下去。然而天性总难长久掩盖起来的，我们这位"漆皮帽青年"，虽公开表示蔑视浪漫的男女之爱而且加以嘲笑，但看到任何女人遭受屈辱和折磨，或是在街上看到妓女被拉皮条的恶汉毒打，他总是满腔怒火上前打抱不平，冒着生命危险挺身而出。玛特这么一个娇弱女子的身心受到践踏，他觉得这比一个卑贱女子受到毒打更加残忍，因而更加激起他的义愤。他一住进公寓，就发现玛特脸上带着泪痕。每次到访，总见贺拉斯正在发脾气，见他来了也不收敛。后来贺拉斯甚至视而不见，根本不在意他在场，照样大发雷霆。拉拉维尼埃觉得再也不能袖手旁观了。有一天，他见贺拉斯的火气特别大。原来，贺拉斯彻夜在歌剧院跳舞，天亮才回家，玛特埋怨了几句。此时，贺拉斯兴犹未尽，头脑仍处于亢奋状态，乍被玛特埋怨，不禁心头火起，觉得玛特冒犯了他，干涉了他的行动自由，意图对他实行专制管辖。殊不知，玛特埋怨他是出自关心。贺拉斯本来说夜里两点钟回来的。她担心他在外边出了事或是与人吵架，而不是醋意太重，虽然她有点担心他可能对她不忠，但也决不表现出来。玛特因他彻夜不归而通宵不安，心里虽然很痛苦，但也只对贺拉斯没有事先通知埋怨了一句。从她疲惫的面容上，可以料到她昨夜由于担忧而辗转难眠。

"你来评评理，"贺拉斯一把抓住拉拉维尼埃说，"如果有人像保姆对待孩子、像家庭教师对待小学生一样对待你，你不觉得讨厌吗？我现在回家的时间都要经过她的批准了！我连自己决定什么时候回家的权利都没有了！

我回来晚了点，她就搬出她那套规矩来管教我。这真是荒谬至极！大概我得请求她给我签发一张出入证啦！"

"她很痛苦啊，你瞧。"拉拉维尼埃轻声劝他。

"当然啰，可是我呢，你以为我心里很快活？难道我应该因为她那莫名其妙的痛苦而加以安慰吗？我却活该忍受日复一日的揪心的痛苦？"

"你既然这样说，那就是我让你变得不幸了，贺拉斯！"玛特抬起痛苦、严肃的脸，忧郁的蓝眼睛瞪着情夫，"可我觉得自己并没在这个家里给你造成不幸。"

"是的，你让我不幸，"贺拉斯嚷道，"让我很不幸！你要我在让的面前说出心里话吗？你整天愁眉苦脸的，使我难以忍受。我只好到外边去散散心，走出家门我的呼吸就顺畅，心情就舒畅，就像获得了新生。一回到家里，我就有窒息般的感觉，好像生命就要结束了。玛特，你的爱情有如一架抽气机，我的气都快被抽完了。这就是我近来常常离家外出的原因。"

贺拉斯强词夺理的话令玛特很伤心，激起了她反抗的勇气，她立即反驳道："你恰恰说反了。不是我整天愁眉苦脸，使你不愿回家，而是你整天离开家使我愁眉苦脸。"

"你听见了吗，拉拉维尼埃！"贺拉斯看到让脸色不对，担心他会严厉批评自己，赶忙先发制人，说道，"照她的说法，我经常出去，行使男人的权利，过正常的生活，回到家里就该看她的脸色啰？就要受到怀疑、抱怨、冷落、指责和教训！这是多么可怕的折磨啊！"

"依我的看法，"拉拉维尼埃一边站起来，一边说，

"你们两个各有各的苦处，如果你们愿意听我的意见，我认为你们最好分手。"

"他巴不得这样！"玛特双手掩面，叫道。

"这是你借让的口提出的要求。"贺拉斯怒气冲冲地嚷道。

"喂，请等一等。"拉拉维尼埃说，"你们不要把我硬扯到你们当中去。我并没有受到你们任何一方的嘱托。我刚才所言纯属个人的意见。我看你们俩性情并不投合，开始已是如此，所以从相互迷恋变成相互憎恶了。你们最好的解脱就是分手。"

"但愿这是让即兴而发的话。玛特，你至少应该向我直言这是否表达了你的真实意愿。"

"他听到你说我给你带来不幸，当然就认为我们要分手了。"玛特正容回答。

拉拉维尼埃的建议，贺拉斯是不会接受的，抛弃对方的主动一方应该是他而不是玛特。玛特因为有他人在场而表现出来的勇气，使贺拉斯格外恼怒，他霍地站起身，把满腔怒火一下子发泄出来，连同郁积于心的妒意也充分显现，令人恶心的普瓦松的名字，像一颗复仇的子弹，从他嘴里迸出，他正要说出亚塞纳的名字，突然，拉拉维尼埃一把抓住玛特的胳膊，大声说道："他是一个蛮不讲理，不顾羞耻的浑小子！你错把他当作自己的保护人了。换作我处在你的位置，玛特，一分钟也不能再留在他家里！"

"那么，你把她带到你家里去好了，先生！"贺拉斯以极其蔑视的口气说，"我可以让你把她带走，我算看透你们之间的关系了。"

"她要是在我家里，"拉拉维尼埃没有动气，说道，"我一定好好对待她，不像在你这里饱受屈辱和欺凌。啊，慈悲的上帝！"拉拉维尼埃激动起来，又说："要是我能得到像她这样的女人的爱，哪怕仅有一天也是好的，我一辈子也忘不了……"

拉拉维尼埃说不下去了，仿佛他的心，随着最后这句话整个儿被吐了出来，这番肺腑之言，把贺拉斯满腔妒意骤然化为乌有。拉拉维尼埃的激动，使他深受感动，就像一场激烈的争吵对我们所产生的效果一样，贺拉斯流下了眼泪，一把抓住前者的手，心潮起伏不已。

"让，你是对的。你有一颗伟大的心，而我却是小人，一个混蛋。请你帮我说说情，求这个可怜的女人原谅我吧，我太对不起她了。"

贺拉斯坦诚认错的态度，使一场风波终于平息，而且使天性淳厚的拉拉维尼埃受到感动。

"这样太好了。"拉拉维尼埃拉起玛特的手，放在贺拉斯手里，"你比我想象的还好，贺拉斯。像你刚才做的那样，勇于承认错误，这才是好样儿的，玛特肯定不会计较这件事的。"

拉拉维尼埃可能为了不看到玛特破涕为笑，也可能为了不想被人看见自己的真情流露，话刚说完，便匆匆跑回自己的房间去了。他已经学会遮掩自己内心的冲动。

这次争吵虽然告终，但过后不久，类似的风波又再发生，并且越来越频繁。贺拉斯放荡的积习难改，他在家里连一个晚上也待不住了，每天晚上在意大利人剧院或歌剧院的大厅里流连忘返。他在那里并不引人注目，但是他乐于混在一群渴慕享乐、金钱、地位的穷小子当中，抬头张望各个包厢里珠光宝气的贵妇，他认为这是一种享受。他获悉贵妇们的芳名而且想入非非。但她们的爵位、金钱和倨傲的神态，令人感到她们高不可攀。他对每一位贵妇的包厢、车马、随从和情人均了如指掌。他常常站在楼梯脚下，端详她们一个个款款地移步上楼。她们大都袒胸露臂，有的女人敞开皮大衣，毛茸茸的大衣里子拂到贺拉斯的脸上。贺拉斯的眼睛直勾勾地注视她们，女人们也由他看个够。让-雅克·卢梭曾把上流社会的女人们描写得极端厚颜无耻，倒也并非言过其实，只是未免过于尖刻罢了。贺拉斯不太愿意附和这种观点，他野心勃勃而且大胆，并不因女人们的冷淡、挑衅的眼色而却步。她们的目光似乎在说："你尽管仔细瞧好了，但眼看手勿动！"贺拉斯的目光仿佛回答道："你们该不是冲着我说的吧？"另外，还有演出时的兴奋、音乐的魅力、掌声四起的共鸣，甚至幻灯投射的布景、耀眼的灯光，都令他如醉如痴，耽于享乐而忘乎所以。社会就是这样，用可望而不可得的享乐引诱穷人，使他们像坦塔罗斯一样遭受煎熬。

每当他回到阴暗、破旧的家里，见到憔悴疲乏的玛特坐在冷炉旁边打瞌睡，心里就很不是滋味，既内疚又窝火。因而往往为一点小事便会大吵起来。玛特对他已经不再抱什么希望，恨不得一死了之。

吵架成了家常便饭，双方都想找第三者评评理，宣泄心中的积懑，开始一段时间，拉拉维尼埃充当了这个角色。当他意识到自己插足其间，扮演了双方反目的仲裁者，心里非常气恼。他对亚塞纳说，他原想保持中立，但

都不知不觉地与贺拉斯友善起来。贺拉斯信任他，对他宽容，越来越把他吸引住了。贺拉斯有种种缺点，但亦有可爱之处。他容易发火，但一句中肯的劝告往往可以使他平静下来，怒火很快便平息。在他自负和虚荣心大发作时，他会突然来一个一百八十度的改变，谦虚而坦诚地认错。他的性格就是这样，忽冷忽热甚至寒热交加，变化无常。上次的那场风波，就是历次争吵的缩影。每一次，拉拉维尼埃都忍不住跑去调解，使双方平静下来。

但是，这类争吵周而复始地发生了多次之后，拉拉维尼埃再也不能原谅贺拉斯了，一个人屡劝不改，重复犯同一错误，错误的性质就会变得严重，调解人也就失去了耐心。贺拉斯极其轻易地认错求恕，如此反复，使拉拉维尼埃渐渐地厌烦了，由赞赏变为蔑视。最后他觉得贺拉斯只不过是一个爱说漂亮话而性格脆弱多变的人，于是，仅存的一点好感便荡然无存了。拉拉维尼埃性格倔强，他对贺拉斯决绝是很自然的事。

有一天，贺拉斯又来请他评理，他回答道："可怜的朋友，我不能不告诉你，我对你们情侣之间的纠纷，再也不感兴趣了。你们俩一方陷入情网难以自拔，一方意志薄弱，反复无常，我已经厌倦了。你们双方既疯癫又意志薄弱。玛特一门心思地爱着你，而你却以羞辱为能事，甚至殃及我。你实在是既怯懦又无耻。开头你给我的印象是自私，后来我觉得你还不错，现在呢，我看你既不好也不坏。你冷酷，喜欢夸张地发泄激情，大吵大闹宛若喜剧演员。当我和玛特为你表演的顿足、喊叫、悲伤等而忧急时，你心里一定在暗暗发笑。唉，你何必气成那副模样，眼珠骨碌碌地转，暗暗地攥紧拳头？你表演得很充分了，你做的动作、说的每句话，我全领教过，我是腻味至极的观众，以漠然的心情进剧院的。你虽擅长表演，可惜我对你的节目早已了然于心。你如果还希望我听你讲话，就必须拿出十分诚意，不要谩骂，要讲道理。你不如痛痛快快地承认，你对情妇已经厌倦，不再爱她了，然后由我郑重地把你的意思转告她。只有这样，我才能恢复对你的尊重，相信你是一个顾全面子的人。"

"好吧，"贺拉斯竭力忍住怒气，说，"我同意冷静地和你谈话。我知道如何克制情绪。现在，我严肃地要求你，对刚才侮辱我的话做出解释……"

"那么我们摆事实吧。"拉拉维尼埃答道，"一个月以来你这是第十次向我挑衅了。我如果每次当场予以回击，你就找不到遁词了。但是我不愿和你这个蛮不讲理的人浪费唇舌，我还要留着精力去干有意义的事情呢。你应该记得，每次你向我申辩乃至詈骂之时，我总是极力回避的。现在，你尽管大发雷霆好了，我照样不予理会。"

"我会迫使你应战的！"贺拉斯大声嚷道。

"你打算当众打我一个耳光吗？或者像无耻小人那样在背后放冷箭？但愿上帝饶恕你，贺拉斯！你的手段应该拿去对付密探和宪兵。你听着，尽管我不喜欢你，但毕竟是朋友，对你的狂悖行为我不准备反击。你闭嘴吧，我再说一遍，我不准备自卫，你攻击我，完全是卑劣的行径。"

"究竟是谁在攻击，谁在挑衅？是谁卑劣，是谁无耻？是你还是我？你肆意对我进行人身攻击，对我横加白

眼，还宣称你不反击我！哼！现在我算看清你这类人的决斗方式，你们当着仇敌的面，把自己的内脏挖出来。"

"这句话说得倒也漂亮，贺拉斯。不过，还是太夸张。我不是你的仇敌。我发誓，我从来没有侮辱你的意思，只是好意地劝告你，并没有说过头的话。长期以来，一直听你辩白，信以为真，从来没有非难过你。"

"而你现在却肆意地非难我。我对你一向信赖，凡事坦诚相告，我为自己的天真感到羞赧！"

"我不过是阻止你再次搬出你的辩白罢了。用意在于使你不再自我作践。"

"老天啊，老天！我到底犯了什么错，要受这种惩罚呀？"贺拉斯歇斯底里地号啕起来，使劲绞自己的手。

"你犯了什么错吗？"拉拉维尼埃接过他的话说，"我告诉你吧，你折磨、伤害了一个可怜的女人。这个女人真心实意地爱着你，而你却一点儿也不尊重她。"

"什么！我不尊重玛特？我把自己的青春、生命和纯洁的心都献给了她，你居然说我一点也不尊重她！"

"你奉献爱心并不是出于自我牺牲，我不会同情你的。"

"你根本不懂得爱情，你是个冷酷的、没有感情的人。"

"也许吧。"拉拉维尼埃苦笑一下说，"但是，我至少不假装懂得爱情，假装自己有感情。你说说，你有什么是值得同情的？"

"让，"贺拉斯叫道，"你没有体会过头一回恋爱的滋味，你也不知道被一个和两三个男人恋爱过的女人爱上是什么滋味。"

"哦，现在我明白了，"拉拉维尼埃耸耸肩说，"原来只有圣母玛利亚才配被你爱！这话我听来并不新鲜，因为你多次当着我的面对玛特说过，请你注意，你有这个想法，说出这种话，你充其量只能和路易丝小姐相配。事实证明，某些失足过的女人的心，比某些青年男子的心更纯洁。"

"让，你这人真粗暴无礼。"

"是的，不过我说的是真理。褴褛衣裙下面往往盖住一颗纯洁的心，而在美丽的背心下，有时会隐藏着一颗堕落的心。"

贺拉斯顿时脱下身上深红色的丝背心，哗的一声撕成几片，扔到拉拉维尼埃的脸上，后者头一侧闪开了，用脚踢踢地上的背心碎片，说："撕得好，你欠裁缝的钱还不够多哩！"

"是的，我还欠你的债，先生，我并没忘记，谢谢你提醒我。"

"你记得就好。"拉拉维尼埃耸一耸肩，"那些钱，该给监牢里的爱国者们买雪茄抽。行啦，点起你的雪茄吧，我们心平气和地谈一谈。说真的，你亏负了玛特，你扪心自问是不是这样。你是家里娇生惯养的孩子，在某些方面我可以谅解，你会花言巧语，样子长得不错，任性是俊男与俏女的通病。我并不苛求你像我这类人一样理智。我不像基督徒却像头野猪，脸上坑坑洼洼尽是麻子。你爱折磨人却又不肯割断已经使你厌倦了的关系，不爽快，不去正视你一手造成的创伤，这些我是不能原谅你的。"

“可是，我爱这个受我折磨的女人，我离不开她，没有她我活不下去。”

“就算我相信你说的是真心话（因为你总是外出时多，在家时少），你也必须放弃有害无利的爱情。”

“即使我愿意放弃，她也绝不会答应的。”

“你能肯定吗？”

“我如果抛弃她，她会寻短见的。”

“如果你粗暴无情地掉头而去，她可能会寻死。但是你若能顾全名誉，为了曾经拥有的爱情而真诚、坦率地……”

“没用的，玛特绝不会愿意失去我，我太了解她了。”

“你这是夸大其词，你可否让我像刚才与你坦率谈话那样去跟她谈谈？”

“让！你又出鬼点子，你妄图得到她。”

“我？我能得到她，除非这世上的镜子已经绝迹了，或是玛特双目失明，再就是我和她都忘记我这副尊容了。”

“那你为什么总劝我与她分开？”

“我老实对你说吧，我打算帮助另一个人得到她。”

“是谁指使你来引诱、拐骗她？是为一位俄国王子还是为巴黎一位专门泡咖啡馆的花花公子？”

“是为一位鞋匠的儿子，保尔·亚塞纳。”

“什么？你见过他？”

“天天见面。”

“你瞒得我好……啊，真想不到！”

“这很简单，我知道你不喜欢他，我不愿听到你说他的坏话，因为我尊敬他。"

"因此你受他的贿托来进行破坏？"

"你这是含血喷人，是对亚塞纳、玛特和我三个人的诬蔑，你干惯了这种勾当吧？如果我是被雇来的捧场者，真要对你甘拜下风！"

"可是，拉拉维尼埃，我都被你气疯了！我这样信任你，而你却在暗地里帮助另一个人，反对我，出卖我！"

"你对我并没有错付信任，先生，我绝没有向玛特提及亚塞纳的名字，你和玛特吵架我总是从中调停的。以后我不再劝和了，因为良心和常识在制止我。现在，要么我离开这里，永远不再和你们两人见面，要么你允许我去和她谈谈，劝她决心与你结束这关系，因为这种关系让双方都很痛苦。"

拉拉维尼埃一番肺腑之言和铁面无私的态度，使贺拉斯狼狈不堪，哑口无言，拉拉维尼埃的决断令他畏惧，不知如何才能重新获得他的尊重，最后只好要求给他几天时间考虑这个建议，然后再做决定。然而，好多天过去了，他始终拿不定主意。

22

贺拉斯自称离不开玛特，这并不是假话。他这个人害怕孤单，需要人家一心一意地照料他。玛特有两个难能可贵的特点：她比一般女人更容易受骗，也比一般女人更容易满足。只要贺拉斯吐出一句依恋不舍的话，表示一下与她永不分离的情意，她就会义无反顾地承受他们不幸的

结合所带来的全部痛苦。这两个特点贺拉斯没有对拉拉维尼埃说出来，如果他知道了自己不愿与玛特分手的真正原因，肯定会责备他自私自利，为了满足自己的需要，不择手段利用对方的弱点。

"贺拉斯之需要我，一般人是想象不到的。"玛特说，"他的身体不大好，每次发火之后就感到不适，我担心他在精神上受到损害。他遇到一点不顺心的事便会大动肝火，这是很伤身体的。他是个马大哈，不会照顾自己，如果我不在他身边，他会成天不知想些什么，到处乱逛，忘了吃饭和睡觉，不懂得留下二十苏做饭费的。你别看他不时地发脾气，其实心里是爱我的。他向我倾诉心事并表示懊悔时，态度十分真挚。他说，宁为爱情忍受千百倍的痛苦，也不愿为逃避痛苦而放弃爱情。"

玛特对拉拉维尼埃如是说，因为后者见贺拉斯老是迟疑不决，在向贺拉斯打过招呼之后，便和玛特做了一次坦率恳切的谈话。贺拉斯挨了拉拉维尼埃一针见血的批评，恨之入骨，准备与他大吵几次，阻止他再上自己家里来，并对他极尽挖苦嘲讽之能事，说什么他偷走了玛特的心，从此把玛特交给他得了。贺拉斯虽因拉拉维尼埃肆无忌惮地公开蔑视他而十分气愤，但并不惧怕。他知道这个人笨拙，腼腆而且心地善良，行为谨慎，待人宽宏，有义气。他更清楚自己对玛特的影响力，他说一句话就足以把拉拉维尼埃对她的千百句的劝说化为乌有。事实也的确如此。贺拉斯就像赌徒似的为了赢一场而不惜竭尽全力取悦玛特。世间有许多爱情都是这样勉强地凑合着。男女双方都已感到厌倦，无可奈何了，但因为不甘心让别人的预言应验，双方便竭力维持着现状。这种情况下，忏悔和宽恕对双方来说都利害攸关；而面对他们岌岌可危的关系所引起的种种议论，他们表面上反而显得格外忠诚，超乎人们的想象。因此，拉拉维尼埃的努力徒劳无果。他一门心思要拯救玛特，反而落得后者对他加倍反感。拉拉维尼埃终于发现非但自己未能实现帮助玛特脱离贺拉斯的意图，反而玛特更忠诚于贺拉斯了。他只好告知亚塞纳，自己实在无能为力，甚至还帮了倒忙。于是他不再介入此事。他自我安慰地想，可能他把玛特的不幸估计得过于严重了。

拉拉维尼埃打算搬出公寓，但这个住处对他正在进行的秘密活动而言比别的公寓更为有利。因而他继续留下来，却与这对情侣无涉。他已不再受别人摆布，曾经与他共命运的人，死的死，走的走，都和他一样不再受任何迫害了。他正在隐蔽地进行某项活动，至于他的同党是些什么人，我至今仍一无所知。他也许是单枪匹马在谋反。我不认为他是受人利用、教唆或胁迫的。我知道他遇事容易冲动，往往贸然行动。他这个人多半会责怪他那个组织的头头们过于瞻前顾后，因而独自铤而走险，绝不会在暴力行动中落在头头们的后面。我的地位决定我不能成为他的同路人，至于亚塞纳是不是他的同志，我就不知道了。有一件事是明摆着的。有一次，拉拉维尼埃忘了关上房门，贺拉斯闯了进去，发现他身边摆满了刚从箱子里取出来的枪支弹药，他正在很熟练地检查着枪支。箱子里还有子弹、火药、铅弹和一个铸模。一旦被人告发，他立即会受到审判并被投入沙滩广场或圣米歇尔山监狱。贺拉斯在这段日子里，意兴阑珊，百无聊赖，虽曾发誓永不再见拉

拉维尼埃，但闷到极处之时，还是常常找他聊聊。

贺拉斯蓦然看见他慌慌张张地把武器塞进箱子里，不禁惊叫一声："哎哟！"然后问道："你也摆弄这玩意儿？好呀，你何必瞒我，我赞成你这样做。如果你肯给我一杆枪，必要时我也会跟着你干的。"

"你的话可是出自真心？"拉拉维尼埃像猫眼似的两只绿色小眼睛亮晶晶的，盯住贺拉斯问道，"你不止一次讥笑我的革命热情，你能否为我保守秘密，尚不确定。不过，即使你对我本人和计划不感兴趣，也请你不要取笑，或者把我的事情向外宣扬。你知道，这可是性命攸关的大事！"

"我嘛，你尽管放心好了。我再次声明，我不但不反对，而且还赞成和羡慕你哩。我也愿意有理想，有坚定的信念，愿意在街垒旁被马刀砍成肉酱！"

"哦，你如果真的愿意，不妨对我说。你看，贺拉斯，这些枪也和笔一样，你们这些年轻诗人，拿起枪杆子，同样可以'写'出不朽的诗篇，使自己名垂千古的。"

拉拉维尼埃说着，拿起一支相当漂亮的、有着特别用途的卡宾枪。贺拉斯接过那支枪，摆弄了几下扳机，然后坐下来把它搁在膝盖上，默默思忖起来。

"这样的世道下活着有啥意思？简直是苟延残喘！别人成天对我们说：'你们好好工作和学习吧，青年人应该有聪明才智，显赫的地位和大把的财富等着你们去争取。'这不是明摆着引诱我们吗？这个骗人的卑污社会，做了什么实事兑现诺言呢？什么也没有，相反却在排挤我们、蔑视我们、摒弃我们、扼杀我们！当我们努力上进时，它便压制坑害我们；而当我们安分守己地待着时，它又瞧不起我们，将我们搁在一边，忘个一干二净。啊！让，你决心光荣赴义是对的，对得很！"他说话时，拉拉维尼埃一边从贺拉斯手里取回自己最心爱的那支枪，把它和其他危险的宝贝一起藏进箱子，一边接过贺拉斯的话茬说道："你要是以为我只考虑自己和朋友们的荣誉，那就未免太小觑我了。从我个人的角度来说，我对这个社会很满意，因为我享有绝对的独立，十分自在，像一个真正的吉卜赛人般到处闯荡。但是我要为受苦的民众推翻这个社会，这是我要干的唯一的事业。荣誉感在召唤为了民众利益不惜牺牲生命的人们，民众必将体现上帝的意志！"

"民众的含义太广泛了，"贺拉斯说，"你可别不高兴。我看，你并不怎么关心民众，正如民众甚少关心你一样。你生性好勇斗狠，如此而已。我亲爱的主席，每个人都是按照自己的个性行事的。请你谈谈，你对民众何以这般热爱？"

"因为我来自民众。"

"你的确来自民众，但你现在已经脱离民众了。我们觉得你的利益和他们的利益并不一致。他们让你单枪匹马，或者说让你几乎单枪匹马地去谋反。"

"这方面的情况你根本不了解。贺拉斯，我没有必要对你解释。不过，请你相信，我热爱民众是真心实意的。我在民众之中待的时间不长，只能算作一个资产者，因为我戒不了享乐的嗜好，将来要是建立起一个禁酒禁烟的斯巴达式的社会，我还挺不习惯呢。但是，这算得了什么？

民众的权利遭到剥夺，正义遭到践踏，民众在受苦受难，生活无依无靠，'民众'这个词代表着一种思想，是当今最正确、最崇高的伟大思想，值得我们为之奋斗。"

"你要是公开宣扬这种思想，人家会利用它来反击你的。"

"这是为什么？这样说来，我只好放弃这种思想了？我绝对不能放弃它。我为什么要放弃呢？信仰难道会那么轻易从心里自动消失吗？民众的权利是绝对的法律，而确定绝对的权利不可能一蹴而就，我这一生要做的事情很多，我不能在斗争刚开始时就死去。"

他们已经不止一次进行过类似的争论。拉拉维尼埃每次都落败。他不够机敏，抵挡不了对方的巧辩和讥讽，贺拉斯也主张共和，但目的是为了个人可以施展才能和实现抱负。他认为，领导人的奋斗目标在于知识的进步和民众的利益，而民众则不应介入上等人的行动，以免养虎为患。双方的争论言辞很尖锐。贺拉斯攻击资产阶级民主派的有力论据，就是他们空谈多，行动少。

这一回，贺拉斯无意中发现了拉拉维尼埃正有所行动，不禁肃然起敬，后悔错看了他以至出言不逊。贺拉斯虽然坚持自己的观点，反对为民众而进行革命的原则，但对革命前景颇具信心，并渴望投身进去从而博得荣誉，引发激情，施展自己在立宪制度下受到压制的才能，他恳求拉拉维尼埃相信他，于是冰释前嫌。尽管民众的同情仅仅浮于表面，拉拉维尼埃的抱负不切实际，但贺拉斯还是确信一场有效的运动正在酝酿之中。他向拉拉维尼埃发誓，时刻准备着响应奔赴革命的号召，他要了一把枪和一些弹药，流露出孩子般的喜悦，脾气也变得和善了。他跃跃欲试，想扮演谋反的角色。他由此使旧日的憧憬复苏。他暗下决心，一定要精心扮好这个角色。他着意观察拉拉维尼埃及其同志们的态度，同时十分注意自己的言谈举止，积蓄力量向对他冷落的社会一泄心头之恨。他故意让玛特知道，他正在从事一种具有极大风险的事业。看到玛特忧心忡忡，惊悸不安，他心里暗暗得意。他也曾设想未来的危险并为之垂泪，甚至事先就为自己的坟墓准备了鲜花，写好诗体的碑文。有一次，他在歌剧院遇见夏伊子爵夫人，对方只淡淡地略微点了点头。他想，有朝一日实现了共和体制，他成为显赫人物，成为名闻遐迩的演说家、政治家时，不愁夏伊子爵夫人不匍匐在他的脚下。想到这里，他不禁飘飘然。

或许只有拉拉维尼埃估计得到革命何时爆发，或者因为什么缘故推迟了，他一直在期待着，把枪支擦了又擦。此时，巴黎发生了一场大霍乱，这场灾难把人们对政治问题的注意力转移开了。

一个春寒料峭的夜晚，寒冷使灾难更增一层悲惨的浓雾。我待在流动医疗车上，等待着应诊，救治新的病人。偶尔得空打个瞌睡。蒙眬中似乎有人把一只手搁在我的肩上，我立即醒了，忙站起身来，我睡眼惺忪地跟着那人往外走。到了一辆挂着红灯的车的门边，我看那人有些面熟，虽然她的容貌改变了许多。

"玛特！"我吃了一惊，叫道，"原来是你，我的上帝，你找我给谁看病啊？"

"你说还有谁？"玛特绞着双手，说道，"请你马上

就去，和我一块儿去。"

我立即与她上了路。

"他的病情严重吗？"我边走边问道。

"我根本不知道，"玛特回答，"不过他很痛苦，思想上受到很大打击，我担心会发生意外。几天来他一直很反常。今天他忽然对我说他完蛋了，而且说了好几次。可是，他晚饭吃得很香，吃了饭去看戏，回来后又吃了夜宵。"

"既然如此，他出了什么事故呢？"

"什么事故也没出。可是他很痛苦，非要我上流动医疗车找你不可。我十分害怕，几乎支持不住了。"

"真的，玛特，你在发抖呢。我搀着你走吧。"

"哎，只不过身上有点冷。"

"这么冷的夜晚，你穿得太单薄了，快披上我的大衣吧。"

"不、不，别耽搁时间了，快点走吧。"

"可怜的玛特，你瘦多了。"我快步走着，借着路灯昏黄的光线打量一下玛特。她的脸明显瘦削了，乱发的阴影下面是深陷的双颊。

"可是我身板还结实。"她闷闷地说。忽然，她突兀地大声说："你且说说欧也妮的身体怎么样吧。"

"她的身体很好，"我说，"不过，她为了失去你的友谊而一直难以释怀。"

"啊，请你别提这个！"玛特凄婉地说，"上帝啊，宽恕我吧！我不配拥有她的爱。请你告诉我，她还爱我吗？"

"她至今仍非常爱你，亲爱的玛特。"

"那么，你还爱贺拉斯吗？"玛特又问。她不顾一切地拉着我的胳膊往前奔。

我跟着玛特大步前进。不一会儿，我们来到贺拉斯的身边。他一见到我，立即大叫一声，扑进我的怀里。

"啊，现在我可以死而无憾了。"他激动地说，"我总算又见到我的朋友了。"他跌坐在安乐椅里，脸色惨白，似乎全身无力，濒临死亡。

贺拉斯这副模样把我吓了一大跳，我赶忙给他把脉。他的脉搏微弱。我让他上床躺下，给他做了检查，并详细询问了症状。我打算整晚守护在他身边。

贺拉斯的确病了。他的大脑处于极度兴奋的状态，神经非常紧张，有时说胡话。他提到死亡、内战和霍乱，思想极其混乱。他忽而把我当成殡仪馆的仵作，是来收他的尸骸的，忽而把我当成刽子手，正将他押赴刑场。他一阵子兴奋，一阵子昏迷。清醒之后终于认出了我，使劲抓住我的手，请求我不要抛弃他，不要让他离开人世。我尽力寻找他的病根，挽救他的生命，但我仔细琢磨，也没能查出原因，得出的结论只是精神上的不安带来神经的过度紧张。他没有任何霍乱的症状，不发烧，没中毒，没有霍乱引起的痛苦。玛特衣不解带地细心照顾着他，他却视而不见，习以为常。我看了一眼玛特，她容颜憔悴，神情悒悒，瘦怯可怜。我再三劝她去睡，她坚决不肯。接近天亮时，贺拉斯终于平静入睡，玛特也在床边的椅子上合目假寐。我坐在床头，端详了一下他俩的脸：男的脸孔饱满，气色红润；女的则形同一副骨架，从前的丰姿美貌都已消失不见。

我合上眼睛，拉拉维尼埃悄然入室，走到我的身边坐下，睡着的两人全不知道，他整夜看护染上霍乱的朋友，回到公寓听说玛特找了我来为贺拉斯治病，立即赶了过来。"他怎么啦？"拉拉维尼埃轻声问道，同时俯身看了看贺拉斯。我说，我查不出他有什么重病，却把我折腾了一个晚上，拉拉维尼埃耸了耸肩，进一步放低声音说："我告诉你吧，他这是吓出来的毛病，并没别的。他已经在我们大伙面前发作过两三回了。今天晚上我要是没外出，玛特就不至于张皇失措地跑去找你了。可怜的女人，其实她的病比贺拉斯的还厉害呢。"

"我也这么认为。不过，你对可怜的贺拉斯似乎太苛刻了吧。"

"不，我是很客观的。我没有像别人那样说他是胆小鬼，甚全还认为他有一定的勇气，会投身于战斗或接受决斗。但是他过于爱惜自己，娇生惯养，有些怯懦：害怕生病，怕死，尤其害怕缠绵病榻，无声无息地死去，死后才被人发现。我见过他在大街上与人吵架，对方恶狠狠的要揍他，但看到他面不改色的模样，反倒退走了。我也曾见过他削羽毛笔时划破手指而昏了过去。他有女人般怯弱的一面，尽管他长着朱庇特式的大胡子。他可以表现出英雄的气概，却忍受不了一点皮肉的伤痛。"

"亲爱的让，"我说，"我接触过许多病人，常常遇到一些身强力壮、性格刚毅、又聪明又勇敢的年轻人，提到霍乱，或是身上仅有一点点可疑的迹象，便吓得半死。不要把贺拉斯视为例外。只有例外的人才能坚强地对待病痛。"

"所以我并没有批评你的朋友。不过，我希望玛特能够了解这一点，见怪不怪，不要每次他说要死了，就吓得魂飞魄散。"

"这就是玛特消沉、忧郁的原因吗？"

"啊，这只是原因之一。关于他俩的事我不想多说，迄今为止我一直不愿意把真相告诉别人。现在你又来他们家了，不久，你就会明白的。"

23

翌日，我看到贺拉斯的身体的确很好。我还没开口询问，他便已絮絮地倾诉起来："是的，正如你所言，我有忧愁。我对自己的命运和生活不满意，我对生活完全失望了。我为什么要把苦闷藏在心里呢？我的痛苦只要再增加一点点，我就非自杀不可。"

"可是，昨天你以为自己得了霍乱时，还迫切要求我不要让你死啊！但愿你只是夸大了自己的忧郁。"

"昨天我神志不清，胡言乱语，出于动物的求生本能，不想死去。今天我恢复了理智，对生活又充满了厌倦、烦恶和憎恨了。"

我试图以玛特来打动他，强调他是玛特的唯一支柱，如果他身亡，玛特就会活不下去的。贺拉斯听了很不耐烦，面有愠色。他瞧了隔壁房间一眼，玛特早上出去买菜还没回来，便大声说："玛特，这是我的灾难，我的痛苦，我的精神枷锁！你曾预言过我与她的关系，我不想隐瞒事实真相，以免损害我的信誉。唉，我的自尊心不允许

我如此下作、愚蠢。今天我与最要好的朋友又见面了。我为什么要掩饰自己的心事呢？泰奥菲尔，我坦白地说，我爱玛特，但又憎恨她，我爱她爱得发狂，但心里看不起她，我离不开她，但却不愿看到她，她不在跟前我才觉得快活。请你分析一下这种矛盾心理吧，你洞察一切，爱情被你上升为理论，而且你自称可以像治病一样医治爱情造成的痛苦。"

"亲爱的贺拉斯，"我答道，"你的矛盾心情并不难猜透，你爱玛特，这一点无可置疑，关键在于你现在对她的爱已近尾声，无法再进一层了。"

"对极了，正是这样！"贺拉斯嚷道，"我追求高尚的爱情，而得到的却是庸俗的爱情。我追求理想，却又被现实击倒。"

"你想爱她超过爱你自己，可是你办不到，你不能像爱你自己一样去爱她。"我尽量说得委婉一些，免得他难以接受。

贺拉斯觉得我不理解他的痛苦，缺乏柔情，于是竭力改变我的看法，尽管他陈述了许多情况，但都不足以说明他的确很痛苦。玛特一回来，他就立刻站起来出去了，留我和玛特在屋里。对于他们，我实在爱莫能助，但我此时又不忍心就此走开。

贺拉斯刚与我见面便滔滔不绝做了自白。但玛特不然，对他俩的事秘而不宣。以她的为人我本应料到。玛特虽饱受苛责，却以她的宽大襟怀包容下来，不出怨声，保持沉默。

为了消除她的顾虑，我对她说，贺拉斯在我面前表示忏悔并承认了错误。贺拉斯的确没有推诿。我指出他的错误根源在于自私时，他并不服气，玛特对我的说辞无动于衷，绝口不谈他俩的事。她显得倔强、郁悒、绝望，与热情洋溢、开朗豁达的过去的她相比，简直判若两人。她没有谴责贺拉斯，把一切归咎于社会。正是社会对失足过的女人存在偏见，使她低人一等，无法获得真正的爱情。她绝口不谈将来如何，却闲聊宗教方面的话题，表示一切听天由命。我提出让欧也妮来看她，她一口回绝了，说由于过去使她们友谊中断的原因，即使恢复交往也不会长久的。她对欧也妮表达了深厚的感情，同时恳求我不要对欧也妮提起她。我觉得她头脑里存在一个牢不可破的念头——她几次在言谈中流露出来——就是她要承担一项神秘的任务，至于是什么任务，她就讳莫如深了。

从玛特的体态和举止的变化，我发现她似乎怀孕了。鉴于她对我很不信任，我没有问她，等有了适当的时机再了解。

我怀着深深的同情和不安向她告辞。路上经过一家咖啡馆的门前，贺拉斯经常泡在这家咖啡馆里读报，这时他正在里面。他连忙招呼我，一把拉住我，让我在他的旁边坐下，向我打听玛特说了些什么。我首先问他，玛特是否已有身孕，这问题使他顿时脸色大变。"啊，她怀孕了？"贺拉斯叫了起来，"老天，你说什么？是你看出她怀孕了，还是她告诉你的？真糟糕，这下子我可倒霉透了！"

"这样的消息怎么反倒令你惊惶失措？"我问道，"要是欧也妮告诉我她怀孕了，我会高兴得跳起来哩。"

贺拉斯往桌上猛击一掌，震得咖啡店的瓷器哐啷直响。

"你说得倒蛮轻松。"他说，"你一向不知愁滋味，何况你有三千法郎的年金收入和体面的工作。可是我呢？我两手空空，还欠了一身债，又要赡养父母。我年纪轻轻的，有了孩子怎么办？再说，我父母知道我有孩子会气得半死的！我拿什么养活孩子，让他受教育？我讨厌孩子，要我照料产妇我不寒而栗！……啊，上帝！半个月前她天天阅读《爱弥儿》①，原来是这么回事！她在为抚育孩子做准备呢！她居然打算在不到一平方米的小房间里，按让-雅克·卢梭的办法来教育孩子！瞧，我要做父亲啦！这下子我全完啦。"

贺拉斯那副大祸临头似的惶恐样子，令人忍俊不禁。其实不值得为他的胡说八道而惊诧。因为他向来如此，甚至在严肃的问题上也莫名其妙地瞎嚷一气。他的目的只不过是兴奋一阵，就如烈马在奔跑之前要跳跃几下。贺拉斯这人心肠并不坏，如果我谆谆告诫他应如何做父亲，尽什么责任，那必然会有损他的自尊心。而且，我可能观察有误，玛特如果怀上孩子，贺拉斯怎么会不知道？我向贺拉斯道别，准备回家，临走时我嘲笑他对孩子恐惧、憎厌的态度，而他仍不住口地攻击孩子。

回到家里，我看到一张待诊病人的通知。我是秋天转为正式医生的，开始行医不久，就碰上大霍乱。因此求诊

---

① 《爱弥儿》，法国思想家让-雅克·卢梭的教育著作，副题为《论教育》，首次出版于1762年。

的病人比原先估计的多得多。连续好几天，我忙得晕头转向。过了半个月，我才再见到贺拉斯。这次他遇到意外情况，才急匆匆地来找我。这回，他再也无心拿孩子的问题大放厥词了。

那是一天上午，贺拉斯脸色苍白，神情沮丧地跑进我家里，兜头便问："她在这里吗？"

"欧也妮吗？在，当然在，她在卧室。"

"玛特！"贺拉斯气急败坏地嚷道，"我问的是玛特！她失踪了。泰奥菲尔，我上次对你说过，看来我非死不可啦！玛特舍弃了我！她是那么绝望，一定是怀着自杀的念头离我而去了。"

贺拉斯说完，重重地跌坐在椅子里，他的焦灼和惊慌一点也不做作。我忙陪他跑到亚塞纳家里，我估计玛特会把自己的行踪告知她最忠实的朋友。然而，只有亚塞纳的两个妹妹在家。她们那愕然的神情，说明她们一无所知，见到贺拉斯突然上门，还挺纳闷的。我们告辞出来，恰巧遇见亚塞纳下班回来。贺拉斯直奔过去，扑进亚塞纳怀里，这一刻，他放下了过去对亚塞纳的敌视。

"我的朋友，我的兄弟，我亲爱的亚塞纳！"贺拉斯激动地叫道，"告诉我她在哪儿，你知道的，你应该知道。啊，请你不要因我的罪孽而用无情的沉默来惩罚我吧。请告诉我，她还活着，别让我这么揪心，她一定把去向告诉你了。我不会妒忌的，亚塞纳。到了这个地步，我不会再妒忌了。我向上帝发誓，我对你只有敬重和友爱。我同意你做她的靠山、她的救星、她的情人，我把她交给你，你能够使她幸福，你一定要使她幸福，我祝福你们。

不过，你一定要告诉我，她没有死。请你说一声，我不是杀害她的凶手！"

贺拉斯没提玛特的名字，但玛特是亚塞纳在这个世界上独一无二的、时系心头的人，他一听便明白了，刹那间脸色大变，身子摇摇欲倒，牙齿咯咯作响。他愣怔着盯住贺拉斯，冰凉的手使劲攥住对方伸过来的手。恐惧和希冀纠结在一起，几乎把他击倒了。他拔腿就跑，跟着我们三个人跑到尸体认领处。贺拉斯原本想来这里寻找，但胆子小不敢来。他留在大门外，等我们进去，甚至不敢朝大门里看一眼。如果我们在那因贫穷或失恋而亡的人的尸堆里找到了因他而丧生的玛特，他一定会受不了。我和亚塞纳进入一间大厅，几张桌上停放着几具尸体。死人的眼睛反映出凄惨的哀伤，或是恐怖的暴死，也反映出放纵、罪恶和绝望。亚塞纳强抑悲痛，鼓起勇气走到一具怀里搂着孩子的女尸旁边，伸手撩起女尸脸上的黑发，他的眼睛仿佛蒙上一层雾障，一片茫然，他俯下身子察看了一会儿，然后非常冷静地走开了。

"不是。"他大声说，立刻拉着我跑出去告诉贺拉斯，使他放心。

三个人离开尸体认领处，走出去没多远，亚塞纳突然停下来，对贺拉斯说："你让我看一下玛特给你的纸条。"

贺拉斯把纸条交给亚塞纳，后者反复看了好几遍。上面写道：

首先请你放心，亲爱的贺拉斯。你再也不用为做父亲的义务而担心。我全估计错了。你半个月来对我所说的一切，终于使我醒悟，我们不能再共同生活了。继续下去只会给你带来不幸，给我带来耻辱。我们早就该分手了。分手会令你痛苦，但你只要想到，我们必须具有面对现实的勇气和理智，就忍受得了的。永别了，不要枉费心机来寻找我，也不必为我担忧，我现在很坚强、很平静。我离开了巴黎，也许回我的家乡去。我不需要任何东西，对你亦毫无怨责。忘记我吧。临别之际，我祈求上苍赐予你福气。

从玛特留的纸条，看不出她有厌世的迹象，但也很难令人放心，尤其是我。因为从上次的接触中发现她极度失望，情绪十分恶劣，似乎抱着采取某种极端行动的决心。

"你应该努力克制自己的感情，"我对贺拉斯说，"把最近半个月来你们两人之间发生的一切如实说出来，让我们分析下事态究竟有多严重。你也过虑了。你大概不至于做出逼她陷入绝境以求解脱的事情。玛特是个很严肃的人，性格的坚强超乎你的想象。说吧，贺拉斯。我们很同情你，不管说出什么情况，都不会责备你的。"

"就这么当着他的面坦白吗？"贺拉斯看了一眼亚塞纳说，"这可是对我严厉的惩罚，我罪有应得。我知道他爱玛特，而且比我更适合玛特。我给她带来苦难，想到另一个人能够让她过好日子，我这颗骄傲的心就承受不了。如果在我理智失控的时候，我会宁可杀死玛特，也不情愿让另一个人来拯救她！"

"但愿上帝宽恕你！"亚塞纳说，"不过，你还是把

经过一一道来吧。你为什么要折磨她？是因为我吗？可是她并不爱我，这一点你最清楚。"

"是的，我知道。"贺拉斯脸上浮现一丝得意的笑纹，但随即眼里含泪，哽咽地说："我知道她不爱你，但很尊重你，这个我也受不了。因为她会拿高尚的你与我做比较，我觉得这是对我的羞辱。你们明白了吧，朋友们，在我的虚荣里也隐藏着愧疚和羞耻。"

"可是，她并不怎么怀念我、记挂我呀，为什么竟会发生这些事呢？"

"在相当长的一段时间里，她一直为你辩护，而且态度非常坚决，一点也不让步，以至争吵不休。后来，她突然不再提你了，好像屈服了。表面上很平静，但内心似乎很抵触，瞧不起我。这时，由于贫穷我只得同意她重新外出找活儿干。我尽量克制自己的妒意，但每当她独自外出，我仍不免心存疑忌。这种怀疑始终折磨着我，亚塞纳，我向你发誓，我很少让内心隐秘的情感流露出来。只在火冒三丈之时偶尔忍不住讽刺几句，这似乎犯了玛特的大忌。我只要略为疑心她说假话、有隐瞒，她就很反感。她出于自尊心，不时地反抗我，而且日益激烈。我认为她变心了，很可能抛弃我，这几个星期来，我心绪平静下来，但她却把我的缓和误解为冷淡。接着，发生了件令人不快的事，又扰乱了暂时平息的局面。我怀疑玛特怀孕了，是泰奥菲尔提醒我的，你先别指责我。因为这件事我很懊恼，我还不想当父亲，像我这个年龄的人，还没做父亲的渴望。何况还有可怕的贫困，它使可喜之事变成灾难，这是很现实的问题。半个月前的那一天，我与泰奥菲尔告别之后，急忙跑回家里，我怀着惶恐的心情向玛特盘问了这件事。她含糊其词不做正面回答。后来，看见我一副沮丧的样子，她生气了。宣称她要是有幸成为母亲，绝不会为她的孩子，向我这个不近人情、缺乏理性的男人乞求父爱和依靠。我从玛特的话里意识到，她把希望放在你身上，亚塞纳。我勃然大怒，玛特却以鄙夷的冷笑回敬了我。半个月之中，我们的战火连绵不断，起因是我的多疑难以化解。现在回想，我真是该死。玛特忽而说怀孕有六个月，忽而又说她根本没有怀孕。最后她宣称，即使怀孕了，她也会不声不响地离开我，独自抚育孩子。我非常伤感地向你们坦白，我们吵架时，我显得非常狠心，每当玛特否认她怀孕时，我就千方百计地哄她，让她说出真话，然后又骂骂咧咧地打击她。我也不想对你们隐瞒了，我怀疑玛特对我的一片真心，侮辱了她的人格。她满怀希望要为我这个债台高筑、不思进取的窝囊废留下一个继承人，而我却不识好歹，恶毒地挖苦她。我的所作所为，使她的憧憬归于幻灭。有时候，我自责、悔恨，打算鼓起勇气真诚地接受命运的安排，可是，不一会儿，我又陷入不安与沮丧之中。玛特全都看在眼里，便冷冷地说道：'你放心好了，我并没有怀孕，我只不过想试探你是什么样的人罢了。现在我总算看清了你的爱情和勇气。我对你再说一遍，我即使怀孕了，也不会让你分享我的幸福。这是我在世界上唯一的幸福。'

"我该怎么说呢？我们的关系一天天恶化，争吵一天天加剧，昨天达到了顶点。幸而我们对痛苦已经麻木不仁，否则早就不堪设想了。昨天夜里，我们整整吵了一个

钟头。我发现玛特脸色灰白，气息微弱，我心里一惊，不禁流下泪来，向她屈膝跪下，抱住她的双腿，请求和她同归于尽。一了爱情给我们造成的痛苦，而不要分道扬镳玷污了我们的爱情，她惨然一笑以作回答。她神情恍惚地举目望天。一会儿，她搂住我的脖子，用滚烫而干裂的嘴唇吻吻我的前额，然后站起身来说：'我们别再提这件事。你所担心的事不会发生的。你也累了，该休息了。我还有几笔账要算一算。放心去睡吧，你看我已经平静下来了。'

"玛特的确显得很平静。我太疏忽了，竟信以为真，而没有想到这是死神来临之前的平静。我精疲力竭，头刚挨着枕头便入了梦乡，一觉睡到大天亮才醒来，我立即找玛特，要跪在她面前，感谢她宽恕了我。但我没找到她，却找到了这张该死的纸条。家里一如往日，还是那样有条不紊，只有装着她几件旧衣服的五斗柜空了。玛特的床一点也没动过，说明她根本没有睡，原来凌晨三点钟，公寓大门里响起一阵铃声，惊醒了门房。由于近日霍乱流行，夜里有人出入并不奇怪，所以门房照例伸手拉了一下开门绳，并没注意是谁出去了。只听见大门重新关上的声音，而我更是什么也没听见。玛特掏走了我的心，带走了我的爱情和幸福，抛下我悄悄出走了，我竟像死尸一般挺在床上。"

贺拉斯的陈述使我们十分难过。大家沉默有顷，然后寻思着她的去向。贺拉斯认为她必死无疑，她故意把衣服拿走无非表示出门旅行，以便掩盖她自杀的打算。我却不以为然，觉得玛特出走是出于母爱的本能和一种责任感。

亚塞纳在和我们一块四处奔波，徒劳地寻觅了一天之后，庄重而勉强地和贺拉斯握握手，便告辞而去。他安慰贺拉斯说："我们应该相信上帝。我真心觉得，上帝不会抛弃他这么完美的好女儿，他将时时刻刻与她同在。"

贺拉斯求我陪他，别让他独自留在家里，但我有救护霍乱病人的任务在身，不能通宵作陪。拉拉维尼埃也跑了一整天，在外寻找玛特的下落。我们焦灼地等他回来。夜里一点钟，他垂头丧气地归来了。他在自己的房里发现了玛特给他的一封短信，是邮差夜里送来的，信上写道："以你对我的关心和友好，我不能悄然而行。我最后麻烦你帮我一个忙：劝贺拉斯不要为我担忧，我目前身体和精神都很好。我信仰上帝，这是我能说的最好的话。请你把这句话转告我的保尔大哥，他会理解的。"

这封短信使贺拉斯平静下来，与此同时妒忌心又起。他认为玛特信里的最后两句话，是对亚塞纳的一种暗示。他说："玛特与我共同生活之后，心底里一直另有打算，每当我令她不愉快时，她便萌发了这个打算，最后甚至成了她出走的动力。她一直把希望寄托在保尔身上，肯定是这样！只不过刚从我这里出走，不好意思立即投向另一个人的怀抱罢了。不过，今天亚塞纳倒是诚心诚意地帮助我寻找玛特，甚至尸体认领处也去了，知道玛特还活着，他的神态很自然，没有一点做作。"

"你的疑心病又来了。"我生气地说，"亚塞纳现在很焦虑，我必须顺路去看看他，把这封短信的内容告诉他，让他放下心来小睡一会儿也好。"

"我还是走一趟吧。"拉拉维尼埃说，"我最担心的

就是他被忧愁压垮了。"他抓起信便匆匆走了，没有留意贺拉斯向他投过去的愤怒的目光。

"你都看见了，他们串通一气对付我！"贺拉斯愤然作色，嚷道，"这家伙死心塌地帮着保尔，甘心为玛特和保尔牵线搭桥！保尔看了信，自然领会玛特所谓信仰上帝的含义。哼！我也理解这类暗语。保尔肯定会跑到约定的地点与她相会，要不就是放心大睡。因为他心中有数，知道忠实和高傲的玛特，突然离开我未免会有两三天的伤感，过后便会主动上门寻求他的抚慰的。他们的安排倒也巧妙，但逃不过我的眼睛。玛特早有预谋想离开我了，不过在寻找借口把责任推到我头上，让人家指责我，而她则心安理得而已。她弄虚作假，伪装怀孕，给我设下圈套。现在她的计谋得逞了。你也不自觉地充当了她的同谋。玛特知道我最害怕她怀上孩子，因此利用我的弱点使我成为懦夫，不负责任的父亲……于是我为众人所不齿，而她就装成一个被人欺凌的受害者，被迫离我而去！她装得真像啊！可是，这瞒不了我，因为我记得尼诺陀是怎样被抛弃，而抛弃他的人怎样藏匿起来，避开最初的风暴和忧愤。尼诺陀也和我一样愚蠢，以为抛弃他的人寻了短见！他也去过警察局和尸体认领处！说不定也和我一样，发现了诀别的纸条和几句冠冕堂皇的宽恕话呢。这纸条与玛特留给我的内容肯定一模一样，因为人们通常都使用类似的手法，她肯定是和亚塞纳串通好了的！"

贺拉斯用尖酸刻薄的口吻发泄了一通，给人极荒唐和不公正的印象。对他的瞎疑心我不苟同，但也没有加以驳斥，只有沉默以对。我不能陪他到天亮，任他独自痛苦和亢奋，以免白天的那种忧急把他压垮了。我没说任何劝解的话便回家去了。

24

下午我再去看望贺拉斯，他躺在床上，微微发烧，仍处于亢奋状态。我严肃地劝告他，但我随即发现，我的劝告有如火上浇油，令他更加恼怒，于是我不再劝慰。我提醒他，这个时候不该恼恨多于伤感。他说自己很绝望，很忧伤，唠唠叨叨的，说个不停，越说越伤心，最后号啕大哭起来。这时，亚塞纳来了，他已从拉拉维尼埃口中得悉贺拉斯对他的怀疑和谩骂，但他不但不计较，反而赶来安慰贺拉斯，并向他解释。他的宽厚、高尚，以德报怨的品德，使贺拉斯十分惭愧，不由得拥抱他，真诚地感谢他。原来极幼稚的仇视化为热烈的友爱。他恳求亚塞纳做他的兄弟，做他最亲密的朋友，帮助他战胜病态的心灵，安抚发热的头脑。

我和亚塞纳觉得贺拉斯的表现未免有些过火，但亦被他的言辞感动，对他的遭遇表示同情，都想一直陪他到天黑。贺拉斯退了烧，两天来不进饮食，我和亚塞纳便陪他去理松饭馆吃饭。途中遇见拉拉维尼埃，我邀请他一起去。在饭馆坐下来，开始大家都闷不作声，渐渐地，贺拉斯又兴奋起来了。加上我劝他喝了几杯酒，他酒量不大，两三杯波尔多一落肚，便有了几分醉意，变得情绪亢奋，精神抖擞，话也多了。对在座的三个人说了一大堆友好的话。起初我们都颇受感动，但很快就令亚塞纳，尤其令拉

拉维尼埃讨厌了。贺拉斯并未觉察，只管滔滔不绝地东拉西扯。他们两个已经听得不耐烦。贺拉斯在口沫横飞地高谈阔论时，又提起了玛特。他悻悻然地责怪上天的安排，希望可以找到玛特，并侈言他定会使玛特幸福。为了让我们相信这一点，他叙述了玛特当初对他的钟情，并扬扬自得地描述了玛特对他如何一往情深、忠贞不贰。耳听贺拉斯像写小说似的描绘玛特的美貌和多情，亚塞纳的脸色红一阵，白一阵。贺拉斯是言者有心，因为我们对玛特与他相好一事，始终不赞成、不支持，所以趁此机会表白一番。这次由于发生了玛特出走之事，出于共同的关心，我们的心意外地贴近起来，与他面对面地谈论这个敏感的问题，向他询问有关情况，倾听他的想法，而且热心地为他奔走。我们对他暗里轻视的女人竟这般尊重和关心，于是他的虚荣心复燃，便兴致勃勃地谈论她，心里则估量着众人眼中的宝贝价值如何。他觉得这正是一个好机会，可以自鸣得意地向我们炫耀自己的猎物。由于他获得了缅怀与玛特的幸福生活的权利，他的不幸相对减轻了一半。亚塞纳心里很不是滋味，但仍耐心地听他口无遮拦地倾吐感情，而且以极大的勇气鼓励他说下去。贺拉斯说的每一句话都使他脸红心跳，但他却试图从贺拉斯的叙述中揣摩玛特的一切，就像从镜子里审视玛特的外貌一样。同时可以从中窥探他的情敌博得玛特的芳心之奥秘所在。另一方面，贺拉斯最终失去玛特的原因，他也很清楚，因为他了解玛特对待感情是认真的。而玛特性格中存有幻想的因素，对于她被一个性情多变的男人的热情所征服这一点，他在听着这个男人口述情史时，心里暗暗地分析和研究。

拉拉维尼埃几次想打断贺拉斯的话，都被他制止了。当他认为已经掌握了充分的情况时，便告别走了。他的神情很平静，对贺拉斯的轻浮和过火的吹嘘，他只不过觉得有些可怜而已。

亚塞纳刚走开，拉拉维尼埃忍耐了好长时间的怒火爆发了，他颇不客气地对贺拉斯提出坦率的批评。贺拉斯由于不听我的劝阻，喝了过量的咖啡和酒，已是醉醺醺的，头脑发胀。见拉拉维尼埃不再听他胡言乱语，还粗鲁地批评他，便愕然地瞪着拉拉维尼埃。这时，他失去忍受别人指责的耐心，刚才那种过分的自卑和懊悔也烟消云散，于是故态复萌，肆意地嘲笑拉拉维尼埃曾经不自量力地追求玛特，以此来回击他对自己的不逊，说完还扬扬自得，一副飘飘然的样子。他胡说八道，信口开河。如果不是我居中调停，这场越来越凶的争吵更不知伊于胡底。

"你是对的，"拉拉维尼埃站起身来说，"我不该和一个疯子争论。"

他说罢和我握握手，看也不看贺拉斯一眼便径自走了。我把贺拉斯送回家。他垂头丧气，情绪更低落了，而且又发起烧来。我必须去看别的病人，但又对他不放心，只得到楼下找拉拉维尼埃来陪他，他刚从外面回来，说道："我可以陪他，不过这完全是看在你的分上，也是看在玛特的分上。玛特要是知道他病了，即使是小毛病也会嘱托我关照他的。老实说，我对贺拉斯毫无兴趣。他非常自负，他故意装出痛苦的样子，其实真正痛苦的人是我们。"

我立即走了。拉拉维尼埃在他的床前守护着，他仔

细观察了好一会儿。贺拉斯又哭又号，连连叹气。一会儿倚枕半坐，涕泪交流，一会儿柔声呼唤玛特，忽而又怒骂起来。他不休歇地绞手指，撕被子，扯头发，狂态不一而足。拉拉维尼埃默默无言地看着，准备在他真的发狂时再制止他。他认为贺拉斯这个人，即使很不幸，也会冷漠地进行悲剧表演的，他决不上这个当。

我却认为贺拉斯并不像拉拉维尼埃所说的是个冷漠自私的人，这一点我比较了解。贺拉斯并不缺乏热情，他需要别人的爱，需要友谊和关心，而且表现得相当强烈。他具有病态的敏感，妒忌对手，渴望支配别人。一般自私者都喜欢孤独，但贺拉斯却不甘寂寞，单独一个人他受不了。他注重自己的人格尊严，这与自私可不能相提并论。他以自己为中心去爱别人，终究是有爱心的。他无法适应孤独，往往对人交浅而言深，乐于倾谈自己的思想，从这方面来看，他倒也爱人胜于爱己。

贺拉斯有个排忧解愁的办法，既可以减轻自己的痛苦又能使被他得罪的人再度关心他。这办法就是自我折磨直至气力使尽。他大喊大叫，声泪俱下，信口开河，甚至抽搐、发狂、胡言乱语，把忧愤发泄出来。拉拉维尼埃不了解这一点，以为他在演戏，其实他的确陷入了令他痛苦的感情危机，而且无法自控，欲罢不能。有时他意识到这种危机超过了自己所能承受的程度但又难以收场。不过，只需一点外力，便可令它猝然停止。例如，别人对他严厉的斥责或警告，偶然发生的令人开心的或意外的事情，他在捶胸顿足或在地上打滚时造成的轻伤，都足以使他从火暴转为安静，这就充分证明他的狂态并非伪装。如果他真的那样惯于装模作样，那就会把真真假假的过程掩饰得很严密。拉拉维尼埃自制力强，看不惯喜怒无常、容易冲动的贺拉斯，嫌恶形之于色。其实，确有一种介乎孩童和疯子之间的人，他们色厉内荏，既暴躁又温顺，既精神奕奕又因循怠惰，既造作又不失天真，既冷漠又富有热情，我作为医生，对这种现象已见惯不惊，特在此重复说明一下，因为一般人都觉得难以理解。上述的那种人物中有平庸者，亦有才智不俗者，后者在感情丰富但又神经兮兮的艺术家中可以见到。他们不时地发泄充溢的感情，把自己折腾得身心俱疲；他们千方百计寻求刺激，不遗余力地推波助澜，掀起风暴，就像一些酒徒、抽鸦片者寻求麻醉一样。贺拉斯便是一个例子。

拉拉维尼埃说："他就像中了邪，动辄闹得不可开交，好像身体里有什么妖魔在驱使他似的。可是，你只要恫吓他一下，说要离开他，他便立即乖乖地听话了。就像孩子听见保姆说要把灯端走，不再陪他，他便停止了哭闹那样。"拉拉维尼埃不会知道，疯人院里有些病人，如果有人叫他们自杀，他们会毫无惧色地马上执行，但如果有人吓唬他们，要往他们头上泼一盆冷水时，他们就大惊失色，缩成一团了。

"不过，"拉拉维尼埃又说，"贺拉斯吵吵闹闹却是有意给别人看的。如果人家不理他，他便偃旗息鼓不再取闹了。"

事实确乎如此。贺拉斯在这一点上是不可原谅的。他每次发作都会有人关心、照顾他，不惜放下别的事情。爱他的人都想尽办法安慰他，恭维他，使他减轻悲伤，恢复

信心；也有人批评他，促他自省；还有人拉他看戏解闷。因此，贺拉斯就像小学生似的喜欢生病逃学，还能吃到甜食。他又像适龄壮丁，为了逃避兵役而斫肢致残，有意识地制造痛苦，博取同情，逃避烦琐的义务。

偏偏这天晚上，贺拉斯不巧遇上的却是严厉的看护，他早已领教过，但他以为自己只要显出万般痛苦便可使这位严厉的人软下心来。于是他大吵大闹，促使体温升高，加重病情。但拉拉维尼埃心如铁石，并不买他的账，还冷然向他指出："你听着，我不会可怜你的。如果你很痛苦也是咎由自取，与你所犯的过错比较起来还太轻了。你的行为令人齿冷，你现在悔之晚矣，且被人蔑视。我知道有些人奉承你，投你所好，也有一些与你同气相求的人。不过，我更知道，如果叫他们来代替我陪伴你，看到你这副德行，他们才不会像我这般熬夜守着你呢！我虽待你严厉，却从来不把你的狼狈窘境宣扬出去。我对你的帮助远胜于那些把你奉承得忘乎所以的人。你耐心听我最后一次忠言吧，那些人迟早会看穿你的为人，最终蔑视你的。你必须悬崖勒马，及早回头，站起来像个人样子，否则必成为人们的笑柄。堂堂男子汉，为一个女人而终日哭哭啼啼、悲悲切切的，像话吗？还有别的事情等着你去干呢，你想过没有？一场革命即将爆发，如果你真的觉得活腻了，大可在战场上体面而简单地结束自己的生命，给后人做点贡献。你衡量一下，到底愿意像一个被遗弃的弱女子一样为情所困，还是像一个勇敢的爱国者一样奔赴战场。"

这位"漆皮帽青年联盟"主席的一番话便是给予贺拉

斯的唯一安慰。现在要否认拉拉维尼埃的话是正确的，合乎形势的也不中用了。因为早在发生这件不幸事故之前，贺拉斯便已向拉拉维尼埃许下参加革命的诺言。至于他是否一时出于自尊心，还是因为无聊或野心，那就不得而知了。照拉拉维尼埃的说法，革命即将爆发。贺拉斯一跃而起，拍着胸膛说，他盼望着那个日子快快来临，拉拉维尼埃有一个弱点，别人只要敢于拿起武器，他就可以抛却成见既往不咎。因此，他立刻与贺拉斯恢复了友好和信任，真心实意地照顾他，陪他散步，鼓励他，准备迎接那个伟大时刻的到来。他经常对贺拉斯说，现在已到革命前夜。贺拉斯由于再一次下定牺牲的决心，也就不再为玛特哭，谈玛特了。

玛特失踪已有一个月，至今音讯杳然，谁也没有发现任何线索。欧也妮和亚塞纳原以为玛特会与他们联系的，特别是亚塞纳，更指望如此。谁知她这一去竟如石沉大海，踪影全无，使他们非常焦虑。我开始相信，玛特已在巴黎以外的其他地方寻了短见，或是患了重病而不幸去世了。我不敢再和朋友们谈起她，只是默默地念叨着她。其他人也都不抱什么希望，亚塞纳也不和我见面了。贺拉斯不再提这个不幸的女人，从他的哀伤、沉郁的言辞里可以看出他有某种不祥的打算。欧也妮常常暗自垂泪，拉拉维尼埃则为他的革命事业日夜奔忙，无暇顾及其他。

正在这个时候，老夏伊夫人给我寄来一封信，说霍乱已蔓延到与她的城堡比邻的镇上。她虽不为自己考虑，但很为她周围的人担心。她非常迫切地恳请我去她的家乡一趟，陪她度过这段惶惶不安的日子，字里行间充满慈爱和

亲切。此时，巴黎的疫情已受到控制，而我们的家乡当时没有医生，于理于情我焉能漠然视之？何况那里有我父亲的故交，正受着霍乱的威胁呢。我决计偕欧也妮前往。

贺拉斯几次来向我辞行，祝贺我能够离开这座可怕的城市。他羡慕我事事顺心，希望和我一块走。最后我见他似有满腹心事欲言又止，便把行前的准备工作暂时搁下，邀他去卢森堡公园散步。我再三问他有什么心事，他话到嘴边又迟疑地不肯说出，沉默了好一会儿，终于黉出去似的说道："好吧，我非得把自己的心事告诉你不可，也不管曾发过的誓言啦。形势如此险恶，我不能乱闯，我要找个可靠的人想个万全之策，你就是最合适的人。请你给我拿拿主意吧。假如你以自己的生命、荣誉乃至一切神圣的东西，向一个革命者许下诺言，保证赞同他的信仰，与他并肩作战，可是后来却发现这个人的路子不对，将来肯定会失败，事业化为泡影……尤其严重的是，你的思想超过了他的思想，因而发现他所遵循的原则其实是荒诞无稽的，于是打算推翻许下的诺言，退出他们的组织，在起事前夕决定不干了，你说说看，这个革命者会因此轻视你吗？其他人会耻笑你吗？泰奥菲尔，这可是挺严肃的问题，它关系到我的声誉、良心、前途……"

"首先，我为你现在考虑前途问题而感到高兴。"我答道，"因为一个月来，你心情郁悒，灰心厌世，一直使我很担心。你征求我关于你在政治方面何去何从的意见，我实在无以奉告。你知道，我在政治方面的立场是模棱两可的。我出身于贵族，与正统派仍有千丝万缕的关系，表面上维持着微妙的联系。我的原则、信仰、观点和感情，可能比拉拉维尼埃那些人更深一层，更为民主，但奇怪而又令人痛苦的是，我绝对不会加入他们的阵线，而且决不越雷池半步，否则我会被视为大逆不道，受到我那个阶级的人的蔑视和排斥。我的命运和目前为数不少的年轻人的一样，他们不愿意转眼间背离父辈的信仰，然而他们是热血男儿，不满现状，对过去失去信心，认为不值得为它长期斗争，而革新派肩负正义的神圣任务，他们热爱和渴望平等，希望能够高举平等的新旗帜，争取实现平等的目标。但是，这里存在一个礼教问题，人们不容许他们离经叛道，强制他们恪守旧规，尽管人们明明知道旧日的一套是陈腐的、专断的东西。我的阶级局限了我的政治行动，我不得不慎重考虑。有朝一日我获得选民资格，届时真不知道自己能否公正而准确地参加投票，行使这一崇高权利哩。总之，我停留在少年时代的处世哲学里，等待建立新的秩序。谁能料到要等多长日子？每当念及自己年方二十五，充满青春活力和具有无畏精神，却已有些老气横秋，不免感慨系之。不过，当我想到自己可能会因一时头脑发热而受政治左右，误入歧途，不自觉地犯罪，坚定地保持淳朴的信仰，我又感到无限欣慰。你的本质以及立场属于共和派，这是与生俱来的。以我们属性的迥异，我又怎能给你指出该往何处去呢？"

"你所说的一切很有启发性，值得我深思。看来，可以采取另外一种实现共和的方式，鲁莽的盲动不一定可以取得建立共和体制的成功。不错，就是这样！我早就察觉到了！在稍纵即逝的风暴之上，存在广阔的天地，任凭我们持久地、慎重地采取行动！存在比蛮干和暴力行动更符

合实际、更有效、更高尚的观点！"

"我对这个问题的看法，"我补充道，"仅仅是从我本身的特殊地位出发，至于你该怎么办，我就很难越俎代谋了。不过，我可以对你说，如果我像我这个阶级的大多数青年那样，是个保皇派、正统派和天主教徒，我将毫不犹豫地投奔贝利夫人[①]。"

"你会参加内战？"贺拉斯问，"噢，有人曾向我建议过，也有人鼓动我去干的。可是，我讨厌这种做法，还不如等待上帝的安排。"

"妙呀，那你干脆退出历史舞台得了。从当前的形势来看，通过议会获得革命成功，非得一百年不可。"

"一百年？民众绝不会等待一百年的！"贺拉斯把话题扯到民众上面去了。

"你不妨权衡一下，要么发生暴力革命，国民之间短兵相接，要么进行长期的论战。这会是一场和缓的斗争，时代前进是必然的，但很缓慢。在后一种形式的斗争中，我和你肯定无所作为，只配在历史的进程中接受教育。这就不错了，我也知足了。"

"你的估计可能保守了一些，舆论斗争的进程不会那么缓慢的。如果我能找到讲坛或报纸，我将通过演说或写文章促进革命的成功。"

"既然如此，你就坚决拒绝参加一切暴力行动好了，你的坚定和勇气可嘉，我虽然不可能参与暴动，但难免跃

---

① 贝利夫人，即贝利公爵夫人，1830年追随被流放的查理十世，1832年回归法国，先后企图鼓动普罗旺斯和旺代两省起来讨伐路易·菲力浦。

跃欲试，几乎抵挡不了它的诱惑。"

"是的，这可能需要很大的勇气。"贺拉斯略带夸张地说，"我会有这种勇气，我应该具备这种勇气。但我的理智强而有力地制止我盲目参加那类破坏性的活动。我知道我该怎么做。泰奥菲尔，你提醒了我，我感谢你的帮助。"

我倒不知道自己究竟在什么问题上提醒了他。其实他自己也认识得很清楚，我见他主意已定，便打算告辞，但他又留住我。

"我提的问题你还没回答呢！"他说。

"你并没有提出什么问题呀。"

"真滑稽！我刚才问你，如果我背弃诺言，退出造反暴动的胡闹，而选择我们谈到的这条更宽广、更有效的道路，那么我那个所谓观点相同的朋友，例如让·拉拉维尼埃，他是否有权力谴责我？"

"根据你所说的来看，你犯了一个错误，参加了某个组织，却被自己的诺言困住了……"

"这是我的秘密。"贺拉斯忙打断我的话，接着说，"我并不知道什么组织，也不知道造反的事。不过，拉拉维尼埃是个疯子、过激分子，他对朋友向来不保守秘密，谁都知道他在拉丁区参加了一切暴力行动。我们在同一个公寓里住了好几个月，他几乎天天向我鼓吹他的革命理想。我在前段时间精神濒于崩溃，悲观失望，于是渴望战斗、冒险，悲惨而光荣地死去。我像个幼稚无知的孩子，把自己的生命交给了拉拉维尼埃。我现在改变了主意，不再附和他了，他肯定会骂我是逃兵，按照他无比粗野的英

雄主义，我会被他视为懦夫。为了证明我并不是胆小鬼，我将被迫与他决斗。"

"我的天，但愿这种事不会发生。"我大声说，"你应该想尽办法，避免与你最要好的朋友决斗，枉送自己的性命。不过，我想拉拉维尼埃不至于如你所估计的那样会对你动武。你可以坦率地和他谈谈你的思想、原则和决心，他会谅解的。"

"遗憾的是，他这个人缺少头脑，也没有原则，只晓得好勇斗狠，冲冲杀杀。你也许有同感。他不可能理解我，而会严加指责。还有一种比决斗更为可怕的，他会把我的所谓开小差的行为公之于众，就是那些令人讨厌的'漆皮帽分子'。他们都是些喜欢招惹是非、泡在咖啡馆里大吵大闹、唱《马赛曲》、与警察打架，但一听到枪声就作鸟兽散的家伙。假如他们起事成功，民众突然转到他们那一边，资产阶级垮台，共和制建立，那么这批莽莽撞撞的毛孩子便会以英雄自居。在现今世界上，到处可见投机分子，浑水摸鱼的大有人在，混乱时世对他们非常有利。到时候，人们也许会把他们捧为祖国的救星呢！于是他们青云直上，而我则被人鄙弃，视为在危险关头退缩的胆小鬼。你看吧，最荒唐的胡搅有时也会导致严重的后果。你可知道，1830年反对派的某些头头，由于不赞成7月27日的暴动，直到第二天才觉悟到那是一场革命，为此他们的威望一落千丈！我就更不用说了，至今仍是无名小辈，唯一的进身之阶便是这些微不足道的'漆皮帽青年'中的骨干分子，如果我一旦被他们揭老底，挨批评，那么我岂不会在入世之始便落得个威信扫地，一败涂地吗？我向你提的问题就是这个。"

"亲爱的贺拉斯，我的回答是：一切都是可能的。不过，有一个避免的稳妥办法，就是不要胡思乱想，自寻烦恼。不要参加任何暴力行动，从开头到结束都不要参加。你要不像我那样做一个冷静、旷达的人，要不像让那样做一个革命者。左右摇摆是不行的，欲成大事的野心家，必然拥有广大群众的支持。而现在你的地盘只不过是一个小集团，你必须取悦、紧跟这个小集团，求得他们的认可和赞赏，从而让他们屈从于你的意志。如果你像我一样，认为实现其遵循的原则的时机尚未成熟，别人鼓动你参加的行动对自由这一事业会造成损害，那么，你就狠下决心放弃这个毫无希望的行动，你也别指望可以从中获取私利。你还是等一等，推迟开始你的政治生涯。你还年轻，你会看到，文明将以符合你的道德原则的方式取得胜利。"

贺拉斯似乎把我的话当作耳边风，闷闷不乐而且若有所思地和我一块往回走。到了我家门口，他感谢我给他谈了自己的意见，并予肯定，但没说出他决定怎么做，便告辞而去。我定于次日早上出发。

别后，我未免有些切切怛怛，担心贺拉斯会做出傻事来，即于当天晚上，又到他的住所看他。他不在，赛涅尔先生笑吟吟地对我说："杜蒙特先生一个钟头前动身往外省去了。他收到老家来信，说是母亲病危。他走得匆匆忙忙，神色不安，他有一半东西寄存在我这里，大约不久就会回来的。"

我忙跑到拉拉维尼埃房里，问他："你看见贺拉斯没有？"他答道："没有。不过卢维看见他搭上一辆出租马

车，脸上毫无忧急之色，就像是赶回去继承叔叔的遗产，而不是奔亡母之丧。"我不高兴地说："你对他也未免太尖刻了。贺拉斯可是一位孝子，很爱他的母亲。"

"他母亲？"拉拉维尼埃耸耸肩，"他母亲就和你我似的，没患什么重病。"

拉拉维尼埃不愿再说什么。

25

我家乡附近的镇上，霍乱疫情相当严重，幸而没有跨越河界，我们河左岸的居民得以幸免。不过，霍乱随时可能蔓延过来，我便一直留在我的小庄园里以观其变。半里远处是夏伊家的城堡，我每天去看望他们一家，殷勤地关心世交老伯爵夫人和她的孙子们。老人对孩子们的操心远远超过他们的母亲——娇媚的子爵夫人列奥妮。子爵夫人对我倒也甚为殷勤亲切，但我却对她越来越反感，倒不是她性格不好，缺乏才智。从表面上看，她颇有引人注目之处，可以吸引某些装腔作势的人或天真淳朴的人。前者赞赏她的自命不凡，指望附庸风雅与她取得默契，使自己被承认为出类拔萃的人，后者则简直把她看作一个出类拔萃的女人。子爵夫人在夏伊城堡里像在巴黎一样，在她的周围有一小批可笑的趋奉者，这些人甚至比巴黎的那一批更可笑，都是子爵夫人从乡下绅士中物色来的纨绔子弟。从巴黎随她而来的那些略胜一筹的花花公子，常常附和着子爵夫人奚落这些可怜虫。当地这批可怜的年轻人为了取悦子爵夫人，极力装成才智突出人士，结果都弄巧成拙，蠢相毕露。他们经常跟随子爵夫人骑马外出打猎，在她后面吵吵嚷嚷，或者鞍前马后绕来绕去，他们还欣欣自得，引以为荣，却不知他们受欢迎，只不过是她为了壮壮声势，好让乡下的妇女们眼红，说是子爵夫人把全省的男人都抢去了。

伯爵夫人对这批风流人物一向不闻不问，只管独自主持家政。她照顾孙子，监督家庭教师、保姆和看管地里的农活等等，她虽然年事已高，却精神矍铄，处事明敏，列奥妮一切全仰仗她，对她有几分尊重和亲切，当然谈不上有什么感情。伯爵夫人的儿子是个碌碌无为的人。这位子爵先生一贯耽于安乐，对妻子的行动听之任之，只要不干预他就行。他富有，才疏学浅，他唯一感兴趣的是和歌剧院的姑娘们寻欢作乐，从没想到协助母亲兴旺家业。他长年累月待在巴黎，极少归家，为了取得妻子的宽恕，他对她千依百顺，唯命是听，帮她购买各式各样的化妆品。他们夫妻二人心照不宣，相安无事。这个可怜的人倒对母亲和儿女十分挚爱。但他无法理解母亲的心，也不懂如何正确地教育子女。这个家庭全靠这位年迈的家长操心费力地维持着团结和睦的局面，如果没有她，其他人是无法在这个家里同住一天的。

我到乡间不久，便收到贺拉斯从他那座小城里寄来的一封信。信中写道："家母之疾已愈，我拟于下周返回巴黎。届时途经距府上十公里的某地，如果你尚未离开，我欲绕道造访，与你共坐在那棵你出生时就已有的椴树下，畅叙心事，长谈几小时。如蒙俯允，我即前来。"

我告知欧也妮，我已发函邀请贺拉斯前来做客，她有

点不悦，但是，当贺拉斯来到时，她一如既往，得体而自然地欢迎他光临我们简陋的庄园。

杜蒙特夫人的病其实并不严重，是她的老伴一时着急，给儿子写信时过甚其词而已。霍乱并未波及那座小城，贺拉斯赶到家里，母亲差不多已经复原。父母再三挽留，不让他马上离开，希望他度过这个夏天再走。

"但是，在那座小城我实在无法待下去！这次回去，我比以往任何时候都更强烈地感到，从此我要与它永别了。那简直不是人过的生活，朋友！人人都像吝啬鬼似的一个子儿也舍不得花，抠得很，过着枯燥乏味的日子，寂寂无闻，没有享受，碌碌无为！这些乡巴佬妒忌，自负，孤陋寡闻，坐井观天！让我和他们混在一起，度过夏天，我宁可自杀！"

诚然，外省小城镇里过于节俭和闭塞的生活，与贺拉斯的志趣和需要大相径庭。他善良的父母竭尽全力供他上学，目的正是为了让他摆脱这种环境。然而，当他们发现自己苦心栽培多年的儿子结果却是这副模样时，不禁目瞪口呆了。他们实在不能理解，这孩子花钱毫不在乎，对家乡的种种娱乐，如集体舞会、街头杂耍、打猎等等，全都不屑一顾。他魂不守舍地待在父母身旁，毫不掩饰自己的厌倦和无奈。老两口对此十分痛心。这孩子对父母在政治方面的谨言慎行极为反感，对他们的老朋友挖苦、奚落、傲慢无礼。对乡下的亲戚对他的亲热和馈赠他亦嗤之以鼻。这孩子郁郁寡欢，忧形于色，却又不肯说出原因，谈及世道和金钱便肆意攻讦，脾气也变得古怪，时好时坏，别人的话题涉及女人、爱情和婚姻时，他便忽然板起面孔，一言不发……凡此种种，无不令父母痛心疾首。尤其是可怜的母亲，看见儿子切齿诅咒自己，与当地的同龄人迥然不同，以为儿子遭受了巨大的不幸，她百思不得其解，苦于无法探究原因。

从贺拉斯长达几小时的谈话中，对他父母的焦虑、他对家庭的不满，以及他本身的错误，我已了然于心。贺拉斯承认自己也有不是，但归咎于地位不同。他父亲对他的学业和今后的打算提出的质询，以及母亲在他的花销和工作方面的嘱咐，这一切仍在困扰着他。他那亲爱的却与他格格不入的父母，勉强留他在家里住了几天。他向我叙述了父母对他的愚昧、盲目的爱，说着说着，他生气了，但接着流下了眼泪。最后，他表示迫切需要散散闷气，请我带他去夏伊城堡走走，他已听说那里正在准备一次饶有趣味的狩猎活动。

一个钟头后，伯爵夫人散步经过我家门前，照例进来歇歇脚，贺拉斯因而得到她本人的邀请。伯爵夫人第一次见到欧也妮，略一交谈，便对她抱有亲切的好感。这天，贺拉斯目睹这位显赫的夫人对一位平民之女、医科毕业生的妻子竟如此友好亲热，如家人般交谈，觉得十分惊愕。他还注意到，欧也妮与伯爵夫人交谈时态度自然，不卑不亢，谈吐不俗，他不禁肃然起敬。从这一天起，他对欧也妮不再抱有成见。

贺拉斯在夏伊城堡出现，对子爵夫人来说无异于天旱逢甘雨。因为子爵夫人对身边的追随者已感到厌腻了。贺拉斯曾经给她留下较好的印象，她觉得他颇有头脑。她笑着埋怨贺拉斯把她忘了。

"你一定是嫌我们家乏趣啰。"子爵夫人用半讨好半嘲讽的口吻说，"这里也许比巴黎有趣一些。再说，既然来到乡下，一般就不那么挑剔啦。"

　　"夫人，我正是这样考虑才敢到你的跟前来。"贺拉斯故作谦卑地说道。

　　子爵夫人并不懂得什么是真正的思想，什么是真正的价值。她只需要男人的赞美和趋奉。她从初次见面的男人眼里便能估摸出他对自己的魅力做何反应。如果这个男人不易收服，她绝不会白费力气和他兜搭，而且视若仇敌。她的敏锐仅此而已。她从不会丢失面子也不怕树敌，追随她的男人众多，敌对者也奈何不了她。在她周围的男人，不会欣赏她的便是书呆子、笨蛋、死木头；而欣赏她，善于逢迎取宠的则纳入她的爱宠行列。前者被拒之门外，后者受到垂青。年轻的崇拜者在她面前手足无措激动木讷的模样，她喜欢；作为情场老手的花花公子在她面前大胆胡来，她更喜欢。她是个冷酷而病态的女人，姿容平庸但擅长卖弄风情，放荡成性。她能抓住每个追随者的心，虚情假意地令对方相信自己是唯一被她爱上的人，喜滋滋地想入非非。所以说，品质恶劣者的缺点，也正是他们的优点。子爵夫人也有可取之处，应该说，她并不虚伪。她本来是个没有原则的人，因而并不装作有原则。她本来就不存在道德观念，因而行为乖戾，思想狂放，不攻讦一切恶行。在评论其他女人时，她倒是比上流社会的女人还厚道一些，既不含沙射影，也不恶毒攻击。她从不以贞洁自许，因为在她身上，贞洁和真情的分量同样稀少。

　　在贺拉斯眼里，这个一心指望他拜倒在她石榴裙下的女人，毫无疑义堪称当今一流，因而一见倾心。这不仅因为子爵夫人的财势和奉承者多，打扮妖娆，亮丽夺人，而且因为她判断人的准则与他的有异曲同工之妙：根据对方对自己是否欣赏而决定回敬的态度——亲切或敌视。从他们初次见面目光相遇那一刻起，要获得对方赞赏的欲望便表现出来了。两者的虚荣心纠结在一起难解难分，既互相猜忌，又互相吸引，犹如决斗者急于决一雌雄，分个高下。

这天晚上，子爵夫人终夜寻思着翌日穿的三套服装。清晨，她穿着质地柔软的纯白色睡衣出现在阳台上，衣裙随风飘扬，活像哼着《杨柳调》的苔丝德蒙娜再世。然后她吩咐仆人备马，打扮成路易十三时代的女骑士模样，耳朵上插一根黑色羽毛。这种打扮在布洛涅森林里，人们会认为怪模怪样，极不顺眼，但在夏伊城堡林子里，却显得分外耀眼，引人注目。打猎归来，她换上别致的乡村服式，浑身洒满香水，足令贺拉斯迷醉。

贺拉斯曙色未现便起了床，他找出我衣柜里的猎装穿上，打扮成体面的猎手模样，亏得我这套服装，他才不怎么像巴黎的一名法院书记。我事先告诉他，我的马性子较烈，要小心点驾驭它。刚出发时，他和马倒也相安无事。可是，当这位骑士遇上城堡夫人火辣辣的秋波频送时，竟轻飘飘的忘乎所以，惹火了那匹马，它再也不肯听他的使唤。别人一看就知道他根本不会骑马。

"你那样骑马太危险了，"子爵夫人的主要追随者梅耶莱伯爵亲切地提醒他，"你会撞到围墙上去的。"

伯爵的劝告令贺拉斯很不受用，为了表示他的大无

畏精神，他狠狠地抽了马一鞭。贺拉斯身子结实，胆子又大，这一鞭竟把马唬住了。他知道自己的骑术不行，难与那些对手一较高低，唯有以勇敢取胜。连他仰慕的人儿也为他捏一把汗，吓得脸色煞白，颤声叫他小心。贺拉斯逞一时之勇，战胜了对手们，他的目的达到了，他的大胆比其他人娴熟的骑术更能赢得女人们的芳心。男人们都很讨厌他，决计以后不把自己的马借给这样一个疯子。可是，子爵夫人却在众人面前赞扬起贺拉斯来，她说，他们之中谁也没有贺拉斯那种天不怕地不怕的胆量。她知道贺拉斯逞一时之勇，完全是为了迎合她，于是心里十分高兴，一整天的狩猎活动中，她频频关注他一个人，贺拉斯更是极尽讨好之能事，寸步不离她左右，故意表示他本来就对打猎不感兴趣，骑马也是外行，佯装瞧不起这种粗野的活动。

"既然这样，你为什么来呢？"子爵夫人问道。她想听到贺拉斯多情的回答。

"我来是为了待在你身边。"贺拉斯坦然地回答。

这一回答挺出乎她意料的。贺拉斯如果世故一点，措辞本应隐晦一些，但打猎时他的那份余勇帮了他的忙。子爵夫人觉得，贺拉斯回答得这么露骨，说明他内心充满了强烈的情欲以至色胆包天、无所顾忌。子爵夫人是公认的佳人，有一颗深不可测的心。她从来没有获得真正的爱情，男人们也从来没有对她产生过真正的欲望。他们追求她，只是出于好奇或者自爱。她自己也从来没有像现在这样，渴望引起人家充满激情的爱，也不考虑是否有损精心树立起来的形象，希望这种爱能唤起她从未体验过的狂热和冲动。可以肯定地说，她的想象力已在各个方面枯竭，她在精神上和卖弄风情方面获得的虚荣已经饱和，但却未曾一试疯狂的激情。男人们的奉迎逐渐使她生厌，味同嚼蜡。她现在需要的是兴奋，更渴望心醉神迷的境界。看来贺拉斯可以充当她企求的角色，这多新鲜哪，也许可以调剂她平淡无奇的情感生活。

　　然而，这个可怜的女人却有一位至今未曾中断关系的老情人，他就是维尔纳侯爵。二十年前他成为夏伊子爵夫人的第一个情夫时只有五十岁。他们一直秘密来往，外人都不知道，或者说不确定。此人是个老奸巨猾的色鬼，与夏伊家是世交。当列奥妮向他投诉，称丈夫有不忠行为时，他立即乘虚而入，骗取她的信任，她于是把他视为知心人，有什么烦恼便向他倾吐。不久，他诱奸了这个毫无生活经验、比他小一辈的女孩子，可怜的她本来唯一的缺点是虚荣心重，但自从与一个年龄相差很大的色鬼发生了可怕的关系之后，渐渐地，她的心灵和思想亦蒙上了污垢。她对自己的堕落感到吃惊，觉得自己已被玷污了，只有靠耍手段和卖弄风情才能挺起腰板，否则这一辈子就完了。在这方面，侯爵对她倒也不吝帮助，他并不是因愧疚而如此，乃是由于他一直恪守自己的道德信条：不能毁掉一个被自己诱奸的女人，使其落到万劫不复的田地。这是一个老谋深算、狡黠、怪诞莫测的人物，但良知尚未完全泯灭。他本具外交才能，可惜未逢其时，与外交职业无缘。于是，他把这份才干发挥在女人身上，以满足自己的情欲和虚荣心。他做得非常隐蔽，从未发生过丑闻，甚至上流社会的女人们都把他视为可靠的人。尽管从他淫邪的

目光、猥琐的言谈、对风流韵事如数家珍的表现中，人们可以看出他是个富有经验的放荡者，下流的色鬼。但他极能保守秘密，绝不会把情妇的姓名泄露出去。他有一个情妇去世了四十年，他也一直把两人私通的秘事深埋心底，使她长葆名誉。没有任何一个女人被他弄得身败名裂。他遭到拒绝不抱怨，遭到背弃不报复，所以被他征服的女人特别多，虽然他长得很丑。他从来没有真心爱过，也从来没有获得过真正的爱。他凭的是高明的手段。他无论走到哪，都会受到女人们的欢迎。他对一个女人的占有往往比这个女人真正爱着的男人更长久，因为后者总是损害女人的名誉，搞得她们不得安生。他用百折不挠的劲头，不择手段地纠缠他想得到的女人，不达目的誓不罢休。到手之后他又能显示豪侠气概，百般体贴对方，使她产生安全感，觉得他实惠和可贵。他通过自己的行动、语言，在公众场合为他暗中勾引上手的女人修复声誉，改善她的处境。在整个过程中，他不动声色，有条不紊，可以概括为三个阶段：诱骗、征服、占有。

第一阶段，他极力骗取信任和友谊；第二阶段，他制造屈辱和恐惧；第三阶段，他博取了感激和尊敬，即最为暧昧又最具骑士风度的爱情的奇异结果。

子爵夫人列奥妮是侯爵最后的几个受害者之一。侯爵待她之忠诚和串演这出淫剧之认真都是前所未有的。他开始追求她的时候，遭到冷漠的回应，于是他从满足她的虚荣心入手，曲意投其所好，其巧妙与耐心，也是他前所未有的。他卑劣的行径终于得逞，但在列奥妮心里却激起强烈的厌恶和啮心的痛苦，几乎达到了憎恨和愤怒的程度。

列奥妮声称要向家里人揭穿他，要求丈夫报仇，甚至亲手杀死他以雪耻辱。她倒不是因为蒙垢失贞而羞恨，而是觉得自己这么一个高傲、自爱的女人，竟然失身于一个丑陋冷酷的老家伙，虚荣心横遭伤害和侮辱！她差点为此自尽，这是她一生的奇耻大辱、最大的痛苦，侯爵吓坏了，这也是他前所未有的恐惧。他百般央告列奥妮，极力安慰她，使她消除心头之恨，振作起来。他为此付出的心血和努力，超过了他以往一切类似的暧昧勾当。无论如何，他不能让这倨傲、爱报复的女人留下可憎的回忆。他故意做出内疚、伤心、钟情的样子，而且装得很像，使得列奥妮相信，这个从不沾女色的老头儿对她是前所未有的第一次钟情。侯爵急于要做的头一件事，是给她寻觅一个情人，让她快活起来，并修复她的自尊心。他办成了，而且使那个男人丝毫没有觉察到他的用心。列奥妮根本不晓得这是侯爵对一切仍想保持友好关系的女人惯施的伎俩。侯爵对列奥妮和对其他女人的确有所区别。与列奥妮交谈，他俨然是19世纪的英雄；与其他女人交谈则变成18世纪的哲学家。他亲自给列奥妮提供了新情人，却佯装这是为她做出的牺牲，表情非常痛苦。列奥妮很乐意相信自己具有令对方无法自拔的魅力，侯爵扮演的角色令她十分受用。而侯爵呢，则因收获对方深切的感激而大为得意，他俩便心领神会地把这场喜剧长期演了下去。侯爵成为子爵夫人的知己，支持她，赞成她，不惜充当她情场中穿针引线的角色。侯爵已是高龄，不再抱分享子爵夫人艳情的奢望，但是看到一个女人公开赞美、夸奖自己，心里高兴。这个女人偶尔提及他们的旧事时，未免脸上发热，但总是对他的

好赞不绝口，夸他是她所见过的男人中最出色、思想最伟大、品格最高尚的一个。她虽以小辈的口吻说这些话，但瞒不过那些曾有过教训且深知侯爵底细的中年和其他青年妇女。听到列奥妮的赞语，其中一位偶尔也会说一声"阿门"，而且和列奥妮一样，都装出一本正经、泰然自若的样子，彼此心照不宣，又都想装糊涂。

一日之间，侯爵就看出子爵夫人对贺拉斯有了情意。他一向行事谨慎，给子爵夫人出的主意往往很稳妥。一发现迹象他就对她的这种情意很不以为然。他没有参加打猎，但他们归来时，他看见贺拉斯扶着子爵夫人下马，从脸上的表情看来，这位平民出身的小伙子抱着强烈的希望。侯爵进入列奥妮的起居室，一个婢女正在给她梳头。这类婢女现在已不大能见到了，主人并不把这些人在面前当回事，无须避忌的。旧制度下男人欣赏女人梳头是一种特权，侯爵这个年纪了也不例外。

"啊，我亲爱的孩子，"侯爵对列奥妮说，"你现在如果是为了那个棕色头发的帅小子梳妆打扮，那没什么，不过，你可千万别迷上他呀。那小子意气风发，能说会道，可以凑凑趣儿，但作为男人，他可配不上你。"

"你这类玩笑我听得够多了，"子爵夫人笑嘻嘻地回答，"你的假设我不打算驳斥。不过，你不妨说说看，为什么这个男人配不上我呢？"

"不用我说你也会明白。你是世间最有远见，能洞察一切的女人。"

"我什么也没洞察出来，我根本没有注意他。"

"那么，我就告诉你吧。"侯爵说，子爵夫人的谎言瞒不了他，"那位先生是平庸之辈，是不配称为'先生'的那类人。"

"亲爱的朋友，此言差矣。你总是那么健忘，我的观点和思想是在革命之后才形成的。"

"我的思想是革命以前形成的。然而，亲爱的夫人，我却没有你那么多成见。不过，有一点我得提醒你，各个阶级出身的人，各自具有本阶级特有的优点和缺点，绝对混淆不得，我并不否定他们的才干和知识，但他们的教养我是不敢恭维的。"

"这个小伙子缺乏教养？我可没看出来。"子爵夫人淡淡地问。

"暂时还没显露出来。如果你仅仅让他居于你卑贱的仆人堆里，将来他也不会显得缺乏教养。他若作为仆人，有时执役会显得手生，这类缺陷倒不算大害。但是，如果你把他捧至超过他身份的高度，他就会忘乎所以，不知天高地厚，露出真面目，粗俗而不懂礼节。"

"喷，看你说的！"子爵夫人勉强笑了笑说，"就好像我对他打了什么主意似的。其实我并没留心看他是啥样子呢。"

贺拉斯丝毫没觉察到侯爵是他的最大隐患，否则他会显得更加趾高气扬，大胆莽撞，气一气侯爵。但这个可怜的小伙子，人生经验有限，哪里会想到年轻的子爵夫人竟会受到老侯爵思想上的点拨？所以他毫无戒备，对于有地位的人，他总是怀着仰慕之心。贺拉斯虽然拥护共和，但骨子里却尊崇贵族。愤世者有一句话对他很适用："地位使他着迷。"对于上流社会，他政治上温情，骨子里欣

赏，认为这些人高贵、伟大，看不出有什么罪过，心里倒是十分羡慕，觉得自己天生就应具有这些素质。他对那些绅士淑女欣赏而不尊重，力求自己与他们举止相仿，他很快取得预期的效果而且显得那么潇洒自然，更增添了他的魅力。他虽出尽洋相却不令人鄙薄，因为他总是头一个发现自己的举止失误而开怀大笑，嘲笑自己没见过大世面，神色不卑不亢。乡间那种草率不计较的作风也抵消了几分尴尬。子爵夫人鼓励贺拉斯充分表现自己，怂恿他干傻事，然后又开心地嘲笑他愚笨，不过措辞颇有分寸，口气也很迷人。她没在公共场合嘲笑他，只有两人单独相对时才这样。贺拉斯表现得那样天真、坦率，他在一天之内，便博得所有人的好感，连梅耶莱伯爵也不例外。贺拉斯并没有令伯爵不愉快，因为伯爵自信，在时髦和举止方面，贺拉斯是无法与之较量的。可惜，他过高估计了自己，整整一天，子爵夫人连看也不看他一眼。贺拉斯的放浪形骸比他的时髦更令她感兴趣。

　　这天夜里，大家虽然很疲乏，但夜深仍未散去。午夜用过茶，直到凌晨两点钟，仍围着餐桌闲聊。贺拉斯随意地大口吞食着桌上的水果和点心。梅耶莱伯爵素知子爵夫人以浪漫自命（她甚至宣称，拜伦勋爵是她爱过的唯一男人，尽管她从来没见过此人），他看见贺拉斯的吃相如此粗俗，心里十分高兴，他不断地把糕点和蜜饯塞给贺拉斯吃。子爵夫人看到贺拉斯像小学生一样贪嘴，觉得很开心，笑个不停，伯爵暗暗得意，见他甘心充当小丑逗笑，倒有点可怜他。但是，子爵夫人的笑却是她有生以来头一回不带讥诮之意。因为她明知贺拉斯为了取悦她才不惜扮演这类角色，千方百计加入她的小圈子，她早就领略过贺拉斯的不俗谈吐，他口齿伶俐，现在却装憨任人取笑。上午打猎时，贺拉斯冒着粉身碎骨的危险纵马跃过深沟和障碍，而其他人心惊胆战，望而却步。从种种表现来看，贺拉斯意图在思想和勇气方面凌驾于他人之上，又为博取夫人的欢心，甘愿装傻充愣，充当卑微的角色，可谓用心良苦，这正是赤诚的表现，无限深情的佐证，令子爵夫人很受感动。

26

贺拉斯表面上的天真淳朴迷住的不单是子爵夫人，还有一个对他不怀好意的劲敌维尔纳老侯爵。侯爵的显贵气派，王公般的用语，轻浮而饶有特色的放肆，使贺拉斯一见面便心悦诚服地崇拜他。侯爵的这些特点反映了过去的习俗，他是时下难得一见的没落贵族的活标本。贺拉斯根本没有考虑到，极权君主制下的廷臣，正如封建时代的骑士一样，已经退化。他却敬若神明，把侯爵视为前朝的达官显宦的化身，因而产生景仰之情，竭力模仿他的一举一动。他天生善于模仿，学得倒也快捷。在夏伊城堡待了三天，在我们面前就学着侯爵不露齿地讲话了。并且向我讨去先父的一个鼻烟盒，以便练习优雅地将烟灰撒在衬衣上，学习侯爵悠闲儒雅的仪态。他如此苦心孤诣地模仿别人，有如一个小学生，实在滑稽可笑。欧也妮劝他不要这样做，他反而把善意当成讥笑，他忘了自己极力模仿的人就在我们身边，这种邯郸学步式的模仿，仅令人觉得厌

烦。但贺拉斯在那群人当中，仍一个劲儿地模仿侯爵。

好在贺拉斯有一套特殊的本领。他在我们这里刚刚演习完学来的一套举止，但到了几步之遥的子爵夫人家中，却能摇身一变，变成一副天真淳朴的模样。谁能估摸到这依然是彻头彻尾的表演，是一种下意识的伪装？贺拉斯并非没有天真淳朴的一面，但他善于根据不同情况灵活地运用它。对他有利时就按自己的秉性行事，此时才是他的本来面目，是可爱的。相反，天真淳朴对他不利时，他就以一种不可思议的能力，变换着各种角色。在没有遇到劲敌时他便居于主动地位。但他无法在侯爵面前班门弄斧，因为人家比他更内行，在子爵夫人面前玩弄这一套更是吃不开。虽说子爵夫人是侯爵教导出来的，但青出于蓝而胜于蓝。贺拉斯拿定主意，不在这两个人面前拿腔作势。这样一来，反而把他们两个都迷住了。侯爵虽有时难免要和年轻人打打交道，其实心里并不喜欢他们。贺拉斯却不然，他对侯爵佩服得五体投地，礼敬有加，总是如饥似渴地恭听他的每一句话，听到他谈及从前一桩桩风流韵事，总是露出钦慕的神色，不厌其详地询问每一个细节，又不时向他请教。总之，贺拉斯把侯爵奉为引路人。所有这些，的确把这位虚荣心多于妒忌心的老头儿迷住了。他甚至在子爵夫人面前极口夸赞贺拉斯是整个青年一代中最可爱、最聪明、最出色的小伙了。

贺拉斯眼看自己受赏识，就更加打消了顾虑。他把侯爵引为知己，向他请教应如何才能博得子爵夫人的欢心。这一问，让侯爵像是受到什么触动，心头涌起一股伤感。他沉吟了好一会儿，拍了拍贺拉斯的肩头说："年轻人，你给我出了个难题，你让我考虑一下，今天晚上我给你答复。"

侯爵庄重的语气出乎贺拉斯的意料，引起了他的好奇心。这个平常言谈挥洒自如，蔑视一切道德约束的人，怎么一提到列奥妮便变得严肃起来了呢？难道列奥妮真是女中豪杰，甚至在这个无视人类一切贞操的人心目中也是如此吗？在此之前，列奥妮不受成见约束这一点他是极为赞赏的，因为他自己在爱情方面也不受任何成见的约束。列奥妮对他敞开爱慕之心，这是否意味着，她对贺拉斯爱得热烈，以至把身边那群地位更高的追求者视如敝屣，却对他格外恩宠呢？难道她竟没看中一个？梅耶莱伯爵不就是她看中的吗？贺拉斯有可能取而代之吗？子爵夫人主动与他亲近，是不是有意施展欲擒故纵的伎俩呢？

正当贺拉斯满腹狐疑时，维尔纳侯爵也在苦苦思索怎样指导他的年轻朋友。这位狡黠世故的老头儿完全被他的弟子蒙骗住了。他以为小伙子过于天真和多情，担心他爱上这么一个两面三刀、冷酷无情、自私自利的女人，后果不堪设想，担心可能掀起难以收拾的风波。他对列奥妮有一定的爱心，对贺拉斯亦产生了强烈的同情，因为小伙子的尊敬奉承使他极为欢畅。现在，他也不知该如何使两者协调起来，因为他给列奥妮的箴言便是防范丑闻。

侯爵决定以诚待人可谓是平生第一回。正如他的放荡对贺拉斯产生了很大影响，贺拉斯的坦率也对他产生了影响。

当晚，他们趁着月色，在英式花园里散步。侯爵对贺拉斯说："你仔细听着，我要开诚布公地和你谈谈。我完

全相信你已经爱上了子爵夫人，而子爵夫人可能会听你倾诉爱情。但如果你愿意接受我的劝告，我劝你还是打消念头，不要去试探这个女人的心意。"

"你思考了一整天，一定有充分的理由才这样说。如果理由充分的话，我就遵从你的劝告。"

"你要等将来悟出了我这些话的道理，才肯相信我刚才说的话，放弃你的追求吗？"

"你怎么能够要求我这样做呢？你能洞察别人的肺腑啊？我对你一片赤子之心，我绝不会向你轻诺我做不到的事情。"

"好吧，我尽量让你心服口服。你曾爱过什么女人没有？"

"已经爱过。"

"是什么样的女人？"

"和我一样，是个默默无闻的女人，但漂亮、聪明，具有献身精神。"

"忠实吗？"

"是的。"

"你妒忌过吗？"

"像疯子一样妒忌过，说得确切些，像傻瓜一样妒忌过。"

"你怎么离开她的呢？"

"请不要问这些。我很可笑，或者说很可憎，我自己也闹不清。"

"但是，你们之间的关系结束了吗？"

"你迫使我重提伤心事，一件让你无法劝我开颜一笑的事——她自杀了。"

"啊！好，这太好了！"侯爵正容道，"我祝贺你！我自己还没能碰上这种事哩，寻了短见！这真是好得很，亲爱的，尤其是在你这个年纪！不妨让大家都知道，女人全都是你的了。哎呀呀！你必前程远大！既然如此，我劝你不要着急，好好选择。告诉我，那个女人自杀后，你反应如何，很感动吗？"

"侯爵先生，"贺拉斯说，"这玩笑未免开得过分了。你提的问题简直不可思议。不怕你见笑，我当时差一点儿用枪崩了自己，如果你要嘲笑我意志薄弱就尽管笑吧。"

"不过，你并没真的用枪崩了自己，是不？"侯爵依然不动声色地问道，"你手头没枪？你没有受伤吧？说呀，你没有干这种蠢事吧？"

贺拉斯一时无语，愣住了。他对他的导师那刻薄冷酷的语调感到气愤，但另一方面，他又需要导师谅解他的轻率。侯爵还是那样轻描淡写地问："那么，你当时是极钟情啰？"

"相反，我并不怎么钟情。她完美无缺，与她一块生活，我觉得不自在。"

"她就是为这个缘故而自杀的吗？她的行为很高尚啊！喂，你希望将来还有女人为你而自杀吗？"

贺拉斯出于炫耀，才夸大其词，说玛特寻了短见。侯爵的讥诮使他发觉自己做了蠢事。他既后悔又生气，沉默了好一会儿。最后，他憋不住了，说："侯爵先生，你优越的地位的确令我无比崇敬。可是，你作为一名显赫的

贵族，试图压倒一个小平民，作为一受人尊敬的长者，试图压倒一个孩子，这可不体面啊！我爱慕子爵夫人，你认为是癞蛤蟆想吃天鹅肉。好吧，如果你觉得有权讥笑我……"

"那么，你打算怎么办呢？"侯爵连忙问道。

"我有什么办法？面对一个女人和一个……"

"和一个老头儿？"侯爵接过话头平静地问道，"那么，你打算羞惭地知难而退？"

"还不至于，侯爵先生。"贺拉斯口气生硬，"我可能会接受挑战，除非被打败，否则决不退却，更不会不战而退。"

"好极了！"侯爵说着，向贺拉斯伸过手去，"我就喜欢听这样的话。你听我说，我非但不讥笑你，而且尊重你、同情你。你满脑子幻想，年轻气盛。你还没有受过演喜剧，或者换个时髦的名词，演爱情悲剧的训练。你没有经验，亲爱的朋友。"

"我正因为缺少经验，这才向你请教。"

"好吧，我认为你最好在五六年之内，依然寻找那些感情白热化、爱得发狂的女人，会因爱或恨而自杀的女人。等你摧毁了或者折磨了一打这样的女人，你便趋于成熟了，你就可以放手大干你现在痴心妄想的事情了。然后，再去进攻上流社会的女人。"

"你这是经验之谈吗？我接受你的教导。不过，我请你说得更具体一些，以便我遵循。还有，请你不带任何轻视和恶意的成分告诉我，一个不在上流社会的男人进攻一个上流社会的女人，他果真是那样坚不可摧、不可战胜吗？"

"恰恰相反。即使这些女人中最凌厉的，你想得到她，亦如探囊取物。你看，我对你可一点儿也不轻视，也无恶意。"

"这个嘛……请你说下去，不要保留。"

"你愿意听吗？男人如果有些风趣，即使不年轻，长得不英俊，要满足一个女人的欲望和好奇心也并非难事。但是，与一匹难以驯服的马——人们称之为烈马——同行，却必须有驾驭它的本领，才不会摔下来，这不是人人都能做到的，你可以在今天晚上突然得偿所愿，而在明天晚上却被飨以闭门羹，第三天你遇到那个你曾到手的女人时，她甚至不屑望你一眼。"

"是吗？这就是她们的作风？"

"这是她们的权利。你认为她们做得过分吗？事实是她们被我们纠缠，心灵受到干扰，还被我们千方百计逼得以身相许。她们难道不能厌旧而贪新吗？不能在彼此游戏人生中寻求报复，时机成熟时进行反击吗？我们不是压迫者，无权禁止妇女独立思考，剥夺她们的自由。"

"真是高见！我有些开窍了，但是，照你刚才所言，那玄妙的艺术，那舍之就根本无法维系关系、让女人一直对你保持新鲜感的艺术，究竟是什么玩意儿呀！"

"这个嘛，就是永远不要让女人讨厌你！这可是一种了不起的艺术，相信我吧。"

"请你面授机宜吧，我要学到你的高招。"

于是，老侯爵向贺拉斯不无卖弄地详细叙述了他的经验和论点。他对自己的得意之作沾沾自喜，半个世纪的猎艳生涯中，他曾使许多女人屈辱地失身于他，也有过不

少错认好人而天真地与他私通，使他的虚荣心和肉欲得到了满足。他一本正经地介绍自己的情史，好像在向一个年轻门徒，传授一门有关人类前途的高深学问，一部神奇的秘籍，贺拉斯听得目瞪口呆，直冒冷汗。告别侯爵回来，他心绪如麻，浑身无力，像生了一场大病，在床上翻来覆去，思潮起伏，无法入睡。他对侯爵的敬佩之情不减，但是侯爵那套玩弄女人的阴谋诡计、冷酷无情的险恶居心，却使他产生了本能的厌恶。第二天，对于是否再去夏伊城堡，他委决不下。连续三天，他被侯爵那番耸人听闻的传授弄得彷徨不安，人也变得呆钝了。他原先的幻想破灭了，信心也失去了。一会儿为自己热衷于投身上流社会而愧汗，一会儿因为自己太稚嫩而羞惭。此时，在侯爵的叙述中，子爵夫人有如魅影，一具干枯的骷髅，他连想也不敢去想她了。

贺拉斯不再去夏伊城堡，并非别有机心，但却大大加重了他在子爵夫人心目中的分量。子爵夫人目前已构思好一个浪漫的爱情故事，不甘心一开始便化为泡影。她从城堡高台上架设的望远镜里看得见我的小庄园和附近的草地。这时贺拉斯正在离城堡不远的空地上踱步，她便假装散步，偶然路过与他巧遇，于是陪着他走了很长时间，竭力向他施展魅力，却没有急于引逗他表明心迹。侯爵对他说的一席话使他深受震动，那一套学问也令他害怕，因而他对子爵夫人的多情顾盼虽感到荣幸且飘飘然，但还是努力克制了自己，这种情况持续了三个星期之久。这对两个彼此有意、无视一切道德的人来讲，可说是一段不短的日子。如果小伙子一直坚持下去，也许会激怒子爵夫人，使她再也不理他了。不料他的良师侯爵，十分害怕染上霍乱，风闻河左岸有一个霍乱病例，便借口收到他的银行家的来信，必须赶回巴黎，当天便匆匆走了，侯爵一走，贺拉斯的勇气顷刻便化为乌有。子爵夫人眼见贺拉斯原先那么热烈地追求自己，后来却按兵不动，不知他从何而来的这份毅力，心里未免纳闷。她受此挫折岂肯甘休，决计要收服这小伙子。于是她每天变换花样媚惑他，有好几次贺拉斯几乎动摇了，却突然从她身边跑开，样子很激动，但始终不说一句多情的话。彼此徘徊在友好的边缘，没能跨出一步。子爵夫人即使沉浸在令人陶醉的感情里，也仍保持着清醒的头脑，善于及时恢复冷静，抽回冒失迈出的脚，避免摔倒的风险。贺拉斯也看到了这一点，她在向他进攻的同时，仍不忘保持自己的优势。她放肆地施展了三个星期的媚惑，却从不乱说一句于己不利的话。这场心理战可把贺拉斯折磨得苦不堪言，但又无法摆脱，他忘了其他一切，不考虑回巴黎的事，不敢写信给父母。老人如果知道儿子急于离开家乡，却在半路上逗留了这么久的时间，一定会为儿子的亲情淡薄而伤心。因此他宁可让父母翘首盼望他的来信，也不敢告知自己的行踪。

此时，玛特在他心里似乎根本不曾存在过。他一门心思只顾眼前。他强打精神，装出快活的样子与子爵夫人身边的那群人泡在一起。与子爵夫人单独相对时，他显得心事重重，诡秘莫测。夜里回到我家，他愁眉不展，少言寡语，心乱如麻，思想斗争剧烈，他欲做像维尔纳侯爵那样游戏情场的人，那就得继续仿效下去，可是劲头却越来越小。

子爵夫人苦苦思索着如何攻破这座迷人的堡垒，终于从文学方面找到突破口，她从贺拉斯嘴里探悉他是诗人，于是向他要作品看，贺拉斯从来没写过成篇的东西，无以回应，未免十分尴尬。但是子爵夫人对他的文学才能表现出极大的钦羡，她奉上这杯吹捧的毒酒，令贺拉斯大受鼓舞，于是他拿起三个月来没有动过的笔，绞尽脑汁，想来想去只有一个比较新鲜、比较完整的题材，那就是他与玛特的爱情及虚拟的自杀。他曾向两三个人透露过这个据称刻骨铭心，几乎使他殉情的悲剧的秘密，博得了他们的同情之后，玛特的死便在他的头脑里成为事实。这段富有戏剧性的经历，有效地激发了他的创作灵感。他写了一首没有韵味的诗，激动地朗诵给我听，他的激昂又给他的诗增添了几分感染力，令听者动容。我哪里知道这是他六个星期以来头一回想起玛特，我更没料到他为自己所写的挽歌流下眼泪，只不过是为给子爵夫人表演所做的排练呢，因为他对我隐瞒了他和子爵夫人情感上的纠葛，我当然是一无所知了。

　　第二天，贺拉斯把自称是两年前写的旧诗朗诵给子爵夫人听。这既标志着他在文学上取得的胜利，又标志着他与子爵夫人周旋的失败。我在这里要补充几句，贺拉斯初进夏伊城堡，多报了几岁年龄，以增成熟感。又把他写这首悼亡诗的时间提早了两年，使他更具拜伦的风度。不用说，他在子爵夫人面前朗诵他的悼亡诗时，比当我面朗诵时更有声有色，显得才华横溢。

　　朗诵到结尾时，他已哽咽，声泪俱下，子爵夫人哭得更伤心，几乎晕了过去。她流着泪向贺拉斯祝贺他的成功。唉，流泪往往因人而异，有因真正激动而落泪者，也有假装悲伤而落泪者，这类情况并不鲜见。这是19世纪在生理学、心理学方面的一大科学发现，我曾否认这项发现，但在现实生活里确实存在着许多极其严酷的例子。

具有这种天赋的人有一个微妙的共性：同类相逢容易堕入对方的圈套。贺拉斯明知自己哭并非出于怀念玛特。他却不知，子爵夫人之哭也并非出于感动。当他看到自己的哀诗引起子爵夫人心灵的震荡，狂喜之余，竟把自己的决心和侯爵的告诫忘个一干二净，他往列奥妮面前一跪，满怀激情地向她表白了爱情。他亢奋，全身发紧，眼里含泪，声音嘶哑，嘴唇发白，子爵夫人终于取得胜利，顿时春光焕发，增添了几分妩媚。但是，她费了那么多心计才使对方就范，岂能让他轻易得手？她要挫挫他的傲气，让他尝尝失败的滋味；细细品尝卖弄风情的女人所熟知的最大乐趣——看看对方如何哀求自己。

子爵夫人仿佛经历了剧烈的思想斗争，使劲推开贺拉斯的搂抱，让他跪在小客厅里，装出又惊又怕又羞赧的样子，跑进自己的卧室，把门反锁起来。

子爵夫人以为贺拉斯会不顾一切地破门而入，但是贺拉斯还不至于色胆包天而做蠢事。他跑出城堡，为自己被玩弄、被侮辱而气愤。贺拉斯拂袖而去，子爵夫人倒不认为他不识趣，而是觉得他傲气未除。这一点她的估计倒也没错。她庆幸自己没有轻易上钩，意识到必须欲擒故纵地逐步挫伤他的傲气，从而维护自己的尊严。

这种尔虞我诈的角逐持续了好几天。贺拉斯终于敌不过子爵夫人，赌气不再登门。子爵夫人几次以礼相请并

逗他说话，装作洗耳恭听的模样，如愿以偿之后，便不再理睬他。子爵夫人故意让他碰钉子，但又留有余地。她使出玩弄异性的本领，忽而态度诚恳、亲善，忽而惊愕、不安，似乎她由于一时疏忽，伤害了对方，因而歉疚地加以宽慰。列奥妮玩弄着贺拉斯，觉得很开心。可惜她搬起石头砸了自己的脚，在心怀鬼胎愚弄对方的同时，自己也上了当。她满以为自己在制服对方的怀旧之情，与严肃的爱情一比高低，把沉重的内疚蚕食无遗。可怜的玛特成了他们钩心斗角的筹码。子爵夫人以为，她竭力消除的是贺拉斯对玛特的怀念。殊不知这是贺拉斯为诱她上钩而自编自演的故事。到底是谁受骗？是贺拉斯还是列奥妮？他们都受骗了。等到休战之时，他们也就被这场处心积虑的游戏，折腾得筋疲力尽、兴味索然了。

27

当贺拉斯沉浸于这段自己一生中最难忘的幸福日子里时，历史掀开了严肃而沉重的另一页。这是1832年6月5日，以巴黎为舞台上演了一幕异乎寻常的悲剧，我的好几位朋友在其中扮演了角色。当时我对此事一无所知，但我还是把贺拉斯交好运的故事暂时撇开不谈，且说说亚塞纳和拉拉维尼埃在一场流产的革命造成的流血事件中的悲壮经历。在此，我并非反映让人们至今记忆犹新的血淋淋的惨剧，因为我掌握的资料有限。我仅知我这两位朋友被卷了进去。至于拉拉维尼埃是怎样被卷进去的，是早有预谋，还是被意外的情况牵扯进去的，也就是说，为了反对军队的挑衅，加入了为拉马克①送葬的行列，被至今仍让人莫衷一是的混乱情况裹挟进去的，我都不甚了了。亚塞纳本来不指望这场斗争获得胜利，却愿为它壮烈牺牲。看见他亲爱的朋友让在街垒后面进行殊死斗争，他便寸步不离，紧紧相随，分担他的危险，像所有背水一战的勇士们一样视死如归，无所畏惧。壮士们坚持到最后一刻，当军队攻入圣梅里教堂时，伤痕累累的拉拉维尼埃被一颗子弹撂倒了。

"我不行啦，"他对亚塞纳说，"我们失败了。你还可以活着逃出去，别管我，快走吧！"

"我决不离开你，让他们杀死我好了。"亚塞纳说着，扑到拉拉维尼埃的身上。

"想想玛特吧！"拉拉维尼埃劝道，"玛特可能仍活在世上，她只有你一个亲人了，你要好好照顾她，我把她的未来交给你了。为了她，我命令你逃出去。再说这里已经用不着留人了，刽子手们正在逼上来，这帮家伙都被复仇和酒磨灭了人性，这些可怜虫，以一百个对付我们的一个，还恬不知耻地以胜利者自居哩。你快跑吧，快！"

两分钟之后，英勇不屈的让倒在亚塞纳怀里再也不动了。军队占领了起义者们最后的庇护所——圣梅里教堂。亚塞纳是少数几个从屋顶逃出的幸存者之一。他们死里逃生，可谓奇迹。可惜没有几个勇士逃脱进攻者疯狂的杀戮。亚塞纳一次又一次躲进烟囱、天窗，每一次都被发

---

① 让-马克西姆利·拉马克（1770—1832），法国将军、政治家，波旁王朝复辟后被流放，1818年回国。他因病去世后，举行葬礼时，巴黎1832年6月5日和6日发生了暴动。

现，被追逐，但每一次他都侥幸逃出魔爪。他多处受伤，加上滚爬摔倒，已经用尽气力，几乎支持不住了，但是求生的欲望使他做了最后一次努力，打算从一个屋顶奋身一跃，落到另一个屋顶，然后进入他发现的下面几尺远的窗户。只需定一定神，横下心跨出一步就行了。可是，亚塞纳已是半死不活，神志混沌，拉拉维尼埃和他自己的鲜血混在一起，染红了他的胸部、双手和太阳穴。他由于精神和肉体上的巨大痛苦反而麻木了。求生的本能驱使着他，在死亡的边缘奋力挣扎。当接近屋檐时，他心里说：“上帝啊，如果我活着还有用处的话，求你保护我，否则，你就让我死吧！”他向前冲出一步，整个身子便跌落在对面的屋檐边沿。然后，他用膝盖和两肘向前爬，他的脚已经动弹不得了。他用膝盖顶碎窗户玻璃，顾不得这座破旧住宅的主人将会收留他还是出卖他，整个身子探进去滚落在阁楼的地板上，失去了知觉。在落地的一瞬间，他回光返照似的十分清醒，他分明看见了一个人。他的大脑滞重，麻木，但心里却涌起一阵狂喜，昏厥之后，脸上仍带着笑意。

亚塞纳瞥见的人是谁？他看见一位脸色苍白、瘦骨伶仃、衣衫褴褛的女人，怀抱婴儿坐在一张简陋的床上。那女人突然看见从屋顶跌落一个男人，慌忙把婴儿藏在身后。闪电般的一刹那，他认出了她。而且永恒地刻入了心头，什么痛苦什么创伤在一瞬间全离他而去，剩下的只有幸福，即使受两百年苦也铭记在心的幸福。这是他后来向我讲述的，他一生中最宝贵的一瞬感受。

那女人就是玛特。她当时没认出亚塞纳。她被苦难、贫困和精神上的挫折压垮了。她几乎有点呆钝，没有任何激情，心如古井里的死水般凝滞。蓦地看见掉下一个男人，她吓得魂飞魄散，但很快她就猜到了几分，估摸出这个不速之客的来历。从昨天黄昏一直到今天整整一天，她的住宅附近都枪声不断，进行着可怕的巷战，她听到厮杀的声音，心里在想："贺拉斯在战斗，每一声枪响过后，子弹都可能击中了他的胸膛。"因为贺拉斯曾经上百次地暗示过，一旦发生战斗，他决心投身进去。她以为他会这样做的。她也想到拉拉维尼埃，知道他斗志昂扬，时刻准备着参加这类斗争。相反，亚塞纳却曾多次以厌恶的心情回忆1830年的悲剧，所以她根本没有料到他会被卷进这场斗争。当她看见一个奄奄一息的男人跌落在地上时，她立刻明白这是败阵逃亡的人。她立刻下床去救他，也不管他属于什么党派。当她的灯光照到那张满是硝烟和血污的脸孔时，她觉得这人似乎有点像亚塞纳。她不相信自己的眼睛。她撩起围裙，揩去血污和硝烟，既不害怕也不恶心。这是饱经忧患、历尽磨难的人才能达到的境界。她挟起那血葫芦似的头颅，搁在自己的膝盖上，俯身察看一番。果然不错，正是她忠实的哥哥、她最好的朋友。她以为亚塞纳死了，将自己的脸贴在那张灰白的脸上。那张扭曲的脸上浮起一抹笑意。她亲了几下那张脸孔，欲哭无泪，心如刀绞、极度颓丧、绝望，心中一片茫然。

玛特心神镇定之后，摸摸亚塞纳的脉搏，看他是否还活着。他似乎还有微弱的脉搏，但因她自己的脉搏急速而分辨不清。玛特想找一位邻居来帮忙，转念一想，邻居的情况她还不甚了解，万一找来个坏人或胆小鬼，岂不是把

这个逃亡者送入虎口？她赶紧闩上门，回到亚塞纳身边，合掌向上帝祷告起来，也唯有上帝可以解救了。她竭力想抱起亚塞纳但每一次都抱不动，自己也摔倒了。她喘了喘气，突然产生了从来没有过的力气，像抱孩子似的，把沉甸甸的伤者抱了起来，放在她的帆布床上，让他和另一个不幸者——一个真正的孩子躺在一起。孩子睡得正香，还不懂得母亲的恐惧和忧虑。她神志错乱地对孩子说："看吧，我的儿子，这就是你的人生伊始！我的血为你施洗礼，一具尸体给你当枕头！"她把孩子的襁褓撕成布条，给伤者包扎伤口，揩去他头发上的血污，用手为伤口止血，把伤者的手拉到自己的嘴边呵气，想让它暖和起来，她痛苦地祈求上帝，她一无所有，别无他法。

上天有灵。亚塞纳恢复了知觉，他用尽气力艰难地对玛特说："别白费气力了，我受的伤如果是致命的，你再怎么护理也是徒劳，如果不是伤在要害的地方，就任其自然好了。愈合的早晚对我并不重要。而且我也不感到疼痛，给我一点水喝就行了，你歇歇吧。把手帕给我吧，我自己来止住胸口的血。用你的手捂住我两边的太阳穴，我不需要别的医疗器械，我不是在梦中吧，我这么幸福……是真，是幻？"亚塞纳惊恐地喃喃自问。他随即记起了拉拉维尼埃，但不忍心增加正在受苦的玛特之忧，他把悲痛放在心里，不作声了。他大口地喝水，但很快又抑制住自己，叫玛特赶快拿开，说道："受了伤的人不能喝水，否则就没救了。我不想死，玛特，有你在，我要活着。"

亚塞纳整夜在和死神搏斗，他唇干舌燥，渴得要命，但强忍着不喝水。玛特帮他止住了血。他受伤严重，但幸亏不是致命之伤，问题是精神上过度亢奋、悲痛和疲乏，因而高烧不退，神志迷糊。他浑身如被火灼烧，如果他控制不了冲动，他早就没命了。两天来他那种要毁灭旧世界的满腔激愤转过来毁灭自己了。然而，他虽陷入思想游离的状态，但仍有一种信念支配着，没有垮塌下来。坚强的意志抵御了肉体的痛苦和心灵的哀伤，他以惊人的毅力，战胜了高烧造成的幻觉和因绝望而起的杂念。他好几次挣扎起来，要撕开伤口，推开玛特（有时他因高烧而认不清人，误把玛特当成敌人），大声叫喊着往墙上撞去。但他立即醒悟，遏制了冲动。他双手合十，叫道："上帝，这是怎么回事？我在哪儿？我周围发生了什么事情？你不要我了吗？你要把我召唤回去了吗？我的上帝！"他又对玛特说："我是个男子汉，对吗？我不是凶手，我并不想滥杀无辜的！上帝会听我的祈祷！玛特，我面前真的是你吗？告诉我，你还有信仰，玛特，祈祷吧，为我祈祷，和我一块祈祷！祈祷我活下来，或者堂堂正正地死去，而不要像狗一样死去！"

说完，他把脸埋在枕头里，堵住了胸腔里发出的狂吼，他使劲咬住床单，以免把牙齿咬碎。当他的眼前幻象纷呈，玛特又变成可怕的影子时，他赶忙紧闭双目，集中思想排除它们。爱情和信仰帮助他战胜了这一切。

这场生与死的搏斗持续了将近十二个小时。每当亚塞纳痛苦不堪，几乎失去勇气时，他便叫唤着："我的主，我的主，你又要抛弃我了！"这时，玛特便跪了下来，把怀里的孩子托起来送到他面前，似乎这孩子身上会产生神奇的力量使他镇定下来。亚塞纳对这孩子还没有什

么概念，只是定定地瞧着他不吭声。但当他痛得受不了要号叫时，却会转过头去，害怕惊醒了孩子。有一次，沉寂了好长时间，他迷迷糊糊地待了阵子，突然问道："他死了吗？"

"你说谁？"

"孩子！这孩子不再叫喊了！赶快把他藏起来，强盗们会杀死他的。把他给我，我抱他到屋顶上去，他们就找不到他了。孩子是神圣的，其他一切都不打紧。快救孩子！"

亚塞纳谵语不断，在神志不清的情况下，仍展现了他的责任感和忘我精神。他一次又一次叫着："孩子，孩子得救了，是吗？啊，别担心，我们一定可以救他出去。"

他清醒之后，却看着孩子，不说话了。然后平静下来，睡着了。玛特疲乏至极，把孩子放在他的身边，她坐在床边的椅子上，一只胳膊搂着孩子，另一只托着亚塞纳的头，她的头也落在同一个枕头上。这大小三个不幸的人就在唯一的庇护者——上帝的眼皮底下睡着了。危险、贫困和死亡的阴影全部被摈斥在人类之外了。

但是，约一个小时之后，附近出现了低沉的嘈杂声，把这三个人惊醒了。玛特听到其中有陌生人的说话声和沉重急促的脚步声，吓得冷汗直冒，心脏乱跳。这是警察在逐户搜捕逃亡者。眼看警察止向坞特的家走来，玛特慌忙一把抓起毯子将亚塞纳全身蒙住，又翻出床下的旧衣物放在床上铺平，再把孩子平放在亚塞纳身上，又将撞碎的窗户玻璃藏好，挂上一条围裙代帘。把这一切做好之后，她才蹩出去，把房门打开。

一位好心的邻居老大娘，家里刚被搜查过，跟在警察后面来到玛特的门口。

"好心的先生们，你们看，这里只住着一个可怜的女人，她刚生过孩子，身体还没复原哩，请不要惊扰她。请你们行行好，这会把她吓死的。"老大娘对警察说。

那帮没有心肝的凶狠家伙没有理睬老大娘的央求，倒是玛特镇定自若的模样打消了他们的疑心，他们向房间环视了一遍，看到房间狭窄、陈设简单，不可能躲藏一个人，认为没有必要进去搜查，于是走了。幸而地上残存的血迹没被发现，亚塞纳又一次奇迹般地幸免于难。那位老大娘是个慈祥善良的好人，玛特生孩子腹痛难忍之时，她主动跑来相助，这回她又帮助玛特掩护逃亡者，还弄来食物和少许药品。但老大娘目睹当局对圣梅里教堂的战败者血腥镇压的情景，心里也很害怕，只能提供这么一点点帮助。玛特没敢迈出门半步，生怕有人闯进来，亚塞纳开始安静下来，生命没有危险了，玛特只盼他的伤口快些愈合。

亚塞纳并没有迅速痊愈，而是一个多月下不了床，非常虚弱，玛特夜里就睡在地面的稻草堆上。那捆稻草是她弄来做床垫的，但一直没钱买布套上。老大娘的日子也过得很艰难，亚塞纳的身体久不见好，玛特自己也很虚弱，干不了活儿，出门找事儿更是谈不上。离开贺拉斯两个月以来，她决心自食其力，不依靠任何人。生下孩子之后，就靠典当几件旧衣服煎熬度日。分娩时她饱尝了自己想象不到的艰辛和痛苦。坐月子时，把仅有的几个小钱也花光了。现在是两手空空。亚塞纳也是如此。前段日子，受拉

拉维尼埃的影响，预料巴黎必有一场动乱，为了全身心投入战斗，他把自己微薄的积蓄给了两个妹妹，打发她们去了外省。他以为自己一定会丧命，一个钱也没留下。两个受难者贫病交迫陷入了绝境。一个缠绵病榻，体力衰竭，另一个身子虚弱还得哺育婴儿，仅靠一点面包维持生命。玛特不敢请人修窗户，怕暴露秘密，招来杀身之祸，在这间不能挡风避雨的小阁楼里，夜间躺在稻草铺上。除了伤病饥寒的交侵，更有精神上的麻木和枯竭，那是长期饥饿、极度疲劳、高烧频发以及与世隔绝造成的。诸位也必想到，他们如果少一点傲骨，想得周密一点，本来早该向我和欧也妮告急的。但是他们宁愿在几个星期里，让苦难一点点地蚕食生命。

在极为困顿的日子里，唯有那孩子没吃大苦。母亲奶水不足，邻居老大娘常与婴儿共享自己的午餐，抱他到河边的花堤上晒太阳，他也和墙根下的野草似的，吸取一点水分和空气，便能倔强地生长起来。

亚塞纳面对厄境，始终保持坚韧的勇气，没有呻吟一声。他异常痛苦，但不是肉体上的，伤口不再恶化，而且逐渐愈合，已经完全脱离了危险。他的痛苦在于内心躁动不安，常常处于亢奋之中，亢奋过后是极度沮丧。所有这些他都隐忍下来，不让玛特知晓。他体内反复进行着较量，使得他的痊愈过程十分缓慢，出乎玛特的预料。事后，亚塞纳把当时的痛苦向我详述一番，我倒觉得他的愈合并不算慢，而是参详不透是什么力量使他在缺医少食的条件下康复得那样快。玛特被他瞒住了真实的病况，因而放心了一些。但有时候，她看见亚塞纳愣神不语，根本不在意伤口的愈合，以为他神经受到严重损害，以至性情大变，不知以后能否恢复。她哪里知道他正坚强地熬过每一天，每一小时，间歇发作的痛苦已在慢慢地减少。他尽力克制冲动，不让自己像孩子似的任性。他自知意志力绝不可稍有松懈，否则后果不堪设想。玛特时时担忧他的身体状况，他却仿佛并不放在心上。

有一天，亚塞纳闭着眼睛，似乎睡着了，隐约听见邻居老大娘和玛特的说话声。老大娘抱持善良、人道但又狭隘、世俗的观点，关心地劝说玛特，她说道："你有没有想过，我亲爱的，你收留了这个男人，这对你真是一个祸害？你本来已经很困难，现在平白无故添了一个人，一小块面包要分成两份吃。这小半块面包本来可以增加你的奶水。"

"我有什么东西不能与他分享呢，好心的朋友？"玛特苦笑了一下，答道，"可是，他每天只有一点点面包和一杯水加几滴牛奶勉强维持生命。这样下去，我真担心他活不下去。"

"所以，他会不死不活地拖下去。吃一丁点东西于事无补。你的好心全白费了，既救不了他，又拖垮了你。"

"我宁可和他一块死，也不愿意丢下他不管。"

"可是，你的孩子呢，饿死了怎么办？"

"上帝不会允许的！"玛特一阵哆嗦，叫道。

"我只不过说说而已，"老大娘的语气更温和了，"我也并没责怪你对他关心得过分了。对他人该怎么做我是明白的。可是，你可曾考虑过，你救他一命，结果却让你们一起进医院。这个小伙子大概还不知道他给你带来多

大的损害。他也没注意到你夜里睡在稻草上，从破窗吹入的寒风把你冻成什么样子，你的背脊会落下病根的。他一定是病糊涂了。你同意的话，让我和他谈一谈，我敢担保，他当天就会尽其所能爬到外面去的。然后，我和你就赶出去，搀他到医院去。他在医院里，比在你家里好得多。"

"把他送到医院去！"玛特大惊失色，叫道，"你不是不知道，医院得到指令，凡受伤入院的患者都必须立即交出去并规定每张病床的床头悬挂身份牌，以备警察随时检查，连负责救治病人的医生都不得不执行命令，否则就与犯人同罪。难道你要我把他交出去让他送死？在这个社会里，这类残酷的指令往往被人们严格地执行，甚至不认为可怕。不，不！即使这个世界成了杀人刑场，至少在我们这些受苦受难的妇女心里，在我们穷人的屋檐下，还存在着宗教信仰和人道主义。好心的邻居，你说是吗？"

"行啦，"老大娘撩起围裙抹去泪水，"往后你要叫我干什么，就尽管说好了。你刚才所说的大道理不知是从什么地方学来的，句句在理，符合上帝的意志，我听了很受用，我这就去弄点牛奶来，喂喂你的小宝贝，你的病号也要喂一些。"老大娘说着，亲了亲正在吮吸母乳的孩子。

"不啦，亲爱的朋友，"玛特说，"不要再为我们克扣你自己的了，我们拖累你够多的了。让你这般年纪的人陪着我们受苦，这是不公正的。我们还年轻，挨点饿能挺住的。"

"我就愿意克扣自己的，我就是愿意受苦！"老大娘生气地嚷道，"你把我看成什么人了？难道我是自私的、吝啬的坏老婆子吗？而且，这是冲着孩子、冲着仁慈的上帝托付给你保护的人，你有权力拒绝我对他们的爱和帮助吗？"

"那好吧，我接受你的帮助。"玛特伸出套在破袖里的两条瘦胳膊搂住老大娘的脖子，"我高兴地接受你的帮助。但愿在不久的将来，我们能报答你今天为我们所做的牺牲。因为上帝会重新赐给我们力量和自由的。"

老大娘走了之后，亚塞纳声音微弱地对玛特说："玛特，你说得不错，我们定会重新获得力量和自由。你用极大的同情心救了我，我会报恩的。坚持下去，我可怜的玛特，保持你的勇气，就像我咬紧牙关忍受一切考验一样。你这样受苦而我不仅不能减轻你的负荷，反而让你为我担惊受怕，我更要比你勇气更大才能忍受所有的痛苦。刚开始的几天，我恨不得爬上屋顶，随便死在别人家的檐槽里，就像一只中弹飞不了的鸟儿那样，以免拖累你。但是，靠着对你的爱，我有信心战胜伤病，只要有坚强的意志、求生的决心，我定能够活下去。你给了我巨大的帮助，我保证将来报答你，玛特，你瞧，上帝心中是有数的，冥冥中把我送到这里，让我接受你的帮助。你那么傲气，宁可躲藏起来，孤身一人，苦熬日子，也不肯接受我的帮助。现在，上帝既然送我来接受了你的帮助，以后你再也不能拒绝我，拒绝我的帮助了。我虽然没有金子、银子、房子，也没有才能和靠山，但我把全部的爱心献给你，我有两只手可以养活你和这亲爱的小宝贝。"

保尔说着，把孩子抱过来，亲了一下。这是他头一

回对孩子做出亲昵的举动。在此之前为了替玛特分劳，他常把孩子放在膝上摇着，晚上总是好几次搂入怀里哄他安睡，用自己的胸脯暖着他。此外却没有抚摸、亲吻过他。这时，两颗饱含着父爱的泪珠，从保尔的眼里落到孩子的小脸上。玛特忙用嘴唇吸掉。"啊，我的保尔！啊，我的哥哥！"她叫道，"要是你能爱他，这个可爱的、可怜的小宝贝！"

"别说了，玛特。我们不谈这个。"他把孩子递给玛特，"我还太虚弱，不能说太多的话，关于这一点我们以后再细谈吧。我会让你满意的。现在，我们继续受苦吧，这是上帝的意志。我看见你在挨饿，夜里睡在稻草上，我真想向你提出，让我睡地铺，你来睡床上吧。但我不敢说出来，怕你生气，会责备我。为此我感到十分幸福，也十分痛苦。我只好忍心睡在床上，眼睁睁地看着你受苦受累。我强抑着安慰自己说："一切很好。'唉！上帝，给我力量，让我取得最后的胜利吧！"

第二天，亚塞纳平静的时候又说："玛特，你为我所做的一切，请你别不把它当一回事，不要否认你吃过那么大的苦。你的为人我很了解，你总是不肯承认自己做过的好事。不实事求是的话，你会说得出来的。"

两人相对凄然一笑。玛特俯下身子，在她朋友的前额上印了一个纯洁的吻。这是他俩朝夕共处五个星期以来，玛特头一次这样吻他。在这之前，每当玛特自以为亚塞纳生还无望时，她就悲痛万分地走到他身边，像要永诀那样吻他，亚塞纳立刻生气地把她推开，说："别来吻我，你希望我死吗？"这回，从前的爱情仿佛在亚塞纳心里复苏了。除了这种短暂而且次数不多的激动时刻，他们对不幸的往事都决不提起。似乎只有快乐的、两小无猜的童年和在圣梅里教堂那段恐怖的日子是存在的，而这两者之间则是空白的。这可能是因为，一方谨慎地避免触及那段敏感时期的旧事，另一方则不愿重提徒增羞愧和伤感的往事。只有这天，两个人才同时平静地想到了，并且体会到这种回忆并不是坏事。亚塞纳接受了玛特这一纯洁的吻，而且他给孩子一个更深的吻作为回报。然后，他既伤感，又快慰地说："玛特，你可知道，这孩子长得多漂亮，有人说，初生婴儿都很难看，说这话的人，肯定从来没有用慈父的眼光仔细看过婴儿！"

28

贺拉斯频繁出入夏伊城堡之始，就向我们流露了他对子爵夫人的企图和希望。欧也妮认为这是痴心妄想，我倒不认为他没有成功的可能，不过并不鼓励他去争取成功。而且我直截了当地对他说，我看不起列奥妮的为人。我们冷淡的反应，使他很扫兴，有一段时间他再也不向我们吐露他的痴情话了。但当他如愿以偿之后，却又得意得憋不住了。和我们吃晚饭的这一天，席间大家交谈时，他有意把话题往子爵夫人头上引，夸她如何雍容华贵、思想超群，如何内涵深厚、千娇百媚，总想我们和他共唱赞歌。欧也妮曾经是子爵夫人的裁缝，早就清楚夫人的相貌和为人作风，看不惯贺拉斯的轻浮样子，说这个女人生性高傲、盛气凌人、矫揉造作，其实并没有什么迷人之处。

对于玛特的怀念以及看到她这么快就被遗忘，欧也妮很气愤，反驳贺拉斯的语气不免有点刻薄。贺拉斯大为不悦，怨她多嘴多舌，不识好歹，连可敬的子爵夫人也不放在眼里！贺拉斯故意抬杠，讥笑欧也妮根本不会欣赏具有这样地位和品德的女人，更看不见她的迷人之处。

"亲爱的贺拉斯，"欧也妮平静地回答，"我对你说的那些话并不生气，你有尊重任何人的自由。我坦率地对你表达我的观点，如果触犯了你，那么请你原谅。我也是出于对你的关心，怕你被这个女人折磨，受其侮辱。不少与你一样精明的男人上过她的当，还当着她的女裁缝们的面自鸣得意呢！我觉得是很缺德、伤风败俗的。"

贺拉斯更加冒火了。我再三劝解，让他安静下来，并再三强调，欧也妮并无虚言，都是千真万确的，提醒他三思。贺拉斯听了，再也控制不住自己，立刻顶了回来，大声宣称，这一回他再也不会冒蒙羞被拒的风险。如果子爵夫人想在战利品上再增加一件，那么，我完全可以无愧地在自己的纽扣孔里别上一枝鲜花。

"你不能那样做，"欧也妮淡淡地说，"一个体面的男人，不会以爱情的胜利为荣。"

"一个体面的男子不会以爱情的胜利为荣，那是因为他对自己的荣耀已感到满足了。但当他被迫丢丑时会供认自己的过失的。请你们相信，对于那些逼得我走投无路的女人，我一定会这么干。"

"你的朋友维尔纳侯爵的那套办法却不是这样的。"我说。

"维尔纳侯爵的那套办法，就是防止人家嘲笑他。在这方面他比你我都内行得多。我不敢说自己学到了手。各人有各人的办法嘛，只要能达到目的便是好办法。"

"我不知道维尔纳侯爵在这方面的想法如何。不过，对于你现在的想法如何，我倒是心中有数。"欧也妮说。

"那么，请你说说好吗？"贺拉斯说。

"好吧。你会理智而公正地权衡人家和自己所犯的过失，你会把一个女人吹嘘她拒绝了你，以及你自己吹嘘征服了她，给对方造成的损害做一番比较。你会发现，你是以侮辱报复对方的奚落。因为即使是上流社会的舆论，也是尊重得到情人尊重的女人，而轻贱被男人轻贱的女人，以她的上当受骗为耻。应该承认，在这方面，女人是很值得同情的，因为连最谨慎、最精明的女人，也会被前一晚还向她表忠的男人所蒙骗。事实就是如此。贺拉斯，你不要笑，回答我。子爵夫人嘛，我并不认为她是很容易亲近的。你不是花了很多工夫吗？在一段时间里，你不是向她大献殷勤，百般奉承，万般讨好吗？你不是向她表示你爱她，或者假惺惺地爱她吗？你说吧！"欧也妮滔滔不绝地说。

"亲爱的欧也妮，"贺拉斯以为欧也妮故意用话套出他与子爵夫人的真正关系，他有点惶恐又有点得意，"你未免有点冒昧吧，我没有必要向你坦白我和子爵夫人之间已经发生的和可能发生的事情。"

"我提的问题无伤大雅，你说出来并不会损害任何人。我提出的仅仅是个原则问题，你肯定不会要一个容易到手的女人，不是吗？"

"当然，男人就是喜欢追求那些会反抗的女人，征服

她们要冒风险，难度很大。"

"我了解你在这方面的傲气。我认为，你没有权力出卖任何女人。因为你曾经与她们有过海誓山盟，你信誓旦旦地保证忠于她们，为她们保密。如果你事后食言，毁坏她们的名誉，那就是背信弃义的无耻小人。"

"亲爱的朋友，"贺拉斯答道，"我知道你在泰布剧院学了套论战的本领，你总是站在维护妇女权益的立场上说话的。但是，不管你如何雄辩，我的回答仍然是，我不接受你所谓的妇女应居于支配地位的观点。你们妇女可以把我们当成傻瓜、奴隶、窝囊废，却不许我们要求平等，这是不公平的。哼！一个女人在几个星期里百般挑逗我，使我丧失了理智，诱使我跪在她的脚下，然后再恩赐我做她的丈夫或主人的权利。而在第二天，她又勾搭上另一个男人，把我冷落在一边。然后她扬扬得意地对取代我的男人以及朋友和女佣宣称：'你们看见那个大草包了吗？他不自量力，妄想追求我，现在我把他打发到应有的位置上去了，也摧毁了他的自尊心！'这太过分了。我不能容忍人家的玩弄，这是种侮辱，我必报复，让她一辈子都忘不了。在我们的法律中占支配地位的惩罚，不也意味着以牙还牙吗？"

"如果你认为这种惩罚合理，符合人道，我无话可说。推而论之，你可以赞同一切野蛮的法律条例。我想你的思想已经达到与它同等的高度了，我似乎听见你表示过。我本来以为我们每个人都可以通过个人行为准则去纠正法律中荒谬、不人道的东西，譬如在你与舆论的关系方面，你所追求的会比现在所声称的更伟大更崇高。"欧也妮从餐桌边站了起来，又说："我希望你刚才说的不过是戏言而已，正如我出身的阶级里某些好心人所说的，将来真的到了那种时候，你的行为会比你的语言更高尚。"

贺拉斯虽然坚持自己的观点，但心里亦暗暗钦佩欧也妮的高尚。欧也妮走出餐厅后，他颇为心服地对我说："你的欧也妮可谓妇女中的佼佼者。在才智方面虽稍逊于我的子爵夫人，但思想深度则过之。"

"子爵夫人真是你的了吗？"我抓住贺拉斯的手说，"老实说，我真为你担心哪！"

"为什么？"贺拉斯故作惊愕，脸上却是得意的微笑，"你们两个，欧也妮和你，以及说的那些丧气话，简直不可思议！难道说，我占有了世界上最可爱、最迷人的女人，反而成了世界上最不幸的男人？我不知道她算不算小说里描写的女主人公，即符合你们要求的完美无缺的女性，不过我没有你们那样清高，我只把她看作一件出色的战利品，一个迷人的情妇。"

"你爱她吗？"我问。

"天晓得我爱不爱她！"贺拉斯懒懒地说，"你的提问，未免有点出格。我曾经爱过，那是我一生中的头一回，也是最后一回。从那以后，我在女人身上只求寻欢作乐，刺激干枯的心灵。我追求爱情，就像投身战争那样，论不得人道主义，更谈不上道德观念，只有冲刺的勇气和极盛的自尊心。我向你老实承认，我这次得遂所愿，使我的虚荣心得到了满足，因为我得来不易，大费了一番心思和时间。你认为这很缺德吗？你又来说教了，是不是？你别忘了我已经二十岁了，虽然感情已死，但情欲仍很旺盛呢。"

"我觉得这一切都如空中楼阁般虚幻，我开门见山地跟你说，贺拉斯，你的虚荣是一块遮羞布，对你来说是一种卑微的感情。而事实上，在你的心里，伟大的感情比如爱情并没有干涸，我甚至认为，在你的心灵里还没有诞生呢，直至今日你都还没有爱过。你那因无知和自尊心而窒息的高尚感情，正在你心中悄悄地萌芽，如果它没有使你幸福，它必将折磨你。啊，亲爱的贺拉斯，你不可能是霍夫曼①笔下的那种风流浪子，更不可能是拜伦笔下的那种风流浪子。但你受这类诗歌中的人物影响太大了，跃跃欲试地要搬演到你的现实生活中来。你可知道，你比这些虚构的人物更年轻，而且朝气蓬勃。你并没有真正经受初恋失败的挫折，那不过是一次不如意的尝试罢了。这第二次你可得当心哪！即使你不是认真的，玩玩而已，也千万要警惕它成为你一生中后果惨重、一败涂地、让你抱恨终身的恋爱。"

　　"好吧，假如真的如此……"贺拉斯答道，过于自信令他不以我的忠言为注，"那就听天由命吧！列奥妮的确有激动人心的素质，她自己也知道。泰奥菲尔，真的，这个女人热烈地爱着我，并愿做出最大的牺牲，不惜干最荒唐的事情。她这份爱也许最终会激发我的真情，我们会有一段不平凡的日子，这正是我求之不得的激情，它可以医治我的麻木。"

　　"贺拉斯，"我叫道，"她不会真心爱你的。她从来

---

　　① 恩斯特·特奥多尔·霍夫曼（1776—1822），德国小说家、作曲家。

没有爱过任何人，永远不会爱任何人，她甚至不爱自己的亲生孩子。"

"你这是迂腐的说教，"贺拉斯很不高兴，"让我觉得荣幸的正是她没有爱过任何人，她献给我的是赤子之心，弥足珍贵。你的说教反倒扇起了我的情焰。当然，她如果是一位贤妻良母，就不可能成为迷人的情妇。你以为我真的这么傻，感受不到她现在的冲动？凭幻想自作多情？唉，她那热辣辣的如痴如狂的感情，与玛特那贞静单纯的感情多么不同！玛特是位信女，一位节妇，我以虔敬之心怀念她，她永远是我挚爱的圣洁情人。可是列奥妮，这是一个女人，一只母老虎，一个迷人的妖精！"

"她是一位演员。"我闷闷地说，"你和她一起进入后台之时，就是你活该倒霉之日！"

如果子爵夫人此刻身边也有一位净友，她必然会像我议论她一样议论贺拉斯的。但是，她也会和贺拉斯那样听不进去，她整个身心已经沉浸在狂热的兴奋里，以为贺拉斯恰如小说里描写的痴情男子，爱她爱得发了狂，这在她所遇到的男人里还未曾有过。因此她也不会听取别人的善意劝告，深信贺拉斯对她产生了热烈的爱，完全委身于贺拉斯了。其不过了为满足好奇心和虚荣心，如此而已。因此我们可以说，他和她是互相玩弄。

让我大惑不解的是，一个如此厉害的女人，早年又受过维尔纳侯爵的教化，在对待男人和洞察世情方面都十分练达精明，怎么会堕入贺拉斯的圈套呢？子爵夫人自以为贺拉斯对她一往情深，至死不渝，自以为贺拉斯盲目地仰慕她，以占有她这样一个女人为荣。她可谓聪明反被聪

明误，完全估计错了。贺拉斯的狂热只不过是昙花一现，没过多久，他的自爱突然促使他从昏沉中清醒过来竭力抗拒列奥妮的爱心。这个女人不知为何竟会判断失误，实在令人费解。我想，她是在一个完全陌生的领域里探索，企图从资产阶级中寻找她的爱情目标。她没有任何贵族的偏见，故而独辟蹊径，幻想在默默无闻的阶层里找一个情人，使自己显得与众不同，高深莫测，更富有魅力。她有一颗冷酷的心，但却有异常活跃的想象。她厌倦了她所熟稔的一切，男人们向她倾诉爱情时，刚吐出一个字，她就知道他们下面要说什么。贺拉斯独特的冒失劲儿，使她有新鲜感，正中下怀。但是，她只见到出身卑微的男人在这方面的优点，却没有估计到初出茅庐不懂人情世故的男人的种种缺点。在一个没有原则的社会里，取代原则的名誉地位和使人装作有原则的教育，更具有确切的优越性。

贺拉斯感觉得到那些所谓的才子佳人具有的这种优越性。他向往一切能提高自己身价和地位的东西，希望自己也具备他们那样的气质。可惜他只在小事情方面取得成功，大事情方面却仿效不来。他的本性和习惯，只在涉及无关痛痒的牺牲时才有所收敛。为了不失才子佳人的气派而需要牺牲虚荣心时，他就做不到了。第三等级的人的愚陋、自负、粗鄙又占了上风。这完全违背了子爵夫人的心愿。她爱的是贺拉斯的机灵聪敏，憨厚又不失风雅，但这些特点很快便消失了，她希望贺拉斯为了爱情不惜做出极大牺牲，显示英雄气概，却发现他半点这种热情也没有。

然而，贺拉斯还不至于堕落到如此不堪的地步，只不过心态有点畸变而已。最初他对子爵夫人确实很感激，向她倾诉了心意。子爵夫人满以为自己终于得遂所愿，又俘获了一个男人的爱情。这位新情妇过去所采取的方式，贺拉斯并不介意，而且高姿态地不去计较，没有猜忌、好奇和不快。子爵夫人对他说，他是她爱上的第一个男人。这话倒也不假，贺拉斯的确是她以这种方式爱上的第一个男人。贺拉斯听了觉得很受用，而且把这句话深深地镌刻在心里。因为他有相似的概念，即任何女人都未曾赢得他所激起的这种爱情。对列奥妮的种种小过失他并不放在心上，也从不好奇地去查问。这次与前面和玛特相爱大不相同，他丝毫没有过去徒然造成双方痛苦的妒忌心。一方面，因为在子爵夫人身边的生活以及维尔纳侯爵的熏陶，他改变了从前对女人品德的看法，放弃了旧日的理想，不再追求清纯的资产阶级女性，而把兴趣放在浪漫风骚、卖弄风情的时髦女人身上；另一方面，他取代了子爵夫人的旧情人，并不觉得有失面子。因为他们都是大贵族，其中可能有王公等显要人物，与接受咖啡馆老板普瓦松和伙计保尔·亚塞纳的情妇简直是天悬地隔，不可同日而语，况且，这些显贵为他开拓了胜利的道路，他还觉得光彩哩。以前，每当可怜的玛特以温顺、忏悔的态度检讨自己曾经的失足时，贺拉斯更是疑心四起，盘问不休。而子爵夫人恬不知耻地如数家珍地历数自己的一大串情人时，出于同样的傲气，贺拉斯反而认为可敬可贵，倍加尊重。

子爵夫人如果像玛特那样受到盘问，一定不屑于回答，即使回答，也绝不会隐瞒自己的所作所为。她并不以贞洁的女人自居，而且公开标榜自己有一颗年轻、热烈的心，不拒绝人家来挑起她的情欲。这是一种变相的卖淫，

善于因人而异，迎合对方的欲望。她对一些人说"我不能够"而受到对方尊重，对另一些人说"我希望能够爱"而引诱对方追求她。

自从贺拉斯成为子爵夫人的情夫后，两人紧密地厮守在夏伊城堡里。梅耶莱伯爵和其他崇拜者都风流云散，不再登门。霍乱把一些人吓跑了，一些人因此受到巨大损失，一些人获得可观的遗产。我们这个地区的疫情早已平息，列奥妮迷恋新欢，仍不把旧日的追随者召回来，并谢绝所有来访者，凡有来函，她都回信佯称立即要回巴黎了。可是，一周又一周过去了，贺拉斯暗暗庆幸没有情敌和他平分秋色。

子爵夫人表面上装得襟怀坦白，但终碍于上有婆婆下有子女，要求贺拉斯对两人的关系绝对保密。由于列奥妮小心谨慎，她和贺拉斯住的地方只有咫尺之遥，一来一往行踪诡秘，因此他们私通之事并无人知晓。列奥妮的生活习惯、高谈阔论、旁若无人、说话卖关子、故作神秘、矫揉造作等等，使她的私生活披上一层朦胧的薄纱，在外人看来高深莫测。得其青睐者巴不得遮遮掩掩，使他们的艳遇增加几分浪漫色彩，被拒的追求者则不敢透露内情，以免自己出丑。贺拉斯是新的幸运者，得以陪伴其左右的宠儿。但人们评论起这类人时，说道："他们看似幸运，但没有一个真正幸运的，她给予每个人相等的宠爱，但亦和他们保持相等的距离。"贺拉斯当然不会甘心俯首帖耳地担当这类角色，他渴望压倒一切情敌，即使实际上做不到，表面上也要这样，好让众人认为他是唯一得到子爵夫人真正宠幸的情人。然而，没过多久，贺拉斯由于愿望落空，苦恼起来了，因为他的幸运没人知晓，他的胜利没有引起反响。他大为扫兴，只得以半遮半掩的方式向我以及另外几个他不大熟悉、不至于泄密的人透露，以图宣泄胜利的快意。但那几个听者却不相信真有其事，说他吹牛。

因此，贺拉斯反而丢了自己的脸，提高了子爵夫人的身价。当她获悉此事之后，便断然否认，以惊人的冷静、温婉如天使的口气说："我不相信贺拉斯会说这种话，他可是个体面人哪，绝对不可能造谣中伤，散播与事实相反的谰言。"当她单独见到贺拉斯时，她用婉转而严峻、温和而嘲讽的方式让他自省。贺拉斯只好憋着一肚子气，扑向子爵夫人，矢口否认泄密了，并花言巧语地讨她的欢心，以图重新获得她的信任和尊重。可此时此刻已是落花有意，流水无情，列奥妮的好奇心和虚荣心得到满足后，对贺拉斯完全失去兴趣了。贺拉斯把夸张的赞颂运用在交谈中，在散文或诗歌形式的情书里，他搜索枯肠，把追求时髦爱情的华丽辞藻都用光了，前言不搭后语地堆砌形容词，满纸都是感叹号，把列奥妮誉为绝无仅有的妙人。诸如此类，令列奥妮腻透了。她毕竟是个有头脑的女人，对这类拙劣的手法，不久便嗤之以鼻了。她涉足情场多年，可谓见多识广，觉得这种爱情与她经历过的相比并无新奇之处，只不过表现方式不同罢了，犯不着在众人面前听他幼稚可笑的胡诌和耳熟能详的爱情用语。她渐渐地疏远贺拉斯，关系也一天比一天别扭，勉强持续了一个月，她决意把他甩掉，以便在暂未找到更可心的人之前，与梅耶莱伯爵重拾旧欢，后者终究是个丰神俊秀的公子哥儿。

子爵夫人从来不会为自己的过失脸红，她要让令自

己犯错误的对方感到羞愧。她偶尔也会坦然地吐露自己的隐私，但绝不会说出任何人的姓名。从被维尔纳侯爵占有开始，她便把受污的羞愧深埋心底。她与侯爵后来仅仅保持着父女般的关系。但是，在与其他情夫厮混时，她企求抚平这个创伤、洗刷掉这个污点，始终未能找到有效的方法。因此，凡是不能或者再也不能博得她欢心的男人，她便弃如敝屣，不屑一顾。而对博得她欢心的男人，她亦存戒备之心。即使与人谈及隐私，她也从不肯承认被什么男人征服过，更不会采取有损名誉的行动。她的这种做法，一般会得到情人们默契的配合，他们或守口如瓶，或自动退出，断交而不出恶声。因为他们都来自上流社会，都和她那样，既不留恋，也不报复。但是她对贺拉斯的预见却不太准确。她满以为贺拉斯很稚嫩、单纯、天真、痴情，疏于防范。及至贺拉斯企图把奸情泄露，迫使她公开做他的情妇，她才不禁心头火起，方知他是所有男人中最为寡廉鲜耻的一个。发誓要把他驱逐出去，而且要狠狠地报复，决不手软。"你在什么地方犯的罪，就要在什么地方受到惩罚！"她恶狠狠地对贺拉斯说，"你居然妄想成为我的主人，我要你成为我面前的小丑！你如此狂妄，必然自食其果。你追求虚荣，最后只能名誉扫地，变成众人唾弃的坏家伙！你等着瞧吧！"

对于这样的报复，贺拉斯并不感到意外。他准备迎战，于是他们之间展开了一场新的对垒，不再是为了相互利用，而是为了相互毁灭。

29

在这段时间里，我们无从获悉我们最关心的三个人的消息。玛特估计已经不在人世了；拉拉维尼埃呢，他的伙伴们多方寻找，连个踪影也没有；至于亚塞纳，本来说好会写信来的，谁知却是音讯杳然。据大家推测，拉拉维尼埃已丧生于圣梅里教堂。6月5日那天，最奋勇的"漆皮帽分子"一直和他并肩战斗，坚持到晚上，这批战士分散去寻找枪支、弹药和给养了。次日早晨，他们便再也不能返回与起义者会合了，因为起义者被困在他们最后的庇护所里。这些大学生是否都有视死如归的大无畏精神，以身涉险和起义者会合奋战，我不得而知。不过，其中确实有几个曾经试图冲进去。当那座庇护所被攻陷时，他们趁一片混乱之机，奔入里面寻找拉拉维尼埃，希望把他搭救出来，至少要找到他的尸首。最后，他们大失所望，卢维只找到他的一顶红色帽子，他们把它作为珍贵的纪念品收藏起来。他们猜测可能被捕了。不久对被捕者进行审判，名单上并没有拉拉维尼埃的名字，于是他的下落便成为一个谜。他的朋友聚集在一起悼念他，发表演说，唱挽歌，大家都哭了。挽歌由他们当中一人作词，另一人谱曲。

拉拉维尼埃的朋友就在这时给我写了一封信，向我打听保尔·亚塞纳的下落，我才知道亚塞纳也失踪了。我去信给他的两个妹妹，她们也不清楚哥哥的行踪。路易丝还在信里大诉其苦，从她自己的利益出发，对哥哥的安危表示关切。信的结尾写道："我们失去了唯一的依傍，为

了活命，我们不得不日夜干活，以免受冻挨饿。"

当我们陷于凄惶之时——贺拉斯无暇顾及此事，虽然后来我们对他提起时，他对让和保尔倒也表示了由衷的怀念。保尔正在玛特那间与世隔绝的阁楼里调养，伤势慢慢好转，身体进入了恢复期。玛特看见街区已恢复平静，便出门了。邻居们对她隐藏爱国者之举略有耳闻，但都守口如瓶，因此逃过了警察的眼睛。不过，有一个迫在眉睫的问题，就是亚塞纳能够行走出门时，如果被人认出怎么办？这里肯定有人曾经在街上和被攻占的那座教堂里见过他，认得他的模样。只要他一露面，一些不怀好意的人或者冒失鬼，一定会嚷嚷开来，被偶然经过的密探听见，那就糟了。所以他们必须换个地方居住。亚塞纳决定搬到巴黎的另一头安身。他已经能够行走，大可趁黑夜无人时悄悄地溜出阁楼，逃离这里。他的困难在于舍不得离开，撂下玛特孤孤单单地苦熬日子，还得受房东的欺压，心里万分不忍。玛特交不起房租，房东上门逼债时，一定会发现那扇被砸碎的窗户，房东大发雷霆时，必然把玛特扭送警察局。亚塞纳琢磨再三，觉得坐以待毙不是办法，最后决定还是逃出去再说。他把情况向卢维说了，卢维立刻叫了一辆出租马车，把他送到贝尔维尔安置下来。然后，卢维又带了钱交给邻居老大娘，解了玛特的燃眉之急，并找了一位可靠的同志悄悄把破窗修理好。不久后，卢维把玛特母子和不愿离开他们的邻居老大娘，接到亚塞纳居住的破旧房子里。他把自己的通行证借给亚塞纳，让亚塞纳暂时改名叫卢维。卢维是个挺不错的小伙子，在拉拉维尼埃的朋友中，数他最穷，但也最慷慨。亚塞纳本不忍接受他的资助，但想到玛特，只得收下了。卢维不待他们嘱咐，半路上就表示为他们保密，请他们放心。后来的事实证明，他果然没把他们的行踪泄露出去。我们当然也就被蒙在鼓里了。

保尔刚刚安顿下来，便忙着出去找工作。但是，他的身体还很虚弱，经不起劳累，一下子便被雇主辞退了。他休息两三天，又去给铺路师傅当小工。家里已经断炊，他没有选择的余地，但他对师傅交给他干的活儿一窍不通，又一次被辞退了。他先后当过酒店伙计、灰浆搅拌工、搬运工人、舞台置景工、鞋匠、挖土工……总之，只要可以挣到一块面包不管什么重活他都不惜流大汗出卖苦力。但没在一个地方干得长久，因为他尚未复原，虽然使尽力气还是不如别人。家里的窘境日甚一日，陷于捉襟见肘的地步。老大娘也去外面揽些织补的活儿来帮补家用，但挣不到几个钱，顶不了事。玛特也找不到活儿干。她容颜憔悴，衣着破旧，又在哺乳期间，谁也不肯雇她。她做过家庭杂工，每月才挣六个法郎。后来她在贝尔维尔剧院找了份缝纫戏衣的工作，但演员们常常不肯给钱。她要求剧院让她当包厢引座员，剧院嘲笑她没有自知之明，那是个重要职务。剧院可怜她，允许她去为演员们穿衣服，她手脚麻利，人又灵活，那些妖艳的女演员倒也十分满意。

保尔当舞台置景工，时间虽然短暂，却听了一些戏，留意观察了演员们的演技，萌发了学戏的念头。他的记忆力极强，旁听两次排练，就能把所有角色的台词记得一字不差，剧院经过考核，认为他具有扮演严肃角色的天赋，但已另有其人，只剩下一个演滑稽剧的空缺。他一开始扮

演了一个耍无赖挨了打的仆人。亚塞纳在舞台上爬着，心里羞愤交加，双膝因为屈辱而发抖，又饿又乏，满腔愤懑和激动，他只得咬紧牙关把一切都咽进了肚里。他悲惨、僵硬的表演与所扮演的角色大相径庭，遭到观众的起哄，他默默地忍受着这些屈辱。他并不是眼里没有观众，也不是下意识地抗拒，而是为了养活玛特和年轻的孩子，求职十分艰难，所以不管干什么，他都得豁出命去干。他心目中已把玛特当成妻子，在上帝面前将贺拉斯的儿子视如己出。剧院对这类起哄见惯不惊，没有怎么责怪他，只劝他不要再冒风险了。但他发现亚塞纳在观众喝倒彩的时候能够保持冷静，也注意到他颇有素养，发音清晰，台词念得准确，记忆力惊人，对话默契，认为他有培养的空间，并给他提供实践的机会，让亚塞纳担任提词的工作，他都能胜任。而且很快便显示出他的多才多艺，进行服装设计、布景绘画等。绘画尤其出色，既懂得鉴赏，技巧又很娴熟。他过去师从杜索梅拉尔先生所学到的本领，现在总算派上了用场。他待人谦虚，工作踏实，为人厚道，干劲大，有修养，有组织能力，因此受到剧院的器重，很快获得一个相当于总管的职位，薪酬达几百法郎，而且按时发放，不拖不欠。他终于结束了几个月来那种绝望、煎熬、痛苦和操劳的日子。

　　玛特这边，她在给演员们穿衣服，在后台为演出帮忙等一系列的工作中，积累了有关舞台的知识。她天资聪颖，很快便领会了演员这一职业的内涵，以及其中的乐趣和艰辛，几乎不费什么气力就记住了每一出戏。回到阁楼就和亚塞纳切磋，分析剧情，评价演出效果，都相当中肯和精辟。她还调皮地模仿女演员的拙劣表演，之后她按自己的体会表演她们的角色，动作和表情都很自然、优雅、真实动人，亚塞纳和老大娘看了都感动得掉泪，孩子觉得母亲的动作和声调新奇有趣，乐得在老大娘怀里大喊大叫。有一回，亚塞纳夸赞她："玛特，你如果上台表演，一定会红起来，成为出色的名演员哩！"

"如果你同意，而且我能继续得到你的尊重的话，我很想去试一试。"

"我怎么会不尊重你呢？我自己不也当过一次蹩脚演员吗？"亚塞纳答道。

玛特得到剧院里一位风头最劲的女演员的关注。那位演员为了压一压对手——青年女演员，特意给玛特担任一个角色的机会，玛特因而崭露头角，半个月之后就被聘为正式演员，薪酬五百法郎，服装另算，还有三个月假期。他们终于时来运转，熬出了头，手头宽裕，工作有保障，日子越过越好。老大娘也跟着享福了，她为这对年轻朋友的成就感到自豪，经常抱着孩子到繁华的街上溜达，在那些散步的人面前，把孩子举得高高的，神气地说："这是亚塞纳夫人的儿子！"

玛特用了亚塞纳的姓，与他住在一起，附近的人都以为他们是一对夫妻。然而，她既不是他的妻子，也不是他的情妇。论理，这种状况未免有失庄重。但对玛特来说，却是有利的庇护，亦是谨慎的措施。否则，就会招致闲言碎语或带有侮辱性的调戏。他们认识到不能再继续混迹于劳工队伍了。他们并不是鄙视父辈走过的道路，对从事吉卜赛艺人那种浪迹天涯的职业不敢心存奢望，而且也不感

兴趣。只有从事艺术是他们唯一的出路，是保障他们的物质生活和精神生活的最佳办法。在当前等级森严的社会里，只有靠荫袭才能获得地位，凭个人拼搏获得地位者可谓凤毛麟角。无产阶级要取得地位，则要求具备某种特殊本领，亚塞纳既不具有，也不可能造就。但他并不考虑自己的前途如何，只求为他所爱的人创造一定的幸福，因而他并不打算精通某种特殊本事。如果他是单身一人，他会耐心、勤奋地学习一门专长，可是，现在的他身负家庭的重担，没有选择的余地，凡是可以挣钱养家糊口的工作他都得干。只恨自己身体尚未复原，对于需要气力的劳作，他力所不逮，往往陷于失业的窘境。这个自私的文明社会没有给天资聪颖、身体衰弱的穷困青年留下一席之地。亚塞纳有卓越的才能，甚至天赋异禀。可是全都吃了闭门羹。因为他贫穷又无名望。当画家，学习过程太长，他学不起；当行政管理人员，他没有靠山；当小职员也难于上青天，一个名额起码有五十个人在候着。而得到录用机会的并非靠本领，而是钻了任人唯亲的空子。亚塞纳只能在戏剧界闯一闯了。这座大门能否闯入得看机会和运气，而决定因素更在于勇气和才能。戏剧界倘若不为社会所迫成为收容渣滓的场所，那它确实是个群英荟萃的地方。这里拥有最聪明、最漂亮的女人以及禀赋惊人的男人。但是，在崇尚宗教的时代，能够在语言方面有所创造的男人以及能够成为祭司和启蒙者的女人，他们屈居笑剧的角色，为大多数都是鄙俚甚至渎神、猥琐的观众逗乐，如果要求他们具有高尚的心灵、伟大的思想，岂不是缘木求鱼？他们被迫违背了自己的意志，扭曲了感情、心灵，逐渐变得麻木了。有许多例子表明，在这个艺术家阶层里，要获得荣誉和尊严虽非易事但至少是可能的了，我指的不仅是红极一时的大艺术家，或是具有社会权威地位的人，在寂寂无闻的底层艺术家里，亦不乏纯洁、勇于攀登、值得尊敬的人。

　　玛特便是一个新的例子。她身材窈窕，头脑灵活，待人热情，天资聪颖，虽然没有受过什么教育，对艺术作品的精神实质揣摩不深，但能领悟其中高尚的感情，并且能够恰如其分地表现出来。她本身具有令人惊艳的魅力，天生丽质，有些角色需要她付出巨大的努力，以自己的天赋，把自己非凡的魅力掩盖起来，她无怨无悔地做到了这一点。她甚至不知道，她的灵感和默契究竟是怎么产生的。过去在阅读小说和幻想时激发过类似的兴奋、颓唐、热情，但隐而未发，后来导致了对贺拉斯的爱情。戏剧让她锲而不舍地学习，为她提供了充满激情的职业。亚塞纳深知，她温柔而活泼的心灵需要有所寄托，因而鼓励她去尝试，虽不免有一定的风险，却并无大碍。自从各自有了奔头之后，亚塞纳感觉他们充满干劲，心境亮堂起来。玛特的目标，是努力工作，确保自己的孩子受到良好的教育。亚塞纳的目标是协助玛特完成心愿，同时尊重她的独立，这一点尤其重要。因为玛特在此之前一直处于受惠者和被保护者的地位，常常引以为耻。大部分妇女正是由于处于类似的地位而成为男人的附属品。玛特自从摆脱了别人的庇护，独自面对生活以来，觉得自己是一位母亲，是一个弱小者的保护人，心里既舒坦又自豪，因长期依附男人而低垂的头抬起来了。她想到与亚塞纳结合又要成为被

保护者，心里十分矛盾，也很痛苦。现在，她不必再为此痛苦了，她可以不要亚塞纳为自己做出牺牲了，对他所做的牺牲也无须羞愧不安，而是坦然地接受了。因为亚塞纳不再是她为了抚育孩子而无奈接受的丈夫，也不是为了感恩图报而曲意侍奉的情人。在她看来，亚塞纳有如一位兄长，他对她出于纯粹的爱，而不是怜悯，他让自己的命运和玛特母子的命运结合在一起。他不是对她既往不咎的恩人，而是乞恩似的求她施与共同生活的幸福。这种超乎想象的地位，使玛特大为振奋、欣慰，也富有自豪感，她强烈地感受到这一点。自从他们6月6日神奇地重逢以来，亚塞纳没有对她说过一句求爱的话。玛特惶惶不安地等待着他爆发长期压抑着的爱情，但亚塞纳似乎战胜了它，显得很平静，对玛特尊重而亲切，忧伤而不失活泼。他们没有做过任何表白。亚塞纳只是一再要求她，不要让两人分开，再受单独谋生之苦。在双方事业有成之时，亚塞纳终于开口了，他的表达是那样高尚，纯朴感人，玛特的回应是一头扑进他的怀里，叫道："属于你，完全属于你，永远属于你！我早就下了决心了，我还以为你放弃了呢！"

"我的主，你终于可怜我了！"亚塞纳激动地向上天伸出双手，"可是，这孩子呢？"

"亚塞纳，你考虑一下，你要像爱我那样爱我的孩子。"玛特扑到儿子的摇篮边说道。

"你的孩子和你是一码事，"亚塞纳答道，"我怎么能把你和孩子分割开来呢？提起这件事，我有一个重要的问题要问你。我们要提到一个很久以来避免谈及的名字，你不要生气，现在我们的关系已经明确，我们都归属于对方了，这孩子就应该属于我们两人，是咱俩最心爱的东西，不能容许第三者分享权利，你自从离开贺拉斯之后，和他还有什么联系吗？"

"没有任何联系。我一直不知道他在哪儿，不知道他想些什么。不瞒你说，有时我想知道。虽然我对他已没有任何感情，但还是有点可怜他，希望知道他的消息。不过，我始终克制着，不向你打听他的状况。"

"你打算怎么办？今后对他你决定如何处理？"

"我没有想过。我希望永远不再见到他。但愿这种事不会发生。"

"可是，万一他来向你讨回他的孩子，你怎么办？"

"他的孩子！他的孩子！天哪！"玛特脸色煞白，叫道，"一个他不认识，甚至不知死活的孩子？一个他不想要却让我怀上了的孩子？一个给我喜悦而他却厌恶的孩子？一个他要求我打掉的孩子？不，这不是他的孩子，永远不是他的孩子！啊，保尔，你怎么还不清楚贺拉斯是怎样对待我的！他侮辱我、憎恨我、拖垮了我，这些我都可以不去计较，但是，他憎恨、咒骂我腹中的孩子，我永远不能原谅他。不，这孩子是我们的，不是贺拉斯的。你以你的关怀、慈爱和牺牲与孩子构成真正的父子关系。既然一个男人可以狠心抛弃他的孩子，而没遭到社会的谴责，那么血缘关系就是毫无意义的。我已经运用法律的武器，割断了这孩子和贺拉斯的关系。奥林匹大妈曾抱着孩子去区政府办理户口登记，他登记在我的姓名下，而在父姓一栏里填写了'无名氏'，这是贺拉斯应得的惩罚。这种报复是很严厉的，如果他良心未泯。"

"我的朋友，"亚塞纳说，"我们现在提到的这个人，虽然意志薄弱但并非大恶之人，他也遭遇过不幸。对他过于责备和怨恨是并不恰当的。你的报复的确够严厉的，将来你也许会后悔。贺拉斯不成熟，有些孩子气，可能一时改变不了。不过，总有一天他会成熟起来，改过迁善的。那时他会悔恨当年少不更事，因对你犯下的大错而终生愧疚。如果有一天，他见到这个漂亮的孩子，在你的细心培育下变得极其可爱，如果你拒绝他搂抱这个孩子……"

　　"亚塞纳，你太善良了。宽厚蒙住了你的眼睛。"玛特伤心地打断亚塞纳的话，"贺拉斯永远不会爱自己的孩子，在心灵最健全的青春期，他没有产生父爱；到了世故的自私年龄，心中只有自己了，更不可能产生父爱！如果儿子会给他带来荣誉，他也许还会产生一点兴趣。但可以断言，他绝不可能按照我的愿望，给孩子提供教育和树立榜样。所以，我绝不能让他拥有这个孩子。绝对不行，以任何方式都不行！"

　　"那么，"亚塞纳问，"你的决心毫不动摇了？将来不会后悔吗？"

　　"我决不后悔！"玛特断然回答。

　　"既然这样，解决的办法再简单不过，让这孩子成为我的儿子。这里的人，谁也不清楚我们的关系，都以为咱俩是夫妻或情人。戏剧界向来不会要求成双的男女交出他们结合的法律证据。我们也默认了人们的舆论，因为这对我们的安全有好处。只有奥林匹大妈知道我们的真实情况，但她为人小心，又很忠实于我们，不会把我们的意图暴露出来。所以目前我们不会有什么麻烦事。但是，我们总有一天会遇到老朋友之中的某一位的，玛特，你怎么对他们解释呢？"

玛特愣住了，忧形于色地思忖了一会儿，随后毅然决然地说："我们就像对其他人那样，说这孩子是你的。"

"你有没有想过说这种话的后果，我可怜的玛特？贺拉斯的妒忌心在他的朋友中可是出了名的啊，难道你忘了吗？人们对你的了解却比较少，因此会以为贺拉斯的妒忌并非毫无根据，你是在欺骗他。贺拉斯误解你、指责你，你尚且无法忍受，如果众口铄金，甚至连一向相信你的朋友，例如泰奥菲尔、欧也妮等人也产生怀疑，你受得了吗？"

"当然，我会很伤心。"玛特脸色苍白，说道，"因为我向来很有自尊心，对别人的诽谤十分气愤，何况现在被人认为我曾经很放荡、善于撒谎骗人，不过，这又有什么要紧的？大不了骂我蠢、贪慕虚荣，没等孩子生下来就离开贺拉斯出走了。"

"人家会说，贺拉斯发现你不忠，欺骗了他，所以才把你撵走的，这样，他就可以自欺欺人地洗刷自己的罪过。"

"啊！这倒是真的！这可以使他逃避天罚。让他为放弃做父亲的义务找到遁词，逃避良心的谴责，看到你代替他负起父亲的责任而心安理得。不，我要让他知道你的伟大，你的爱情的纯洁，我要叫他羞得无地自容，不得不承认：'玛特投入亚塞纳的怀抱是合情合理的。'"

"他怎么看我倒无所谓。对我来讲，更重要的是不能

让他恶人先告状，向你的朋友嚷嚷："你们看，我可没有冤枉她。她果真是亚塞纳的情妇，同时又是我的情妇，她怀上了孩子，我骂她是有原因的。她想生下来的孩子有两个父亲，天晓得谁是孩子真正的父亲！该归哪一个我都说不清哩。'"

"你的话有道理。好吧，对老朋友不妨实话实说。如果有那么一天，我不幸遇见贺拉斯，我要理直气壮地对他说：'你不愿意要你的孩子，但有另外一个人心甘情愿地承担了做父亲的义务。这个人不愧是我的终身伴侣、爱人和兄长。'"

玛特说着扑到亚塞纳的怀里，雨点般地吻他的脸。泪水把他的脸孔沾湿了。然后她把孩子从摇篮里抱起来，郑重地交给亚塞纳，后者双手捧着孩子，举目望天，请上帝做证接受了这个义子。世上任何仪式都没人间真情神圣和庄重。

30

夏末，子爵夫人借口有紧急事务要处理，把回巴黎的时间提前了，其实是要摆脱她开始讨厌的贺拉斯。在此之前，她给老朋友维尔纳侯爵寄去一封信，向他请教对策。同时讲述了自己对贺拉斯从喜欢到厌恶、蔑视的经过。另外，对贺拉斯泄密的怨恨及对方有可能报复的担心，全告诉了侯爵。她承认自己把贺拉斯捧得高了一点，结果弄巧成拙，招致贺拉斯妄图独占她，进而心怀忌恨，扬言要

对她进行反击。就如卡尔德隆[①]笔下的一个人物。惊悸之
余，她特向侯爵求计，帮助她甩掉这个疯子。

侯爵在回信中说："果然不出我所料，这个年轻人赢
得我的欢心，更赢得了你的欢心。他既有天才人物的种种
优点，亦有无耻小人的种种劣迹。他爱你，但很快就会恨
你，因为你对他的爱和恨都不能遂其所愿。他爱你也好，
恨你也好，对你都是有害无益。欲免受其害，唯有促使他
对你冷漠起来。但你切莫亦冷漠相待，否则反而会激起他
的欲望，引起他的怨恨，让他干出狂妄之事，你要反其道
而行之，表现得更加热烈，更加妒忌，更不公正，给予更
厉害的威胁。使他感到害怕，使他激动得精疲力竭，对你
的刁难感到厌烦，你就做西班牙式的情人，使他非常苦
恼，巴不得摆脱你。让他主动迈出决裂的第一步，粗暴地
对待你。于是，你就得救了，这个时候，你甩掉他便名正
言顺了，因为理亏的是他，而你是受屈辱的一方，为了无
法忍受的气愤和维护自尊而出此一着。收场之事由我负责
好了。我会敷衍他，听他的投诉，然后指出完全是他的过
错，令他对你又恨又敬。他可能会涎皮赖脸地求你重拾旧
欢，那么你必须冷酷无情。他也许假装要自杀，其实只不
过做个样子，给自己轻轻地划上一刀罢了。他才不舍得放
弃今后的风流岁月哩。这样一来，他的狂妄之举正好帮你
抬高了身价，所有的人都知道这个小伙子爱你爱得发狂，
但你不屑理他，让他枉费了心机。他羞怒之下可能又向人
吹嘘他过去与你如何亲密，人家便会把他当成疯子，一个

① 卡尔德隆·德·拉·巴尔卡（1600—1681），西班牙剧作家。

狂妄之徒。我可爱的朋友，你将会更添光彩，更增声威，在女人们中造成轰动效应，男人们蜂拥而至，跪倒在你的脚下。"

子爵夫人向良师讨得主意，便依计行事。她佯装非君莫属般痴情，令贺拉斯胆怯起来。子爵夫人接着步步紧逼，约他私奔，贺拉斯为此很是得意了一阵，心想这下子他可就成为轰动性艳闻的中心人物了。一位有头脑、有地位的贵夫人，居然爱他爱到不顾后果要与他私奔！他将名震上流社会，到处传诵他的名字！子爵夫人看见他犹犹豫豫的拿不定主意，故意表现得很伤心，身子直发抖。二十四小时之后，贺拉斯想到和这样一个多疑善妒、专横跋扈的女人长久厮守，并不是一件轻松的事。而且，在私奔的路上，好奇的人们会一哄而上，观看和他私奔的女人，议论纷纷："瞧，她并不那么漂亮啊！""年纪也不轻啦！"那时他该多么难堪。他再三掂量，婉拒了子爵夫人愿为他做出的牺牲。他说，自己很穷，不忍心让一位养尊处优的夫人陪他过苦日子。这个借口倒也符合实情。子爵夫人表示她根本不计较这些，甘愿受苦，她鄙视和憎恨上流社会。当她确知贺拉斯拒绝私奔时，立刻放下脸面，骂他不是真心爱她，大概是爱上欧也妮了，还信口胡编种种怀疑的理由，一边拉头发一边号啕大哭，最后把贺拉斯轰了出去，立即着手准备动身前往巴黎。贺拉斯来道歉，送行，她毫不理睬，径自离开了。虽然这出闹剧令她疲惫，但她却难掩摆脱贺拉斯的欢欣。

正如侯爵预见的，子爵夫人获得圆满的胜利。贺拉斯对子爵夫人的痛苦信以为真，起了怜惜之心，但亦为自己从此不再受她的气而暗暗高兴，同时感到自己很怯懦，缺乏热情。

这时，往日向列奥妮献媚的那批当地的贵族青年，都待在各自的庄园里，尽情享受着秋季狩猎的乐趣。其中有一位对贺拉斯印象颇佳，认为他很有本领，邀请他到自己家里做客。贺拉斯大喜，立即应约前往。此人家境富裕，未有妻室，头脑简单，见识不多，但心肠好，举止倒也斯文。他十分赞赏贺拉斯的博闻强识，佩服他与众不同的思想。贺拉斯比任何时候都更热衷于学习贵族的派头，正好利用与贵族阶层的交往，培养这方面的习惯。

贺拉斯此时急于排遣近几周遭受的痛苦和不安，而路易·德·梅兰的城堡，正是疗治心灵创伤的好去处。这里有骏马，有轻便的双轮马车供他使用，还有漂亮的猎枪、迅猛的猎狗、可口的佳肴、欢快的宾客。另外又有几种有趣的消遣。在这方面，贺拉斯不敢向我多做描述，因为他曾经向我表示过对那类消遣的鄙夷。然而，他却和那群纨绔子弟沉迷于声色犬马，乐不思蜀，一直待到临近冬日。贺拉斯在这些朋友之中，确实智力超群，以此弥补了他在出身、财富和教养方面的不足。那些人也没揭他的短，因为他较为自重，不敢口出狂言，炫耀自己，只谎称自己出身于法官世家，生活不算富裕、安定。可惜他随身带的那口小小的箱子不作美，揭穿他的言过其实。不过，他偶尔出门旅行，原不打算久住，故轻装上路。他的钱袋子没有多少分量，难以掩人耳目，但他却好几次告辞，假装要去钱庄取款，他的钱已经不够花了。

这位主人嫌在城堡里没人陪伴解闷，甚感无聊，巴不

得贺拉斯留下来，听他说缺钱花，便道："这有什么大不了的！我这里有的是钱，你随便花好了。你需要多少？要百把路易吗？"

"我只要五十多个法郎就够了。"贺拉斯连忙回答。主人一张口就是这么大的数字，把他吓了一跳。他正为将来离开城堡时不知如何发付仆人们的小费发愁哩。

"还有一件很有趣的事你不知道呢。我们这里不久将有一个年轻人的大型聚会。我和你都去，痛痛快快地赌个八天。赌注都很大，你是外来的陌生人，出手更要豪阔，必须拿得出几把金币往桌上一掷才够气派。"

贺拉斯接受了他的借款，他明知自己永远无力偿还这巨额的欠款，除非赌博大赢几场，而这是非常渺茫的，他也只好指望碰碰运气了，贺拉斯从来没参加过赌局，因为他没有本钱，凡要花大钱的玩乐他都不会，就会台球，而且是第一流的好手，曾博得与他同玩的几个严肃的大人物的器重，他在城堡里观看人家玩纸牌，很快就学会了。到了聚会那天，他兴致勃勃地揭开了极富刺激性的、冒险的新生涯的第一页。头一天他的运气出奇地好，而这也为他未来的厄运埋下祸根。他用那一百路易的赌本，赢得了一千路易。他立即清还了借来的一百路易本钱，收起四百路易，拿出五百路易又上了赌桌。以后的几天，他有输有赢，经过多次拼搏，他手提箱里装着一万七千法郎金币和支票，回到路易·德·梅兰的城堡里，这对于一个经常手头拮据、生活没有保障的青年来说，可谓一笔可观的横财。贺拉斯心里乐开了花，都快乐疯了。我明显地觉得，从那以后，他的确有点疯了。他来我家，乐不可支地把他的好运告诉我们，但压根没提欠我的一百五十路易。我虽然手头很紧，但也没好意思向他索还，我以为他不可能忘记的，可是他完全当没这回事。我从心底里原谅了他，因为从他风风火火地赶来告诉我好消息的举动来看，他并不是存心赖账。他首先想到的是给母亲寄去一百路易，但隐瞒了这笔款子的来源，否则，他那善良的母亲收到钱会惧多于喜。他谎称是在我们乡间借寓时从事文学创作得到的稿酬，他的作品已在巴黎出版，云云。

"我想改变我母亲对文学的看法，"贺拉斯笑着对我说，"她看见我搞文学觉得很遗憾。这下子，她会认为这个职业很光彩了。再过几个月，我还要寄千把法郎给她，只要我有钱，我就坚持这样做。我即使全给了她也是应该的！我恨不得一下子报答她多年来对我的养育之恩，她为我所做的牺牲，真是报答不完啊！可是，她对我的近况茫然不知，会提出令我无法启齿的问题。我家乡的人老实善良，见识少，看见杜蒙特夫人突然添置了东西，又给女儿做新衣服，他们一定猜测我在外边干了亏心事，发了不义之财，这才使家里富了起来。我善良的父亲对文学倒是有点兴趣，会提出要我出版的散文诗看一看。我准备跟他说我用的是笔名，然后从最新出版的某一位德国诗人的法译本里剪下百来页寄给他。他会送给小城里每一位略有文化的人欣赏，那些人同样看不懂，但都承认我是个了不起的人物。"

贺拉斯说完，哈哈大笑起来。他有时会毫不在乎地自嘲一番。他说的话倒也不假，如果不是担心吓坏母亲，他真的会倾其所有地把钱寄回去，孝心可嘉。他倒不光是

为拥有一笔钱而喜形于色，令他高兴得忘乎所以的，更在于他扭转了历年的自称的厄运。遗憾的是，他当天许的愿第二天就忘了。他母亲再也没有收到他一个子儿，巴黎的债主们被他抛到脑后，孝心如昙花一现，只剩下乖谬的自豪感。他的自信心膨胀到自以为赢钱是红运当头，上天在冥冥中庇佑他。于是，他肆意挥霍，过起了公子哥儿的生活，就像有些在校寄宿的富家子弟，半年的膳宿就得花费三万法郎！贺拉斯买了一匹马，赏给主人家里的仆人们的小费，动不动便是一把金币。他给巴黎的裁缝写信，说自己继承了一笔遗产，拟定做一批衣服，请裁缝给他寄最新潮的服装来。半个月之后，贺拉斯穿着一身怪里怪气的服装去见朋友们，人人都笑他的服装太俗气，劝他别找拉丁区那位裁缝了，干脆到上流社会另找名师。贺拉斯把那些服装分送给朋友们的仆人，再向路易·德·梅兰的裁缝霍曼定做了一批新的。有这位富家公子替他美言，裁缝界首屈一指的名师答应赊账，贺拉斯脚下的窟窿于是挖得更深了，而他却悠然自得，完全不当回事。

贺拉斯身边那帮朋友，看到他挥金如土，衣着讲究，并不知道他原是平民，完全把他当成上流社会中人，对他十分敬重。在这里，看重的只是金钱。贺拉斯再也不为钱发愁，而是尽情享乐，浮想联翩了。金钱在他身上产生了神奇的力量，不仅令他增强对未来的信心，享受眼前的欢乐，而且赋予了他工作的能力，使他在去年冬天因痛苦和忧伤丧失殆尽的能力和禀赋都复苏了。他的情绪变得稳定而高昂，性格也更开朗了。文思也突然敏捷了。他写了一本短小精悍的小说，内容是他的恋情自述，主人公是可怜的玛特。书中他把自己美化、拔高了，而且具有诗意。这本小说如果风行一时的话，可以说是浪漫主义时代的一株毒草，因为它不仅颂扬利己主义而且冠以神圣的光环。为提升这本书的价值和效应，他使尽了浑身解数。他现在有钱了，自费出版并非难事，他回巴黎后不久，这本小说便发行了，获得了一定的成功，尤其在上流社会。

这种脑力劳动与体力劳动交叉进行的奢侈生活，正是贺拉斯梦寐以求的，也很适合他的素质。我发现，他的谈吐举止已非昔日邯郸学步般滑稽可笑了。现在他以富人自居，不再模仿人家，变得气势不凡，儒雅且显得庄重了。回到巴黎后，乡下结交的新朋友引荐他拜访了许多豪门贵族，重新会见了一些阔别的旧相识，目睹了新的上流社会，他参加过犹太银行家们的宴会，也参加过一些伯爵夫人举办的别致晚会。经过前段时间与夏伊子爵夫人的频繁接触，他到任何场合都显得大方得体，言笑自若，自我感觉极佳。

如此这般地过了两个月，贺拉斯已前后判若两人。一天上午，他来看望我们，坐的是由一位年轻侍者执鞭驾驭的轻便马车，他轻松自如地上到六楼，神情闲适，衣冠楚楚，蓬乱的头发被名理发师弄得服服帖帖，光可鉴人。两手白皙如女子，指甲经过细心修剪，皮靴擦得锃亮，手持一根维尔迪式的手杖。更令人叹为观止的是，他的仪表让他像个豪门子弟，全然看不出这是潜心苦练的结果。他那掩抑不住的得意形诸眉宇之间，在他的前额闪着亮光。他进门后先吻了欧也妮一下（这是他前所未有的举动）。欧也妮起初以为他轻浮，但很快就和我一样，被这只幼虫的

华丽蜕变惊得目瞪口呆。贺拉斯的确深得教化之功，不仅学会了保持娴熟得体的仪态，还学会了寒暄的辞令。他不再谈论自己，而是殷殷询问我们的生活状况。我们曾经目睹过他为跻身上流社会所做的努力，现在看到他已一改暴发户式的狂妄习气，我们都为他感到欣慰。"谈谈你自己吧。"我对贺拉斯说，"看来你过得挺不错呀，但愿你的发迹不全因赌博，而是建立在文学事业的基础上。你在文学方面已经闯出了一条路，有了良好的开端。"

"赌博赢来的钱快花光啦！"贺拉斯天真地说，"我仍旧指望从这条渠道去弄钱，但一直运气不佳。不过，为了凑到赌本，从事写作不失为一条生财之道。我的出版商给我的另一本小说预付了三千法郎的稿酬，约定半个月之内交稿。如果读者欢迎它胜于前一本书，我大概就不会缺钱花了。"

"一本小册子的稿酬三千法郎？未免贵了一点，看来关键在于懂得交涉的门道。"我思忖道。然后，我对贺拉斯说："我必须和你商讨一下，你最近发表的那篇小说。"

"啊！请你千万别读它，写得糟透了，我永远不愿听见别人再提到它。"贺拉斯连忙阻止我。

"写得并不坏呀，从艺术上来看，甚至可以说酷似邦雅曼·贡斯当[①]的代表作《阿道尔夫》。你似乎参考了那部作品。"我说。

---

① 邦雅曼·贡斯当（1767—1830），法国思想家、政治家、小说家。

我的恭维话令贺拉斯忽然变色。

"你认为我那本书是模仿别人的赝品？"他强抑恼怒，冷然问我，"也许吧。不过我却没想到这一点，因为我根本没读过《阿道尔夫》。"

"但是，你去年曾向我借过这本书。"

"有这回事吗？"

"我可以肯定。"

"哦，我记不起来了，那么，可能是不谋而合，无意中受到别人作品的影响。"

"一位二十岁的青年作者，他的处女作不可能不受别人作品的影响。不过，由于你这本书的构思好，文笔流利，读者并没有指责你，但我要对你不客气地指出：你这本书的主题思想很不对头，你是在为利己主义翻案。"

"是吗？亲爱的，我请你不要吹毛求疵了。"贺拉斯语含讥诮，"你的口吻真像一位记者的，你的意思我明白！你想说我这本书为丑恶行为辩解开脱。我目睹有十五篇连载小说在这个月里遭到类似的抨击了。"

我坚持己见，和他争论了一番。我毫不妥协地批驳他"为艺术而艺术"的观点。我纯粹是出于对他的爱护，并无任何恶意。刚争论了几句，贺拉斯就按捺不住，顾不得装儒雅了。他极不耐烦，愤然作色，连连为自己辩解，用词尖刻，怒气越来越大，渐渐露出他原来的面目，装出来的儒雅和冷静悄然退去。夸夸其谈，声嘶力竭和戏剧性动作又出现了，甚至搬出从前在咖啡馆里的几句粗话。我还以为他不算高明的伪装，从此可以把他的过去严严实实地包裹起来呢。当他发觉自己严重失控，羞恶之心顿起，于

是懊丧地沉默下来。以前他往往喜怒无常，从慷慨激昂转变到赌气不语，我们早就屡见不鲜，不会感到意外。

"行啦，贺拉斯。"欧也妮亲切地拍拍他的肩膀说，"你刚才进门时那样喜气，现在又变得闷闷不乐了。不过我更喜欢你现在这个样子。至少这是你的真实自我，没有掩饰自己的全部缺点。我们了解你的缺点，但并不妨碍我们喜欢你。不然的话，你装出一副完美无瑕的样子，我们反而不认识你，为你是何许人而纳闷呢。"

"谢谢，我的美人儿。"贺拉斯说着，想猛不防地吻她一下，作为对她奚落的报复。欧也妮拿起针作势要刺他的脸。贺拉斯不愿脸被划破，影响晚上参加上流社会的活动，没敢真的吻她。临出门之前，他想恢复轻松、儒雅的神态，可是没有成功，自讨没趣，便匆匆颓然而去。

我对欧也妮说："这次可真把他惹火了，短期内他不会再来了。"

"等他又赚了钱，换上崭新的马车，他自会上门来摆阔的。"欧也妮说。

"看他刚才那一刻的变化，我还以为他真的改变了呢，当时我实在高兴。"我说。

"我当时就觉得难过，他变得恬不知耻了，这是诸般恶习中最糟糕的。好在那天他的本质尚居主导地位，不管他怎样假装，都难免显出不伦不类的可笑来。"

就在同一天，我们另有一次令人欣喜万分的意外重逢。当我们趴在阳台的栏杆上，目送贺拉斯的马车疾驰而去时，突然发现桥头拐弯处，有一对男女朝我们这边走来，几乎被贺拉斯的马车撞倒。那两个人手挽着手，低着头一边走一边说话，谈得很入神，没有留意周围的事。贺拉斯提高嗓门喝道："当心点！"声音特大，一直传到我们耳朵里。他紧接着向拉车的马猛抽一鞭，存心吓唬一下短暂挡道的两个行人。我们再看看那两个贺拉斯眼中的卑贱者。他们对刚才发生的一切似乎全无感觉，继续向这边走过来，两人紧紧挨着，走得非常缓慢。

"你注意到没有，从那一对亲密相傍的走路姿态，就可以推断他们之间的感情。看，那是相亲相爱的一对儿，从他们的身材和走路的步伐来看，我敢打赌，两人都很年轻。女的身材苗条，可能很漂亮。她紧紧依偎着那位年轻丈夫或情人，似乎充满了幸福感呢。"欧也妮说。

"你在撰写一篇完整的小说啊，那两个自己都不知道哩。喂，欧也妮，快看，他们渐渐走近了，那男的似乎是我们的熟人，他做了一个手势，很像亚塞纳。他正朝我们这里张望呢。啊，上帝！果然是他！"

"站在这么高的地方，我看不清他的模样。可是，那个女的是谁呢？肯定不是苏珊娜，也不是路易丝。"

"是玛特！"我叫了起来，"我的眼力好。她还望了我们一眼，到楼上来了……没错，是玛特和保尔·亚塞纳！"

"别胡扯了，"欧也妮激动地说，离开了阳台，"你想哄我欢喜一场。"

我断定没有看错，快步冲向楼梯口，迎接那两个似乎是从天而降的来客。紧接着，他们热烈地拥抱了欧也妮。后者本以为他俩都死了，曾经哭过几回，此刻突然相见，几乎晕了过去。她的泪水浸湿了他们的衣衫，好一会儿她才镇定下来。这种欢迎的场合，令他们深深感动，和我们

一起待了好几个钟头。他们高兴地把别后的经历一五一十地告诉我们。欧也妮听说好朋友玛特当了演员，又惊又喜地打量了她一阵，指着她对我说道："你看，她一点也没变，而且更漂亮了。穿戴比以前讲究。可是她的声音、谈吐，一举一动全没变！还是和过去一样淳朴可爱，而不像……"欧也妮忙把话咽了回去，避免提到那人的名字。其实，玛特在叙述自己的遭遇时，已多次提及此人，而且神情很自然，没有现出痛苦和激动。

欧也妮欣慰地看着他们，心里禁不住拿他们和贺拉斯对比，不由得欢声叫道："这就是他们哪！还是老样子，我仿佛是昨天才和他们分别的！"

玛特问欧也妮刚才说话何以顿住。我想，与其等她打听贺拉斯的情况，倒不如我们主动说出来，这样显得自然些。于是，我把贺拉斯刚才的来访，以及他发横财的经过，乃至他与夏伊子爵夫人的一段风流史，一一告诉了玛特。我觉得这样做，可以一了百了，有利于治愈一颗受伤的心灵。玛特露出怜悯的微笑，身子有点发抖。她一头扑进丈夫怀里，温柔地绽开笑脸，说："我没说错吧，我就知道贺拉斯是这么个人！"

下午四点钟，他们俩有事，不得不向我们告辞了。当天夜场，玛特登台演出，我和欧也妮观看了她的表演。回家的路上，我们为她的才能感到自豪，心情激动；我们也为与亲爱的朋友劫后重逢，看到他们终于结合且生活幸福而流下高兴的泪水。

31

贺拉斯跨入上流社会的那阵子，仪容俊雅，风流潇洒，谈吐风趣，文学创作出版伊始，表面上有一定财力，名片上写着一个贵族的姓名：杜·蒙特。所有这些颇令人瞩目，有一段时间，他虽然不敢抱太大的希望，但自信在那些被称为现代女性的沙龙美女面前，会取得巨大的成功。有两三位已是半老徐娘的女人对他频送秋波，如果他肯随顺的话，本来可以大出风头。但是贺拉斯心比天高，不屑一顾，正是这一点攀高妄念断送了他。他不想贪一时之欢，自信可以攀到一门高亲。自从他尝到财富的甜头以来，他觉得唯有金钱才是万能的，是值得追求的东西。才能和荣誉只不过是发财致富的手段而已。凭他的天赋和努力、时间和谨慎，想要征服一个家财万贯的少女，未来的继承人，有谁敢说他是痴心妄想呢？但是，贺拉斯不懂得珍惜自己的这点资本，过于自信，以至急功近利，迷了心窍，他对自己挑起的感情，极易想入非非，很快就和一位银行家的女儿暗中打得火热，那少女是一位颇为浪漫的寄宿生，与他频频互递情书，经常幽会，并相约私奔，逃往格雷特纳·格林结为夫妻。可惜贺拉斯没有这份财力，相偕出逃。第二本小说的三千法郎稿费很快便花光了。他本来指望赌博与爱情双丰收，但赌博已是好运不再，输得很惨。他竟孟浪地以胁迫的口吻向那姑娘的父母提亲，甚至夸大其词，说他们的女儿如何迷恋他，并略施小计，暗示已经生米煮成熟饭了。事实上，他在对方面前很守规矩。

他尊重他的传奇故事中这位年轻的女主角，他甚至没有碰过她。以至那位姑娘认为他忠诚可靠，甘愿托付终身。姑娘的父母都是白手起家，因而心思缜密且精明。他们温言规劝女儿，说贺拉斯想娶她是看上家里的财产，这个人用心卑鄙、人品低下而又自命不凡，与他结合无异于堕入火坑。老两口软磨硬泡，让双方终止了幽会和纸上谈情，事情便缓和下来。然后假称同意把女儿嫁给他，但又讨价还价，在购置妆奁的问题上纠缠不休。没几天，就把这对情人磨得不耐烦了。贺拉斯愤然离去，对他的美人儿充满恼恨，美人儿也嫌弃、蔑视他，再也不愿见到他。双方对此事秘而不宣，因此别人也不得而知。贺拉斯一气之下，很快又和一个富有的寡妇搭上了。这女人享有约两万镑年金，颇有姿色而且年轻。

那位寡妇笃信宗教，多愁善感，风情万种。贺拉斯以为她不会轻易行苟且之事，要经过结婚仪式才肯委身于他。殊不知大错特错，那位寡妇只是想把他据为己有，做个听从使唤的贴身伴儿，或者她不那么守规矩，企图与他调情解闷，而不失自己的自由。因此，那寡妇笑吟吟地接待了贺拉斯，巧妙地挑逗他，弄得他晕乎乎的，忘了自己追求她的动机，很快就被她迷住了。贺拉斯用一把大胡子掩盖了自己的实际年龄，在名片上虚构了一个贵族姓氏，漂亮的穿戴掩盖了贫穷的底子。所有这些，是否能使他的野心通过这次恋爱得到满足，我便不得而知了。贺拉斯认为既然获得财产继承权的结婚契约的签订指日可待，那么，他成为政治家的夙愿也将实现。他满心欢喜盼望对方爱他爱得如痴如醉，到那时他把自己的情况和盘托出，便不愁对方不肯接受了。可是，有一个敌人成为他实现夙愿的绊脚石，这敌人就是夏伊子爵夫人。

子爵夫人尽管对贺拉斯失去兴趣，但希望他像维尔纳侯爵估计的那样，在遭到她的遗弃之后，会死乞白赖地求她，或者由于自尊心受挫而恨她，却全部判断失误。其实，贺拉斯追求子爵夫人只不过出于虚荣心，加之天性善良，不可能怀有狠毒之心，而且子爵夫人又和梅耶莱伯爵重拾旧欢，他并不是不知道。加上子爵夫人没有过分使他难堪，承认他们仍是朋友，以礼相待，于是他尽释前嫌，没有怨恨，也对这段感情不抱有任何奢望。本来就这样以友好的方式结束情人的关系，未尝不是一件好事。然而，贺拉斯总是出错，没有一星期不犯严重的错误，可能是为了借酒浇愁，有一次在巴黎咖啡馆进午餐时，他喝醉了，精神亢奋起来，话也特别多，别人故意逗他，追问他和子爵夫人的关系，他竟忘乎所以地把那段情史泄露出来。席间有一个人素来痛恨列奥妮，而对梅耶莱伯爵抱有好感，乘机在一旁煽风点火，引他把一切都吐露出来，然后向梅耶莱伯爵告密。后者并没有为此妒火中烧，因为情妇在他心目中的位置并不那么重要，所以他只是冷言冷语地把列奥妮挖苦了一番。列奥妮不禁恼羞成怒，从此对贺拉斯恨之入骨。子爵夫人认识那位寡妇，对他们两人的关系了然于心。她有意亲近那位寡妇，获得她的信任，然后淡淡地说了句："这个人喜欢说黄道黑。"一句话便把贺拉斯的形象彻底毁了。就这样，贺拉斯莫名其妙地被寡妇拒之门外，他再三争取，却落得更不体面的下场。

这是贺拉斯祸不单行的一段日子，他的第二本小说

前不久发表了。这本小说写得很差，他肚子里的那一点点东西，在写第一本小说时已经挖掘殆尽，想要构思第二部作品，他的生活素材必须更新充实，赋予相应的热情和灵感。他强迫自己绞尽脑汁创作出来的小说，显得十分苍白无力。他试图描写列奥妮和自己对她的爱情，但他所写的女主人公就像他自己的感情一样，既冷漠又虚假。如果他能迎合沙龙读者不怀好意的好奇心，将隐秘公开，明确点出子爵夫人，揭露一些丑闻内幕吸引读者，那么，他的拙劣创作还可以在部分人群中有一定的市场。但贺拉斯尚不至于卑劣到如此地步，不可能出这种风头。他倒是把小说中的女主人公渲染得过于完美，使她显得不真实，不可信，谁也辨认不出来。贺拉斯既不能对情史守口如瓶，又不忍公开秘密以图一时之快。

就在他被那位谨慎的寡妇拒之门外的同一天，贺拉斯在赌场中也一蹶不振，输得分文不剩，懊丧地回到住所。发现壁炉台上放着一封出版商给他的复函。他在前一封信里表示要再写一部小说，希望出版商预支稿酬。贺拉斯一边拆信，一边嘀咕："这讨厌的职业！写、写、写！也不管人家的状态怎么样。脑子疲乏昏沉，还要你交出漂亮的文章来，心灵被怒火烧干涸了，还要你抒发柔和的感情，想象力已经被厌恶消磨掉，还要你妙笔生花！"他用发抖的手拆开信封。大大出乎他的意料，出版商很不客气地回绝了他的要求，而且直言不讳地指出他上一本小说写得很差，发行半个月仅售出三十册，令出版商大蚀其本。而且，该书篇幅短，内容空洞，各书店要求打折才肯订购，云云。贺拉斯疏忽了这点，如果把结尾拉长一点，多写两页，每册售价即可增加五十生丁。另外，如果他定的标题标新立异一些，题材突出明朗一些，作者的议论减少一些，也就不至于落得无人问津了。沉重的打击令这位可怜的作者气恨交加，从此一蹶不振。

当一个人濒临绝境，唯有靠文笔获得一线生机时，绝不甘心因出版商的一次拒绝而坐以待毙，他会尝试寻找其他出版商，或者有幸遇到更有信心、资本更雄厚的出版商亦未可知。当然这不会是一件轻松的事儿，贺拉斯乘坐着轻便马车，由年轻仆人陪同，遍访了各家出版商。所有的出版商都客客气气地接见他，但谈及他的作品，都似笑非笑地表示怀疑。贺拉斯的第一本小说在评论界得到一定的赞许，但经济效益不大，第二本小说则是出版商与作者双方的彻底失败。这一次，某出版商要求必须有欧仁·苏[①]写的序，另一位出版商要求有儒勒·雅马的专栏评论，还有一位则要求有拉马丁的推荐信。总之，他处处碰壁，没人愿意出版他的书，更不用说预付稿酬了。"让这些人通通见鬼去吧！"贺拉斯心里诅咒着，垂头丧气地回到寓所。

第二天，他把马卖了，所得的钱用来付了仆人的工资，便辞退了他。第三天，他卖掉了手表，用卖得的几枚金币把自己打扮一番，装一天阔佬去拜访路易·德·梅兰。路易家里正有几位朋友在打惠斯特牌。贺拉斯赢了几路易，又输掉了。凌晨三点，他欠了五百法郎赌债回到家

---

① 欧仁·苏（1804—1857），法国小说家，代表作有《巴黎的秘密》《流浪的犹太人》等。

里。按赌场的惯例，他必须在三天之内，把五百法郎还给一位拥有三万镑年金的朋友，否则就会受到鄙视，被人看成无赖。他向一位出版商再三恳求，想弄到一笔钱，结果一无所获，失意而返。第四天晚上，他决定硬着头皮向路易·德·梅兰去借，但心里惴惴不安，明知如果赢不了钱，这笔借款是永远无力偿还的。在尝过有钱时挥金如土的快乐和穷困潦倒时的辛酸之后，此时他唯有怀疑和恐惧。贺拉斯发现，路易的目光和神情变得冷淡、勉强了，与往日的殷勤和尊敬截然不同。这使他更加不安。这位贵族公子以往借钱给他，态度总是十分虔诚、恭敬，像报答什么人情似的。而贺拉斯也总是一分不差地归还。自从他手头充裕之后，虽旧债未清，却从不拖欠新朋友的债。这一天，路易·德·梅兰虽然照样借钱给他，但态度勉强，心里很不乐意，只是出于礼貌才没有发作出来。莫非他已知道贺拉斯已经穷途末路，再也无力偿还债务了？他是怎么知道的呢？贺拉斯已经从那套配有家具的漂亮公寓搬了出来，说是马上要去意大利旅行，不打算另外找像样的住所和置办家具了。又佯称尚有未了的事务羁身，迟几天方能启程。其实是指望在这几天里，在赌场上反败为胜，或者交上桃花运，使他否极泰来，从而把虚构的旅行日期一直推迟下去。

然而，他的贵族朋友路易·德·梅兰与他见面时态度异常冷淡，推故不肯带他去歌剧院。这些反常的表现令他疑惑不安。也许由于自己近日一筹莫展的样子，泄露了他的艰难处境。他决定打扮得像往日一样，在大庭广众之下亮一亮相，以打消人们的疑虑。他跑到西岱岛上的一个偏僻地方，找到相识的一位旧货商，以一百法郎的低价，贱卖了身上仅有的一枚钻石别针。然后租了辆马车，穿上剩下的最好的一套衣服，襟头插上一朵鲜艳的玫瑰，施施然地走到歌剧院舞台侧面一个最显眼的包厢里。这种包厢里坐的多是公子哥儿。贺拉斯有意加入这类人之中，以便显摆自己。路易·德·梅兰以前常在这个包厢订下两个座位，每周带他来两三次。每次他进去时，坐在里面的人总是笑脸相迎。大家喜欢他的诙谐风趣，可供他们逗逗乐子。可是，这天晚上他进去时，众人都转过头去，谁也不肯给他让座，舞台上，吕尔与达莫洛夫人正在演唱席勒创作的《威廉·退尔①》：

"啊，玛莱德，我一生的偶像……"

可能大家被剧情迷住了吧。贺拉斯定下神来，戏快演完时，一位先生邀他和其他几位散场后去家里吃夜宵。他放了心，立刻恢复了泰然自若的神态，他强装轻松，谈笑风生，显得极有风趣。然而，他发现人们都不听他说些什么，都悄悄地不时交换一下轻蔑的眼色。他顿时觉得天旋地转，眼睛发黑，再也听不见乐器演奏的声音。但见一群幽灵在眼前晃动，而且一个个瞪视着他，向他指指戳戳。还有一些女幽灵，用扇子掩着嘴，交头接耳地低语："投机者，投机者！牛皮大王！卑鄙小人！卑鄙小人！"他几乎昏了过去。他眨巴一下眼睛，才明白是幻觉。他竭力装出神色自若的样子。旁边有一个人问他脸色怎么那样

---

① 威廉·退尔，瑞士民间传说中的英雄，德国作家席勒创作了剧本《威廉·退尔》。

苍白，他慌了神，回答说身体有些不适。另一个人问，是不是有些饿了？他更慌了，脸色更加难看了。别人无心之间，在他听来都是别有用心的挖苦，他恨不得马上离开剧院，永远不再露面。

贺拉斯转念一想，绝不能这样灰溜溜地退出，必须把情况弄明白，面对人们的进攻，保护自我；务必搞清楚打击他的势力来自何方，还是他自己活该倒霉。他跟着那帮嘻嘻哈哈的人，到了晚宴的东道主家里。席间，他窥测着人家对他的辞色，时而慌乱失措，时而宽慰放心。

东道主的情妇是被他包养的女郎，妖娆伶俐，心术不正，见风使舵。她以前曾向贺拉斯献媚，但后者却敬而远之。这天晚上，那女郎穿着红得耀眼的缎子长袍，金黄色的秀发披肩，显得分外妖冶，两眼闪闪发光，像是妖魔的女儿。她娇滴滴地欢迎贺拉斯，让他坐在自己身边，并用纤巧玉手给他斟最容易醉人的莱茵酒，客人们都开怀欢笑，照往日的样子请贺拉斯朗诵诗歌，然后鼓掌，夸赞一番。贺拉斯冷不防便被灌醉了。但没有醉到不省人事，却使他恢复了自信。

这时，一位客人问他："我们来谈谈女人吧，亲爱的，你可知道夏伊子爵夫人为什么对你这样恼怒？你莫不是在巴黎咖啡馆的一次午宴上，当着某某和另一个人的面，说了有损于她的名誉的话？"

"谁还记得那些事！不过，我相信我没有做过那种事。"

"果真没有做过的话，你就应该向她解释清楚，因为有人告诉她，你信口开河，胡扯了一个体面人不会说的谎话。"

"你当时并没有喝酒啊！酒后才会胡言乱语嘛，是不是，贺拉斯？"另一位客人说。

"我即使喝得酩酊大醉，也不会胡扯任何事情。"贺拉斯说。

这时，东道主的情妇插嘴道："他的意思是，没有什么值得他吹嘘的事。我也有同感，你们那位子爵夫人，就像个贝壳，光溜溜的，又干又硬，有什么了不起？"

"她很风趣哩，不要否认了，贺拉斯，你曾和她好过。"

"我有什么不敢承认的呢？不过，我即使爱过她，也完全不记得了。"

"可是，据说那次你明明记得一清二楚的，还把今年夏天在乡下那段时间干的荒唐事全告诉了人家。"

"你们一个个盘问我，是什么意思？难道我是坐在陪审团面前吗？"贺拉斯抬起头质问道。

"啊！不，"那位情妇忙说，"没有那么严重。行啦，我的天才诗人，大家都是老熟人，有什么好隐讳的。子爵夫人如果不是爱你至深，现在绝不会这么恨你。"

"从什么时候起，敝人有幸蒙她憎恨？"

"从你对她不忠之时起，见异思迁的美男子！"那位情妇说。

"如果我没有对她不忠呢？无情无义的美人儿，你这话可就说错了。"

"那么，你承认了你曾经发誓对她忠贞不渝，永不变心？"

"你们到底有完没完？"贺拉斯没有发火，问道。

"你肯定是激怒了子爵夫人，她说了你许多坏话。"一个客人说。

"请问，我有什么坏话给她说？"

"你想知道吗？"

"愿闻其详。"

"好吧！她说你是一个穷光蛋却冒充有钱人，乡下毛孩子却冒充雄伟的男子汉，说没有一个女人肯要你，你却自诩为情场的胜利者。"

贺拉斯暗暗想道："原来如此。现在我必须迎头痛击，杀一杀他们的气焰。"

他口气很强硬地说道："子爵夫人要是散播了这些无稽之谈，我只能说她纯属误会。我这个人还不至于如此卑劣，去对一个女人报复。不过，如果某个男人敢于怀疑我的光明磊落而重复这些话，我要指责他是恶意造谣中伤！"

刚才说话的那个人正要发火，被旁边一个人按住了。后者幽幽地说："对你的光明磊落，这里并没有人怀疑。即使你在酒后——的确，我们在酒后难免吐露真情——泄露了你和一个女人的私情，子爵夫人大放厥词诋毁你，向你报复，未免做得太绝了。但是，要是你由于遭到冷遇，怀恨在心，因而毁谤中伤她呢？那么，她以牙还牙地报复，那就无可非议了。"

"先生，你闪烁其词，含含糊糊的态度令人纳闷。你倒是说说你对我的看法吧。"贺拉斯忙说道。

"我的看法嘛，就是你曾经是她的情人，在酒香扑鼻之时，你把这桩风流韵事向某某揭示了。你太鲁莽了。"

那位情妇一边给贺拉斯斟酒，一边对大家说："法官们，你们认为如何？请发表意见哪！"

"大不了在某某夫人的祈祷室里禁闭两天。"一个人说。

某某夫人当然是指贺拉斯曾经想娶的那位有钱寡妇。

"哦！原来还有另一桩风流公案？"那情妇似嗔非嗔地瞪了贺拉斯一眼，后者不禁心旌摇荡。

贺拉斯虽然有点亢奋，但并没失去清醒的头脑，酒饮得不多。他留意观察，看看众人交口质问的动机是否友好，这是不是个骗局。他觉得大家似无恶意，便以嬉笑的口吻回答了他们的盘问，从大家的话里，他才恍然大悟，原来子爵夫人在寡妇面前说了他的坏话。而且还利用一切时机，在他的朋友中间对他大肆攻讦。正是她的破坏，使他在情场上处处碰壁。尤其令他气愤的是，众人都偏向子爵夫人，认为她是被激怒的一方，因此才不得不以其人之道还治其人之身，贺拉斯乃咎由自取，而子爵夫人是值得同情和原谅的。贺拉斯此时真是哑巴吃黄连，有苦说不出。他如果为自己辩解，就必须承认他和子爵夫人有过一段情，但若承认，别人又会指责他吹牛。一刻钟以来，他抵制了这种指责。现在他只好把自己灌醉，那就可以信口开河，而别人却以为他不过是醉后胡言。

但是，人的大脑往往不听使唤，你要它清醒，它却偏偏糊涂，要糊涂时却清醒。贺拉斯酒喝得越多越清醒。他并无醉意，只觉得头疼得厉害，眼皮沉重，舌头发硬。他竭力装作糊涂。怎么说呢，贺拉斯的确糊涂。他后来对我说，当时，在众人再三追问下，他没醉装醉，以无可辩驳

的证据，说明了事实的真相。他痛恨那使他无地自容的女人，再无顾忌，将隐情公之于众，心头掠过一阵报复的快意。他看见在座的听众都信服了，并报以同情的掌声。他们似乎看清了他的敌人的真面目。

但是，当人们起身告辞时，主人突然冷淡地对贺拉斯说了一句极其轻蔑的话："赶快回家歇着去吧，贺拉斯，你其实还没我醉，但已醉得像一头……"

主人说的最后一个"驴"字，贺拉斯没有听见，这里就别提它了。贺拉斯只觉得天旋地转，站立不稳，舌头打结。别人把他架上了车，然后重重地扔在路易·德·梅兰家门口。他离开原来的公寓之后，再次来这儿暂时住下。当剩下他一个人时，他觉得浑身像被火烧似的，这种痛苦是那些戏弄他的卑鄙小人想象不到的，他骨骼像散了架似的，没有气力爬上床，就这样在安乐椅上过了一夜。他思前想后地掂量着目前难堪的处境。他虽然身心俱疲，痛苦至极，但思维十分清楚，不再自我陶醉，心存幻想了。那班家伙围攻他，怀疑他，鄙夷他。他纵然比他们聪明，刚才也落进了他们的圈套。贺拉斯恍然明白自己面临的考验，以及应该如何应付才能免受羞辱。但话又说回来，如果贺拉斯对列奥妮的攻击不那么介意，对人家的疑心不予计较，不用卑劣的报复手段去消除那些怀疑，那么，围攻者们虽然不是那么善断公正，但还是会以仁者之心原谅他的。人们虽不以他的虚荣心为然，但会肯定他心灵的高尚和善良。那班浅薄无知的年轻人在许多方面还不如他。但对上流社会的骑士风度耳濡目染，假如贺拉斯表现骑士的风度以做他们的表率，他们定会谅解他的过失。可惜贺拉斯风格不高，而落到这步田地。

对于这一点贺拉斯已无疑念。当他被四五个纨绔子弟顺路送回来时，他在车上假装睡着了，他们也以为他已睡着了，恣意地说了一些非常尖酸的挖苦话，他一句句听入耳中，但又不好反驳，因为自己装作睡着了嘛。他的四肢猛烈地抽搐，想大声呼喊，但极力把怒火压下去，没有吭声。他这样压抑自己，这可是他有生以来的第一回。他知道，别人不会相信他的话，申辩也没用。把这种惩罚施于一个只不过有些虚荣、轻浮的青年，的确太冷酷了。

天亮后，路易·德·梅兰一脸严肃地走进贺拉斯的房间。这种反常的神态使贺拉斯羞得恨无地缝可钻。他用双手掩住自己的泪眼，不敢抬起头来。路易看见他那样难过，心便软了下来，搬起一张椅子坐在他身旁，庄重而温和地抓住他的双手，认真地劝导他。这位公子出身贵族，自小养尊处优，不喜欢读书，谈不上有什么高尚思想，但心地非常善良。正直的心灵有时也会迸发智慧之光。路易对贺拉斯语重心长地说道："贺拉斯，昨夜发生的事我全知道了。我正是由于不愿意目睹你被众人有意羞辱而推故不去的。我和那些人都是世交好友，如果我现在公然站在你这一边，与他们对着干，必然会犯众怒，因此我才找了个借口。昨天我再三劝你不要出门，留在家里，可是你不肯听我的话，硬是豁出去了，致使自己陷于更尴尬的局面。你干的错事，在我看来并非大过失，但在那些冷酷、骄矜的人眼里却是不可饶恕的。你对他们不了解却偏要与他们较量。你有一个死敌，她是个狡猾恶毒的女人，我吃过她的亏，从此长了个心眼，对她有所提防。你想予以反

击的心情是可以理解的，可是，她来自上流社会，而你不是，人家只会相信她而讥笑你。她有办法使你处处碰壁，无法立足，某某夫人拒绝你就是一个例证。听我的劝告吧，贺拉斯，赶快离开巴黎，走得远远的，让这里的人忘掉你吧。你如果一定要在这些所谓才子佳人当中占有一席之地，那只有在你经济上富裕了，文学上获得了声誉才可以东山再起。你最大的错误就是企图欺骗我们。这是何苦呢？地位卑微和贫穷并不代表犯罪呀。其实凭你的头脑和各种优点，我们是可以接受你的，虽然慢一点，但更可靠。而你却立足未稳，便异想天开，指望一日暴富，并获得声望。要是我知道你只有二十岁，而不是二十五岁，你只是外省一个小职员的儿子，而不是议员的孙子，我会规劝你别干这些傻事的。我如果知道你一无所有，我不会让你参与豪赌等有害无益的享乐的，现在大错已铸成，唯有让时间来洗刷污痕。让我对你的真挚友谊来弥补错误吧。你有才能、有学识，只要遇事审慎，戒断浮夸，将来必可扬眉吐气，和那班人平起平坐的。立刻离开这里吧，不要再意气用事了，也不要寻机报复。你即使和他们决斗十次，别人也不会改变对你的看法的。徒然招来满城的议论、指点而已。你出门远行需要钱，我这里为你准备了一些。这些钱，让你去国外过阔少的生活是太少了，助你节俭地维持到找到工作还是足够的。待你宽裕了再还我好了。我家虽然很有钱但我还从来没有像现在这样帮助过一个人。"

贺拉斯十分悔愧，紧紧攥住了路易的手，却坚决不肯收下他的资助。他诚挚地感谢路易对他的一番肺腑之言，并依照行事，然后他立即离开了这座宅院。路易马上给我发了封信详述了贺拉斯的经历，并请我代他把贺拉斯不肯接受的那笔钱以我的名义送给他，因为贺拉斯身边缺少盘缠，旅途中必定寸步难行。

遗憾的是，这位善良的公子的义举却落了空。贺拉斯并没来找我，我到处找他，也没见他的踪影，不知他躲到什么地方去了。

32

贺拉斯离群索居了三四天，羞愤交加，穷困潦倒，他不知道如何忍受耻辱，如何脱离困境，精神受到空前惨重的打击。情场的失意、内疚的折磨、贫穷的困扰都未曾动摇他，唯独虚荣心受到的巨创超过了他所能承受的限度，可惜他尚未能彻底醒悟过来，没有力量、没有勇气推翻落到头上的判决，他把自己关在阁楼里，夜深人静时才敢到街上游荡，他绞着双手，像个孩子似的落泪。他梦寐以求的奢侈、放荡的乐园，才子佳人充斥的上流社会，免受良心责备的庇护所，从此永远对他关上了大门！路易所说的那番话其实是站不住脚的。那些人不过是"严于律人，宽于律己"，如此而已。贺拉斯不屑为自己辩解以正视听。虽然在与子爵夫人的较量中他有把握最终使上流社会认可自己是胜利的一方，但一想到要蒙受刚才加在他身上的种种羞辱，他就毛发倒竖，厌恶得手足冰冷。

在发迹的短暂日子里，贺拉斯曾经扬扬得意地给父母和老朋友写信，大肆吹嘘自己如何荣耀。现在这样倒霉，

他再无面目给任何人写信了。他拿不定主意，不知下一步该怎么走。最简单、最聪明的办法是回故乡后，静下心来写一部文学作品，偿还拖欠的债务并筹措步行去意大利的盘缠。但他自觉无颜与家乡人相见。他的父母听信了儿子有关文学方面卓有成就的吹嘘，忍不住在那座小城里逢人便说，大肆宣扬。他唯恐别人对他的诽谤会不胫而走，吹到家乡人的耳中。那样，小城里的居民就会把对他的敬意化为蔑视。六个月之前，他可以优哉游哉地打发日子，每周向不同的同学借一个路易，谁也不会因为身无分文而难为情，更不把因为拿不出几个苏而吃不上晚餐当一回事，还毫不在乎地告诉同学。但是，当你步入过与穷人隔绝的上流社会，你乘坐的马车曾溅得步行的朋友满身泥水，你就会以饿饭为羞、以贫困为耻了。

有一天晚上，贺拉斯终于上门找我了。在楼下犹豫了好一阵子才上来。他面容憔悴，双颊深陷，目光呆滞，头发蓬乱。他已没有心情整饬衣冠来掩饰窘态了，一副穷困潦倒的模样，令人生怜。质地柔软的衬衫上面满是污垢，皱得不成样子；剪裁讲究的外衣，扣子也零零落落的；皮靴上沾满了泥巴。他没有戴手套，把一根带铅头的粗棒当作手杖，好像随时准备用它自卫。

我和欧也妮事先知道他会来，有了思想准备，对他的变化竭力不表露出惊讶之色，不去注意他的外表，不提任何问题，赶紧邀请他和我们一道吃晚饭。其实我们已经吃过了。欧也妮立即摆出一桌饭菜，我们陪着他吃一点。贺拉斯实在是太饿了，根本没有注意我们吃了没有，很快狼吞虎咽起来。肚子填饱后便困顿难支，不等撤去残席，就坐在椅子上打起呼噜来了。我们家隔壁玛特住过的房间恰好空着，我和欧也妮赶忙搬去一张折叠床和几张椅子，安排妥当后，欧也妮走到贺拉斯身边，悄声唤醒他，说道："你的身体大概很不舒服，亲爱的贺拉斯。你上床歇歇吧。我们有一个空着的床铺，前不久有个外省来的朋友睡过的，你就在那儿歇息，一直到你感到好些的时候为止。"

"我觉得自己真的病倒了。"贺拉斯说，"如果不嫌我冒昧的话，我愿接受你们的好意，在府上住到明天。"我们把他领到玛特住过的房里，他似乎有点呆钝，这个房间并没有引起他什么痛苦的回忆。这很不符合他本来活泼的个性，未免令人有点担心。

次日早上，贺拉斯还没有起床，保尔·亚塞纳就抱着玛特的孩子上我们家来了。欧也妮很喜欢这孩子，给他取了个名字叫欧仁纳。亚塞纳一进门就对欧也妮说："我把你的教子送到这儿来了。今天他妈妈工作特别忙，我也一样，今晚玛特要去吉姆纳斯剧院演出，我被正式聘为出纳，事情较多，奥林匹大妈有点不舒服，照顾我们的小宝贝难免受影响，如果你不介意的话，我想请你帮忙照看一天。"

"快把小宝贝给我。"欧也妮忙抱过孩子。亚塞纳怀着对孩子淳朴的爱，管他叫小宝贝。"小宝贝诚然可爱，可是你有没有想到等会儿让他瞧见了怎么办？"我提醒欧也妮。

"亚塞纳，勇敢、冷静点，贺拉斯在这儿呢。"欧也妮说。

亚塞纳脸色大变，但随后便平静地说："这有什么相干！你们对我谈过他的情况，我早该料到最近会在你这里碰到他。孩子的额头上又没有写名字，也没人知道小宝贝的姓名。可怜的小天使！"亚塞纳亲了一下孩子，又嘱道："我把他交给你啦，欧也妮，千万别把他交还合法的主人。"

"他不会抱走孩子的，放心吧！"欧也妮叹了一口气，说道，"叫你太太最近几天不要上这儿来。贺拉斯在巴黎待不下去了，彼此再不会碰着了。"

"但愿他们永不相逢，他会伤害玛特的。不过，如果玛特希望见他，我不会反对。到目前为止，她说不愿意见他。再见，我傍晚时来接我的孩子。"

将近十点钟，贺拉斯起来准备和我们一起吃早餐，见到孩子，淡淡地问道："噢，你们有孩子了？"

"是的，我们有了孩子。"欧也妮神秘兮兮地答道，"你觉得他长得怎么样？"

贺拉斯望了孩子一眼，仍然淡淡地说："他长得不像你。说实在的，小娃娃们长得差不多一个样子，看不出像谁。我从来区分不出两个年龄相同的婴儿。这孩子多大了？一个月还是两个月？"

"看来你从来没有留意过任何婴儿。这孩子八个月了。这个年龄的孩子最好玩，你不觉得他长得漂亮吗？"欧也妮说。

"我根本分辨不出来。如果你不生我的气，我觉得他有点古怪呢……啊，我想起来了，八个月前我见过你，这孩子不可能是你生的。别逗了，这孩子不是你的。"

"对，不是我的。我跟你说着玩的。这是门房的儿子，我的教子。"欧也妮说。

"你抱着他干活儿不觉得累吗？"

"我做饭的时候，你抱他一会儿好吗？"

"如果能让你腾出手来，让我们快一点儿吃上早饭，我当然愿意抱一会儿，不过，我一定抱得不好，他要是哭喊起来，我只好把他放在地板上了。咦，既然他不是你的孩子，我就跟你说真的，这孩子的两个大腮帮子和一对圆眼睛，实在难看极了！"

"他比你长得漂亮！"欧也妮动了气，叫道，"你还不配抱他呢！"

"你瞧，他要哭了，我把他送回给他的父母吧。"贺拉斯说。

孩子看着贺拉斯的大黑胡子感到害怕，直往欧也妮怀里钻。

"我可怜的小宝贝，如果是我的，我高兴还来不及哩。"欧也妮说。

贺拉斯轻蔑地笑笑，往一张安乐椅里躺下，陷入了沉思，往事似乎重现眼前。欧也妮把孩子搁在我的膝上，进了隔壁房间，贺拉斯沮丧地对我说："我不知道做父亲有什么乐趣，在这一点上欧也妮永远不会原谅我。说真的，女人看问题都很片面，不体谅人。我不理解，对于一个二十岁的男人来讲这种父子之爱到底有什么意义？我实在想不通。如果孩子生下来就有十多岁，既漂亮又聪明，而不是红彤彤的、皱巴巴的，我还可以体会其中的乐趣。照顾一个肮脏、无知、哭闹的讨人嫌的婴儿应是女人的天

职，上帝赋予她们特有的女性心肠嘛！"

"你的话只说明了一点点道理，女人爱孩子比我们爱得更无微不至，她们更会抚育婴儿。但是，对于一个身上体现了神秘不可知的过去和未来的弱小生命，怎么会那么厌恶而无怜爱之心呢？我无论如何不能理解这一点。平民阶级的人都深爱自己的孩子，那种高尚的亲情是我们难以企及的。当你看到粗壮的工人，劳累了一天回到家中，为了让妻子松一口气，用还没洗净的光膀子抱着孩子在门口戏耍，你心里难道就一点也不感动，没有一点敬意？"

"有了这份情操可就没有整洁了呀！"贺拉斯用挖苦的口气讥笑我，却忘了他自己正是狼狈的样子。然后他仿佛想起什么，手按额头，说道："我蒙你们招待，过了夜，但是不知道你们是否有意识地安排我住在那个倒霉的房间，好让我反省一下。我做了一夜的噩梦，你大概已看出我现在的心情十分沉郁，我想向你打听一个人的下落，泰奥菲尔。那个因我的荒唐罪过而不幸的女人到底怎么样了？那时，我不愿意在一贫如洗、年少无知的情况下当父亲，以致伤害了她的感情。"

"贺拉斯，你提出这个问题是怀着漠然的好奇心，还是发自内心的感情呢？"

"我脸上的表情是漠然的，我可怜的泰奥菲尔！"贺拉斯渐渐激动起来，"我从今以后也许无法哭笑了，请你别问我为什么，恕我无可奉告。我的心事注定无人可以理解。你待我素来友好而宽容，不同于其他人，何以竟不知道我的心会因这个创伤而永远流血，反而讥讽我漠然无动于衷呢？我如果获悉玛特还好好地活着，不再痛苦了，那么，就可以搬开自始至终压在我头上的那些大石中的一块了。"

"既然你有这个想法，我可以告诉你，玛特并没有死，她过得很幸福，你不必再把她放在心上了。"

贺拉斯听到这个消息，居然很平静，没有我预料的那种激动。他的表情像是庆幸自己终于摆脱心灵的重荷，像一个得到赦免获释的罪犯。

"感谢上苍。"他随口说了这一句，又陷入了沉思，没有再说什么。不过，这一天贺拉斯几次提到玛特，问她在什么地方，生活怎么样。

"关于这一点，我无可奉告。为了你和她的安宁，我劝你不要干扰她。你想补过为时已晚，而且根本没有必要，你知道这一点就够了。"

贺拉斯酸楚地说道："原来她离开我并无遗憾，也没有痛苦到欲寻短见。她是由于厌倦或移情别恋而出走的，我明白了我的过错并非那么严重，旁人以及她自己都没有权力责备我。"

"我们别再谈这个了，何况多说无益且并不合时宜。"我说。

贺拉斯怫然而去。到吃晚饭的时候他又来了。欧也妮没有请他一起吃饭，怕惹起他的疑心，我们知道了他的窘境才这样做的。我们都不愿点破，等待他自己说出来。但他似乎不准备坦诚相告。一进门，他就对我说："我又来了。刚才我离开时很不礼貌，泰奥菲尔，我不能这样冷淡地离开你。"他说着向我伸出手来。

"好，不过为了证明你没生我的气，你和我们一块吃

晚饭吧。"我说。

"太好了，如果这足以弥补我的失礼的话……"

"我们正吃着，奥林匹大妈来抱孩子回去睡觉了。"

这天，亚塞纳和玛特忙得晕头转向，一时疏忽，没有考虑到大妈在我们家里可能遇见贺拉斯，并在他面前说漏了嘴。不巧的是，奥林匹大妈话多，对这两个年轻朋友又非常热心，这天她特别兴奋，因为这对年轻朋友演出的时代剧又获得了新的成功。她有一肚子的话正欲向人一吐为快。欧也妮忙催她把小宝贝抱走，又拉她到厨房里去，要她放低声音，但都无济于事，她没有察觉欧也妮的意图，只管唠唠叨叨的大声赞叹，越说越兴奋，表现出由衷的快慰，好几次提到亚塞纳先生和亚塞纳夫人。起初，贺拉斯以为她是门房，不屑听她嘀咕些什么。后来，他盯着老大娘上下打量。待她走后，他忙问我们，那个老太婆说的亚塞纳是哪一个？"马萨丘"结了婚生了孩子不成？那个所谓门房的孩子是他的吗？为什么要对他瞒住这件事？到了后来，他又说："我早该猜到的。他的胖娃娃长得和他一样丑，也是塌鼻梁。"

贺拉斯把亚塞纳贬得一文不值，这可大大激怒了欧也妮，她一连摔了两个盘子。平时那么温柔、庄重的欧也妮，几乎忍不住把第三个盘子狠狠地往贺拉斯的头上掷去。我决定把真相告诉贺拉斯，欧也妮才平静下来。我想，贺拉斯迟早会知道真相，还不如由我们当面告诉他，在我们可以监视他的反应的时候让他知道。而且，几天前亚塞纳曾表示过，在有关他和玛特的问题上，只要有利于事态的发展，就同意我按照预定的方式行事。

"贺拉斯，"我说，"你怎么还没有猜到保尔·亚塞纳的妻子是一个你很熟悉、和你有过密切关系的人？"

贺拉斯狐疑地盯着我们，沉吟了一会儿，然后摆出维尔纳侯爵式的满不在乎的神态，说道："的确，除了她没别人。我真笨，竟没发觉老太婆来抱孩子时为什么你们那样尴尬……可是，那孩子呢……唔！我明白了！老太婆明明说了亚塞纳是他父亲……孩子有八个月大了，欧也妮，是你告诉我的……玛特九个月前离开我，啊！永恒的上帝！真是不可思议的结局，我在写那本小说时怎么没有想到！"

贺拉斯往椅子靠背上一仰，发出刺耳的怪笑，就像垂死之人的喘气那般令人难受。

"哼！别笑了！"欧也妮勃然大怒，喝道，她的神情十分严肃，"实话对你说，保尔·亚塞纳抚养和珍爱的那个孩子就是你的孩子！你嫌这孩子长得丑，因为你认为他像亚塞纳。可是，亚塞纳觉得这孩子长得漂亮，尽管这可怜、无辜的孩子其实像生父，一个最自私自利、最忘恩负义的人！"

欧也妮发泄完满腔义愤，跌坐在椅子上，满脸是泪。贺拉斯遭到兜头一顿斥骂，不禁火冒三丈，跳了起来，随后又重重地落在椅子上。一时良心发现，痛苦地捂住脸。

贺拉斯木然地坐了一个钟头。欧也妮揩去眼泪又去忙家务事了。我静观着贺拉斯内心的变化，在傲气、疑惑、悔恨、羞辱交织的搏斗中结果如何。

最后，贺拉斯结束了激烈的思想斗争，在房间里挥动着双手，大步地踱来踱去。

"欧也妮，泰奥菲尔，"他一把抓住我俩的手，定定地盯住我们，嚷道，"请你们跟我讲真话，这关系到我是最可笑还是最卑怯的男人。我宁为前者，我以我的名誉向你们担保。"

"我很相信这一点！"欧也妮撇撇嘴说。

"欧也妮，对贺拉斯宽厚一点，别这样疾言厉色地对他，我求求你啦。他自陷困境，值得同情。刚才你出于义愤狠狠地训斥他。对于一个内心有缺陷的人，何必过于认真？让我和他谈谈吧，我保证对你那两位不在场的朋友保持尊重和友爱。"我对自己高尚的妻子说。

"哼，满嘴的尊重、友爱，"贺拉斯接过话茬说，"你就不能创造几个与伟大、神圣的保尔·亚塞纳更相称的赞词？可我只能用'阿门'来回答你对他的顶礼膜拜。你有什么确凿的证据，证明我就是有人企图要我负担的孩子的生父？你说！"

"你简直是以小人之心度君子之腹！"我冷然地说，"我们绝不稀罕你认这个孩子！我们根本没有向你说出孩子的身世之意。相反，如果你忽然有一天冒出领回亲子的念头，妄图夺取抚养权，我们有充分的理由拒绝你，因为你在法律上没有任何权利可以做这个孩子的监护人。你别污蔑自己无法理解的高尚情感和献身精神了，这会使你显得更加自私、渺小，如果你良知未泯，也会自觉汗颜的！正如你自己刚才所言，在濒临危机之际，你要做的倒不是别的，恰恰是抖落蒙住你眼睛的云翳。你必须克服违背自己人格的感情，深刻悔过，并怀着对你儿子母亲的尊重及对他继父的感激离开这里。你必须向我承认，你从前就像一个不懂事的孩子，甚至和疯子相差无几。否则，我将永远憎恨你的那份德行。"

"太好了！"贺拉斯仍不服气，反驳道，"有人竟要强加给我一个我从来不曾听说过的孩子，还要让我为此当众认罪！我究竟要经受什么考验，接受什么惩罚，才能表示悔悟，赎罪呢？"

"我们并不要求你接受惩罚！现在只有四个人知道这件事，你是第五个。不过，如果你要自找晦气，癫性发作，把这件事宣扬出去，那么，我就不得不澄清事实，把其中缘由向认识你的人说个明白，证明你完全歪曲事实。你居然有脸提出要什么确凿证据！好像除了道德方面的证据，还有别的什么证据似的！你不肯自认愚蠢，自认灵魂肮脏，但又不敢面对，而要求用别的东西来印证一下。按照你的逻辑，世界上岂不是没有男人，会借口不了解妻子每时每刻的情况，而拒绝承认和接受自己的孩子了吗？"

"那么，你要我怎么做呢？"贺拉斯抑制住怒气问道，"难道要我把自己的隐私公之于众？要我自损名誉去颂扬玛特的伟大？你这样要求，就等于让我和玛特以各自的名誉做殊死搏斗嘛！"

"我根本没有这个意思，贺拉斯。我们这里不是你曾经待过的上流社会。在这里，没有什么沙龙里的无聊者，成天留意你的私生活。玛特也不会像某位子爵夫人那样，要靠损害你的名誉来维护自己的名誉。这件事的波及面有限，知者甚少。可能仅有四五个老熟人会询及你与玛特的关系。如果你把她说成寡廉鲜耻的情妇，这种谣言传开了，就会损害她目前已经好转的生活。其实你可以同时维

护她和自己的尊严，你们两人的尊严之间并不存在矛盾。我告诉你该怎样行事吧。别人问起时，你干脆拒不作答得了，永远不要提及亚塞纳出于至诚，谎称为自己孩子的那个孩子。你要郑重而果断地对人家说，玛特是应该受到尊重的。这才是堂堂正正的做法，你的脸面保住了，而朋友们会原谅你，你也算得知错能改了……你过去若能做到这一点，哪怕对一个品位不高的女人也给予适当的尊重，那么如今即便在那些比你的朋友们更苛刻的人眼里，你也不至于声名狼藉了。"

贺拉斯神色黯然地静静聆听着我委婉的劝告，但在玛特的问题上仍有异议，争辩了好长时间，我们足足较量了两个钟头。他的怀疑是一种掩饰，主要是解除他的固执和怨恨。他虽然很顽固，但最后也渐渐动摇了，我占了上风。晚上九点，他对我说想独自安静一会儿，到外边让身心舒展一下，好好地考虑考虑。他说："我子夜之前回来，我把自我检讨的结果向你汇报，你不厌烦的话，我们再做彻夜长谈。"

贺拉斯凌晨一点钟才回来。脸色虽仍很苍白，但精神振奋，态度温和，眉飞色舞。"怎么样？"我摇着他伸出来的手问。"完事啦！"他答道，"我取得了胜利，或者说，玛特和你战胜了我。今后我听你们的，我以前真糊涂，饱受千百种疑心病的折磨。而你却很坚强、冷静、明智。当我头脑里的真理变得混沌不清时，是你唤醒了我，你且听听我刚才做了什么吧。我要对你一一道来。离开这里之后，我去了一趟吉姆纳斯剧院，我一心想看看玛特在那小小的舞台上如何演喜剧，如何向观众抛媚眼，如何逗恨打诨。我的确希望见到她的小丑模样，从而彻底忘记她、蔑视她，同时否定我以前对她的爱情。然而，我坐下来还不到五分钟，台上出现的却是一位美丽的天使，她的歌喉婉转悦耳，甚至盖过一位著名的喜剧演员。她原来就是我那可怜的玛特，她比过去更完美了，可见她经过磨炼，刻意追求舞台效果之功。我曾经对你说过，忽略取悦的女人算不得真正的女人。玛特从前就缺少这个，纵然具有种种资质却如木偶，整天满面愁容，举止拘谨，淹没了她原来的优点。啊，上帝！她的变化多么惊人啊！她仪态万方，典雅、高贵、素净！表演如行云流水，优美自然！但又不失原有的天真、淳朴、温柔！她曾经征服过我，使我在盛怒之下反省自己，向她跪下求恕。她今晚演出的成功是毫无疑义的，是实实在在的、当之无愧的成功。她把虚假可笑的角色化为真实感人的形象，既不夸张也不轻浮。虽然没有引起全场轰动，热烈鼓掌，但每个人都和邻座交换了满意的眼色，不约而同地说：'演得好，的确不错！'这评价恰如其分。在上流社会，坏事物太多了，难得发现几件好事物，好比美更难达到，难如登天，好是美的精粹。啊！我多么希望让那些所谓上流社会的女人，那些妖冶放荡的女人来看看这个平民女性举手投足的仪态！她比她们中的每一人都更高贵大方、更富有魅力！唉，玛特是从哪儿学来的呢？是她聪敏的天资使她学起什么来都极快地融会贯通！说真的，我从来没有想到玛特如此聪明。此时我豁然醒悟，自己过去太不了解她了！我只看到她的狭隘、乖僻。现在，她好像在惩罚昏聩的我，以完美崭新的胜利者的姿态，赫然呈现在我和观众的面前，呈现

在整个巴黎面前！是的，过不了多久，她将为巴黎每个人所津津乐道，以一睹她的风采为快，争着来看她的表演，争着喝彩！我心头涌起一阵阵的羞愧，不瞒你说，当玛特谢幕之后，我立即跑到化妆室的门口，我不顾看门人的阻拦，跑到里面四处寻找，终于找到了玛特的化妆室，敲了一下门，不等里面回答便闯了进去，走到玛特的身边。她身上的华丽戏装还未脱下，但已擦掉脂粉，卸去头饰。瀑布似的秀发披散在皇后般的她的双肩上，比台上更美艳动人。我顾不得她身边侍女的呵斥，紧紧抱住了玛特的双膝。我知道，亚塞纳是戏院里的会计，这个时候不会来化妆室。你们怎样批评我都可以，但是，我敢肯定，玛特还是爱我的，一直爱着我，虽然她口头上不承认。她一看到我，脸色霎时变得煞白，身子晃了几晃，要不是我赶忙扶她坐在沙发上，她就晕倒了。她有好一会儿说不出话来。当她镇静下来，向我吹嘘她生活如何幸福、快乐，婚姻如何美满之时，眼睛里却蓄满了泪水，胸膛急剧地起伏。可见她的吹嘘不是发自内心的，我是清楚的。她叫我坐在她的化妆室里等亚塞纳来，大概是担心亚塞纳怀疑她私下和我约会。一年来亚塞纳给我造成的痛苦和忧虑够多了，但我不想在一个晚上给他造成同样多的痛苦和忧虑。同时，我也不愿意看见粗俗、平庸的亚塞纳与玛特亲昵的样子，不愿看见两人相亲相爱地走开，我一时还无法适应玛特已经不是我的伴侣这个事实。我有意回避亚塞纳。临走时我向玛特表示，我只有在她允许之时才会再去看她，我在一个多小时里，心潮起伏，十分激动，而且充满了爱，这种感情我有好长时间不曾有过。在我干种种荒唐事的时候，我多次对你们说过，我自始至终只爱玛特。泰奥菲尔，你该记得吧。不管我和她怎样，地老天荒，我永远只爱她一个人。

"你们干吗皱眉头？欧也妮干吗忧虑不安地耸肩膀啊？我不会乱来的，玛特是一个傲气、守规矩的女人，只有丈夫同意而且在场的情况下她才会和我见面的。我已拿定主意不负玛特对我的信任，决不损害她的名誉，因此你们无须多虑。尽管亚塞纳抢走了我的情妇，我却绝不会抢走他的妻子。他对待玛特和我儿子——既然那是我的儿子！——那份情意是感人的。玛特没有提及孩子，也没有提到我，你们是想象得到的……不管怎样，事实证明，一条神圣的、无法切割的纽带把我和她联结在一起了。我将来如果有幸发了财，一定忘不了我有一个继承者。我会报答亚塞纳对我儿子的一番心意的。既然他们剥夺了我做父亲的权利，我就采取一种神秘的方式，间接履行做父亲的职责。善良的朋友们，你们看看，我并不像你们想象的那样卑鄙，不通情理吧。我不但不会成为玛特的对头和诽谤者，而且依然是她的崇拜者、仆人、朋友。想来亚塞纳也不会以此为忤，他和原本属于我的女人结合时，应该估计到我和她并没有彻底相忘。亚塞纳为人冷静、明智，不会专横干预玛特的。至于我呢，今天的所见所闻，使我恢复了生活的信心，仿佛重获生机，腰杆挺起来了。今天早晨我是那么荒诞不经，阴郁多愁，你们就把这些忘掉吧。请你们把我当成往日的贺拉斯，你们喜欢过、尊重过的贺拉斯。上流社会没能使我堕落，没能损害我的人格，请允许我说一句，我比任何时候都更爱玛特，而且至死不渝。同

时，我保证我的这份爱绝不会对她造成伤害，你们永远也找不到我在这方面不检点的行为。"

当贺拉斯口沫横飞、语无伦次地大肆吹嘘之时，那边，玛特和丈夫一起回到家里。她把与贺拉斯重逢之事一五一十地告诉了丈夫。亚塞纳不禁一怔，心头掠过一阵阴影，但他没有忧形于色，而且率先表示赞成她的一切打算。

"那么，你不反对我和他再次见面，对他表示友好？"

"我没有什么意见，玛特。你不欠贺拉斯任何情分。如果你打算见他，态度要温和一些。当然，你可能不会那么狠心，用生硬的态度对待他，而且，如果他没有非分的要求，你也用不着这样对待他。你对我说他只不过想求你原谅他的过去，那么，你就以宽厚之心让他表示一下悔意得了。他今天的表现既然没有狂悖之处，今后你就不必担惊受怕了。"

"保尔，"玛特打断亚塞纳的话，"你嘴上说得轻松，但你脸色和声音都变了，你是不是很不放心？"

亚塞纳顿了一顿，答道："我在上帝面前向你发誓，亲爱的，如果你放心，我有什么不放心的？如果我现在像今天早晨一样平静、安宁，我也同样感到平静、安宁。"

"保尔！"玛特叫道，"你是我在世上最爱的人，我不应该有任何隐瞒。我的心情和今天早晨的不一样，在和那个曾经给我带来痛苦的人见面之后，我更为自己属于你感到庆幸。可是，我在那个人面前心里并不平静，直到现在仍惴惴不安，就像一声惊雷在身边炸响。"

亚塞纳默然。定了定神,他让玛特有什么心事对他直说无妨,不要担心他会痛苦不安而憋在心里。

"我很难形容我的感情。我想了又想,还是无法弄清自己的感情。它似乎含有恐怖和痛苦的成分,就像看见折磨过自己的刑具一样,令人不寒而栗。我只明确一点,在激动的感情里唯觉难受,汗毛倒竖,还夹杂着悔恨和羞惭。令我悔恨的是,我在很长的日子里与你错过了大好姻缘;令我羞惭的是,我居然为那么一个不严肃的人受那么多的苦。我为此内疚、自责。见到他,我只觉得难受和嫌恶,根本没有什么感动。这个人说的每一句话,都令人觉得虚伪做作,一文不值,简直可怜、可笑、可叹!你如果见到他现在那副萎靡、肮脏、自卑又自负的模样,肯定会因为我过去没有看上你却看上这么一个丑角儿而觉得愚蠢可笑。唉,他比和我同台表演谈情说爱的演员更蹩脚,是一个非常拙劣的滑稽戏演员!"

玛特把自己的全部感受毫无隐讳地告诉了丈夫,并没有为使丈夫放心而矫饰。可是,这一夜她失眠了。除了因为贺拉斯的闯入,还因为事业的成功带来的激动。她噩梦连连,仿佛又落入贺拉斯的掌握之中,不堪回首的旧日情景,比实际上更可怕地呈现在眼前。有好几回,她从梦中发出惊叫扑到亚塞纳的怀里,寻求他的庇护。亚塞纳便柔声抚慰她并给她祝福,其实他也感同身受,倘若贺拉斯在玛特的记忆里了无痕迹,他反而会更加难过。

玛特起床后做的第一件事就是把孩子抱在怀里抚摸着,以此排遣一夜的困扰。这时,奥林匹大妈送来一封贺拉斯连夜写的信。这封信贺拉斯给我看过,写得淋漓尽

致，文情俱茂，堪称一篇佳作。这样的灵感他还是第一次有，所以在表达思想感情方面显得高尚、纯洁、温厚。令人看了这封信，完全相信他的崇高感情以及他的慷慨许诺。他激动地乞求玛特和保尔的宽恕、友谊和信任，坦诚地自责，热烈地赞美亚塞纳，并乞求让他当着他俩的面看看自己的儿子，然后义无反顾地把孩子送到他的继父怀里，因为他的继父比他贺拉斯本人更配做孩子的父亲。

保尔看到妻子边看信边泪流满面。

"你看，这是贺拉斯的信。我阅读时哭了，可是，我觉得这封信仍然反映了他的一贯作风，满纸尽是空话。"

亚塞纳仔细地阅读了这封信，然后郑重交还妻子，说："这封信写得很好，表达了真实、高尚的感情和决心。这个人虽然有不少缺点，但本质还是好的，而且比他的实际行为要好一些。他写信的时候是动了感情的。你不必因为过于相信他的坚强、明智而羞愧。他诚心诚意想具备良好的道德。你应该原谅他，答应他的要求，对他表示友好。我如果阻止你这样做，那就太自私、太狭隘了。"

"好吧，我就和他见一次面，但你一定要在场。"玛特答道，"让我最揪心的一件事，便是他会当着我们的面亲我们的孩子，叫他儿子，并且把我看成他儿子的母亲。不，我受不了。我不愿意回忆起往事。现在，从某种意义上讲，他要把这孩子从我们手里夺走了，从我们这里掠取对孩子的亲吻。"

"想到这一点，我比你更难受，我可怜的玛特。可这是我们应该履行的义务啊。昨天夜里我反复寻思，想到了一个很严肃的问题，说出来你也有同感。我们的愿望、选择和意志包含了上帝同样的意旨，上帝的意旨是正确的、神圣的。尽管贺拉斯至今都拒绝享受天伦之乐、给予父爱和承担义务，但上帝愿意让他当父亲，给他与你重逢的机会，令他萌发父子之情，上帝知道孩子对他的未来，意味着一种影响的力量，这是上帝安置在他们之间的纽带，没有谁可以把它掐断，否则便是逆天行事，就是罪过。剥夺贺拉斯认子的权利，就等于拐骗他的儿子，损害他的心灵。我们不仅不应不让他见我们的小宝贝，反而要给他亲近孩子的机会。这是上天所赐，他看到这孩子从此会变得更好，心灵定会产生巨大的变化。"

亚塞纳一番崇高的说教，终于说服了玛特，她更加敬重自己的丈夫了。我家里为这一次见面安排了一顿午饭。玛特和亚塞纳抱着孩子来了。贺拉斯又一次表现得和蔼可亲，诚挚淳朴，感情充沛。他对母子俩，尤其对亚塞纳敬重有加，令人嘉许。亚塞纳高尚、泰然的神态，使贺拉斯深受感动，油然而生景仰之情。这是贺拉斯一生之中最美且善的一天。

可以说，是虚荣心驱使贺拉斯做出这种令人满意的姿态。他在上流社会碰了壁，饱受蔑视和侮辱，在我们面前自觉颜面扫地，伤了自尊心，为自己的堕落、污秽而悔恨。他迫切需要改变现状，从沟壑里跳出来，为自己恢复名誉，有朝一日令上流社会的人刮目相看。摆脱部分窘境对他来说，仅仅是个开始，他也不满足于表现得宽厚、悔恨和愧疚，要求升华为高尚，使我们赞赏他而不是可怜他。在这一天里，他遂了心愿。他一贯的风头主义，让他尝到了自爱带来的快乐，认识到这种快乐远胜于狭隘的虚

荣心带来的满足感。从这天起，他进入了自尊的新境界，尽管内心世界没有达到质的飞跃，但面对未来的人生道路，至少有了"柳暗花明又一村"的信心。

在罕见的激动和过于迅猛的冲击之后，贺拉斯第二天清晨醒来时觉得有点神疲力倦。他想玛特多于想亚塞纳，想自己多于想儿子。他对玛特的爱情又复苏了，而且依旧带着虚幻的色彩、非分的妄念。现在是该让贺拉斯离开巴黎了，不能再让他的高尚决心出现反复。我一再催劝，好不容易迫使他同意动身了。他对旅行虽然很动心，但又想在巴黎多赖几天。我非常坚决，意识到他留下来可能对玛特不利，而从道德上危及贺拉斯本人的前途。我把路易寄给我让我转交给他的那笔钱，以我的名义相赠，请他收下，并与他定下了赴意大利的日期，告诫他切莫再去探访任何人。

33

贺拉斯眼见自己又拥有一小笔钱财，最美好的计划中有一项即将实现，这一段日子显得眉飞色舞，欣喜若狂。我看见他在准备行装时的那股子狂劲，着实为他担忧。他遇事好幻想的老毛病又犯了，我担心他干出越轨的事来，最终又尝幻灭的苦果。在上流社会里跌了跟头，他在消沉、悲观、颓丧的苦海中浮沉挣扎了一个星期，接着又经历了几天的兴奋、狂热的自我表现和高尚的自尊。所有这些情绪摧垮了他在整个冬天因寻欢作乐而变得虚弱的身体，我分明看到他遭受体内热度的折磨，他既没觉察到也没有叫苦。我生怕他在路上病倒，决定护送他到里昂。如果这几天的奔波令他的身体不见好转，病情反而加重的话，就让他在里昂休息，并为他治病。

于是我和他一起准备行装，并小心留意他的举动，防止他干出荒唐的事，使我们的计划落空。我有一种不祥的预感，估计很快会出现危机。他心事重重，举手投足间流露出无名的忧虑，脸上显现出某些难以捉摸的东西，欧也妮也为之惊骇，她对我说："不知何故，我害怕正视他的脸孔。瞧他那副神气，真担心他会疯癫。这几天他表现出以往没有的高尚感情，说明他内心严重失衡。这些感情既非装出来的，又不符合他的本性。一个人总不能在一夜之间忽然改变了长期养成的习惯吧。"

我责备欧也妮，认为她不该怀疑上帝对人的灵魂的影响，可是我也心存同样的疑虑。

贺拉斯果真生平头一回也是最后一回丧失了自我控制的能力。给自己制造种种冲动仿佛成了他的一种癖好，一种渴求。上流社会给他的侮辱，在他心上留下巨创深痛。在为新生活兴奋雀跃之时，他暂时忘却了这创痛，但那场噩梦仍缠绕着他。想起这侮辱，即使在无比欢乐之时他也会脸色惨白，心惊肉跳。他以为只要挺起腰杆，忘掉那段辛酸的日子，使自己变得高大起来，就可以克服这忧伤了。殊不知他越是这样想，就越难达到清心寡欲、心境平和的境界，不能发自内心鄙视无耻的攻击和诬陷。简言之，在结束叙述他这段生活的时候，我这样给贺拉斯下定义，他精明、聪颖，但顷刻间他的脑子会糊涂，就像一台新机器的发动机出了故障。控制贺拉斯脑子的发条，就是

创造了一门新心理语言学的施普茨海姆用绝妙的新词形容的东西：轻信。贺拉斯由于轻信在普罗塞比纳家吃晚饭时受到可怕的打击。尽管在我家里与玛特吃了一顿午饭，一定程度上疗愈了这个伤口，但他的内心依然混乱、窘迫。

1833年5月25日早上，我们已订下拉菲特-卡雅尔公司当晚的驿车票。贺拉斯看到一切已准备就绪，他对我的监视也颇为厌烦，便找个空子摆脱了我，跑到玛特家去了。他抑制不住再见一见玛特并道别的欲望。上次在我们家会面，玛特临走时的平静、安详令他觉得缺了些什么，他有点不满足。他想潇洒地向玛特显示他慷慨的牺牲，义无反顾地永远地离开她，放弃对她心灵的统治。可是，玛特压根没这些想法，认为让他握自己的手，亲自己的儿子，是从上帝的角度宽恕他的过失。然而，贺拉斯却不甘心，他要在玛特、亚塞纳和我们心目中留下高大的形象，让玛特怀念他，亚塞纳感激他，我和欧也妮赞赏他。在我家吃午饭的那天，我没发现他有什么异常迹象。谁知第二天他竟心生妄念。他见我们不再给他提供机会，对我们十分不满。他不甘心处于被监视的地位。总之，他要带走玛特几个吻、几滴眼泪，表明他是宽容一个女人的胜利者，而不是被几个女人抛弃的失败者，然后才踏上意大利的国土。对于贺拉斯，我们还是厚道点吧，他可不是维尔纳侯爵的弟子，冷酷无情地去找玛特算账。这时，他才是地地道道的贺拉斯，是虚荣心受挫而犯糊涂的贺拉斯。他心里没有成算，似乎下意识地要找玛特寻求某种安慰，哪怕一个眼神、一句话，也能让他的心病减轻几分。

他来到离吉姆纳斯不远，与玛特家相隔三间铺面的一家咖啡馆里，用铅笔乱涂了几句话，叫一个小瘪三送给玛特。一刻钟后，那人带回玛特写的一张便条："现在我不能接待你，不过，你临行前我和亚塞纳会抱着欧仁纳去车站与你道别。"

贺拉斯苦笑了一下，把便条揉成一团扔在地上，随即又俯身拾起重阅一遍。他心里很乱，连续要了好几杯咖啡，想定下神来。最后他忽然冒出一个想法："玛特可能正和一个新情人躲在家里厮混，那么，她是一个荡妇淫娃；或者她因为丈夫不在家里而不肯单独会见我，那么她就是可爱的情妇、可敬的妻子。如果属于后者，我要最后拥抱她一次；如果属于前者，我要面斥她下流无耻，然后彻底忘掉她。"

贺拉斯把便条收起，走到一面镜子前整整衣冠，发现自己脸色苍白、身子战栗。他又到柜台上要了杯苦艾酒一饮而尽，以便壮壮胆子，哪知反而更糟了。

贺拉斯鼓足勇气，走进那所陌生房子的大门，爬上六楼，按了按玛特的门铃。奥林匹大妈坚决不让他进门，但他佯装充耳不闻，把她往旁边一推，穿过两个小室，来到一间十分简朴、整洁的小客厅里。只见玛特一个人坐在小客厅里，正在研究一个角色，旁边的沙发里躺着她的孩子。贺拉斯突然出现在她面前，玛特不禁惊恐地啊了一声直起身来，她虽然颤抖，但声音冷峻，怨责贺拉斯固执己见。贺拉斯奔过去咚的一声跪在她脚下，痛哭流涕，以他惯有的口才向她倾吐失去理智的爱。玛特凛然地听他自弹自唱。后来，她极力克制自己的不适，效法亚塞纳的宽厚仁慈，柔声劝慰贺拉斯，试图使他恢复前几天表露出的那

种高尚感情。

　　然而，玛特的崇高、坚贞、明慧等，这些他从前忽略了的种种好处，此刻更紧紧攫住了他的心。由于自己的错误而丧失了最为珍贵的宝贝，他为此痛悔。他绝望、忧郁，也有傲气，似乎他对玛特怀着真正的爱情。他狂热地听任内心的绝望和傲气喷发出来。玛特又惊又怒，正欲叫奥林匹大妈去剧院把丈夫找回来。贺拉斯突然从怀里抽出一把明晃晃的匕首，威胁说，如果玛特不听完他的话，他就在她面前自杀。然后，他以惯用的腔调喋喋不休地倾诉他离开玛特之后如何度过孤独、可怕的生活，叙说了他在其他女人怀里时还苦苦思念着她；声称有许多女人为他神魂颠倒，但没有一个能令他着迷。他告诉玛特，他马上要动身前往罗马了。如果无法斩断情丝，他决计投台伯河自尽……他的倾诉极为动听，如果记录下来倒是一篇绝妙奇文。之后，他提出一个极为荒谬的要求：让玛特和他私奔。否则，她必须和他一起自杀。

　　玛特吸取了贺拉斯给她的惨痛教训，对他的倾诉既无兴趣也不相信。她觉得贺拉斯的行为荒唐可笑，他的企图可耻可恨。但另一方面，尽管她不再爱这个人了，但还是惶惑地觉得，这个曾经给她带来不幸的男人，似乎有一个闪光点令她怦然心动。一种神秘的、邪恶的吸引力，犹如魅影向她悄悄走来。她的心收缩了，两手抽搐起来。当贺拉斯在熟睡的婴儿面前跪下来——这婴儿毕竟是她与他之间的纽带啊！——以无辜的小生命的名义，请求玛特怜悯时，玛特感到心里对这个使她成为母亲的男人，正在萌动一种交织着同情、蔑视、关怀的柔情，她不禁心头一懔。

贺拉斯看见玛特眼里含泪，胸部剧烈起伏，便一把紧紧地搂住她，叫道："你爱我，啊！你爱我，我看见了，我知道了！"

玛特惊醒过来，以非凡的力量挣脱了贺拉斯，下最大的决心，破釜沉舟地摆脱这个魔鬼，以图永久的安宁。

"贺拉斯，你的爱情找错了对象，为了你的尊严，你应该尽快地抛弃它。我不配接受你对我的尊重和赞美。我欺骗了你。你从前的怀疑并没有错，这孩子不是你的，完完全全是保尔的儿子。我那时既是你的情妇，也是他的情妇。"

玛特高声宣布了这番假话，对她来说的确是惊人之举，可说是以其人之道还治其人之身，用魔王驱赶魔鬼。贺拉斯听了，信以为真，突然变了脸色，呆住了。他也没动动脑子想一想，亚塞纳那样善待他，正说明他问心无愧，那么，玛特的说法必然不可信了。可是，他不问青红皂白，便破口骂了起来，斥责一个伪君子与一个无耻妇人狼狈为奸，企图把一个孩子强加给他。他忘记了自己既无门第财产，又无权势地位，没有任何利益可以引起别人对他进行讹诈的动机。此时的贺拉斯，怒气冲天，简直要发疯，完全失去理智，猛地向玛特扑去，吼道："我要你死，你这个淫妇！我要你，还要你的儿子和我一块死！"

贺拉斯举起匕首。可以肯定，他不过是想吓一吓玛特而已，但玛特在奋不顾身扑到沙发上保护孩子时，却被他的匕首划破了皮，伤势倒不大要紧，我如实报道，可能使贺拉斯一生中仅有的这出悲剧，显得平淡无奇。

贺拉斯看见玛特白皙的手臂上鲜血淋漓，以为自己已

经把她杀害了，举起匕首就要自杀。我不知道他是不是真的下得了手。他的匕首刚刚划破坎肩，突然，一个人仿佛从墙上钻出来似的，扑了过来，夺下他的匕首，抓住他的肩头使劲往外推，一直推到楼梯口，对他吼道："快滚，亲爱的俄瑞斯忒斯①，要表演滚到费南布尔②去！最好找个地方去上吊。"

贺拉斯跌跌撞撞地碰在墙上，赶紧抓住楼梯的扶手，才没摔下楼去。这时，他听见亚塞纳的脚步声正从楼下传来。他把帽檐拉到眉毛上，低下头，慌忙溜走。一边走，一边喃喃自语："我看见了让·拉拉维尼埃！我准是疯了，刚才我肯定在做梦，是幻觉。他去年说被打死了，躺在亚塞纳怀里死的。"

贺拉斯跳上一辆轻便出租马车，叫车夫疾驶至拉雷纳堡，然后搭乘路过的第一辆驿车急急离开巴黎，以此逃避追捕他的公差。我在家里白白等了一个晚上，订购车票的钱也浪费了，我怎么也没料到，他连行李和钱都没带，甩开我逃往其他地方去了。我跑到玛特家里，几句话便让我明白了发生的事故。"他不会杀死我的，不过，他可能会轻轻划自己一刀，如果不是一个鬼魂出现的话。"玛特轻蔑地说。

"你说什么？"我愕然问道，"你也疯了不成，亲爱的玛特？"

---

① 俄瑞斯忒斯，希腊神话中的人物。他为父报仇，杀了谋害亲夫的母亲，被复仇女神惩罚，变成疯子。

② 费南布尔，巴黎以演马戏为主的剧院。

"你自己别疯才好。因为有一件使人惊喜的事要让你知道，哎，你竖起耳朵准备听这件大奇事吧。"

"何必绕这么一个大弯子呢？"让·拉拉维尼埃从玛特的小客厅走出来，"我本来想让他有充分的思想准备拥抱一个死人，但我抑制不住，迫切要和我所爱的活人拥抱了。"

我和活生生的、真实的"漆皮帽青年联盟"主席拥抱在一起，真是又惊又喜。原来大屠杀那天，他被扔进圣梅里教堂里的死人堆中，他命不该绝，仍有一丝气力，便从血泊中爬到个告解座里。第二天，一个心地善良的神甫发现了他，把他收留在自己家里，给他治疗了几个月，他才幸免一死。但他的身体非常虚弱，气息奄奄，苟延残喘。神甫胆小怕事，6月6日的大屠杀让他心惊胆战，再三嘱咐让不要把被人搭救的事说出去，以免牵连他们，让本人也会招来杀身之祸。

"在那段时间，我的身体和思想都极其虚弱，只好一切听从我的恩人的安排。这个可敬的人处处小心谨慎，当我稍能挪动时，就把我秘密送到他的家乡，托付给他的父母照顾。这对善良的农民夫妇把我留在他们的山村，让我一直躲藏至今，而且千方百计为我治疗。但他们家贫困，吃得很差。他们虔诚地信奉宗教，老是要我祈祷、忏悔。我的身子仍然无比虚弱，气若游丝，老两口每时每刻都以为我快死了。现在，我随时都有死的可能。我受了内伤，每一处伤势都很重，胸膛里留有两颗子弹，另外二十几处都是致命伤，亲爱的朋友们，你们别以为我还能行走自如，还有力气把贺拉斯推走，便对我的康复抱有幻想。

不过，我愿意回巴黎来，死在阴沉的天空下，死在我的朋友们和我的玛特妹妹的怀里。你们看，我精神不错，心情很好，我对疼痛已经适应，不想再治疗了。我摆脱了没完没了的忏悔，心里十分轻松。我活着的时间不多，只想平静地了此一生。6月6日爱国者的起诉书里，忘了描绘我这张丑陋的脸，当然，我至今仍然是这副尊容。我可怜的玛特，你用不着担心会爱上过去的那个让，那个身材魁梧、脸上没有麻子、长着浓密的胡子和一双乌亮的大眼睛的让啦！"

让就是这样乐呵呵地开了一个晚上的玩笑。亚塞纳已经和让拥抱过，但不知道贺拉斯袭击的事。他回来后，我们便欢聚一堂吃晚饭。拉拉维尼埃大无畏的英雄气概，活泼乐观的性格依然没变。玛特看见他嘻嘻哈哈地说笑调侃，不相信他会是濒于死亡之人。我从旁观察，看到这个劫后残躯愉快活泼、精力充沛，一点也未显出垂危的迹象，心里放宽了些。为防不测，我给他反复做了细致的检查。我发现让自以为受了重伤的器官都完好无损，自信可以把他治好，不禁大喜过望，连续几个月，我坚持不懈地给他治疗。他的身体底子好，又能耐心配合治疗。于是渐渐地恢复了元气，很快便彻底康复了。玛特和亚塞纳的细心照料也起了很大的辅助作用。让和亚塞纳夫妇住在一起，他为这一对有情人终成眷属感到衷心的快慰。

有一次他对我说："你瞧，过去我眼见玛特受到贺拉斯的折磨，心里十分难过，我还以为自己爱上了她呢！其实那只是一种热烈的友谊而已。自从目睹她从另一个男人的爱里获得新生的力量，精神振奋起来，变得高尚纯洁，终于有了好归宿之后，我由衷地感到欣慰，我爱她就像爱自己的妹妹一样，哪敢存非分之念呢？"

在此，让·拉拉维尼埃后来的故事我就不多说了，他后来的经历发人深省，自应另行撰述。我只告诉大家：由于他锲而不舍，不肯放弃自己原来的信念，始终坚持狂热的英雄主义，终于死在……唉！这回真的死在大街上，手里紧握着枪，倒在他的带头人巴尔贝斯身边的地面上。这样一来，他倒也逃脱了圣米歇尔山监狱的严刑拷打！

贺拉斯匆匆逃去之后几天，从伊苏敦给我发来一封信。信中向我讲明了经过，并表示愧疚和悔恨，同时请我把他的钱和行李寄给他。他落得如此下场，令人叹息，想到他咎由自取，又觉得可悲可恨！本来以他的能力，要谋求个好去处并非难事。我有点为他担心，很想赶到边境见一见他，加以劝慰、鼓励，再进一番忠言。不过，从他的来信中可以看出，他很冷静，通情达理，估计不会有什么问题。所以，我仅仅把他的钱和东西寄去，信中代表玛特乃至众人原谅了他，同时表示不计前嫌，保证此事不外传。

我希望读者诸君也做类似的保证。因为贺拉斯最后那次的狂妄行为，<u>丝毫没有影响玛特的幸福</u>，他本人已经改弦易辙，成为一个出色的青年，勤奋、循规蹈矩、踏实做人。当然，免不了还有点夸夸其谈、言过其实的作风。他游览了意大利，写了一些颇有文采和诗意的游记，分寄给各个报刊。不过，这些游记并没引起任何人的注意，因为现在天才太多了。贺拉斯曾在那不勒斯一位富豪家里当过家庭教师，可能没满四年的合约期限便被辞退了，因为他

勾引了学生的母亲。后来，他写了一个自我感觉良好的剧本，可是演出的时候，被观众大喝倒彩。他又创作了三本以他和玛特的爱情为题材的恋爱小说，以及以他和夏伊子爵夫人的关系为题材的情爱小说。又为巴黎数家反对派报纸撰写过社论，阐述了相当独特的见解。最后，他由于虽有文学才华，却苦于难以成名，经济上捉襟见肘，窘迫无计，便改行学习法律。结业之后，目前正在他的家乡，为争取委托人而苦心经营。但愿不久之后，听到他在家乡成为出色的律师的好消息。